O brilho do *sol* que invadiu a nossa casa

Shobha Rao

O brilho do *sol* que invadiu a nossa casa

Traduzido por
Daniela Belmiro

LeYa

Título original: *Girls Burn Brighter*
Copyright © 2018, Shobha Rao
Tradução para língua portuguesa © 2022 Casa dos Mundos / LeYa Brasil, Daniela Belmiro
Publicado mediante acordo com Flatiron Books.

Todos os direitos reservados e protegidos pela Lei 9.610, de 19.02.1998.
É proibida a reprodução total ou parcial sem a expressa anuência da editora.

Editora executiva
Izabel Aleixo

Revisão
Clara Diament

Produção editorial
Ana Bittencourt
Carolina Vaz
Emanoelle Veloso

Diagramação e projeto gráfico
Filigrana

Ilustração e design de capa
Tita Nigrí

Preparação
Manoela Sawitzki

Dados Internacionais de Catalogação na Publicação (CIP)
Angélica Ilacqua CRB-8/7057

Rao, Shobha
     O brilho do sol que invadiu a nossa casa / Shobha Rao; tradução de Daniela Belmiro.
– São Paulo: LeYa Brasil, 2022.
     384 p.

ISBN 978-65-5643-004-1
Título original: Girls burn brighter

1. Ficção norte-americana I. Título II. Belmiro, Daniela

21-4651 CDD 813

Índices para catálogo sistemático:
1. Ficção norte-americana

LeYa Brasil é um selo editorial da empresa Casa dos Mundos.

Todos os direitos reservados à
CASA DOS MUNDOS PRODUÇÃO EDITORIAL E GAMES LTDA.
Rua Frei Caneca, 91 | Sala 11 – Consolação
01307-001 – São Paulo – SP
www.leyabrasil.com.br

Para Leigh Ann Morlock

Indravalli

A coisa mais impressionante a respeito do templo perto do vilarejo de Indravalli não saltava aos olhos imediatamente. Não, era preciso antes subir a montanha e chegar bem perto; era preciso olhar longamente, e com atenção, para a entrada dele. O pórtico. Não para os painéis entalhados, ou para as nervuras delicadas, mas para a maneira como ele se erguia ali, impávido, luminoso e solitário. Para a sua presença alta, forte, como se ainda fosse uma árvore. Isso era graças à madeira, cortada de um arvoredo a noroeste de Indravalli. Ela viera de um bosque de árvores cultivadas por uma mulher muito velha – diziam que tinha mais de cem anos de idade – e que não tivera filhos. Ela e o marido eram lavradores, e quando a mulher compreendeu que nunca engravidaria, começou a plantar árvores para ter algo do qual tomar conta, para poder cuidar de um ser frágil e adorável. O marido cercava as mudinhas com arbustos espinhentos para espantar os bichos, e, como a região era bem seca, ela precisava carregar água por quilômetros para regá-las. Agora, havia se formado um bosque verdejante, com centenas de árvores. Todas muito firmes, os galhos ondulando ao sabor do vento seco.

O repórter de um jornal local certa vez apareceu para entrevistar a velha senhora. Ele chegou à hora do chá, e os dois se sentaram à sombra de uma das árvores, cujas folhas largas farfalhavam acima de sua cabeça, lá no alto. Em silêncio, os dois tomaram chá – até mesmo o repórter, esquecido de todas as perguntas que havia preparado, fora tocado pela beleza calma e verdejante daquele lugar. Ele ficara sabendo que a velha senhora não tinha filhos e que perdera o marido fazia pouco tempo, e então, numa tentativa de ser gentil, lhe disse:

– Elas devem lhe fazer companhia. As árvores.

Os olhos cinzentos da velha senhora sorriram, e ela respondeu:

– Ah, sim. Eu nunca me sinto sozinha. Tenho centenas de rebentos.

O repórter fisgou na resposta uma oportunidade.

– Quer dizer que a senhora as vê como crianças?

– Você não?

Fez-se silêncio. O repórter olhou longa e profundamente para o arvoredo, para os troncos grossos que se mantinham fortes apesar da seca, dos insetos, das enchentes e da miséria, e para as copas que, mesmo com tudo isso, brilhavam em tons de verde e dourado. Radiantes, mesmo no calor daquela tarde pesada.

– A senhora é afortunada – disse ele – por ter tantos filhos assim.

A velha lavradora fitou o repórter com os olhos em brasa, o rosto enrugado mostrando um vislumbre do brilho da sua meninice.

– Sou afortunada, sim – respondeu ela –, mas você está enganado, meu jovem. Essas árvores não são meus filhos. Nenhuma delas é. Elas são minhas filhas.

1

Poornima nunca havia reparado no pórtico do templo. Savitha também não. Mas o templo observava as duas com atenção, empoleirado na montanha que se erguia junto de Indravalli. O vilarejo, por sua vez, ficava próximo da margem do rio Krishna, cerca de cem quilômetros para o interior partindo da baía de Bengala. Embora estivesse no fundo aplainado de um vale, o povoado situava-se à sombra de uma das maiores montanhas do estado de Andhra Pradesh, a Indravalli Konda, que tinha o templo incrustado na encosta de sua face leste. Todo pintado de um branco reluzente, aos olhos de Savitha ele se parecia com uma grande bola de algodão. Para Poornima, o templo era como a lua cheia, eternamente rodeado pelo céu e pelos galhos das árvores próximas.

Poornima estava com dez anos no dia em que se postou do lado de fora do casebre da família, olhando para o templo. Ela voltou-se para o pai, sentado num catre de cordas de cânhamo um pouco atrás, e indagou:

— Por que o senhor e *amma* me deram o nome da lua cheia?

A mãe estava ao tear, trabalhando, e por isso Poornima não quisera incomodá-la com a pergunta. Mas talvez... talvez a menina não tivesse se furtado de incomodá-la, de agarrar-se ao seu pescoço e absorver até o último vestígio do cheiro da sua pele se soubesse que dali a cinco anos sua mãe estaria morta. Já o pai, esse nem ergueu os olhos quando Poornima fez a pergunta. Continuou na mesma posição, enrolando seu fumo. Talvez não tivesse escutado. Então, a menina insistiu:

— *Nanna*, por que o senhor...

— O jantar está pronto?

— Quase.

— Quantas vezes tenho que dizer que quero o jantar pronto assim que chegar em casa?

— Foi porque eu nasci numa noite de lua cheia?

Ele deu de ombros.

— Acho que a lua não estava cheia.

Poornima então pensou no rosto de um bebê, e disse:

— O meu rosto era redondo como a lua?

O pai soltou um suspiro. Por fim, disse:

— A sua mãe teve um sonho pouco depois de você ter nascido. Um *sadhu* veio até ela. O sábio disse que se lhe déssemos o nome de Poornima o nosso próximo filho seria um menino.

Poornima ficou observando o pai acender o cigarro que enrolara antes de voltar para dentro do casebre. Ela nunca mais fez perguntas sobre o seu nome. Nas noites de lua cheia, tentava ao máximo não olhar para o céu. É só uma pedra, decidiu consigo mesma, só uma pedrona cinzenta no céu. Mas era algo difícil de esquecer, não era? A tal conversa. As palavras surgiam na sua cabeça de tempos em tempos, meio que do nada. Quando provava o *sambar* da panela para ver se estava bom de sal, por exemplo, ou quando estava servindo chá para o pai. O *sadhu* tinha acertado, é claro: Poornima tinha três irmãos mais novos. Então, que motivo havia para ficar triste? Nenhum, nenhum motivo mesmo. Ela até se enchia de orgulho às vezes, e dizia para si mesma que havia sido a esperança dos pais, e que essa esperança se realizara. Imagine só não se realizar nunca. Imagine não ter esperança.

O BRILHO DO SOL QUE INVADIU A NOSSA CASA 13

Aos quinze anos, Poornima chegou à idade de se casar e parou de frequentar a escola das freiras. Ela passou a se sentar à roda de fiar, a *charkha*, em todas as horas vagas, para ajudar no sustento da família. Cada carretel concluído – às vezes de linha vermelha, às vezes, azul ou prateada – rendia duas rupias, o que lhe parecia uma fortuna. E, de algumas maneiras, era mesmo: depois de ter menstruado pela primeira vez, aos treze anos, Poornima havia ganhado a peça de roupa mais cara que já tivera na vida, uma saia *langa* de seda que custara cem rupias. *E agora eu posso ganhar esse dinheiro em menos de dois meses*, pensava, chegando a ficar sem fôlego. Mais do que isso: o fato de que ela, uma menina, fosse capaz de ganhar dinheiro, qualquer quantia, a enchia de um sentimento profundo e duradouro de importância – de *valor* –, de modo que Poornima corria para a roda de fiar sempre que tinha oportunidade. Ela acordava de manhã bem cedo para fiar, fiava um pouco mais depois que a louça do café da manhã estava lavada, depois que o almoço era preparado e servido, e novamente depois do jantar. Não havia luz elétrica no casebre, então Poornima fiava correndo contra o pôr do sol. Nas noites de lua cheia também havia claridade suficiente para continuar fiando, mas isso só acontecia uma vez ao mês. Assim, na maior parte das noites, depois que o sol terminava de se esconder, Poornima deixava sua *charkha* de lado, lançava um olhar impaciente na direção do fino crescente, da meia-lua ou da lua quase cheia lá no céu e reclamava: "Por que você não fica o tempo todo cheia?".

Mas a luz do sol ou da lua não era a única coisa que ocupava os pensamentos de Poornima. A outra coisa, a que realmente importava, era que sua mãe estava doente. Com câncer, até onde tinha conseguido apurar o médico do hospital americano de Tenali. Cuidados médicos eram uma coisa cara, e esse médico havia passado para sua mãe uma dieta à base de frutas frescas e secas também bastante caras. O pai, que trabalhava fabricando os famosos sáris de algodão tecidos artesanalmente naquela região do distrito de Guntur, já mal dava conta de sustentar a esposa e os cinco filhos à base das rações de arroz e lentilhas subvencionadas pelo governo, que dirá se dando ao luxo de comprar frutas frescas e secas. Mas Poornima não se incomodava. Ela adorava – ou, mais do que isso, se deliciava, *saboreava* – a comida que conseguia comprar para a mãe todos os dias: duas bananas, uma maçã das pequeninas e um punhado de castanhas-de-caju. Não que a menina de fato chegasse a provar as bananas, a maçã ou as castanhas. Poornima não dava nem uma mordidinha, nem mesmo no dia em que a mãe insistiu para que pegasse uma das castanhas e ela, quando a viu distraída, tratou de devolver para junto das outras. O que Poornima saboreava era o momento de olhar a mãe comendo lentamente as bananas, naquela época em que, para ela, era exaustivo mastigar mesmo algo tão macio. Mas ela a observava fazer isso com tanta convicção, com tanta esperança, que pensava ser capaz de *ver* de verdade sua mãe ficando mais forte. Como se a força fosse uma semente. Como se tudo o que ela precisasse fazer fosse alimentar essa semente com as suas duas rupias diárias de nutrientes para vê-la crescer.

A situação chegou a um ponto em que Poornima estava ganhando quase tanto quanto o pai. O que ela fazia era o seguinte: ia pegando meadas do fio bruto, não trabalhado e amontoado em fardos espessos, e, usando a *charkha*, lançava-se à missão de fiá-las até que os fios se separassem e se enrolassem ao redor da lata que servia como carretel. Uma vez, olhando para o fio enrolado na lata, Poornima pensou que o rolo pronto se parecia com um barrilzinho de madeira, quase do tamanho da cabeça do seu irmão menor. Esse fio, no final, iria alimentar o tear em que seu pai tecia os sáris. Ele ainda precisava ser tratado antes de chegar ao tear, mas Poornima gostava de imaginar que conseguia descobrir quais pedaços de linha tinham sido fiados por ela. Quais das latas eram as que ela havia enrolado com os fios saídos da sua roda. Qualquer pessoa teria rido se ela contasse uma coisa dessas – todas as latas eram iguais, lhe diriam, mas não era bem assim. As mãos de Poornima apalpavam as latas, conheciam todos os seus amassados, o seu feitio, o desenho formado pelas marcas de ferrugem. Ela segurava cada uma delas, e lhe parecia que cada objeto que uma pessoa segurava ficava gravado para sempre em suas mãos. Como o pequeno relógio de corda que a professora lhe dera quando ela saíra da escola, com o seu mostrador azul e redondo, quatro perninhas embaixo e duas campainhas que soavam de hora em hora. A professora, uma freira católica e amarga, havia lhe dito, ao entregar o presente:

– Presumo que agora vão arrumar um marido para você. Outra criança, ainda a um ano de entrar na sua segunda década de vida. Fique com isto. *Agarre-se* a ele. Hoje você não vai entender o que estou lhe dizendo, mas talvez um dia entenda. – Em seguida, a freira deu corda no relógio e fez soar as campainhas. – Este som, lembre-se, este som é *seu*. De mais ninguém, apenas seu.

Poornima não tinha ideia do que a velha freira queria dizer com aquilo, mas, aos seus ouvidos, a campainha do relógio era o som mais especial que já escutara.

O relógio passou a ir com ela para todos os lugares. Poornima o deixava perto da *charkha* quando estava fiando. Apoiava-o ao lado do prato quando ia comer. E o deixava junto do tapete quando se deitava nele para dormir. Até que um dia, sem mais nem menos, as campainhas do relógio pararam de bater as horas, e o seu pai exclamou:

– Até que enfim! Achei que essa coisa não fosse parar nunca.

Alguns meses depois que as campainhas do relógio pararam, a mãe de Poornima morreu. A menina havia acabado de completar dezesseis anos – era a mais velha de cinco irmãos – e ver a morte da mãe foi como olhar uma manhã de céu claro e azul ficar cinzenta de repente. A voz da mãe era do que mais tinha saudades. De como ela reverberava suave, doce e cálida contra as paredes roídas por ratos do modesto casebre. Poornima gostava de quando aquela voz tão adorável chamava por ela, gostava de que a voz interrompesse suas horas compridas de trabalho, as horas que, no final do dia, só dariam em duas bananas, uma maçã e um punhado de castanhas. A mãe tinha uma dessas vozes capazes de fazer até mesmo essas poucas frutas parecerem um banquete. E, agora, Poornima perdera a mãe e o relógio.

Com a mãe já morta, ela reduziu o ritmo da roda de fiar; passou a deixar de lado a *charkha*, às vezes ainda em pleno dia. Seus olhos fitavam as paredes do casebre, e o pensamento vinha: *Vou me esquecer da voz dela. Talvez fosse isso que aquela freira estava querendo dizer, que você se esqueçe dos sons que não escuta todos os dias. Não acho que vá ser agora, mas vou esquecer. E, quando esquecer, perderei tudo.* Ao pensar isso, ela se deu conta de que precisava guardar uma lembrança que fosse mais do que apenas a voz da mãe, precisava se lembrar de um momento, e foi este o momento que lhe ocorreu: certa manhã, quando já estava doente, a mãe se sentiu bem o suficiente para pentear os cabelos de Poornima. Fazia um dia claro e ensolarado, e o toque em sua cabeça era tão leve e gentil que Poornima sentiu como se não houvesse uma pessoa por trás do pente, e sim um passarinho empoleirado no cabo. Depois de passá-lo três ou quatro vezes nas mechas, a mãe parou repentinamente. Os dedos dela pousaram nos cabelos da menina por um instante, e quando Poornima se virou encontrou os olhos da mãe cheios d'água. A mãe encarou a filha e, com uma tristeza que pareceu antiga e interminável, disse:

– Poornima, estou cansada demais. Estou tão, tão cansada.

Quanto tempo depois disso ela havia morrido?

Tinha sido três, talvez quatro meses mais tarde, calculava Poornima. Eles haviam acordado um dia e os olhos da mãe estavam abertos e vazios, sem vida. Os da menina, entretanto, não derramaram uma lágrima. Não enquanto ela ajudara a banhar e a vestir o corpo da mãe. Não quando o pai e os irmãos o carregaram, coberto de jasmins, pelas ruas do vilarejo. E nem mesmo quando a pira funerária ardeu até sobrarem só cinzas frias. Ou enquanto costurava o último dos crisântemos para a guirlanda que foi pendurada no retrato emoldurado da mãe. Foi só bem mais tarde, saindo para a primeira manhã fria de outono daquela temporada, que Poornima chorou. Ou tentou chorar. As lágrimas, lembrava, foram escassas. Na ocasião, ela pensou que era uma péssima filha por não chorar, por não *prantear a mãe*, mas, por maior que fosse a sua tristeza, por mais funda que fosse a dor, dos seus olhos só saíram uma ou duas lágrimas espremidas. Uma ligeira vermelhidão ao redor deles.

– *Amma* – disse ela, fitando o céu –, me perdoe. Não é falta de amor pela senhora. Ou de saudade. Eu não consigo entender. Todas as *outras* pessoas estão chorando. Baldes. Mas as lágrimas não são a única medida, são?

Mesmo assim, o que ela havia pensado se provou verdadeiro: com o passar dos meses, Poornima foi esquecendo a voz da mãe. Mas a lembrança que ela *conseguiu* guardar, a única que permaneceu mesmo, foi a de que, por um momento – enquanto penteava seus cabelos –, a mãe havia pousado a mão neles. Fora um gesto muito leve, e mesmo assim Poornima o sentira, e ia sentir para sempre: o peso da mão de sua mãe. Tão delicado e ligeiro como uma garoa depois de um dia quente de verão. Tão pequeno e tão cansado, mas com força suficiente para abrir caminho através de suas veias como se fosse sangue.

No fim, decidiu a menina, aquele peso era o mais belo de todos.

Uma vez ao mês, Poornima ia ao templo na encosta da Indravalli Konda para orar por sua mãe. Ela se postava na antessala abarrotada de fumaça de incenso e ficava observando o sacerdote, na esperança de que os deuses lhe dirigissem a palavra e lhe dissessem que sua *amma* estava entre eles – embora o que mais quisesse alcançar fosse o *deepa*, uma pequena lanterna que ficava pendurada bem no cume da montanha. Às vezes, parada na porta do casebre modesto da família, ela erguia os olhos, num domingo ou dia festivo, e lá estava o seu brilho amarelo e cintilante, como se fosse uma estrela.

– Quem é que acende? – Poornima havia perguntado ao pai uma vez.

– Acende o quê?

– O *deepa*, lá no topo.

O pai, sentando do lado de fora após o jantar, com os braços exaustos e o corpo encurvado, fitou de relance a Indravalli Konda e respondeu:

– Um sacerdote, provavelmente. Algum menino.

Poornima ficou em silêncio por um tempo antes de dizer:

– Eu acho que é a *amma* que o acende.

O pai voltou-se para encará-la. Com um olhar ensombrecido, devastado, como o de alguém que tivesse acabado de sair de um prédio em chamas. Então pediu o chá. Quando Poornima lhe entregou o copo, ele disse:

– Mais dez meses.

– Dez meses?

– Até a cerimônia de um ano.

Dessa vez, Poornima entendeu o que ele queria dizer. Depois de uma morte na família, não era auspicioso que houvesse qualquer tipo de celebração, muito menos um casamento, durante um ano inteiro. Fazia dois meses que sua mãe havia morrido. Dali a outros dez – o pai estava lhe dizendo – aconteceria o seu casamento.

– Eu já conversei com Ramayya. Há um fazendeiro, perto daqui, com uns bons acres de terra. É trabalhador. Tem dois búfalos, uma vaca e algumas cabras. Ele só não quer ter que esperar. Está precisando do dinheiro agora. E ficou preocupado, achando que você não daria uma boa esposa de fazendeiro. Eu disse a Ramayya, disse bem assim: "Olhe só para ela. Basta olhar para ela. Minha filha é forte como um boi, ela *é* um boi. Esqueçam os bois, ela mesma daria conta de puxar o arado".

Poornima assentiu e voltou para dentro do casebre. O único espelho que possuíam era um de mão; nem dava para enxergar o rosto inteiro, a menos que esticasse todo o braço. Mas ela segurou o espelho diante do rosto, viu um olho, o nariz, depois foi baixando ao longo do pescoço, seios e quadris. Um boi? Ela foi tomada por uma tristeza repentina. O porquê, não saberia dizer. Nem importava o porquê. Era infantilidade sentir-se triste sem qualquer motivo para isso. Poornima só sabia que, se a mãe estivesse viva, ela provavelmente já estaria casada a essa altura. Talvez até mesmo grávida, ou com um bebê. E isso também não era motivo de tristeza. O tal fazendeiro, entretanto, a deixava preocupada. E se ele resolvesse fazer *mesmo* com que ela puxasse o arado? E se a sogra se mostrasse uma mulher cruel? E se ela acabasse só tendo meninas? Então, Poornima pôde ouvir a voz de sua *amma*. "Nenhuma dessas coisas aconteceu ainda", ela a escutou dizer. E continuou: "Tudo já está escrito nas estrelas, Poornima. Pelos deuses. Nós não podemos mudar coisa alguma. Então, que diferença faz? Por que se preocupar?".

A mãe tinha razão, é claro. Mas, ao se deitar no tapete de dormir naquela noite, Poornima ficou pensando no fazendeiro, e no *deepa* no alto da Indravalli Konda, e a respeito da sua beleza. Se sua pele fosse mais clara, os cabelos, mais cheios, ou se seus olhos fossem maiores, o pai talvez tivesse conseguido um pretendente melhor: um que quisesse uma esposa, não um boi. Uma vez, ela ouvira Ramayya dizer, quando aparecera para visitar o pai:

— Poornima é trabalhadeira, mas você sabe como são esses rapazes de hoje: eles querem uma garota *moderna*. Querem o que está na moda.

Na moda? Seu pensamento então se voltou para a mãe, para seus últimos dias de vida, contorcendo-se de dor; Poornima pensou no peso da mão da mãe na sua cabeça, pensou nas duas bananas, na maçã e no punhado de castanhas. Então, como se *esse* fosse o momento que estava esperando, seu coração se partiu, e de dentro dele transbordaram tantas lágrimas que ela achou que não fossem parar nunca mais. Poornima chorava em silêncio, torcendo para que o pai, os irmãos e a irmã adormecidos não a escutassem, e o tapete onde dormia ficou tão encharcado que dava para sentir o cheiro da terra por baixo como quando a chuva molha o chão, e, quando o choro acabou, seu corpo estava tão moído pelos soluços, tão drenado de todo sentimento, tão vazio que ela abriu um sorriso, e, logo depois, mergulhou num sono profundo e sem sonhos.

2

Foi mais ou menos na época em que a mãe de Poornima morreu que a mãe de Savitha – uma mulher bem mais velha, bem mais pobre, e que ainda assim nunca ficara doente um dia sequer na vida – chegou para a sua filha mais velha, que tinha dezessete anos na ocasião, e confessou que não havia comida em casa para o jantar daquela noite.

– Não tem comida? – perguntou Savitha, surpresa. – E as vinte rupias que eu consegui ontem pelos fardos?

Os fardos de que ela falava eram os de restos de papel e plástico que Savitha recolhia nos lixões nos arredores do vilarejo, perto do cemitério cristão. Ela precisara passar três dias inteiros debruçada sobre os restos apodrecidos e fedorentos, disputando espaço com cães e porcos e brigando para expulsar os outros catadores para conseguir as tais vinte rupias.

– Bhima ficou com tudo.

– Como assim *Bhima ficou com tudo*?

– E ainda estamos devendo trinta rupias para ele.

Savitha soltou um suspiro, e, embora tenha sido um suspiro muito lento e difuso, sua mente estava desperta e acelerada. Ela pensou nas três irmãs mais novas, que também catavam lixo nos monturos; na mãe, que limpava as casas das pessoas; e no pai, que, depois de anos de bebedeira, abandonara o álcool quando sua artrite reumatoide havia ficado tão grave que ele não podia nem mais segurar o copo. Ele às vezes conseguia alguns trocados com os sacerdotes do templo, aonde ia pedir esmolas na maioria dos dias, mas dificilmente era dinheiro suficiente para si próprio, e muito menos para sustentar a esposa e as filhas. Savitha tinha também dois irmãos; ambos haviam se mudado para Hyderabad em busca de oportunidades de trabalho, com a promessa de que mandariam dinheiro para casa assim que pudessem, mas a família não recebera uma única carta desde sua partida, dois anos antes.

De pé no meio do casebre apertado, Savitha fez uma lista mental das coisas que podia fazer para ganhar dinheiro: havia os lixões, que claramente não estavam gerando renda suficiente; podia cozinhar e fazer faxina como a mãe, mas a própria mãe tinha pouco trabalho, por quase não existirem famílias ricas o suficiente em Indravalli para empregá-la; havia o trabalho com a *charkha* e o tear, já que Savitha, afinal de contas, pertencia à casta dos tecelões – mas o dinheiro ganho com os sáris de algodão ficava menor a cada ano, e, por causa do baixo valor da venda de cada sári, as famílias donas das *charkhas* e dos teares costumavam distribuir todo o trabalho entre os próprios membros para que todo o dinheiro ficasse entre eles também. Savitha lançou um olhar para a *charkha* que tinham em casa, quebrada e coberta de teias de aranha, largada num canto do casebre como se fosse uma pilha de lenha à espera de um fósforo. Já fazia cinco anos que não conseguiam arrumar dinheiro para mandar consertá-la. *Se tivéssemos consertado*, pensava, *eu poderia ganhar mais dinheiro*. Savitha, obviamente, tinha consciência de como esse pensamento era absurdo: ela precisaria ter dinheiro para poder ganhar dinheiro.

Mas ah, o fio! Segurar outra vez os fios entre os dedos...

Ela ainda se lembrava da sensação de apertar uma bola de algodão nas suas mãozinhas quando era bem pequena, e do seu espanto quando soube que uma coisa tão leve e fofa, cheia de sementes escuras e teimosas, podia ser transformada em algo tão encantador, sedoso, liso e macio quanto um sári.

Da bola de algodão para a roda de fiar, para o tecido e depois o sári, pensou ela.

Savitha saiu do casebre escuro, deixando para trás a *charkha* quebrada e o olhar apático da mãe encarando as tigelas e panelas vazias, e perambulou vilarejo adentro. Ela passou pelos casebres das lavadeiras e pela estação de trem, passou pela tabacaria e pela mercearia, pela loja de sáris e pela alfaiataria, e passou até mesmo pelo templo de Hanuman, encravado bem no meio de Indravalli, até ver-se diante do pequeno portão que levava ao coletivo de tecelagem. Dava para ouvir as vozes lá dentro e o zumbido de um ventilador. E dali mesmo, se pusesse o rosto entre as grades, ela poderia sentir o leve aroma de pano novo, uma mistura de arroz recém-cozido com chuva de primavera, de pau de teca com qualquer coisa que ainda persistia das tais sementes duras e muito agarradas à fibra. Um aroma que era mais cativante para os seus sentidos – esse cheiro tão ralo, tão prestes a se dispersar com o vento – do que o perfume da flor mais perfumada.

Quase sem pensar, Savitha abriu o portão rangente com um gesto firme e caminhou para dentro.

O pai de Poornima era dono de dois teares. Em um, ele próprio trabalhava, e o outro era o que a mãe dela usava. Cada um conseguia produzir um sári em dois ou três dias, mas agora, com apenas uma pessoa para tecê-los, a produção dos sáris havia caído pela metade. O que significava só metade do dinheiro. Poornima vivia ocupada demais com a *charkha* e as tarefas da casa para ficar com o segundo tear, e seus irmãos e sua irmã eram pequenos demais para alcançar as premedeiras. Assim, o pai começou a procurar quem pudesse fazer isso. Ele falou com todo mundo que conhecia, pediu indicações na casa de chá que frequentava à noite, foi até o coletivo de tecelagem e anunciou que estava disposto a pagar um quarto do que ganhasse por cada um dos sáris produzidos, mais as refeições. Ninguém se ofereceu. Indravalli era um povoado formado basicamente por fabricantes de sáris, e a maior parte dos rapazes dali já estava ocupada ajudando as próprias famílias. A localidade supostamente remontava ao tempo da dinastia Ikshvaku, e desde essa época era uma comunidade de tecelões – nos tempos antigos, fornecendo tecidos para as cortes dos reis, e agora simplesmente vendendo os sáris de algodão usados por campesinas e, ocasionalmente, por membros da elite intelectual. O movimento Deixem a Índia, junto com a foto de Gandhi sentado diante da *charkha*, fiando, e do seu incentivo à fiação e tecelagem manuais, havia contribuído para melhorar consideravelmente as coisas em Indravalli, sobretudo nos anos que levaram à independência do país. Mas agora já era 2001 e um novo século, e os jovens da localidade, aqueles nascidos na casta dos tecelões, à qual Poornima e sua família também pertenciam, enfrentavam dificuldades para sustentarem suas famílias. Muitos, inclusive, haviam deixado de lado a tecelagem para ganhar a vida de outras maneiras.

– A tecelagem está morrendo. É a morte – dizia o seu pai. – Eu soube que hoje em dia existem máquinas sofisticadas.

Poornima sabia que era por isso que o pai estava tentando arranjar seu casamento com o fazendeiro. Com um riso amargo, ele falou:

– Podem ter inventado uma máquina que fabrica tecidos, mas quero ver quem vai inventar máquinas de cultivar plantações.

Ela riu também. Mas mal tinha ouvido as palavras do pai. Estava pensando que, se conseguisse fazê-lo comprar mais querosene, teria como usar o tear à noite, à luz da lamparina, e eles não precisariam contratar ninguém.

No entanto, na semana seguinte, uma garota meteu a cabeça para dentro do casebre. Poornima ergueu os olhos da panela que tinha ao fogo. Ela não conseguia enxergar seu rosto por causa do brilho do sol, mas pela sua silhueta e pela maneira com que se projetava sob o vão baixo da entrada, com a graça de uma palmeira vigorosa e ondulante, sabia que se tratava de uma jovem. A voz confirmou essa impressão, embora tenha soado mais suave, e mais madura, do que Poornima esperava.

– Posso falar com o seu pai?

A garota, obviamente, podia enxergá-la.

– Volte à noite – respondeu Poornima, apertando os olhos devido à luz. – Ele chega em casa antes de escurecer.

Então se virou e estendeu a mão para a tampa da panela de arroz; ao fazer isso, esbarrou no metal e queimou um dos dedos. Com um gesto brusco – a queimadura já começando a avermelhar a pele –, Poornima afastou a mão e colocou o dedo na boca. Quando voltou a erguer os olhos, notou que a moça continuava lá. Ela hesitou por um instante, e a imagem da palmeira voltou à sua mente: agora, no entanto, era uma palmeira bem nova, só uma mudinha, que parecia ainda não ter certeza de para qual lado se inclinar, que parecia não saber de que lado o sol nascia ou se punha, ou para que lado *era esperado* que ela crescesse.

– Precisa de alguma coisa? – questionou Poornima, surpresa com o fato de a outra ainda estar ali.

A garota balançou a cabeça, ou pareceu fazer isso, e em seguida foi embora. Poornima encarou o lugar que ela havia acabado de ocupar. Para onde a outra fora? Ela resistiu ao impulso de segui-la. Sua partida pareceu, de alguma maneira, esvaziar a entrada do casebre e o próprio casebre em si. Mas *como*? Quem era aquela? Poornima não sabia; ela não se lembrava de tê-la visto no poço aonde ia buscar água, ou junto com as outras meninas da vizinhança. Imaginou que devia ser alguém do templo vindo pedir doações, ou talvez só uma mascate vendendo legumes de porta em porta. E em seguida, quando sentiu o cheiro do arroz queimando no fogo, a moça saiu dos seus pensamentos.

Uma semana mais tarde, a mesma garota estava sentada diante do tear da mãe dela. Poornima sabia que era ela porque o ambiente voltara a ficar preenchido. Ao ponto de fazê-la esquecer que esteve vazio. Preenchido não por um corpo, um cheiro ou uma presença: isso quem fazia era o seu pai, sentado diante do outro tear. Não, o preenchimento que *ela* trazia era como uma centelha de consciência, uma sensação de despertar, embora o dia já houvesse amanhecido horas antes. Poornima pousou um copo com chá ao lado do tear do pai. Ele a olhou de relance e falou:

– Ponha mais um prato para o almoço.

Poornima se virou para ir fazer isso. Estava agora de pé atrás da outra. A garota usava um sári barato de algodão; sua blusa, embora surrada, ainda tinha um tom vivo de azul, lembrando a cor do rio Krishna à hora do crepúsculo. Havia uma marca de nascença grande e redonda no seu antebraço direito, na parte interna do pulso, que chamava atenção por estar no ponto exato para onde as veias pareciam convergir, antes de voltarem a se espalhar na direção da mão. Era como se o sinal as tivesse recolhido – as veias –, como se ele fosse a fita que segura os caules de um buquê. Um buquê, aquele sinal de nascença? Poornima desviou o olhar, envergonhada. No instante em que seus pés trataram de passar, ligeiros, pelo lado dela, a estranha garota puxou a haste do tear para junto de si e Poornima não pôde evitar: viu sua mão. Grande demais para o corpo delgado, parecendo uma mão masculina, e ainda assim suave, do mesmo jeito que a voz tinha soado suave. Mas o que chamou mesmo a atenção de Poornima foi a força, a solidez com que aquela mão estava agarrada ao tear, como se não fosse soltá-lo nunca mais. Seu corpo inteiro parecia puxar aquela haste. Poornima ficou impressionada. Ela nunca imaginara que uma mão pudesse ser assim: tão cheia de propósito.

Naquela noite, depois do jantar, foi quando seu pai a mencionou pela primeira vez. O *deepa* no alto da Indravalli Konda estava apagado, e Poornima estava pondo os irmãos para dormir. O mais novo tinha só sete anos, e sua irmã, onze, e havia ainda os dois gêmeos de doze. Todas eram crianças relativamente bem-comportadas, mas às vezes passava pela cabeça de Poornima que a mãe talvez tivesse morrido de cansaço. Enquanto desenrolava os tapetes de dormir e dizia para um dos gêmeos parar de puxar o cabelo da irmã, o pai, enrolando seu cigarro, falou:

– Você, coma com ela. Não deixe que pegue mais do que deve.

Poornima virou-se para ele.

– Ela quem?

– Savitha.

Então era esse o nome dela.

Poornima não moveu um músculo, o tapete desenrolado pela metade à sua frente.

– Ela foi quem eu pude arrumar – disse o pai, deitado na sua cama de cordas de cânhamo e fumando. – No coletivo de tecelagem, disseram para me dar por satisfeito já que tenho ganhado tão pouco. E, além do mais, ela deveria se sentir grata. Aquele pai que tem, o velho Subbudu, mal dá conta de arrumar a própria comida, que dirá de alimentar a infeliz da esposa e as quatro filhas. – Ele bocejou. – Espero que ela não seja tão fraca como parece.

Mas Poornima, sorrindo no escuro, sabia que ela não era.

Savitha não falava muito com Poornima no começo. Ela devia ser um ou dois anos mais velha, Poornima calculava, embora nenhuma das duas soubesse de verdade a idade exata. Só as datas de nascimento dos homens eram registradas no povoado. Mesmo assim, quando Poornima perguntou, um dia durante o almoço, Savitha repetiu as palavras que a sua mãe lhe dissera: que havia nascido no dia de um eclipse solar. Sua mãe contava que, enquanto estava em trabalho de parto, olhou pela janela e viu o céu ficar escuro em pleno meio-dia, e que a visão a deixou petrificada. Ela teve certeza de que daria à luz um *rakshasa*.

No relato feito a Savitha, a mãe contara que, naquele instante, toda a dor do parto sumiu e foi substituída pelo medo. E se ela estivesse *mesmo* parindo um demônio? Ela começou a rezar sem parar, e depois a tremer, desejando que o bebê nascesse morto. Pensando se ela mesma não deveria matá-lo. Isso, explicara depois a Savitha, seria melhor do que soltar um demônio no mundo. Qualquer pessoa agiria da mesma forma, dissera. Mas logo o eclipse terminou e o seu bebê nasceu, e era apenas um bebezinho comum, sem nada de diferente.

— Sua mãe deve ter ficado aliviada – disse Poornima.

— Não muito. Afinal, ela teve uma filha.

Poornima assentiu. E ficou olhando enquanto ela comia. Savitha tinha bastante apetite, mas não comia mais do que qualquer outra pessoa que passasse doze horas por dia trabalhando num tear.

— Foi por isso que ela me deu esse nome, Savitha.

— O que quer dizer?

— O que você acha? Minha mãe pensou que, se me desse o nome do sol, ele não ia sumir mais.

Ela lambeu o caldo *rasam* dos dedos, a marca de nascença no pulso balançando da boca para o prato e de volta à boca como se fosse uma rede, e depois pediu mais arroz para acompanhar o iogurte.

— Quer sal? – ofereceu Poornima.

— Prefiro doce. Para falar a verdade, o que mais adoro pôr no arroz com iogurte é banana, bem amassadinha. Não faça essa cara, não antes de experimentar. Fica com o gosto do mais doce e mais lindo sol nascente. E eu não estou lhe dizendo isso só por causa do meu nome. O gosto é assim mesmo, você devia provar.

— Mas logo banana… – disse Poornima, lembrando agora da sua mãe, das duas bananas que trazia para ela todos os dias, e de como, no final, elas não fizeram a menor diferença.

— Eu sei. Banana custa caro. Mas aí é que está, Poori… posso chamar você assim? Isso não é uma coisa para se fazer *todas* as vezes. O gosto é bom demais. Perfeito demais. Você ia querer assistir ao nascer do sol todos os dias? Ia acabar se acostumando; decorando o colorido do céu, entende? Decorando tanto que ia olhar para o outro lado.

– E acontece a mesma coisa com a banana no arroz com iogurte? Eu ia querer parar de comer?

– Não, você ainda comeria. Só que faria isso sem pensar no assunto.

Pensar?

Bem, agora ela estava falando, Poornima ponderou. Falando demais, até. E tinha essa obsessão estranha com a comida: a história da banana no arroz com iogurte, isso de chamá-la de Poori, o jeito de lamber os dedos como se nunca mais fosse fazer uma refeição na vida. O pai tinha dito que Savitha era de uma família pobre, mais pobre até do que a deles, o que era algo difícil de imaginar. Seis filhos ao todo, ele lhe contara, o velho Subbudu tão alquebrado que há tempos nem tentava tecer, a mãe limpando e cozinhando para outras famílias, nada além de uma reles *serva*, o pai dissera com desprezo, os irmãos mais velhos tinham se mudado para Hyderabad com a promessa de mandar dinheiro, mas a família não tinha visto um *paisa* sequer até agora. E as quatro filhas, ainda solteiras.

– Quatro! – exclamara o pai, balançando a cabeça. – O velho não tem saída. Seria melhor tratar de achar quatro pedras das grandes e uma corda, e levá-las até o poço mais próximo.

– Savitha é qual das filhas?

– A mais velha. Entre as meninas. E não há o suficiente nem para o dote *dessa aí*.

Então o casamento dela também fora adiado, como o de Poornima. O pai estreitou os olhos nessa hora e perguntou:

– Ela por acaso não anda comendo demais, anda? Ou pegando comida para levar para as irmãs?

– Não – respondeu Poornima. – Ela quase nem come.

O que Poornima mais gostava em Savitha – além das mãos – era da sua limpidez. Ela nunca havia conhecido ninguém – nem o pai, nem uma professora, nem o sacerdote do templo – que demonstrasse tanta certeza quanto Savitha. Mas certeza sobre o quê?, perguntava a si mesma. Sobre amassar banana no arroz com iogurte? Sobre o sol nascente? Sim, mas era mais do que isso. Havia a força com que puxava a haste do tear, o seu passo firme, a maneira como amarrava o sári ao redor da cintura. Havia certeza sobre tudo, Poornima se deu conta, que nela própria era só *incerteza*. À medida que as semanas foram passando, Savitha começou a demorar-se um pouco mais no almoço; começou a chegar mais cedo para ajudar na faina matinal, embora com certeza tivesse as próprias tarefas para fazer em casa antes de sair. Ela e Poornima passaram também a irem juntas até o poço, buscar água.

Numa dessas vezes, quando voltavam juntas com os potes de barro cheios d'água apoiados nos quadris, passaram por um grupo de rapazes mais ou menos da idade delas. Eram quatro, fumando perto da loja de cigarros *bidis* quando um deles, um garoto com vinte e poucos anos, magro como um junco, mas com uma cabeleira farta, reparou em Poornima e Savitha e começou a apontar.

– Olhem só! – disse para os outros. – Olhem esses quadris, essas curvas. Dois exemplares do melhor da paisagem indiana.

Então outro assoviou e um terceiro ainda, ou talvez o mesmo, disse:

– Nem Gandhi seria capaz de resistir. – Todos riram. – Qual vocês preferem, rapazes? A amarela ou a azul?

Poornima percebeu que ele falava da cor dos seus sáris.

– A azul!

– A amarela!

– O que *eu* quero é ser aquele pote de barro...

E os quatro riram outra vez.

Não haveria como passar ao largo do grupo, elas perceberam. Os homens chegaram mais perto e cercaram as duas. Era um cerco um tanto frouxo, e mesmo assim ameaçador. Poornima olhou para Savitha e viu que ela olhava para a frente, como se os homens nem sequer estivessem ali.

– O que a gente vai *fazer*? – sussurrou Poornima.

– Caminhar – disse Savitha, a voz firme, estável e sólida como o templo na Indravalli Konda, no qual o seu olhar parecia ter se fixado.

Os olhos de Poornima foram de Savitha para os próprios pés.

– Não baixe a cabeça! – disse ela. – Olhe para a frente.

Ela esticou lentamente o pescoço e viu que os homens haviam se aproximado mais. Eles estavam saltitando como grilos; um agarrou o *pallu* do sári de Savitha e deu um puxão. Ela afastou a sua mão com um tapa, que foi recebido com uivos de todo o grupo, seguidos de mais passos de dança e risadas. Como se o tapa tivesse sido um convite. Poornima reparou de relance em outras mulheres, postadas às portas dos seus casebres. Garotos, elas deviam estar pensando, balançando a cabeça. Poornima sentiu uma onda de pânico se formando; esse tipo de episódio era comum no povoado, mas, em geral, os homens as deixavam em paz depois de umas poucas investidas, de algumas piscadelas. *Aqueles* homens tinham começado a seguir as duas. E eram quatro. Seu olhar procurou Savitha. O rosto dela tinha a mesma determinação de antes, os olhos fixos à frente, pregados no templo e na Indravalli Konda como se fosse capaz de perfurá-los. Os homens deviam ter percebido alguma coisa nela, algo parecido com insubordinação – e essa insubordinação, essa *audácia* parecia atiçá-los ainda mais.

– *Darling baby* – disseram a Savitha primeiro em inglês, depois em télugo –, por que *você* não escolhe?

E foi isso. Esse era o sinal que ela estava esperando.

Savitha pousou seu pote de água no chão, aprumou as costas e ficou parada. Absolutamente imóvel. E, com a sua imobilidade, veio uma imobilidade ainda maior. As pessoas às portas dos seus casebres, a curva da rua que levava à encosta da Indravalli Konda, os campos de arroz em toda a volta, até mesmo o estalido dos teares, presente no povoado em todos os momentos, tudo mergulhou num silêncio estranho. Era quase possível ouvir o rio Krishna, a vários quilômetros dali – o burburinho das águas correndo para o mar, as asas das aves aquáticas em pleno voo.

– Eu já fiz a minha escolha – disse Savitha.

O primeiro dos homens, o que era magro e com a cabeleira farta, começou a gritar e a pular ao redor do círculo como uma criança.

– Ela sabe! Ela sabe! Sinto muito, rapazes, desejo melhor sorte a todos na próxima vez.

– Qual? Qual? – todos queriam saber.

Savitha encarou um por um, até encontrar seus olhos, depois avançou um ou dois passos na direção deles, um de cada vez, como se quisesse provocá-los com o suspense da escolha, e então abriu um sorriso – o brilho dos seus dentes cintilante e virtuoso como a brancura do templo lá longe. Ela deu um passo na direção de Poornima, pegou-a pela mão e disse:

– É ela que eu escolho. – Com essas palavras, Savitha voltou a pegar seu pote com água, agarrou Poornima pelo braço e a puxou para fora do círculo.

– *Ela?* – gemeram os homens. – Ela é mais feia do que você.

Quando as duas chegaram em casa, Poornima estava tremendo.

– Não – disse Savitha. – Isso não é bom.

– Não consigo controlar.

– Você não entende? Eu podia ter escolhido uma árvore. Um cachorro.

– É, mas eles podiam ter machucado a gente.

– Eu não teria deixado – respondeu Savitha.

E pronto, ali estavam: aquelas quatro palavras. Elas eram uma canção, um sortilégio. Poornima sentiu que um peso, um peso horrível e apavorante, se desfazia. Será que o peso vinha da morte da mãe? Ou do fato de ela ser um boi? Ou seria o fruto de algo menos óbvio, como a passagem do tempo, o girar interminável da sua *charkha*? Apesar de que, pensando agora no assunto, essas duas coisas eram uma só, não eram? E, de todo modo, não fazia diferença. Ela e Savitha ficaram amigas tão próximas que nenhuma das duas conseguia fazer sequer uma refeição sem se pegar pensando se a outra teria pedido mais sal, ou se também gostaria da berinjela com batatas. De uma hora para outra, o café da manhã passou a ser a refeição de que menos gostavam no dia, e o domingo, o dia de que menos gostavam na semana. Poornima chegou até mesmo a começar a economizar um *paisa* aqui e ali para comprar bananas sempre que podia. Na primeira vez que fez isso, ela deu uma de presente para Savitha no almoço, quando estava servindo o leitelho. Naquela manhã o dinheiro não dera para comprar iogurte. Savitha não pareceu se importar. Ela misturou o leitelho aguado ao arroz com tanto prazer como se fosse o mais cremoso iogurte que já provara na vida. Poornima ficou olhando a amiga fazer isso, e em seguida lhe estendeu a banana.

Savitha arfou de surpresa.

— Tem certeza?

— É claro. Comprei especialmente para você.

Ela ficou tão encantada que, curiosamente, se mostrou encabulada.

— Minha mãe diz que se eu tivesse comido menos bananas na vida eles já teriam o dinheiro para o meu dote.

Poornima sorriu e baixou os olhos.

Savitha parou de comer.

— Quando foi que ela morreu?

— Faz quatro meses.

Savitha misturou a banana ao arroz. Primeiro, tirou completamente a casca, depois amassou a polpa entre o polegar e os dedos. A banana formou bolotas irregulares, que se espalharam na superfície do arroz com leitelho como se fossem ratões chapinhando num charco. Uma visão nem um pouco apetitosa.

— Você *gosta* disso?

— Experimente um pouco. — Ela ergueu um punhado na direção de Poornima.

Poornima balançou firmemente a cabeça. Savitha deu de ombros e começou a se deliciar com a gororoba de arroz com banana, fechando os olhos enquanto mastigava.

— Sabe o que é ainda melhor do que isto?

Poornima franziu o nariz.

— Quase qualquer coisa, imagino.

Savitha ignorou a resposta. Ela se inclinou para perto de Poornima, como quem estivesse prestes a revelar um segredo.

— Eu não sei bem se é verdade. Só ouvi falar, mas dizem que há uma fruta rara. Uma coisa de louco, Poori. Rosada por dentro, quase amanteigada, mas com a doçura de uma bala. Mais doce. Melhor até do que as bananas, melhor até do que sapoti. Eu sei, eu sei que você está pensando que isso é impossível, mas eu escutei uma mulher mais velha contando sobre ela na feira. Faz muitos anos. Ela disse que só crescia numa certa ilha. Do Brahmaputra. E até mesmo o jeito como ela descreveu a ilha foi encantador. A mulher olhou para mim, bem nos meus olhos, e disse: "Você sabe como Krishna toca a flauta para sua Radha, seduzindo-a ao pôr do sol, na hora em que as vacas estão voltando para casa? Esse é o som. É esse o som da ilha. A melodia de uma flauta. Por toda parte, por lá, há a fruta, e há o som da flauta. Eles seguem você como quem se apaixona".

— Foi assim que ela falou?

— Foi.

— Como a melodia da flauta?

— Isso.

Poornima ficou um instante em silêncio.

— Qual é o nome da ilha?

— Majuli.

— Majuli — repetiu Poornima em voz alta, como se saboreasse a palavra na sua língua. — E você acreditou nela?

— É claro que eu acreditei — respondeu Savitha. — Outras pessoas que estavam na feira não acreditaram, mas eu acreditei. Falaram que ela estava senil, e que nunca tinha nem passado para o norte do antigo pátio dos trens, quanto mais ido até Brahmaputra. Mas você tinha que ter visto a expressão dela, Poori. Como daria para *não* acreditar? – O rosto se iluminou como se fosse uma estrela.

Poornima parou para pensar um instante, perplexa.

– Mas como é que uma ilha pode ser como a melodia da flauta? Ela estava querendo dizer que amou a ilha? Do mesmo jeito que Krishna ama Radha?

– Não, eu não acho que era isso.

– O que era, então? O que ele toca é uma música de amor, afinal.

– É verdade – concordou Savitha. – Mas também é uma música de fome.

Agora Poornima estava ainda mais confusa.

– De fome?

– Talvez a senhora estivesse querendo dizer que a ilha era o fim da fome. Ou o começo dela. Ou vai ver que a fome nunca tem um começo. Ou um fim. Como a melodia da flauta de Krishna.

– Mas, e o amor?

– O que é o amor, Poori? – falou Savitha. – O que é o amor senão um tipo de fome?

3

Na semana seguinte, Savitha convidou Poornima para ir à sua casa. Era domingo. O pai não se incomodou, desde que ela preparasse antes a comida, desse de comer aos irmãos e à irmã e deixasse o fumo pronto e o seu tapete desenrolado para o cochilo da tarde. Era um dia quente; embora ainda fosse março, elas já precisaram andar pela sombra – Savitha caminhando na frente, Poornima logo atrás –, desviando-se para buscar as copas das árvores e os beirais da cobertura de palha dos casebres. Savitha morava do lado oposto do povoado, mais distante da Indravalli Konda, mas mais perto do rio Krishna. Muitas mulheres da casta das lavadeiras moravam desse lado, por causa da proximidade com a água. Também havia – descobertas nessa mesma parte do vilarejo – inscrições que remontavam ao tempo da dinastia Chola, embora, por ficar perto dos trilhos da ferrovia, a área fosse o principal banheiro público do vilarejo e ninguém desse a menor importância para as tais inscrições antigas. No entanto, a maioria das pessoas que moravam por ali pertencia à casta dos tecelões, e isso incluía a família de Savitha.

O casebre deles ficava sobre um morrinho. A rua que levava até ele – que não passava de uma estrada de terra – era ladeada por arbustos cujos galhos e folhas já estavam murchos e cinzentos por causa do calor. Quando Poornima estendeu a mão para tocar um deles, uma camada fina, cinzenta e sedosa se desprendeu da folha, e ela percebeu que se tratava das cinzas da lenha que as famílias queimavam do lado de fora, ao longo da trilha, pois eram pobres demais até para terem cozinhas dentro dos casebres. Havia também pilhas de lixo junto das fachadas, farejadas de vez em quando por um porco ou cachorro de rua faminto a ponto de ousar enfrentar o calor. Era quase a hora da refeição da tarde, por volta das quatro horas, mas ninguém parecia estar em casa. A essa altura, o céu estava todo branco, reluzente como um pote de latão com uma vela dentro. Suor escorria pelas costas de Poornima e umedecia a sua cabeça.

Quando chegaram ao casebre, Poornima percebeu que sua família era rica comparada à de Savitha. Eles não tinham dinheiro nem para comprar folhas de palmeira para a cobertura do casebre, cujo telhado havia sido feito com uma folha de metal corrugado descartada por alguém. A parte externa era revestida de esterco de vaca, e havia uma pequena área de terra batida capinada perto da entrada, embora mesmo ali ainda houvesse um pouco de lixo espalhado – pedaços velhos e amarelados de jornal já se desfazendo, trapos enegrecidos, cascas de legumes podres demais até mesmo para os leitõezinhos que perambulavam livremente de casebre em casebre. Poornima levantou os pés para passar por cima deles e, quando seguiu Savitha para dentro do casebre, a primeira coisa que notou foi o cheiro. Uma mistura de roupas encardidas, suor e comida fermentada. Um cheiro de estrume, fumaça de madeira queimada e sujeira. Um cheiro de pobreza. E de desespero. O cheiro da sua mãe quando estava morrendo.

– Não tem leite para o chá – disse Savitha. – Você quer um? – Ela lhe estendeu uma lata de biscoitos que claramente estavam ali só para serem servidos às visitas.

Poornima mordiscou um; o biscoito estava velho, e se desmanchou numa pasta amarela e mole na sua boca.

– Onde está sua mãe? E suas irmãs?

– Minha mãe trabalha de cozinheira hoje. Para a família que mora naquela casa grande perto do mercado. E minhas irmãs fazem a coleta de tarde.

– Que coleta?

Savitha deu de ombros.

– Normalmente, eu vou com elas.

– Para onde?

– Para os limites do vilarejo. Junto do cemitério cristão.

Poornima sabia que era nesse lugar que ficavam os lixões. Não as pilhas pequenas que salpicavam todo o povoado, praticamente uma a cada porta, mas os montes enormes, uns três ou quatro no total, para onde todas as pequenas pilhas acabariam sendo levadas. Poornima só tinha visto os lixões de longe – uma cadeia distante de montanhas no horizonte, ao sul, que só os mais pobres escalavam. Em busca de roupas descartadas, ou papel e aparas de metal, ou comida, ou plástico. Geralmente crianças, ela sabia, mas às vezes também adultos. De todo modo, sempre os mais pobres. Ela se lembrava de a mãe ter dito uma vez, ao passarem ali: "Não olhe", e de que ficara sem saber se não devia olhar para o cemitério ou para as crianças escalando os monturos. Mas agora, dentro do casebre tão pobre de Savitha e com a mãe já morta há bastante tempo, Poornima achou ter enfim entendido. Quando a mãe lhe dissera para não olhar, ela não estava se referindo nem ao cemitério nem aos montes de lixo. Ela lhe dizia para não olhar para a morte, para a pobreza, para como essas duas coisas se alastravam pela vida, como ficavam esperando por você, cercando você, até por fim acabarem com a sua existência.

– *Você* vai?

– Agora não vou mais. Não desde que comecei a trabalhar para o seu pai.

Poornima olhou pela janela do casebre. Ela dava para a Indravalli Konda; seus olhos fitaram o templo e, pela primeira vez, Poornima sentiu orgulho do pai. Ele dera a Savitha um meio de ganhar a vida e a

O BRILHO DO SOL QUE INVADIU A NOSSA CASA 39

afastara do lixão. Ela nunca havia pensado no pai como um homem generoso, mas se deu conta de que a generosidade podia ser uma qualidade oculta, obscurecida como se estivesse velada pelas cinzas, como a cor verdadeira das folhas dos arbustos no caminho para o casebre de Savitha.

– E como foi que você aprendeu a tecer? – perguntou à amiga.

– Os meus pais eram tecelões. Minha mãe ainda tem a *charkha* dela – explicou Savitha, apontando para um monte de pedaços de madeira num canto.

Na parede acima, havia um calendário com uma imagem de Shiva e Parvati com Ganesha e Kartikeya sentados em seus colos. Ao lado da *charkha* quebrada, estava um fardo grande embrulhado num lençol velho, ou talvez um xale. Umas poucas panelas e cumbucas de alumínio amassado jaziam num outro canto, embaixo de um cesto de vegetais preso à parede que continha um dente de alho, uma cebola estufada e uma abóbora redonda e alaranjada. Poornima viu um bolo de restos de arroz cercado por uma nuvem de moscas. Uma esteira desgastada de bambu estava estendida ao lado.

– Nós tínhamos um tear. Só que meu pai o perdeu para a bebida. E uma lojinha de cigarros *bidi*. Não aqui. No centro da cidade. Que meu pai perdeu para a bebida também.

Poornima nunca tinha ouvido falar de uma coisa daquelas. A palavra para bebida alcoólica em télugo era *mondhoo*, que podia significar tanto remédio quanto veneno. Era considerado tabu sequer mencionar o termo, e isso jamais deveria ser feito na presença de mulheres ou crianças. Dos bêbados, falava-se aos cochichos pelos cantos, e eles eram tratados como se fossem leprosos ou coisa pior. E ali estava ela agora, na *casa* de um. Poornima sentiu um calafrio.

– Onde ele está agora?

Os olhos de Savitha voltaram-se para a janela.

– Lá em cima, provavelmente.

Poornima seguiu seu olhar. E lá estavam a Indravalli Konda, o templo, o céu.

– No templo?

– Ele vai até lá pedir esmolas. Geralmente, os sacerdotes ficam com pena e lhe dão a metade de um coco, ou, com sorte, um bolinho *ladoo*. – O tom despreocupado na voz dela espantou Poornima. – É o que basta para ele se manter.

As duas estavam de pé, olhando para o templo a distância. A história – não uma lenda; não poderia ser lenda porque tinha acontecido de verdade e Poornima já vira acontecer – que se contava era que, uma vez por ano, inexplicavelmente, escorria néctar da boca da divindade do templo. Um néctar doce e espesso, fluindo abundantemente. Ninguém sabia de onde ele vinha, por que começava a fluir ou por que parava, mas, correndo os olhos pelo casebre de Savitha, pelo dente de alho solitário no cesto, a cebola apodrecendo e a abóbora que Poornima sabia serem as únicas provisões da família, talvez para uma semana inteira, o que ela pensou foi que o tal néctar deveria escoar o tempo todo. Se nós somos mesmo filhos dos deuses, como dizem os sacerdotes, por que o néctar não flui sempre?

– Eu não vou entregar o meu ordenado para ele. Meu pai acha que estou economizando para o meu dote, mas não estou. Estou economizando para os dotes das minhas irmãs. – Savitha fitou Poornima. – Só vou me casar quando todas elas estiverem casadas.

– Está falando sério?

O olhar de Savitha mirou um ponto para além da amiga, como se fitasse uma caverna, e ela disse:

– Estou.

O fazendeiro não estava mais interessado. Ele mandou avisar ao pai de Poornima. Disse que não teria como esperar os oito meses que ainda faltavam, e, além disso, tinha ouvido falar que sua filha era escura feito um tamarindo. O pai de Poornima ficou desconsolado. Ele importunou Ramayya, que lhe levara o recado, fazendo pergunta atrás de pergunta:

– O que mais ele disse? Será que tem alguma chance de que mude de ideia? Um tamarindo? Ele disse isso? Ela não é de jeito nenhum escura como um tamarindo! Você acha que é? Que maldição: filhas e pele escura. E se eu comprar mais uma cabra para ele? Algumas galinhas, quem sabe?

Ramayya só meneou a cabeça e falou que não adiantava. Tomando um gole do seu chá, emendou:

– Nós arrumamos outro pretendente. Eu já tenho uma possibilidade.

Os olhos do pai de Poornima se iluminaram.

– Quem?

Era um jovem que vivia em Repalle. Ele havia terminado o ensino médio, e agora trabalhava como aprendiz numa loja de sáris. Tanto o pai quanto a mãe eram tecelões, mas, agora que o filho tinha um emprego, e com a perspectiva de surgir uma nora que lhes trouxesse um dote e quem sabe até uma renda extra com sua *charkha*, estavam passando menos tempo nos teares e mais ocupados com a missão de casar o filho.

– A questão é que também há uma filha mais nova, então não podemos ter certeza – disse Ramayya.

Ele estava se referindo, é claro, ao fato de que o rapaz não poderia se casar antes que a irmã estivesse casada e com a vida arranjada. Mas Ramayya contou também que a tal filha já estava com o casamento acertado. Que só faltava o *muhurthum* – a data e o horário mais auspiciosos para celebrar a união – ser definido. O pai de Poornima ficou contente.

– Então ainda temos bastante tempo – disse ele com um sorriso.
– E quanto ao dote?

Ramayya terminou seu chá.

– Está dentro das nossas possibilidades. O rapaz é só um aprendiz, afinal de contas. Mas uma coisa de cada vez.

Na tarde seguinte, Poornima contou a Savitha o que tinha ouvido. A amiga tinha entrado para almoçar. As duas só comiam depois de o pai de Poornima terminar, e, como ele havia pedido para repetir o curry de pimentão, elas tiveram que dividir entre si a única colherada que sobrara. Estavam comendo quase que só arroz com picles.

– Qual foi o lugar que você disse?

– Repalle.

Savitha ficou em silêncio um instante.

– Isso é muito longe.

– Onde fica?

– Depois de Tenali. Perto do mar.

– Do mar?

Poornima nunca tinha visto o mar, e na sua imaginação ele se parecia com um campo – um campo de arroz, pensava ela – com navios que se podia avistar a distância em vez de montanhas, azul em vez de verde, e, quanto às ondas, houvera uma discussão com uma colega da escola certa vez, no terceiro ano. "Mas o *que* são ondas? Como se parecem?" E a menina, que também nunca tinha visto o mar, falou que as ondas eram os arrotos da água, e que se pareciam com um gato quando está se espreguiçando. Um gato? Se espreguiçando? Poornima duvidou que pudesse ser daquele jeito.

– Você vai me visitar?

– Já disse. É muito longe.

– Mas… tem o trem.

Savitha soltou uma risada. Ela ergueu um pedaço do pimentão entre os dedos.

– Está vendo isto aqui? E *isto*? – falou, indicando o próprio prato cheio de arroz com uma pontinha de tomate em conserva do ano anterior. – Para mim, isto é um banquete. Como você acha que vou ter dinheiro para comprar uma passagem de trem?

Naquela noite, Poornima deitou no seu tapete e ficou pensando em Savitha. A ideia a enchia de uma sensação meio perturbadora, mas não havia como ela aceitar se casar com um homem que vivesse num lugar tão longe que Savitha não poderia ir visitá-la. E isso, basicamente, significava que *Savitha* era mais importante do que o homem com quem ela se casaria. Isso poderia ser mesmo verdade? Como as coisas teriam chegado a esse ponto? Poornima não saberia dizer. Ela pensou na impetuosidade que às vezes inundava os olhos de Savitha. Pensou no templo visto da janela do casebre da família dela. Pensou na sua mistura de arroz e leitelho com banana, e na maneira como, quando enfim havia cedido e pedido para experimentar, Savitha, com um sorriso amplo, juntara um bolo úmido de arroz entre os dedos e, em vez de lhe entregar, levara-o até sua boca. Pusera o arroz lá dentro, a ponta dos seus dedos roçando a ponta da língua de Poornima. Como se ela fosse uma criança. Como *amma* talvez tivesse feito. Só que, no caso de Savitha, não havia doença para macular o gesto, nem morte; ela estava viva, mais viva do que qualquer outra pessoa que Poornima conhecera. Ela fazia até mesmo as mais ínfimas miudezas da vida parecerem grandiosas. E, para Poornima, que sempre havia ansiado por mais do que um pente nos seus cabelos, por mais do que o soar das horas de um relógio azul, ou do que a voz doce que o tempo todo tentava conjurar de volta à memória, observar Savitha, observar o *deleite* dela, era quase como cultivá-lo em si mesma. E até mesmo nas tarefas corriqueiras – cozinhar, ir ao poço buscar água, lavar a louça, esfregar a roupa, passar horas sem fim sentada à *charkha* – ela de uma hora para outra descobriu uma satisfação repentina e cintilante. Talvez até alegria. Embora o mais surpreendente de tudo fosse não conseguir mais imaginar a sua vida sem Savitha. Com quem conversava à hora das refeições, antes dela? O que tinha para fazer aos domingos? Para quem cozinhava? O seu pai, que era lento para perceber a maior parte das coisas, havia lhe dito, na noite da véspera:

– Essa Savitha parece ser uma boa moça. É bem trabalhadeira, isso é certo. – E então, voltando a enrolar o seu fumo, continuou: – Uma garota dessas não devia ficar solta por aí. Deviam casá-la. Quantos anos ela tem? Idade demais para ficar solta assim, eu diria. Nunca se sabe.

Nunca se sabe, Poornima repetira para si mesma. Nunca se sabe o quê?

O pai voltou-se para ela.

– Eles virão amanhã. Provavelmente na parte da tarde.

– Quem?

– O rapaz de Repalle. E a família dele.

– *Amanhã?*

– Tome. – O pai lhe deu algumas rupias. – De manhã, mande seu irmão comprar algo para comer. Alguns *pakoras*, talvez.

Poornima o encarou.

– Não fique aí parada. Pegue logo.

Pela manhã, quando Poornima deu a notícia, Savitha só deu um sorriso.

– Não vai dar em nada – falou ela.

– Como você sabe?

– Porque essas coisas sempre são assim.

– Que coisas?

Savitha apontou para o céu.

– Coisas que não foram determinadas. Que estão quebradas antes mesmo de virem a ser.

– Mas... Eles estão vindo. Gopi foi comprar *pakoras*.

Ela sorriu outra vez.

– Certa manhã, quando estava vindo para sua casa, eu atravessei a estrada velha de Tenali, você sabe, aquela onde os caminhões passam para chegar à autoestrada. Enquanto atravessava, na altura da loja de *paan*, ouvi uma pancada. Um som curto e ligeiro. Não dei muita importância, mas decidi me virar para olhar, e, quando fiz isso, havia uma coruja na pista. Atropelada. Uma das asas dela estava esquisita, *errada*. Você está me entendendo? Ela parecia morta. Ou dormindo. Mas não, estava acordada, Poori. *Acordada*. Mais acordada do que qualquer coisa que eu já tenha visto. Sem fazer um som. Sem piar, sem gemer. Os pássaros gemem? Bem, não havia barulho nenhum. Ela estava só parada ali, caída, no meio da estrada. No meio de todas as bicicletas e pessoas e caminhões passando. Um deles até passou por cima dela. Mas a coruja só continuava lá. O olho, o que estava voltado para mim, parecia uma bola de gude. Uma bola de gude perfeita, preta e dourada. Refletindo tudo. Eu agora estava bem perto, entende, debruçada por cima dela, pensando em como poderia ajudá-la. Mas o que eu podia fazer? A asa esmagada tinha uma aparência horrível. Como um dia solitário. Como a fome. Mas, enquanto olhava, percebi que a coruja estava me *dizendo* uma coisa. Estava tentando me dar um recado. Eu juro. E você sabe o que era? Sabe o que ela estava tentando falar?

Poornima não disse nada.

– Coisas de coruja. Coisas que eu não teria como entender. Eram as palavras de quem morre, as palavras de um moribundo, só que ditas numa outra língua. Feita de silêncios. Mas ela estava dizendo outra coisa também, algo só para mim. Estava falando que o homem de Repalle não tem importância. Que vamos ficar juntas... A coruja quis se referir a mim e a você, é claro. É assim que as coisas são: quando duas pessoas querem ficar juntas, elas dão um jeito. Elas *encontram* uma maneira. Pode parecer ridículo, ou mesmo idiota, se esforçar por alguma coisa que na verdade só depende do acaso, que é totalmente arbitrária, como ficar *com* uma pessoa, como se "junto com" ou "separado de" tivessem sentido por si sós, mas, a coruja disse... e a essa altura ela estava suspirando, ou mesmo ofegando, quase morrendo mesmo... ela disse: "Mas essa é a questão com vocês, humanos. Vocês pensam demais, não é mesmo?".

– Espere aí – interveio Poornima –, a coruja lhe disse tudo isso?

– Disse.

– Então ela me conhece? E conhece você? E o homem de Repalle?

– Conhecia. A coruja já deve ter morrido a esta altura.

– Tudo bem. Conhecia.

– Sim.

– Sim?

Savitha a encarou, sem piscar nem por um instante, e disse:
– Sim.

A visita matrimonial aconteceu no final da tarde. Eles chegaram um pouco depois das seis. Vieram o noivo, aprendiz na loja de sáris, a mãe e o pai dele, Ramayya, e também um tio e uma tia. Embora talvez o tio e a tia fossem, na verdade, um primo mais velho e a esposa. Era difícil ter certeza, e Poornima nunca soube ao certo. Ela estava na cabana de tecer, onde ficavam os teares, quando eles chegaram. A irmã do seu pai tinha vindo para ajudá-la a vestir o sári – um feito de algodão bege com a barra verde, que pertencera à mãe da menina – e prender uma guirlanda de jasmins nos seus cabelos. Poornima havia passado óleo nas mechas pela manhã, o aroma do coco ainda na ponta dos seus dedos, cobertos também por uma camada fina do pó do *kumkum*, como se ela tivesse segurado uma borboleta vermelha pelas asas. A tia lhe segurava os cabelos para trançá-los, puxando com tanta força que Poornima soltava gritinhos de dor.

– Quieta! – ralhava a tia. – Um rapaz já desistiu. Que vergonha. Como você acha que fica isso, para uma moça? Hã? Graças ao Senhor Vishnu, ele nem chegou a pôr os olhos em você. Isso teria sido o fim. Coitado do seu pai. Primeiro perder a esposa, com cinco filhos para criar, e agora *isto*. Trabalhando de sol a sol. Mas este vai dar certo. Você vai ver.

A tia cobriu o rosto de Poornima com uma camada grossa de talco. E reaplicou o *kumkum* e o kajal. E, depois, tirou as pulseiras de ouro dos próprios pulsos para enfiá-las nos de Poornima.

– Pronto – anunciou, dando um ou dois passos para trás. – Agora, trate de manter a cabeça baixa, e só fale se falarem com você. Mas nada de tagarelice. Só responda as perguntas deles. E tente cantar. Se lhe pedirem, cante alguma coisa. Pode ser alguma canção religiosa. Uma simples, para você não se atrapalhar.

O BRILHO DO SOL QUE INVADIU A NOSSA CASA   47

Poornima assentiu.

A tia a conduziu para fora da cabana de tecer, fazendo-a contornar o casebre principal para entrar pela frente, onde todos já estavam sentados. Ela fez Poornima se sentar na esteira de palha, junto da mãe do noivo e da sua tia ou prima. O pai do noivo estava ocupando a cadeira, e todos os outros homens tinham se acomodado na borda da cama de cordas de cânhamo. Algumas amabilidades foram trocadas com a tia de Poornima, que a tia ou prima do noivo parecia conhecer de algum lugar. E, então, a mãe do noivo tocou as pulseiras de ouro no braço de Poornima.

– Não são muito grossas – comentou ela.

– Bem – interveio Ramayya num tom casual –, tudo isso poderá ser acertado depois.

A mulher sorriu, soltou as pulseiras, um tanto relutante, e falou:

– Qual é o seu nome, meu bem?

Poornima ergueu os olhos para a mulher que imaginava que seria sua futura sogra. Ela era gorda, bem nutrida, a barriga por fora da cintura do sári redonda e úmida como um pote de barro. As unhas e os dentes dela eram amarelados.

– Poornima – respondeu.

Ela tinha gostado de ser chamada de "meu bem" pela mulher. Mas não gostara do tom da voz dela, ficara desconfiada; uma voz que havia saltado fácil demais da espessura das pulseiras para o seu nome, como se as duas coisas fossem uma só, como se fossem parte do mesmo interrogatório, da mesma busca.

– Fale com ela, Ravi – falou a tia ou prima do noivo. – Faça alguma pergunta.

O noivo estava sentado na beirada da cama. Poornima só conseguia ver os calçados (sandálias marrons) e a barra da calça (cinza, risca de giz). Os tornozelos – a única parte do corpo dele em seu campo de visão – eram escuros, com pelos grossos como arame.

– Você sabe cantar? – perguntou ele.

Poornima pigarreou. *Uma canção religiosa*, disse para si mesma. *Pense numa canção religiosa*. Mas então sua mente ficou vazia. Não, não exatamente vazia. O que surgiu nos seus pensamentos foi a coruja. A coruja que tinha falado com Savitha quando estava na estrada para morrer. O que era que tinha dito? Alguma coisa sobre encontrar uma maneira, dar um jeito. O que ela iria fazer em Repalle sozinha, sem Savitha? Essa pergunta parecia maior do que qualquer outra que tivesse feito a si mesma em toda a sua vida. Maior do que todas as outras perguntas juntas.

— Não — respondeu ela. — Não sei cantar.

A sua tia arquejou.

— É claro que sabe! — atalhou ela, com um riso nervoso. — Lembra daquela música? A que cantamos no templo. Que fala de Rama e Sita, e de...

— Eu lembro. Sei perfeitamente qual é. Só não sei cantar. Como já disse. Eu não sei cantar.

O noivo pigarreou. A sua tia ou prima falou:

— Ora, não faz mal. Cantar não é assim tão importante. Ela sabe cozinhar, não sabe? Quantos carretéis de lata você enche por dia fiando com a sua *charkha*?

— Quatro, cinco.

— Estão vendo? — disse a mulher. — Isso não é nada mal.

— Swapna enche oito carretéis — disse a mãe do noivo. — E isso *com* o bebê.

A conversa seguiu desse jeito. Eles terminaram o chá, comeram todos os *pakoras* e também quase todo o *jalebi*, deixando só uns pedaços de calda açucarada na travessa. Falaram da falta de chuva, de como os trens vindos de Repalle sempre atrasavam, falaram do preço dos amendoins, da manga e do arroz, e depois falaram do novo governo, e de como os preços eram mais baixos e as mercadorias, melhores quando o Partido do Congresso estava no poder. A tia de Poornima então a conduziu para fora da sala. Ela foi repreendida, como sabia que seria.

– Sua tola! – disse a tia. – Quem vai querer se casar com você desse jeito? Graças ao Senhor Vishnu sua mãe não estava aqui para ver isso. Ela teria morrido de vergonha por ter uma filha tão horrível. Você não entende? Não tem *nada a ver* com você saber ou não cantar, sua boba. Eles querem saber é se você *escuta* o que dizem. Se vai ser obediente. E agora já sabem. Sabem que você é malcriada.

Quando Poornima contou isso a Savitha, no dia seguinte, ela deu risada.

– Muito bem! É assim que se faz. – Ela afastou uma mecha de cabelo que havia caído no rosto de Poornima. – Pronto. Vamos ficar bem.

4

Uma onda de calor atingiu Indravalli nos dias que se seguiram à visita de inspeção matrimonial. Poornima começou a se levantar antes do dia nascer para fazer as tarefas matinais. Buscar água no poço, preparar a comida do dia, varrer e lavar – tudo isso precisava ser feito antes que o sol se levantasse. Assim que ele tocava o horizonte, até mesmo uma mera pontinha dele, toda a terra começava a arder como se estivesse em chamas. O ar, durante toda a manhã e toda a tarde, ficava estagnado e quente, escaldante; uma brisa rala soprava com o cair da noite, mas até mesmo ela não passava de uma lamúria. Poornima se sentava diante da *charkha* a tarde inteira, fiando sem muita energia, e esperava a hora do jantar. Não havia como visitar Savitha durante o dia, enquanto ela estava trabalhando no tear: o pai da menina também ficava na cabana de tecer, de olho nas duas enquanto movimentava as hastes do tear. No meio da tarde, era tarefa de Poornima levar chá para os dois, mas ela e Savitha mal tinham chance de trocar um olhar rápido. Até porque o pai andava furioso ultimamente. A família de Repalle resolvera exigir um dote ainda maior, o *dobro* do que havia sido combinado. "O dobro", frisara ele numa voz dura, "por causa da sua insolência." Eles tinham pedido também um conjunto de pulseiras de ouro para sua filha, a irmã mais nova do noivo. "*De ouro*", o pai repetia sem parar.

– Ouro, ouro, ouro. Você está entendendo? De ouro. De onde você acha que eu vou tirar dinheiro para comprar ouro? – Os olhos dele, já vermelhos e injetados por causa do calor, arregalavam-se na direção da filha. – E ainda vou ter mais outra, depois de você. Daqui a quê? Dois, três anos? E tem também aquela sua amiga, Savitha. Sabe o que ela me pediu, outro dia? Ela perguntou se podia usar o tear depois do horário de trabalho. Se podia chegar mais cedo e sair mais tarde. O *meu* tear. E ela perguntou assim, de cara lavada, como se fosse obrigação minha concordar. – O pai balançou a cabeça, espantando um mosquito pousado em seu braço. – É essa sua audácia, a audácia de vocês, garotas, dessas garotas modernas, que vai ser a nossa ruína. Que vai ser a *minha* ruína.

– Por quê? – indagou Poornima.

– Por que o quê?

– Por que ela quer vir usar o tear por mais tempo?

– Como vou saber? – retrucou o pai. – Por que não pergunta isso a ela?

Poornima ficou olhando para ele. O pai deu um tapa em outro mosquito.

– Bom, mas não fique aí parada. Pegue o mata-moscas.

Ela perguntou a Savitha no almoço do dia seguinte. O ar dentro da cabana estava líquido, latejante, branco e áspero de tanto calor. As moscas voejavam preguiçosas, saindo um pouco do chão para logo voltarem a pousar, como se o mínimo esforço já as deixasse exaustas. Savitha estava suada por causa do trabalho no tear. Gotas de transpiração se acumulavam na linha de seus cabelos, e pontilhavam a clavícula. Poornima podia sentir o cheiro que o corpo dela exalava: selvagem, almiscarado. Sem nenhum traço de detergente de roupa, sabonete de sândalo ou mesmo de talco. Um cheiro de bicho.

Savitha parou de comer e ouviu enquanto Poornima lhe contava sobre a família de Repalle e sua decisão de pedir um dote maior.

– O seu pai pode pagar?

– Acho que não. Ele mal dá conta de conseguir o que já prometeu a eles.

– Então não tem problema.

Poornima deu de ombros.

– Pode ser. Só que todo mundo está furioso.

– Só porque você não quis *cantar*? O que eles acham que nós somos? Macacos de circo?

Poornima não respondeu. Em vez disso, indagou:

– Por que você quer trabalhar mais tempo no tear? Por que pediu permissão ao meu pai para fazer isso?

Savitha comeu um punhado do arroz com *sambar*. Seus olhos faiscavam.

– Estou fazendo uma coisa para você. Um sári. Foi por isso que pedi ao seu pai para usar o tear por mais tempo. Você acha que ele vai deixar?

– Um sári? Mas como? De onde vai tirar os fios? E como vai dar conta de tecer dois sáris ao mesmo tempo? É impossível.

– Foi por isso que eu pedi para ficar mais tempo. Vou terminar o sári para o seu pai fazendo hora extra. E depois, quando ele estiver pronto, posso começar o seu num sábado e trabalhar o domingo inteiro para estar com ele pronto na segunda-feira de manhã cedo. E os fios eu consegui no coletivo. São sobras. Parece que alguém os tingiu da cor errada. Índigo. E eles não podem tingir de outra cor por cima, ou não querem fazer isso. De todo jeito, venderam para mim bem barato.

– Um sári inteiro pronto em *um* dia?

– Dois, se eu trabalhar à noite também.

– Isso é ridículo. Você não pode trabalhar sem dormir por dois dias inteiros. E, além do mais, para quê? Por que quer fazer um sári para mim?

– Vai ser o meu presente de casamento. Você vai acabar se casando um dia, entende? Não com esse sujeito de Repalle, espero. Fico torcendo para ser com alguém aqui de Indravalli. Só que, quando o casamento acontecer, eu não vou poder comprar nada. Além do mais, olhe só pra isto aqui – disse ela, erguendo a mão com um punhado do arroz. – Ninguém nunca cozinhou para mim na vida. A minha mãe deve ter feito isso em algum momento, mas eu não lembro. Desde que me entendo por gente, sou eu que cozinho para mim mesma, para os meus pais, meus irmãos e minhas irmãs. E tem as bananas também. Eu sei que você guarda o seu dinheiro para comprar bananas para mim. E não tem só a ver com a comida. É por tudo. Tudo. Pelo jeito que você tem de sentar diante da *charkha* e fiar como se não estivesse tirando dela um carretel de linha, mas sim as histórias mais extravagantes, os sonhos mais encantadores. Pela maneira como você deixa o chá ao meu lado quando estou trabalhando no tear. E pela forma como segura o pote de água quando estamos voltando do poço, como se nada, nada no mundo, se comparasse ao esplendor e à delicadeza daquele pote de água. Você não percebe, Poori? Todas as outras coisas não têm a menor graça, não têm cor se comparadas a você. Ou àquele tom de índigo. – Ela abriu um sorriso. – O mínimo que posso fazer é tecer um sári para você. Eu *sei* como fazer isso. E umas noites sem dormir não vão fazer diferença. Imagine só quando eu vir você vestida nele.

Poornima queria se levantar, puxar Savitha para longe do prato e lhe dar um abraço. Ninguém – nem uma única pessoa, nunca – tinha pensado em *fazer* qualquer coisa que fosse para lhe dar. Sem contar a mãe, é claro, mas sua mãe estava morta. E o peso da sua mão enquanto penteava os cabelos de Poornima era tudo o que restava dela. Às vezes, muitas vezes, ela se agarrava a essa lembrança, a esse peso, como se por si só ele fosse capaz de guiá-la através de trilhas escuras e cerradas em meio à floresta até, a menina esperava, uma clareira. Mas isso não era verdade. Ele não podia. Tudo o que essa lembrança era capaz de fazer era lhe dar um pouco de alento. Que ia caindo, gota a gota, como o tubo de glicose que espetaram no braço da mãe quando ela fora internada no hospital. Que não era nada. Nada de importante. Açúcar. Tinham injetado açúcar nas veias da sua mãe. "Para lhe dar energia", os médicos disseram. Como se o açúcar pudesse fazer frente contra o câncer. Mas *Savitha*, Savitha queria lhe fazer um sári. Um sári que ela poderia embrulhar no seu corpo, segurar perto do rosto. Não uma lembrança, um cheiro, algo que se desvanece no ar. Mas um sári. Ela poderia usar o sári para aparar suas lágrimas, estendê-lo no telhado ou por cima da areia quente, ir vestida com ele até o rio Krishna e chapinhar nas suas águas, poderia se enroscar nas suas dobras, aninhar-se nele para se proteger da noite, poderia dormir, poderia sonhar.

5

A coruja estava certa: as negociações com a família de Repalle desandaram. Eles se recusavam a abrir mão das novas exigências com relação ao dote, embora Ramayya tenha conseguido convencê-los a aceitarem só uma pulseira de ouro em vez de duas para a irmã mais nova.

– Uma, duas. Que diferença faz? Eu não tenho dinheiro nem para meia pulseira de ouro. Que dirá para esse dote – foi o que o pai de Poornima falou.

– Eles a viram. Essa é a questão – opinou Ramayya.

Quando Poornima foi levar-lhe o chá, ele a encarou com um desgosto tão grande que parecia prestes a jogar o conteúdo do copo na sua cara.

– Você não é tímida. É sem educação. Você e seu pai têm muita sorte por eu ainda estar disposto a ajudar. As notícias correm, sabia? Todo mundo daqui até Godavari já ouviu sobre o que aconteceu. Quem é que vai querer se casar com você depois disso?

Depois que Ramayya saiu, o pai de Poornima lhe deu um tapa, com força. Em seguida, a agarrou pelos cabelos.

– Está vendo? Está vendo o que você fez? – E, apertando as mechas com mais força ainda, continuou: – Da próxima vez que lhe pedirem para cantar, o que é que você vai fazer?

Poornima piscou, tentando conter as lágrimas. Ela sentia o couro cabeludo ardendo, os cabelos arrebentando como se fossem fios elétricos. Os irmãos e a irmã se amontoaram na entrada do casebre para assistir à cena.

– O quê? – rosnou o pai. – O que você vai fazer? Responda. *Responda para mim.*

– Cantar – murmurou ela, com uma careta de dor. – Eu vou cantar.

O pai soltou os cabelos com um safanão, e Poornima tombou para a frente. Ela caiu em cima dos copos de aço em que servia o chá e cortou a mão. Um dos irmãos correu para buscar um trapo, que Poornima usou para estancar o corte. O sangue logo encharcou tudo, e o jantar ainda precisava ser preparado. Ela mandou as crianças irem brincar lá fora e se recostou na parede do casebre. Era a parede do lado leste. À sua frente, ficava uma janela alta. Por ela, para além da Indravalli Konda, Poornima enxergou o sol se pondo. Não o sol, propriamente, mas os tons cor-de-rosa, amarelo e alaranjado das nuvens estreitas, de bordas afiladas como facas, correndo na direção da montanha e parecendo determinadas a fazê-la cair de joelhos e se render. *Quanto delírio*, pensou Poornima. *Até parece que aquelas coisinhas felpudas inúteis são capazes de dominar uma montanha.*

Ela fechou os olhos. A dor na mão, no couro cabeludo, na face que o pai havia acertado, nenhuma dessas dores sequer podia ser notada. Todas continuavam lá, mas Poornima já não as sentia mais. O seu corpo nadava, lento, como se atravessando um mar espesso e carregado de sedimentos. É o calor, pensou consigo mesma, embora a onda de calor houvesse arrefecido. Era abril, e, por mais que as temperaturas estivessem um pouco mais baixas, sair de áreas cobertas durante a tarde continuava sendo desaconselhável, e o clima só mudaria de verdade em julho, depois que chegassem as monções. Até lá, o ar continuaria sufocante. O casebre continuaria sufocante. Poornima mal conseguia respirar. A sua vontade mesmo era de chorar, mas o corpo estava seco como uma casca de coco. O calor havia ceifado tudo, até mesmo suas lágrimas.

E ainda era só abril.

Savitha viu o corte na sua mão, a marca vermelha na boche-cha, quando interrompeu o trabalho para almoçar no dia seguinte, e ficou lívida.

– Não se preocupe – falou, furiosa.

– Me preocupar com o quê? – indagou Poornima.

– Nada. Não se preocupe com coisa nenhuma. – E então ela a fez deitar a cabeça no seu colo, afastou-lhe os cabelos do rosto e disse: – Quer ouvir uma história?

Poornima assentiu.

– Que tipo de história? – perguntou Savitha.

– Foi você que se ofereceu para contar.

– Eu sei, mas você quer uma antiga ou uma nova?

– Uma nova.

– Por quê?

Poornima pensou por um instante. O colo de Savitha era aconchegante mesmo sendo uma superfície um pouco irregular, como uma cama cheia de calombos.

– Porque estou cansada de coisas velhas. Como Ramayya. E esta casa. – Ela ergueu a mão na frente do rosto, o corte na palma ainda aberto. Curvo como um pote de barro. – Quero alguma coisa nova.

– Nesse caso: era uma vez, não muito tempo atrás, já que você pediu uma história nova, um elefante que discutiu com a chuva. Era um elefante orgulhoso. Que caminhava cheio de si pela floresta. Ele comia tudo o que queria, alcançando até o topo das árvores, espantando todos os outros animais. Era um elefante tão orgulhoso que um dia olhou para o céu, viu a chuva e declarou: "Eu não preciso de você. Você não me nutre. Não preciso mesmo, para nada". A chuva, ouvindo isso, olhou de volta para o elefante com um ar de tristeza e disse: "Nesse caso, vou embora. Vamos ver o que acontece". E, tendo dito isso, partiu. O elefante, vendo-a se afastar, teve uma ideia. Ele passara por uma lagoa cheia d'água ali perto e sabia que, sem a chuva, ela logo estaria seca.

Nesse ponto, Savitha ficou em silêncio. Poornima levantou a cabeça do colo dela e endireitou o corpo, sentando-se.

– E então? Qual era a ideia do elefante? – indagou.

Savitha voltou-se para encará-la. Tinha um sorriso no rosto.

– O elefante, veja só, avistou um pobre corvo velho perambulando por uma trilha na floresta, atrás de qualquer coisa para comer, e mandou que o corvo vigiasse a lagoa. "Só *eu* posso beber essa água", disse ele. E, assim, o velho corvo pousou por ali e pousado ficou, vigiando. Depois de um tempo, apareceu um macaco, que disse: "Dê-me água!", ao que o corvo respondeu: "Esta água pertence ao elefante". O macaco balançou a cabeça e foi embora.

"Então veio uma hiena, que falou: 'Dê-me água!', e o corvo novamente respondeu: 'Esta água pertence ao elefante'.

"Mais tarde, uma naja apareceu, pedindo: 'Dê-me água!', e a resposta do corvo foi: 'Esta água pertence ao elefante'.

"Quando o gato-do-mato veio e disse: 'Dê-me água!', o corvo falou: 'Esta água pertence ao elefante'.

"Vieram então um urso, um crocodilo e um cervo. Todos pediram água, e o corvo deu a todos a mesma resposta. Por fim, um leão se aproximou. O leão disse: 'Dê-me água!', e o corvo respondeu: 'Esta água pertence ao elefante'. Ao ouvir isso, o leão soltou um rugido. Ele agarrou o pobre corvo pelo pescoço e lhe deu uma surra. Depois, fartou-se com um longo gole da água refrescante da lagoa e desapareceu floresta adentro.

"Quando o elefante retornou, notou que a lagoa havia secado. 'Corvo', chamou ele, 'onde está a água?' O corvo baixou os olhos, triste, e respondeu: 'O leão bebeu tudo'. O elefante ficou furioso. Ele falou, com raiva: 'Eu lhe disse para não deixar mais ninguém beber da lagoa! Como castigo, devo mastigá-lo ou simplesmente engoli-lo inteiro?'.

"'Por favor, engula-me inteiro', pediu o corvo.

"Então o elefante engoliu o corvo. Mas, assim que se viu dentro do corpo do elefante, o pequenino corvo dilacerou o fígado, os rins e o coração do elefante com seu bico até que ele morreu, contorcendo-se de dor. E, depois, o corvo simplesmente saiu de dentro da carcaça, e foi-se embora."

Savitha ficou em silêncio.

Poornima a encarou.

– E quanto à chuva? – indagou.

– A chuva?

– Ela voltou a cair? Ela encheu a lagoa outra vez?

– A chuva não tem importância.

– Não?

– Não.

– Mas e...

– Isso também não importa.

– Não?

– Não – afirmou Savitha. – Eu vou lhe dizer o que importa. Entenda uma coisa, Poornima: é melhor ser engolida inteira do que aos pedaços. É só desse jeito que você pode vencer. Nenhum elefante pode ser tão grande assim. E só desse jeito nenhum elefante poderá lhe fazer mal.

As duas ficaram em silêncio.

Savitha voltou para o tear, e Poornima, ao lavar as mãos depois do almoço, olhou para o corte que tinha se aberto outra vez enquanto lavava a louça. Ela pensou em seu pai, pensou no velho corvo, e depois pensou: *Por favor*, nanna. *Se for me engolir, que seja inteira.*

6

Savitha começou a trabalhar por mais horas. Ela era rápida, mas as encomendas para a temporada dos casamentos haviam sido mais numerosas do que o esperado. A garota chegava de manhã bem cedo e ia embora tarde da noite, trabalhando com mais afinco do que qualquer homem que o pai de Poornima conhecia. Às vezes, a menina flagrava um olhar de cobiça dele na direção da amiga – como se já estivesse contando as moedas extras que o seu trabalho o faria ganhar. Savitha não se importava.

– Ele está me pagando a mais – explicou a Poornima –, e, depois que essa correria acabar, vou poder tecer o seu sári.

Ela falou isso para tentar alegrá-la, mas a resposta foi só um olhar triste de Poornima. Ramayya vinha todas as noites à hora do chá para anunciar mais derrotas. Numa delas, Poornima contou a Savitha que havia ficado atrás da porta do casebre ouvindo a conversa. "Ninguém quer se casar com ela. Ninguém", dissera Ramayya ao pai. "Todos já ouviram falar da história. No instante em que escutam o nome dela, o *seu* nome, eles balançam a cabeça e dizem que não estão interessados. E com a pele tão escura, ainda por cima. As notícias correm rápido. Não, nós vamos ter que aumentar o dote. Algum pobre coitado *tem que* estar precisando do dinheiro."

Savitha disse a ela:

– Passe lá em casa amanhã. Quero lhe mostrar uma coisa.

Quando chegou, Poornima viu os fardos de fio índigo para tecer o seu sári.

– Ainda não estão terminei de pagar, mas o coletivo me deu um crédito.

Savitha segurou os fios contra a pele de Poornima.

– Feito o céu noturno – falou a menina, com um sorriso.

– E você no meio dele, como a lua cheia.

Poornima encontrou forças para sorrir. Savitha lhe ofereceu o seu chá, e, quando Poornima recusou, a amiga voltou-se para um dos cantos do casebre e disse:

– *Nanna*, o senhor quer?

Poornima girou o corpo. Havia um homem mais velho sentado no canto do cômodo. Encolhido. Ele estivera ali quieto o tempo todo, invisível. Achou ter visto um movimento, e Poornima pensou em dizer: "Não, por favor, não se levante por minha causa", mas então percebeu que o homem estava tremendo. Depois ouviu um grunhido, talvez a metade partida de uma palavra e, à guisa de resposta, Savitha serviu um pouco de chá num copo de aço. Ela aproximou-se do pai e amparou a cabeça dele com a mão em concha enquanto levava o chá aos seus lábios. O seu olhar cruzou com o de Poornima. E ele disse num sussurro rouco, mais forte do que ela teria achado possível ouvir de um homem com a aparência tão frágil:

– Está vendo, ali? Você está vendo o templo? – O seu dedo apontava para a pequena janela, na direção da Indravalli Konda. – Eles nos veem, do mesmo modo como nós podemos vê-los. Eu olhei. Fiquei parado nos degraus da entrada do templo e olhei. E, vista de lá, a porta desta pocilga aqui parece tão misteriosa e convidativa quanto a porta de lá, quando nós olhamos para ela aqui de baixo.

– Beba – pediu Savitha.

E o velho – muito velho para ser o pai de Savitha; ele se parecia mais com o avô dela – respondeu:

– Eu já fiz isso demais, você não acha?

Savitha virou o copo. Uma gota de chá escorreu pelo queixo dele. O homem tirou uma das mãos de baixo do cobertor instintivamente, e Poornima recuou, horrorizada. Ela se parecia com um feixe de gravetos quebrados, os dedos tinham a pele lisa, mas estavam todos retorcidos. Savitha percebeu a reação da amiga.

– Doença nas juntas – explicou ela.

– Não é isso. Não é doença nas juntas. Assim seria fácil demais. Você está vendo isto aqui? – O velho ergueu a mão e os raios de sol triscaram na ponta dos dedos, como fariam com os galhos mais altos de uma árvore. – Isto é liberdade. É o espírito humano elevado à perfeição. Se nós todos nascêssemos deste jeito, não existiria a guerra. Nós viveríamos como irmãos, com medo de tocarmos uns nos outros. Você quer saber, Savitha, o que vi outro dia? E você, qual é o seu nome? – Quando Poornima lhe disse, o velho continuou: – Você sabe que existem certos lugares no mundo onde os nomes das pessoas não têm qualquer significado? É verdade. Dá para imaginar isso? Que tipos de lugares devem ser esses? Vazios, é só o que eu digo. Lugares vazios e tristes. Um nome sem um *significado* é como ter a noite sem o dia. Se bem que há lugares onde é assim também, eu já ouvi dizer. Mas bem, o que eu estava dizendo? Savitha, este chá está frio – ralhou ele, rindo. – É que eu falo demais. Demais, mesmo. Era Mondhoo que me calava a boca. Mondhoo silenciava as palavras, as acorrentava todas a uma árvore. Ah, sim! Eu ia contar o que vi outro dia. Ah, mas agora eu já esqueci. – O velho soltou uma risada larga, alegre como a de uma criança.

Poornima gostou dele. Para ela, não fazia diferença o que ele havia tentado dizer, e ela também não fazia ideia de que conversa era aquela sobre palavras acorrentadas em árvores, mas o velho a agradara por ser muito diferente do próprio pai. E diferente de Ramayya, e de todos os outros homens que ela conhecera na vida. Falando com ele, e ao longo de todo o caminho de volta para casa, Poornima esqueceu que tinha a pele escura, que não havia quem quisesse desposá-la, que não havia dinheiro suficiente para o dote, que existia uma pobreza que era maior até mesmo que a sua.

Ramayya parecia radiante quando chegou de visita, na semana seguinte. Ele quase que passou dançando pela porta do casebre. Era o princípio de maio. Os poços andavam secos. Os riachos, assoreados. O leito do rio Krishna havia baixado tanto que as lavadeiras das duas margens podiam se encontrar no meio para fofocarem sobre as últimas novidades de cada lado. Depois de duas semanas assim, e depois que duas crianças haviam morrido de disenteria, as autoridades locais mandaram entregar água em grandes tanques. Formavam-se filas em torno deles, às vezes com cem, duzentas pessoas. Todo mundo vivia com os olhos pregados no céu atrás de qualquer indício de nuvem. Um risco branco, por menor que fosse, as fazia prender a respiração na expectativa de que fosse chover. Era sabido que as monções só chegariam em junho ou julho, mas se dizia que havia chovido um pouco em Vizag, só o suficiente para fazer os riachos voltarem a correr. E que quem sabe essa chuva poderia chegar até o litoral.

Mas Ramayya parecia alheio a tudo isso.

– Poornima! – gritou ele, assim que se aproximou o bastante do casebre. – Traga um copo d'água, sim? Estou com a garganta seca! E traga também um pouco para meus pés. Preciso lavá-los. Olhe como estão empoeirados. Vim praticamente correndo até aqui.

Água? Poornima pôs-se a pensar. Ela olhou dentro de cada um dos potes de barro vazios, e conseguiu raspar o fundo de um deles até encher um copo pequeno. Quando foi entregá-lo, Ramayya já estava conversando com seu pai.

– Ele é perfeito. Eu ainda não falei com a família, mas é perfeito.

– Quem é perfeito? – indagou Poornima.

– Quem você acha? Vá se ocupar. Ache alguma coisa para fazer.

Ela caminhou de volta para dentro do casebre e ficou parada perto da soleira da porta.

– Você acredita? E eu nem precisei ir tão longe, só até Namburu. Os avós do rapaz eram tecelões. E bem de vida, parece. Compraram um bom pedaço de terra nos arredores do vilarejo. Trabalhavam na lavoura, antes da Independência, mas agora se desfizeram de quase tudo. A um bom preço, dizem. Ele tem duas irmãs mais novas. A família anda atrás de pretendentes para a mais velha, da idade da Poornima, mas parece que a moça tem feito exigências. Bem, de qualquer forma, eles têm dinheiro para arcar com isso.

Poornima ouviu seu pai perguntar:

– O que o rapaz faz?

– Contabilidade! – exclamou Ramayya, extasiado. – O moço tem estudo. Tecelagem não dá dinheiro. Todo mundo sabe disso. Nenhum dinheiro.

– E quanto eles querem?

– Aí é que está: a quantia é bem dentro da nossa perspectiva. Quer dizer, quase. Mas, pelo que soube, pode ser que consigamos negociar.

– Negociar?

Nesse ponto, Poornima ouviu só o som dos dois se mexendo. Quando Ramayya enfim voltou a falar, sua voz estava num volume mais baixo.

– Não tem nada de *errado* com o rapaz. Não é isso.

Mais ruídos, a voz ainda mais baixa.

– O que *é*, então? – Um tom de desconfiança ressoou na voz do pai de Poornima.

– Poornima não é um bom partido, como você bem sabe. Então, não precisa hesitar tanto. É só um pormenor. Uma *idiossincrasia*. Nada com que se preocupar. Foi só uma coisa que eu ouvi por aí, nada além disso, e quem vai saber qual é a verdade, afinal?

☙ ❧

O BRILHO DO SOL QUE INVADIU A NOSSA CASA   65

Savitha soltou um gritinho de satisfação. Ela abraçou Poornima.

– Então você vai se casar! E ele mora em Namburu! Isso não fica nem um pouco distante. É aqui ao lado. Dá para ir *andando* até lá.

– Dá – disse Poornima. – Talvez. – Depois, ficou em silêncio. E então indagou: – O que quer dizer *idiossincrasia?*

Poornima, do lado de fora do seu casebre, olhou para as palmeiras. Uma brisa muito leve soprava, só o suficiente para agitar a ponta das folhas mais altas. As outras plantas ao redor da sua casa – um arbusto de *neem*, uma goiabeira alquebrada, as vinhas do pé de abóbora – pareciam sem forças. Murchas. Lutando inutilmente contra o calor. Não tinha chovido nada – e seria absurdo esperar por chuva. Ainda eram meados de maio. A temperatura ficava em torno dos 39 graus pela manhã, chegando à marca de 41 ou 42 na parte da tarde. A sombra – esse lugar raro de encontrar – nem fazia qualquer diferença. O casebre fervia como se estivesse mergulhado numa frigideira de óleo quente.

As informações, à medida que eram apuradas por Ramayya, continuaram a chegar. Ele havia conversado com os pais e eles haviam lhe dito que o filho ainda não estaria pronto para se casar por pelo menos mais dois meses. Estava em período de provas, explicaram. As agendas pareceram se encaixar à perfeição. Isso seria logo depois da cerimônia de um ano de falecimento da mãe de Poornima. O nome do rapaz era Kishore. Tinha 22 anos.

– Eu ainda não o conheci – disse Ramayya –, mas não há nenhuma ressalva que *eles* tenham mencionado. Parece um rapaz perfeitamente decente. Está na faculdade. Um contador. O que mais nossa Poornima poderia almejar?

– Eles querem ver a garota? É certo que devem querer, não é? – indagou o pai de Poornima.

– Claro, claro – Ramayya o tranquilizou. – Mas não sabemos quando o rapaz terá oportunidade de vir. Por causa das provas, como disse.

– E o dote?

– Já está acertado.

Ficou decidido que eles – os pais, pelo menos – fariam uma visita no final de maio. Caso tudo corresse bem, haveria mais um mês para os preparativos e então, ao fim de junho, a cerimônia seria celebrada. Junho!

– Falta muito *pouco* – reclamou Poornima.

Mas Savitha já estava distraída com os próprios planos.

– Exatamente. Muito pouco. Mal vai dar tempo para terminar todos os sáris. E ainda preciso tecer o seu. O que me diz de uma barra vermelha? Acho que vai combinar bem com o índigo. Ah, mal posso esperar! Você. Casada. Acha que eu posso passar a noite aqui, de vez em quando? Isso facilitaria muito as coisas. Eu não teria que me preocupar com a hora de voltar para casa.

Poornima perguntou ao pai naquela mesma noite mais tarde, e ele disse: "Claro, claro", sem parar de enrolar o fumo, mal prestando atenção no que ouvira.

E, assim, Savitha começou a passar as noites na casa de Poornima. As duas dormiam juntas no mesmo tapete, já que não havia nenhum extra. Apesar do calor escaldante, Poornima gostava da sensação do corpo de Savitha junto do seu. Ela se encantava com o jeito que a amiga tinha de se deliciar com todas as coisas, até mesmo as mais banais.

– Olhe esse céu! – dizia ela. – Você já viu tantas estrelas assim?

– Está quente demais para olhar para o céu.

Savitha segurou a mão de Poornima e a apertou.

– Minha *amma* disse que pode ser que no ano que vem nós tenhamos dinheiro suficiente para o dote da minha irmã. Ainda vão faltar mais duas depois dela, mas isso já seria *alguma coisa*, você não acha?

Poornima assentiu para a escuridão. Ela pensou que talvez fosse a hora de contar a Savitha sobre sua mãe e sobre o relógio de mostrador azul, mas não fez isso. O pai talvez acabasse ouvindo. A menina ficou deitada, sem se mexer, escutando a respiração dos irmãos e da irmã, e então lhe ocorreu que talvez nunca tivesse chegado a conhecer Savitha se sua mãe não tivesse morrido. Não havia nada de mal nisso: a mãe morrera, e ali estava Savitha. Mas o que mais ocupava seus pensamentos era mesmo Kishore, seu futuro marido. A família havia enviado um retrato. Ramayya o levara até o casebre para lhes mostrar. Mas era a fotografia de um menino, talvez com oito ou nove anos de idade. Perfilado no meio das irmãs, uma de cada lado. Os três haviam posado diante da tela do estúdio fotográfico, que mostrava um palácio branco brilhante com chafarizes e um jardim. Acima da cena, uma lua crescente com nuvens ao redor, vaporosas e românticas. Poornima fitou atentamente o rosto do menino na foto. O formato era um oval perfeito, a boca como uma pequena amêndoa. Uma das mãos pendia inerte ao lado do corpo, como se os dedos ansiassem pelos brinquedos, bolas de gude ou caramelos que alguém o fizera largar. A outra mão estava atrás das costas. O rosto todo era o de uma criança. Suave, ainda com os traços pueris de um bebê. Poornima gostou disso. Então observou os olhos, tentando desvendá-los ou ao menos enxergar algo *dentro* deles, mas estavam vazios. Áridos. Como se o menino estivesse fitando um abismo. Uma terra desconhecida.

– É um *retrato* – ralhou Savitha. – O que estava *esperando* ver? O coração dele?

Sim, Poornima teve vontade de retrucar. Eu quero ver o coração dele.

Dessa vez, durante a inspeção matrimonial, Poornima não tinha permissão para cometer qualquer erro. Ela compreendeu – arrumada novamente com o mesmo sári de seda que havia pertencido à mãe, só que desta vez com a guirlanda de jasmins dos cabelos entremeada por uma fileira de barlérias laranja – que seria vigiada de perto. A tia se sentou bem próxima de onde ela estava. Em vez de guiá-la para dentro segurando-a pelo cotovelo, como fizera da outra vez, a tia manteve uma das mãos pousada em sua trança como se fosse puxá-la a qualquer momento. Quando Poornima se sentou no tapete, o pai sorriu para ela. Sorriu. Mas não foi um sorriso de estímulo, de carinho ou de zelo paternal. Aquele era um sorriso que dizia somente uma coisa: estou de olho em você. Eu estou atento, e a qualquer sinal de insolência – à primeira centelha de um brilho de insolência no seu olhar – tomarei providências. Quais providências? Poornima baixou a cabeça e estremeceu só de pensar.

No entanto, não era sua intenção arruinar essa inspeção. O noivo não estava presente – tivera que estudar para as provas, o pai dissera –, mas os pais, a irmã do meio e uma prima distante que morava em Indravalli compareceram. Poornima ergueu os olhos só o suficiente para ver que o pai de seu noivo parecia pequeno perto do seu, encabulado e hesitante. A mãe, sentada de frente para Poornima, era gorda e ríspida, talvez por causa do calor ou da viagem de ônibus de Namburu para Indravalli, embora tivesse os olhos argutos e rigorosos. A irmã, que ficara ao lado de Poornima, olhava para ela com desconfiança e mal abriu a boca. O seu olhar se parecia com o da mãe: inquisidor, cheio de vaidade, impaciência e frieza. Mas as duas tinham corpos roliços, e Poornima gostava disso; a gordura para ela era sinal de uma certa bonança ou despreocupação, e certamente um indício de riqueza. A irmã pegou a mão de Poornima e esfregou com força seus dedos, um depois do outro, como se os contasse. Depois, soltou-os e abriu um sorriso desdenhoso. Os homens continuavam conversando, e Poornima, que se manteve quieta e constrangida até o final da visita, quase deu um abraço na futura sogra no momento em que ela, logo antes de ir embora, segurou seu queixo – não com carinho; não, ninguém poderia dizer que aquele fora um gesto de carinho, mas, de todo modo, foi imbuído de um sentimento que pareceu bastante genuíno a Poornima – e disse:

– Não, você não é tão escura quanto andam dizendo.

A irmã bufou de desdém – ou aquilo teria sido uma tentativa de prender o riso? E eles foram embora.

Nessa mesma noite, Poornima relatou tudo o que ocorrera a Savitha. Ela havia ido para casa para ajudar a mãe na cozinha, e voltara logo antes de escurecer. Passou mais uma hora sentada diante do tear, e, quando entrou no casebre para o jantar, Poornima já havia preparado o seu prato. A refeição era roti e um curry de batatas. Havia ainda um pouco de iogurte, e sobras de arroz do almoço.

– Pelo menos ninguém lhe pediu para *cantar* – disse Savitha. – Eu já gostei dessa gente. Tem picles? – Quando Poornima se levantou para buscar, ela continuou: – E o noivo? Onde ele estava?

– Estudando – respondeu Poornima. Depois, ficou quieta por um momento. – E se nós não tivermos nenhum assunto em comum? Afinal, ele está na *faculdade*. Provavelmente vai me achar uma ignorante, não vai? Uma camponesa. Simplória. E o que *é* essa tal contabilidade, isso que ele está estudando?

– Tem a ver com números – Savitha falou. – São números. Seu pai lhe dá dinheiro, não dá? Para comprar comida. E você leva o dinheiro para o mercado, depois traz o troco. E anota as despesas. Eu já vi que faz isso. Você não anota as despesas para mostrar ao seu pai no final da semana? Isso é Contabilidade. É só isso. Além do mais, Namburu é menor do que Indravalli. Ele é mais camponês do que nós somos.

Poornima não se convenceu. Não era possível que isso fosse *tudo*.

Os preparativos para o casamento começaram. Ainda havia alguns detalhes para acertar sobre o dote e os presentes, mas Ramayya estava confiante de que conseguiria amainar as exigências da família do noivo. Savitha corria para terminar suas encomendas de sáris para poder começar a tecer o de Poornima. Kishore, o noivo, faria as provas no final do mês. Mas, antes disso, haveria a cerimônia de um ano da morte da mãe de Poornima, marcada para o início de junho. Isso incluiria um dia inteiro de banquete. Uma cabra teria que ser sacrificada, e o sacerdote conduziria a *puja*. Como parte do ritual, o pai acenderia uma pira funerária. Nos dias que se seguiram, Poornima ficou observando o pai, cheia de ansiedade: o ânimo dele parecia ter se deteriorado. Ela imaginou que fosse por causa das lembranças da morte da mãe, ou por algo ligado às exigências da família do noivo e ao dote. Ele explicou que era porque as encomendas dos sáris estavam atrasadas.

– Ela não sabe que temos trabalho a fazer? – reclamava sempre que Savitha voltava para casa, mesmo que fosse por apenas uma ou duas horas e já à noite. – Diga que vou lhe pagar hora extra para ficar por mais tempo. Não vai ser grande coisa, mal temos dinheiro para nós. Mas vou pagar algo.

O dia da cerimônia, quando enfim chegou, trouxe consigo temperaturas mais amenas. Assim que se levantou naquela manhã, Poornima sentiu uma leve brisa. Não era uma brisa fresca, não propriamente, mas já bastou para alegrá-la. A mãe devia estar vendo aquilo. Devia estar falando com eles. Devia estar dizendo: Poornima, estou feliz. O seu casamento vai ser uma boa união. Ela devia estar lhe dizendo que sentia saudades, também. E, lembra daquele pente? Ele ainda está na minha mão.

A cabra que seria sacrificada era jovem e ficou amarrada a uma estaca do lado de fora do casebre. Era marrom e branca, com o pelo branco formando uma listra no meio do corpo e listras ao redor dos cascos, além de uma mancha entre os olhos. Poornima tentou dar à cabra uns punhados de capim seco que arrancou em volta do casebre. O animal cheirou o capim e a encarou. Seus olhos eram dois globos escuros que a fitaram com curiosidade – tentando ver se havia mais alguma comida. Mas, assim que constatou que Poornima não trouxera mais nada, desviou o olhar. A menina sabia que não devia passar tempo demais olhando para a cabra, que ficar olhando só a deixaria com mais angústia pelo destino da pobrezinha, mas era o cheiro dela o que mais a atraía: o odor era uma mistura de urina, bicho e feno.

O BRILHO DO SOL QUE INVADIU A NOSSA CASA   71

Era nesse cheiro que Poornima estava pensando quando viu a cabra ser sacrificada. A faca – com uma lâmina que claramente precisava ser afiada – precisou ser esfregada para um lado e para o outro contra o pescoço do animal, como se ele fosse um pedaço de pão duro. Para mantê-la imóvel, deitaram a cabra de lado, e um homem ficou sentado sobre o seu flanco enquanto dois outros seguravam as pernas. Um quarto homem tratava de manter um balde perto do seu pescoço. Mas eles não precisavam ter feito isso tudo. A cabra, que no começo até esperneou, assim que viu a faca, ou, talvez, assim que *sentiu* a lâmina, entregou-se, imóvel. *Perdeu a esperança*, pensou Poornima. *Ou talvez a coragem*. O primeiro corte a fez estrebuchar de dor, num sobressalto rápido que percorreu seu corpo de alto a baixo, mas não demorou para que relaxasse. A lâmina penetrou mais fundo. Os olhos da cabra, no entanto, ainda piscavam, mirando agora uma imensidão cinzenta, Poornima supôs, uma escuridão gradual, à medida que a luz era tragada daquele par de globos. A cauda sacudiu uma última vez, os músculos já sem obedecerem à vontade da dona, e o polegar do homem que estava passando a lâmina no pescoço enfiou-se na boca da cabra. Poornima ficou pensando se o gesto teria sido intencional, para dar um último momento de conforto ao animal quando ele sugasse o dedo, ou se havia sido algo puramente acidental. Logo depois, a cabra estava morta. Primeiro o corpo, depois as piscadas. Houve uma parte dela que pareceu perdurar ainda por alguns instantes, uma energia, uma sensação de vida; até que isso também se foi.

O cheiro – o odor de urina e bicho e feno que a cabra exalava – foi engolfado por um aroma de cobre e outros metais que Poornima não saberia exatamente identificar: o cheiro das suas mãos depois que içava o balde de dentro do poço, o cheiro dos potes recém-lavados, o cheiro da água e dos sedimentos arrastados pelo rio. Também era quente, esse cheiro, e moscas voaram para perto da cabra em numerosos exércitos. Elas beberam e beberam, como os exércitos fazem, e depois pousaram na carne exposta.

☙ ❧

Naquela noite, Poornima ficou deitada por horas sem pegar no sono. Ela tinha achado que perderia o sono por causa das imagens da cabra, de seus olhos, mas não. Em vez disso, ficou pensando na mãe. Aos nove, dez anos de idade, Poornima e ela tinham ido visitar o povoado dos seus avós maternos. Kaza ficava a duas horas de ônibus de distância, e as duas saíram de casa bem cedo na esperança de estarem de volta ao final do dia. A mãe a acordara quando o céu ainda estava escuro e lavara seus cabelos. Depois, esfregou sua pele com um pó de limpeza que a deixou toda vermelha e sensível e fez Poornima usar sua melhor *langa*, pulseiras vermelhas e as tornozeleiras de prata que haviam sido parte do seu próprio dote. A caminho da estação rodoviária, a mãe deu-se ainda ao luxo de comprar duas rosas cor-de-rosa, para prender em cada uma de suas tranças. O ônibus partiu pouco depois das sete da manhã. Estava abarrotado de gente. Elas se sentaram na parte da frente, no local destinado às mulheres, já que a traseira era reservada aos homens. Poornima teve que passar por cima de galinhas, de fardos com mercadorias e de gravetos que atravancavam o corredor do ônibus; havia bebês chorando e resmungando. Ela se sentou ao lado da mãe e ficou olhando pela janela. Tinha feito poucas viagens de ônibus na vida, e a velocidade com que os campos passavam do lado de fora a encantou. Olhando a paisagem, Poornima tentou contar todos os cães, porcos e cabras do caminho, mas acabou perdendo a conta, por serem muitos, e decidiu recomeçar a contagem pelos casebres. Quando esses também ficaram numerosos demais, Poornima riu e pensou: *Montanhas. Vou contar as montanhas.*

Mas então, com um estalido alto e um rangido, o ônibus parou. Todos os passageiros se entreolharam. Alguns homens nos fundos soltaram gritos. O motorista, sentado calmamente em seu posto, com as costas eretas, um bigode bem cuidado e o uniforme cáqui passado com esmero, girou a chave na ignição. O motor resfolegou, mas não chegou a voltar a ligar. As vozes na parte de trás voltaram a se erguer.

– *Aré, aré*, quem sabe a companhia vai mandar outro ônibus.

O BRILHO DO SOL QUE INVADIU A NOSSA CASA 73

– É claro que vai – retrucou alguém. – Um chamado Gowri e que usa capim como combustível.

O motorista mandou que todos calassem a boca.

Ele então saltou do ônibus – junto com a maior parte dos passageiros homens – e abriu o capô. Poornima escutou o som de uma chave-inglesa ou picareta batendo contra o motor, talvez, para em seguida se calar. O ônibus cedeu sobre as rodas. Na verdade, a carroceria quase afundou, como se de repente o ônibus tivesse se sentido exausto demais para seguir viagem. As mulheres trataram de saltar também. Os bebês, já sem chorar, tinham os olhos arregalados.

O dia estava fresco, era fim de outubro, e a friagem do amanhecer ainda pairava no ar.

Poornima saltou com a mãe. Ela havia levado um xale, e embrulhou a filha com ele. A maioria das mães já tinha se acomodado à beira da estrada, as crianças correndo ou brincando na terra ao redor. Os homens estavam reunidos em volta do capô aberto.

Poornima olhou para um extremo da estrada, depois para o outro. Havia um carro de boi bem longe, quase feito só de bruma, vindo na direção do grupo. Silhuetas de mulheres com sáris coloridos presos entre as pernas salpicavam os campos, debruçadas sobre as plantações alagadas de arroz. Havia também um pequeno templo, muito branco contra as hastes verde-esmeralda dos pés de arroz. Poornima pensou nesse templo e na divindade esculpida em matéria negra que haveria dentro dele, e pensou na oferenda singela de uma flor – talvez uma rosa cor-de-rosa como as de seus cabelos – depositada aos pés dela. E, então, foi se aconchegar ao lado da mãe. Os homens agora estavam fumando seus *bidis*, cuspindo e rindo, enquanto as mulheres tomavam conta das crianças. Um outro ônibus deveria passar dali a uma ou duas horas e eles se amontoariam dentro dele, onde houvesse espaço. Alguns provavelmente teriam que viajar sobre o teto, ou com o corpo para fora, agarrados às barras das portas. Mas, por ora, todos pareciam perfeitamente satisfeitos com a ideia de esperar sentados na beira da estrada. O sol, como um pássaro amarelo e pequeno, tremulava, recém-desperto.

Poornima virou-se para a mãe. As duas nunca haviam estado a sós; o pai, os irmãos e a irmã estavam sempre por perto, ou prestes a entrar no casebre a qualquer momento. Às vezes mandavam que ela saísse para comprar coisas para a mãe, mas nunca *junto* com a mãe, e nas visitas que Poornima havia feito à casa dos avós no passado as duas sempre foram na companhia de um ou mais de seus irmãos. Então, numa espécie de epifania – ali, sob a luz do sol, sentada na terra vermelha da beira da estrada –, Poornima viu que a mãe era linda. Mesmo em meio a tantas outras jovens mães apinhadas ao redor, mesmo com as adolescentes encantadoras e joviais que trocavam risadinhas umas com as outras, a sua mãe continuava sendo a mais bonita de todas. Seus olhos eram dois lagos escuros e profundos em que, sempre que ela ria, brilhavam minúsculos peixinhos prateados. O cabelo formava cachos na altura da nuca, e os lábios tinham um tom de botão de rosa. Até mesmo as marcas escuras sob os olhos tinham certa graciosidade, como se fossem dois crescentes cinzentos emanando o luar.

– Você está com fome? – perguntou a mãe, abrindo o farnel de arroz da véspera com iogurte condimentado e picles de manga que havia trazido de casa.

– Estou – respondeu Poornima.

E a mãe, sem pensar no que fazia, sem sequer estar olhando para Poornima, mas sim fitando o horizonte – talvez atenta ao ônibus que a empresa mandaria, ou olhando o carro de boi se aproximar –, foi pegando punhados de arroz, enrolando-os entre as palmas das mãos e, do mesmo jeito que fazia quando Poornima era bem pequena, colocando as bolinhas na sua boca. Ela mastigava. O arroz, depois de ter passado pelas mãos da mãe, era mais gostoso do que qualquer coisa que já comera na vida. Poornima sequer conseguia imaginar uma comida mais estupenda que aquela. A mãe, no entanto, continuava sem prestar atenção. Seus pensamentos estavam em outro lugar. No marido, talvez, ou nos outros filhos que deixara em casa, ou nas tarefas domésticas que não fizera. Mas ali, durante aqueles breves momentos, Poornima pensou que o corpo da mãe já lhe bastava. Era mais do que ela poderia desejar. Ser alimentada pela mão dela, sentar-se perto dela, tão perto a ponto de poder sentir o calor emanar da sua pele na friagem daquela manhã de outubro, sabendo que a vida e suas multidões logo haveriam de separá-las. Mas não ainda. Por enquanto, só até a chegada do ônibus seguinte, o corpo dela pertencia a Poornima. E, quando a mãe enfim reparou nas lágrimas já transbordando dos olhos da filha, parou o que estava fazendo, lançou-lhe um olhar de interrogação, e em seguida sorriu.

– O ônibus *vai* chegar. Já está quase chegando. Não precisa chorar, está bem? Nós não vamos ter que esperar muito mais tempo.

Poornima assentiu, sentindo o arroz entalado na garganta.

7

Savitha a acordou muito cedo na manhã seguinte, quando o sol nem havia aparecido.

– Você pode preparar o chá?

Poornima rolou para fora do tapete. Ela dobrou as cobertas, ajeitou-as em cima do travesseiro e guardou a pilha num canto do casebre. O pai, os irmãos e a irmã ainda estavam dormindo.

– Está cedo demais – disse Poornima com um bocejo, fazendo um coque improvisado. – Por que se levantou tão cedo?

– Aqueles sáris não vão se tecer sozinhos. Além do mais, seu pai disse que vai me pagar um extra se eu terminar seis deles até o dia do seu casamento.

– *Seis*? Isso dá um sári a cada três dias.

– Sete. Eu ainda preciso tecer o seu.

Poornima balançou a cabeça. Ela quebrou um graveto da árvore de *neem* e começou a mastigá-lo. Depois que Savitha se acomodou diante do tear, Poornima levou o chá para ela. A amiga tomou um gole. E mais um.

– Não tem açúcar?

– Meu pai está economizando tudo o que pode para o casamento.

– O noivo já viu você?

O BRILHO DO SOL QUE INVADIU A NOSSA CASA   77

Poornima deu de ombros.

– Eu já disse. Ele tem as provas.

– Provas, Poori? Como ele vai sonhar com você se nunca a viu?

Poornima corou. Depois, ficou confusa. A cerimônia de um ano de falecimento da mãe tinha ocupado seus pensamentos por um tempo, mas agora ela havia voltado a pensar sobre o casamento. Não era tão incomum se casar com uma pessoa sem ter posto os olhos nela antes, ou ouvido sua voz, mas parecia esquisito a Poornima que Kishore, seu noivo, não demonstrasse sequer *interesse* em encontrar-se com ela. Os pais dele já tinham feito duas visitas para negociar o dote, a prima que morava em Indravalli aparecera na semana anterior para tomar o chá da noite, e dali a poucos dias seu pai e Ramayya partiriam para Guntur para fazer compras para o casamento. Mesmo assim, o próprio noivo não aparecera nem uma vez, nem mesmo aproveitara alguma das vezes em que estava indo da faculdade para sua casa em Namburu para fazer uma visita. Nem uma. E o trajeto dele passava *por dentro* de Indravalli! Poornima balançou a cabeça. Seria bom, ela pensou consigo mesma, ter uma chance de vê-lo, mas não cabia à noiva insistir nesse ponto. Com *quem* ela insistiria, afinal? Além do mais, todos estavam dizendo que Kishore era um bom partido. Um noivo com diploma universitário; Poornima nem poderia sonhar com algo melhor. E a tal idiossincrasia mencionada por Ramayya não voltara a surgir em nenhuma outra conversa. Provavelmente, era alguma bobagem.

Poornima olhou em volta. Savitha tinha terminado seu chá; o copo vazio estava pousado no chão de terra. Ela tecia sem parar. Raios de sol entravam pela janela no lado leste do casebre, e Poornima se pegou pensando no que ele estaria fazendo naquele exato momento. Seu noivo. Será que estava observando o sol nascer? Estava pensando nela?

Ela também se perguntava, às vezes, se seu pai sentiria saudades depois do casamento e da sua mudança para Namburu, ou para qualquer cidade onde o marido arrumasse trabalho. Porque já lhe ocorrera, apesar do que Savitha havia dito, que talvez ele fosse querer morar num lugar mais longe do que Namburu. Talvez em Guntur. Ou num lugar distante como Vizag. Onde quer que fosse, ela já não estaria mais ali no casebre. Será que os irmãos e a irmã sentiriam sua falta? A irmã já tinha idade suficiente para cuidar da cozinha e da limpeza – havia completado doze anos, e, dali a algum tempo, talvez pudesse também começar a trabalhar na *charkha*. Ao menos durante um ou dois anos, até que ela também se casasse. A ideia de família – os laços que eram a sua ligação com o pai e os irmãos – de repente lhe pareceu estranha. O que exatamente havia juntado todos eles, como se fossem conchas empurradas para uma praia? Como eles tinham ido parar todos juntos, no peitoril da mesma janela?

Poornima pensou, nas semanas que antecederam seu casamento, em fazer a pergunta ao pai. Não em perguntar se ele sentiria sua falta – pois *isso*, obviamente, ela não teria como perguntar –, mas se ele sentiria saudades dos picles de manga, por exemplo, ou das berinjelas recheadas que ela preparava e eram o prato favorito dele. No entanto, Poornima pensou consigo mesma, nem era preciso perguntar; essa resposta ela já sabia. Tinha pescado numa conversa que entreouvira entre o pai e Ramayya, quando ele havia contado uma história que ela não conhecia.

A história falava do tempo em que Poornima era bem pequena, pouco depois de ter completado um ano de idade, e de uma ocasião em que foi com os pais ao templo em Vijayawada. Havia chovido a manhã inteira. Era o dia do seu *mundan*, a oferenda que se faz dos cabelos dos bebês aos deuses, e, depois de ter feito a oferenda, os pais tinham se abrigado com ela na cabana de folhas de palmeiras de um pescador às margens do rio Krishna. A mãe de Poornima estava preparando o almoço. Àquela altura, a chuva havia diminuído, o pai contou a Ramayya, mas o tempo continuava cinzento, e uma névoa pairava acima do rio, a poucos metros da cabana onde estavam. E enquanto o almoço estava sendo preparado, Poornima dera um jeito de escapar.

– Direto para a água – contou ele. – Provavelmente indo atrás de algum barco ou de alguma outra criança que viu na beira d'água. Ela fazia muito isso. Ia atrás do que lhe chamava a atenção.

Em questão de segundos, continuou o pai, a água já havia chegado na altura do seu pescoço.

– A mãe dela entrou em pânico. Eu me levantei e corri o mais depressa que pude. Eram poucos passos até o rio, mas o trajeto pareceu levar séculos. Séculos. Eu procurei mantê-la no meu campo de visão, desejando com todas as forças que permanecesse ali. Se dissesse, se sussurrasse um "Não se mexa!", o meu medo era que o oposto acabasse acontecendo. Que ela acabasse escorregando. Que fosse arrastada pelo rio. Então, não falei nada. Só fiquei olhando para ela e desejando que ficasse parada.

E ela ficara, disse o pai a Ramayya, ficara parada como uma estátua. A cabeça recém-tosquiada cintilando ao sol quando as nuvens carregadas se abriram por um instante.

– Mas, chegando perto da água – continuou ele –, eu parei. Eu sei que devia tê-la puxado de lá e lhe dado um tapa, mas não pude fazer isso. Porque parecia que ela não era nada. Só um monte de escombros. No meio de toda aquela névoa, no meio de tanto cinza, naquela grande massa d'água corrente e escorregadia, ela parecia não ser nada. Talvez uma cabeça de peixe que fora atirada de volta na água. Ou um pedaço de pau boiando, nem dos maiores. Eu olhei para Poornima, fiquei olhando e olhando. Eu podia ouvir os gritos da mãe dela, podia senti-la correndo para perto de onde eu estava, mas não conseguia me mexer. Só fiquei parado lá, pensando. Eu pensava: "Ela é só uma menina. Deixe que vá".

Mas, então, a mãe a arrancara da água. Poornima estava chorando, e a mãe chorava também.

– Talvez as duas soubessem o que eu havia pensado. Talvez estivesse escrito na minha cara. – Nessa hora, seu pai soltou um risinho.
– É sempre assim com as meninas, não é? Sempre que você as vê na

borda de alguma coisa, não há como se impedir de pensar. Não há como. Você pensa consigo mesmo: *Empurre*. Só isso já bastaria. Um empurrãozinho de nada.

Uma semana antes do casamento, Ramayya trouxe um recado importante de Namburu.

— O que foi? O que foi agora? — perguntou o pai de Poornima, sentado na beirada da cama de cânhamo e segurando um copo de chá sem açúcar, as sobrancelhas erguidas.

— É o dote — falou Ramayya, balançando a cabeça. — Eles querem mais 20 mil rupias. — O chá de Ramayya tinha sido adoçado, mas, mesmo assim, ele cravou o olhar em Poornima como se ela fosse a razão para essa exigência repentina.

— Vinte mil? *Por quê?*

— Eles só podem ter ouvido algum boato. Talvez do pessoal de Repalle. Quem sabe o que foi que podem ter ouvido falar? Mas eles sabem que agora é tarde demais. Você já se comprometeu, e terá que fazer o pagamento.

O olhar que o pai lançou para Poornima estava tão carregado de desprezo que a moça recuou para dentro do casebre. Ela pensou na mãe da família de Namburu, e em como as palavras bondosas dela se desfizeram em pó tão depressa; pensou na resignação na expressão do pai do noivo, no riso da irmã. *Mas onde* ele *estava?*, indagou a si mesma. Onde estava o noivo? E o que ele teria a dizer sobre essa demanda tão repentina e sem justificativa?

Na manhã seguinte, Savitha anunciou, com um sorriso:

— Vou começar seu sári hoje à tarde.

— Não precisa — retrucou Poornima, cabisbaixa. Em seguida, contou sobre a exigência de aumento do dote e em como o pai havia lhe dito que mesmo que vendesse os dois teares não teriam como juntar a soma pedida.

– O que ele vai fazer?

Poornima deu de ombros e olhou para a luz feérica do fim da manhã lá fora.

O calor – depois de uma ligeira queda na temperatura – voltara a atacar como uma fera ferida. Gotejante, belicoso, avançando pelas planícies do Andhra Pradesh com um ódio tão intenso que havia matado mais de trezentas pessoas ao longo da semana anterior. Do meio da manhã em diante, não havia como continuar trabalhando devido ao calor; à tarde, todos caíam no sono de pura exaustão, despertando com poças de suor ao redor dos corpos. Mesmo assim, mesmo com o calor, exatamente como dissera que faria, Savitha começou a tecer o sári para Poornima naquela tarde. Após o almoço, quando todo mundo estendeu seus tapetes de dormir, ela estendeu os fios índigo no tear, e também os vermelhos que formariam a borda.

– Sente-se aqui comigo – disse a Poornima. – Traga seu tapete para cá.

Poornima sentou-se com as costas escoradas num dos pilares de madeira até não conseguir mais manter os olhos abertos, então arrastou o tapete para dentro do casebre.

As duas ficaram conversando; Poornima se manteve desperta quanto pôde, até as pálpebras se fecharem como se fossem feitas de chumbo em meio ao calor escaldante do meio-dia. Quase o tempo todo, só Savitha falou. A amiga contou a Poornima que o seu pai estava doente. Mais doente do que antes. Ela disse que a maior parte do dinheiro extra que ganhara nas últimas semanas tinha ido para a compra dos remédios.

– Mas talvez ainda assim a gente tenha dinheiro suficiente no ano que vem – falou Savitha.

O seu rosto suave e ocre contra o branco brilhante do sol, a trança do cabelo enrolada num nó na altura da nuca. Concentrada, agora, inteiramente focada no trabalho com o tear.

Poornima ficou ouvindo o clique-claque, repetitivo e tão parecido com uma canção de ninar. O chuque-chuque da lançadeira era como água caindo sobre o seu corpo, e Poornima fechou os olhos. Savitha continuava lhe contando alguma coisa. Era algo sobre uma das suas irmãs e como ela havia queimado uma panela de leite. Depois, ela a ouviu contar que estavam construindo um cinema em Indravalli.

– Podemos ir ver um filme quando você visitar o vilarejo – continuou Savitha. – Comprando ingressos para as poltronas mais baratas, é claro. Mas imagine só, Poori, um cinema!

Poornima sentia-se afundar como uma pedra. Ela sabia que estava dormindo, mas continuava escutando a voz de Savitha. Isso pareceu seguir desse jeito, indefinidamente. Como um murmúrio do vento, a chuva caindo. E ela a ouviu dizer:

– Não se esqueça de nada, Poori. Nem uma lembrança sequer. Se você esquecer, será como se tivesse se juntado à pedra no fundo do mar, aquela à qual todos nós estamos amarrados. Então, lembre-se de tudo. Prenda. Prenda todas as lembranças entre as dobras do seu coração, como se faz com uma flor nas páginas de um livro. E então, quando quiser olhar para elas, quando quiser olhar *de verdade*, Poori, você só tem que erguer a lembrança contra a luz.

À noite, Savitha se despediu de Poornima, que foi dormir. A garota ficou sentada sozinha diante do tear. Ajeitou a lamparina para que o foco da luz recaísse sobre o sári, que já estava tecido até quase a metade. O fio índigo era como a própria noite, tecendo a si mesma em forma de céu e estrelas. E as mãos e os pés de Savitha eram como o dia, observando-a se desenrolar à sua frente.

Sua mente começou a divagar. O ritmo do tear a conduziu para longe. De volta ao tempo da sua infância. De volta às coisas que ela tinha guardado no meio das dobras do próprio coração. Que agora ela estava erguendo para fitar contra a luz.

E o que viu foi isto: ela tinha três anos, talvez quatro. O pai fazia serviços avulsos naquele tempo e às vezes a levava para passar o dia com ele, sempre que a mãe estava ocupada fazendo faxina ou recolhendo sucata. Naquele dia, ele tinha ido trabalhar para uma família rica cuja filha estava se casando. O trabalho dele era moldar pequenos passarinhos de açúcar para a festa. Savitha não fazia ideia de como aqueles passarinhos, que não eram muito maiores do que sua mão de criança, seriam usados (eram para a decoração, o pai lhe dissera, mas como isso era *possível*, ela pensava consigo mesma, se eles pareciam tão deliciosos), e por isso ficou sentada quietinha de olho na panela de açúcar e nos moldes, e torcendo para que alguns grãos respingassem para fora. O pai só havia recebido doze moldes, então a panela ficava no fogo enquanto cada leva de passarinhos terminava de secar. Depois de moldá-los, o pai erguia com cuidado os pássaros brancos de açúcar, com as asas bem abertas, e levava-os para secar ao sol. Savitha estava pensando se poderia dar uma lambidinha em só um deles sem que ninguém reparasse, mas, sempre que olhava na direção do pai, via que ele a vigiava com atenção. A essa altura, o pai havia feito uns cem passarinhos. Ela estava sentada debruçada sobre os pássaros já havia alguns minutos quando ouviu o pai soltar um grunhido de surpresa. Quando se voltou para olhar, flagrou-o com os olhos arregalados. Ele apontou.

– Olhe. Olhe aquele ali. Está com a asinha quebrada.

Os olhos de Savitha seguiram a direção apontada pelo dedo. Lá estava! Um dos passarinhos que secava na grelha, no meio dos outros, tinha perdido uma das asas. Ela se pôs de pé com um salto, alarmada.

– O que vamos fazer, *nanna*? O moço vai nos pagar por esse passarinho?

O pai balançou a cabeça, com um ar solene.

– Não, acho que ele não vai pagar. Mas é melhor a gente comer o passarinho, só por garantia.

Savitha pensou nisso por um instante e então sorriu. E começou a rir.

– Deixe que eu pego, *nanna*. Eu pego o passarinho.

Ela correu até a ponta da fileira certa e esticou o corpo com cuidado por cima da grelha, mas então perdeu o equilíbrio e caiu, esmagando quase todos os passarinhos. Savitha ficou parada um instante em cima dos enfeites quebrados. Seus olhos se encheram de lágrimas. Ela sabia que seria repreendida, que talvez fosse até apanhar, e o pior era que o pai teria que refazer todos aqueles passarinhos. Quando se levantou, trêmula, os braços e as pernas, o tecido da bata que usava e até mesmo seu rosto estavam cobertos de salpicos de açúcar. As bochechas, quentes por causa das lágrimas. Ela estava com medo de olhar para o pai, com medo de erguer os olhos, mas, quando fez isso, para sua surpresa, viu que ele estava rindo. Os olhos do pai brilhavam. Savitha não conseguia entender.

— Mas, *nanna*, o senhor terá que fazer todos outra vez.

O pai continuava rindo. Agora, tinha um dedo apontado na sua direção.

— E eu antes já achava você um doce — falou ele.

Ela levou um instante para compreender, e, quando fez isso, voou para os braços do pai; ele riu um pouco mais, a abraçou com força e a levantou do chão.

— Esqueça os passarinhos — falou. — Você, minha menina, é *você* que tem asas.

Sentada diante do tear, numa noite quente de junho, Savitha pensava sobre essas duas maravilhas: uma garotinha enfeitada de grãos de açúcar e aquela frase, *é você que tem asas*.

Uma sombra escura tapou o foco da lamparina.

Savitha olhou para trás e viu o pai de Poornima. Ele sorriu, e ela pensou: *Mas ele não sorri nunca*. E, então, ouviu a ordem:

— Venha comigo.

8

Poornima estava dormindo quando um som abriu caminho em meio aos seus sonhos. Ela pensou que podia ser o som de um animal, um cão de rua ou um porco. Poornima prestou atenção. Então, ouviu outra vez. Era um grito.

De onde? De onde?

Da cabana de tecer.

Poornima levantou-se num salto. E correu.

A cabana dos teares estava envolta em sombras. Uma lamparina ardia.

– Savitha? – chamou num sussurro.

A princípio, ouviu apenas o silêncio – mas um silêncio pesado, como se tornado viscoso pelo calor, pela escuridão. E, depois, um gemido baixo.

– Savitha?

Poornima caminhou na direção do ruído. Seus olhos se acostumaram à pouca luz e ela viu um volume no canto da cabana, uma sombra mais escura que as outras ao redor. Ela passou pelos dois teares. Eles pareciam enormes, sinistros, no escuro, como se fossem gigantes com os corpos dobrados, esfomeados. Mas o volume no canto – agora ela podia ver que estava chorando, soluçando de um jeito tão baixo e doído que Poornima se perguntou se aquilo podia ser de fato humano, se a criatura que via diante de si por acaso havia nascido com algo além daquele seu choro.

Ela tropeçou. E se abaixou.

Então, ficou paralisada. Por um instante breve, fugaz, pensou: *Devo estar sonhando. Meus olhos já vão se abrir.* Mas, quando estendeu a mão, os dedos tocaram pele nua. Quente, emanando um calor que era como o da terra queimada pelo sol. Como o da areia do deserto. Foi então que ela viu as roupas de Savitha, rasgadas. Algumas ainda vestidas nela, outras não. Espalhadas ao seu redor como as velas rotas de um barco.

– Savitha. O que houve? O que aconteceu?

Os soluços pararam.

Poornima se ajoelhou e tomou a amiga pelos ombros. Ela sentiu os ossos, seus contornos agudos. Os ossos de um animal pequeno. O casco de uma embarcação minúscula. Savitha se encolheu. Esse movimento revelou para Poornima o repartido do seu cabelo. A lamparina iluminando o traçado de um rio. A trança estava desfeita, as mechas longas emaranhadas, mas o repartido ficara intacto. Prateado. Um fio d'água vertendo no meio de um desfiladeiro.

Foi então que suas mãos se afrouxaram nos ombros de Savitha.

– Quem?

Savitha, que havia escondido a cabeça nos joelhos, deixou escapar um lamento. Baixo, sentido, quebrado.

– *Quem?*

Os olhos dela se encheram de lágrimas.

Savitha estava tremendo tanto que Poornima a abraçou. Ela segurou a cabeça da amiga junto do peito e as duas ficaram se embalando, assim. Poornima pensou que devia buscar ajuda, acordar o pai, os vizinhos. Mas assim que começou a se levantar, assim que contraiu o primeiro músculo, Savitha agarrou sua mão. Agarrou com tanta força que Poornima olhou para ela, aturdida.

– Quem?

Os olhares das duas se encontraram.

– Poori... – murmurou ela.

Foi então que compreendeu. Foi então que Poornima soube.

Seu grito foi tão alto que não menos do que dez pessoas apareceram correndo. Agora, Savitha havia se encolhido toda. Arredia como um bicho ferido. Restos do tecido da blusa caíam dos seus ombros. Os ombros morenos e desnudos, como se fossem montes distantes. Todos se aglomeraram ao redor das duas; as perguntas e exclamações sendo disparadas como flechas por cima da cabeça de Poornima. Ela se deixou cair de joelhos. Uma vizinha postou-se à sua frente.

– O que há? O quê? O que aconteceu com vocês?

– Tragam um lençol! – gritou alguém, tentando fazer com que se levantasse, mas Poornima resistiu, tapando o corpo de Savitha. Que outra serventia poderia ter, pensava, este meu corpo? Que outra serventia?

O céu da manhã seguinte era de um branco febril. O ar, tão espesso e quente que tinha gosto de fumaça. Poornima piscou, desperta, sentindo as pálpebras massacradas e incrédulas. Savitha estava sentada na mesma posição, o lençol atirado sobre seu corpo, e Poornima a examinou com um olhar desesperado, pensando: *Não, não foi um sonho. Por que não podia ter sido um sonho?* Um instante mais tarde, o irmão de Poornima esgueirou-se pela porta, evitando olhar diretamente para ela, e disse:

– *Nanna* quer o chá dele.

Poornima olhou para o irmão e então, depois que ele se foi, ficou encarando o vão da porta.

– *Nanna* quer o chá dele – repetiu mecanicamente num sussurro, como se não apenas essa frase, mas toda a linguagem tivesse perdido qualquer sentido.

Ela mastigou as palavras, pensando numa por uma, e depois se pôs lentamente de pé. Savitha não se mexeu. Ela nem parecia estar acordada, embora tivesse os olhos abertos.

Poornima atravessou o mar de calor, ofuscada pela luz, zonza, passando da cabana de tecer para o casebre, e pôs a água no fogo. Ela acrescentou o leite, o açúcar, as folhas do chá. Ficou olhando a chama. Não parecia possível; não parecia possível que ela estivesse preparando um chá, fazendo alguma coisa tão corriqueira quanto preparar um chá. O mundo inteiro havia se reorganizado ao longo daquela noite, e preparar chá, *chá*, para o pai parecia ser, de alguma forma, uma violação ainda mais crucial do que a que ele havia cometido. Ela ficou olhando com nojo enquanto a fervura surgia e borbulhava, e depois segurou o copo longe do corpo como se a ferida que o pai havia aberto, infligido, já estivesse supurada e cheia de vermes; como se estivesse segurando essa ferida na sua própria mão.

Ele estava sentado na cama de cordas de cânhamo, logo na entrada do casebre. Os anciãos tinham se reunido a uma certa distância, e Poornima viu que o pai se esforçava para ouvir o que estavam discutindo. Quando a avistou, ele endireitou as costas e estendeu a mão, num gesto ríspido. Uma onda quente de veneno varreu o corpo de Poornima. Ela retesou os músculos. Os pés se moveram na direção dele, mas não pareciam pisar em nada que fosse sólido ou firme. *Este chão é muito mole*, pensou ela, *é como um algodão*. Mas então o veneno se transformou em náusea, o calor, a luz feérica da manhã a fizeram cambalear, e sua a visão de repente foi tomada por pontinhos iridescentes, por clarões assustadores.

Ela estava a apenas um ou dois passos dele quando o seu corpo cedeu, sucumbiu à vertigem, à força da gravidade. Poornima tropeçou, fazendo respingar uma ou duas gotas do chá, o braço livre se erguendo para tentar evitar a queda, e foi esse braço que o pai agarrou. Foi esse braço – que ele não havia tocado nenhuma outra vez, que não guardava uma lembrança do seu toque – que ele tocou. Poornima sentiu o chiado da pele dele. O enrodilhar de serpente das suas garras, línguas, dedos. As escamas como pedaços ardentes de carvão. Ela se esquivou com um gesto de violência, de horror, e fugiu de volta para a cabana de tecer.

De volta para Savitha.

Poornima se aconchegou contra a amiga, aninhada no seu corpo, como se tivesse sido ela própria o alvo da injúria. Injúria? Aquilo fora só um pai, amparando a própria filha. Mas aquele ato, feito daquela maneira, naquele momento, com a centelha nauseante de gentileza que carregava, pareceu a Poornima uma afronta ainda maior do que se ele tivesse simplesmente deixado que as águas do rio Krishna a carregassem, tantos anos antes. Por quê, era o que tinha vontade de perguntar. Por que você não deixou?

Foi então que o pai de Savitha chegou. As mãos – com aqueles dedos como garras, retorcidos e deformados – não estavam mais escondidas, mas sim estendidas à sua frente, suplicantes. Oscilando diante do corpo como se fossem galhos indomados. Retorcidos pela ação de raios, de pragas, de doenças. Mas o rosto dele, o rosto, Poornima pôde ver, estava congelado. Com um desespero tão grande quanto ela jamais conhecera.

– Minha menina – foi só o que ele disse, com os olhos vermelhos e devastados. A voz, uma ruína.

Ele tentou erguer Savitha – levá-la embora –, mas ela continuou agarrada ao braço de Poornima.

– Deixe-a aí! – alguém gritou da porta.

Ele tentou mais uma vez erguê-la, mas Savitha se agarrou com mais força, até que, por fim, vendo a luta do velho, Poornima olhou para ele como teria olhado para um campo vazio e disse:

– Ela quer ficar aqui.

A tarde chegou trazendo ondas de caos e de uma comoção enlouquecedora. Vizinhos, anciãos, passantes, crianças levando pito para que se calassem e em seguida mandadas para longe, homens. Por toda parte, homens. Mas Savitha... Savitha permaneceu imóvel. Depois do movimento que tinha feito para agarrar o braço de Poornima, ela sequer chegou a mexer a cabeça. Simplesmente puxou o cobertor até a altura do pescoço, piscou os olhos uma vez e ficou sentada como estava, feito pedra, na mesma posição. Poornima chegou a se sentar ao seu lado por um tempo, alarmada e nervosa com tanta imobilidade, e levou os dedos até perto do nariz da amiga por um instante para ter certeza de que ainda estava respirando. A quentura orvalhada da sua expiração, sua delicadeza, se chocou como um contraponto contra todas as vozes, o barulho, o fluxo interminável de *pessoas*.

Em algum momento durante a tarde, mãos tentaram puxar Poornima para longe. Tentaram afastá-la de Savitha. Mas, dessa vez, foi Poornima que se agarrou a *ela* com uma espécie de loucura, de frenesi. Ela ouviu alguém dizendo, sem nem mesmo se dar ao trabalho de sussurrar:

— Isso vai deixá-la marcada. Essas coisas sempre deixam. E logo tão perto de começarem os preparativos para o casamento.

E outra voz falou:

— Um monte de esterco é sempre um monte de esterco. E, quando se pisa nele...

Poornima, entretanto, sentia como se fosse uma folha de capim ao vento. Ela falou com o vento impiedoso. Por favor, disse baixinho, por favor, pare. Mas quando ele parou, só por um instante, o silêncio a deixou atordoada. Com medo. Com medo de que o vento se esgueirasse pelo meio da fumaça, do calor, do torpor, e acabasse por engoli-las, ela e Savitha, pedaço por pedaço.

❧ ❧

O dia foi passando. O calor continuava selvagem. Arranhando. Invadindo tudo. Até a língua de Poornima e as suas orelhas e o couro cabeludo estavam cobertos por uma camada de poeira. Ela ignorou tudo isso. Enquanto a noite avançava, ela ouvia. Ouvia tudo. Os anciãos do povoado continuavam reunidos em frente ao casebre, debatendo sobre o que deveria ser feito. Já bem tarde, o pai de Savitha se juntou a eles, e de tempos em tempos Poornima ouvia os gritos, que lhe soavam como pios de aves estranhas e assustadas, capturadas em redes.

– *Você* – disse uma voz.

Poornima ergueu os olhos. Na entrada da cabana havia uma mulher que ela nunca tinha visto. Mas que parecia conhecê-la.

– Você! – vociferou ela. – A culpa é *sua*.

Poornima encolheu-se ainda mais. A parede às suas costas era dura, áspera, inóspita. E ela soube: aquela era a mãe de Savitha.

– A culpa é sua. *A culpa é sua.*

– Eu...

– Se não fosse por você, por causa dessa *amizade*, minha Savitha nunca teria vindo aqui. Ela nunca teria ficado nesta casa de demônios. Nesta casa. Nunca. Você é um demônio. Esta casa é endemoniada. E o tal sári... – As lágrimas transbordaram; a voz dela falhou. O corpo escorreu para o chão. Ela agarrou-se ao batente da porta e se arrastou na direção de Poornima, como um animal. – O tal sári. O sári que ela estava fazendo para *você*. Nada disso teria acontecido se não fosse por ele.

Agora, estava tão perto que Poornima podia sentir seu hálito. Quente, acre, venenoso.

– A minha filha. Ela é só uma *menina*, você entende? Não, não entende. Não teria como entender, seu demônio.

Alguém entrou. Eles a viram. Eles a levaram embora. Ela gritou – um grito miserável, disforme, como se estivessem lhe cravando uma estaca no coração. Ela se debateu enquanto a arrastavam para fora.

Areia voou nos olhos de Poornima, que piscou. Na quietude que se seguiu, uma mortalha caiu sobre a cabana de tecer. Sobre Savitha e Poornima. Um silêncio tremendo e insuportável. Como se a mãe de Savitha tivesse aberto um portal, e agora o ar entrasse por ele. Foi então que vieram as lágrimas. E, uma vez começado, Poornima se deu conta, o choro não teria fim. Sacudindo-a em soluços grandes, incontroláveis. Se a morte da mãe provocara uma tempestade, *isso* seria capaz de afogar o mundo inteiro e todas as pessoas nele.

Ninguém prestou atenção nela. As pessoas entravam e saíam da cabana. Todo tipo de gente. Tarde da noite, uma criança – um menininho – espiou pelo vão da porta e um dos anciãos do povoado puxou-o pelo braço. Ele ralhou com o menino.

– O que há para ver? – Poornima o ouviu dizer. – Uma fruta estragada é uma fruta estragada.

As lágrimas continuavam.

Num dado momento, Poornima se afogou no próprio choro, e, fazendo isso, percebeu que estava se esquecendo de respirar. Que tinha esquecido que existia uma coisa chamada ar. Que existia qualquer coisa além da dor.

Ela tomou a mão inerte de Savitha e a segurou com força – e a juventude e a meia-idade e os anos senis passaram à sua frente como num filme de cinema que nunca tinha visto, como no cinema que Savitha parecera tão encantada com a possibilidade de conhecer um dia.

– Savitha?

Silêncio.

– Savitha?

Nem um movimento. Nem um contrair de músculo, uma respiração mais pesada, uma piscada.

– Por favor, fale comigo.

Quando a noite já ia bem alta, os anciãos do povoado chegaram a uma decisão: o pai de Poornima deveria se casar com Savitha. Todos eles concordaram: esse seria o castigo dele, era o mais justo a se fazer.

O BRILHO DO SOL QUE INVADIU A NOSSA CASA   93

Ninguém se deu ao trabalho de comunicar a decisão a Savitha. Poornima só descobriu quando Ramayya surgiu porta adentro do casebre e vociferou:

– Ela vai se casar antes de você. A catadora de lixo! E sem ter sequer que pagar um dote ao seu pai.

Poornima o encarou. Ela só despregou os olhos da entrada do casebre quando sentiu um movimento. Savitha tinha piscado. Por todo o resto daquela segunda noite, ela permaneceria imóvel.

– Savitha – Poornima tentou mais uma vez, sacudindo-a, implorando por uma palavra que fosse, um gesto, antes de enfim mergulhar num sono inquieto, assombrado na maior parte do tempo pelos sonhos, pesadelos, visões e premonições, mas, num único momento, pela voz de Savitha.

– Você se lembra?

Poornima virou a cabeça, sonolenta, e murmurou:

– Do quê?

– De Majuli. Da flauta e da tal fruta perfeita. Você se lembra?

– Lembro.

Houve um momento de silêncio. Poornima se mexeu, buscando o corpo encolhido de Savitha, mas só sentiu o vazio.

– Eu vou ser muitas coisas, Poori, mas nunca a sua madrasta.

– Tudo bem.

Um ruflar.

– Poornima?

– O quê?

– Sou eu que tenho asas.

Pela manhã, Poornima acordou com gritos, o burburinho de vozes e alguém organizando um grupo de busca; ela correu os olhos pela cabana de tecer e viu que estava vazia. Savitha tinha sumido.

Poornima

1

O casamento de Poornima fora adiado indefinidamente. A família do noivo não abria mão das 20 mil rupias extras. Principalmente agora, depois de todas as fofocas que haviam começado a se espalhar sobre a garota impura que escapara, a amizade dela com Poornima e as insinuações – feitas por gente que jamais conhecera Poornima, por gente que nem morava em Indravalli – de que ela ajudara a tal garota a fugir. E o que poderia ser dito sobre alguém assim?, falavam. Que bem ela poderia trazer, desposando alguém?

Além disso, todos os dias chegavam notícias de Namburu confirmando as hesitações da família do noivo. O pai mandara dizer que seu filho – além das 20 mil rupias extras – queria também um relógio e uma motocicleta. A mais velha das irmãs do noivo, que se chamava Aruna, havia comentado em voz alta, na presença de outras mulheres de Namburu, que estava achando difícil a ideia de ter uma cunhada tão abaixo do seu nível. "Abaixo?", uma das mulheres havia questionado. "Como assim, abaixo?" E contavam que a irmã lançara um olhar sério na direção da tal mulher e respondera: "Abaixo do meu nível, no mesmo sentido que um macaco estaria abaixo do meu nível".

Ainda assim, era o comentário da mãe do noivo que mais incomodava Poornima. Ela dissera para uma de suas primas distantes, enquanto se lamentava sobre o casamento do seu filho universitário com uma garota do interior: "O que há de se fazer? É sempre assim quando se tem um filho bem-sucedido: ou você o casa com uma dessas universitárias modernas, que vai cobri-lo de exigências e viver pedindo maquiagem, sáris caríssimos e joias o tempo todo, ou se contenta com uma caipira com pele mais escura do que semente de mostarda e o traquejo social de uma porca chafurdando na lama". Mas não fora ela mesma que havia dito que Poornima não era tão escura quanto diziam? Não fora ela que segurara o queixo de Poornima em sua mão?

Poornima quis que Savitha estivesse ali, para conversar com ela sobre tudo isso. Savitha? Seu coração se inflamou de dor. E em seguida se apagou, como uma vela.

Já fazia um mês que ela se fora. Trinta e três dias. O grupo de busca que havia saído em seu encalço – formado por rapazes de Indravalli (e, num primeiro momento, por um policial local que retornou duas horas depois de iniciada a busca e, enxugando o suor da fronte por causa do calor, declarou: "A última vez que eu passei mais de uma hora procurando por uma garota foi pela filha de um parlamentar, que acabou sendo encontrada no fundo de um poço a menos de duzentos metros de casa. É sempre a mesma coisa, podem acreditar no que digo. Neste calor, eu dou um dia ou dois para acontecer. Quem sabe três. E lá estará ela, boiando, inchada feito um pãozinho *puri*") – tinha ido até Amravati, a oeste, a Gudivada, a leste, Guntur, ao sul, e Nuzividu, ao norte. Sem resultado. Eles voltaram sem ter sequer uma pista de qual poderia ser seu paradeiro. Para onde teria ido?, as mulheres de Indravalli se perguntavam. Onde seria possível desaparecer desse jeito?

Poornima, com o olhar perdido na direção das águas do rio Krishna, a leste, indagava-se a mesma coisa.

Após dois meses de idas e vindas, Ramayya e o pai de Poornima finalmente chegaram a um acordo com a família de Namburu. O pai de Poornima comprometeu-se a acrescentar 10 mil rupias ao valor do dote, cinco mil pagas agora e as outras cinco mil um ano após o casamento, e a lhe dar uma scooter em vez de uma motocicleta – isso depois de Ramayya tê-los convencido de que a scooter seria uma escolha melhor quando Poornima começasse a ter filhos ("Todos meninos", ele teve o cuidado de ressaltar). A família de Namburu, após uma semana tensa de silêncio, acabou concordando de má vontade, resmungando sobre a generosidade do desconto concedido. Ramayya ficou em êxtase por enfim ter chegado a um acordo sobre as condições do enlace, mas o pai de Poornima parecia arrasado.

– Você nem vai precisar vender os teares – argumentou Ramayya, na tentativa de animá-lo. – E, pense bem, depois disso só vai faltar mais uma.

O pai ergueu um olhar sombrio para Poornima quando ela foi lhe entregar o chá, os olhos cheios de desprezo. E Poornima, para sua própria surpresa, o encarou de volta.

A cerimônia foi marcada para o mês seguinte. Poornima passou a maior parte dos trinta dias que faltavam dentro do casebre. Não era de bom-tom que uma garota fosse vista circulando pelo vilarejo depois de selado o noivado – e também havia a questão do mau-olhado das pessoas, que poderiam invejar a boa sorte de ela estar prometida para um rapaz com diploma universitário.

– Além do mais – acrescentou a tia, que fora passar um mês com eles para ajudar nos preparativos do casamento –, ninguém precisa que sua pele fique ainda mais escura.

Para Poornima, nada daquilo fazia diferença: clara ou escura, dentro de casa ou fora, esperança e desalento, essas coisas lentamente foram perdendo o sentido para ela.

Em alguns momentos, sentada inerte diante da *charkha*, ou enquanto penteava os cabelos da irmã, ela olhava através da porta aberta do casebre e sentia a mente vaguear. Que coisa é aquela tão brilhante lá fora? O que poderá ser, tão dolorido e aceso? As pessoas, também, foram perdendo seus lugares no seu pensamento; elas não estavam mais atreladas a nada que Poornima reconhecesse ou controlasse, ou mesmo àquilo que entendia como *ela mesma*. Uma vez, ainda no começo dos trinta dias, seu irmão mais novo correu para dentro com um corte no braço. Ele ergueu o corte para ela, chorando, querendo um curativo, mas tudo o que Poornima fez foi abrir um sorriso gentil e distante. Ela lhe entregou uma moeda de cinquenta *paisas* e o empurrou porta afora outra vez, os respingos de sangue deixando um rastro no caminho, dizendo:

– Vá. Compre uma banana. Depressa. Savitha está chegando.

Dias depois, a tia lhe pediu que pusesse o arroz no fogo para o jantar e Poornima ergueu os olhos do canto onde estava sentada, encarando a tia, e, com um olhar vazio como um campo aberto, retrucou:

– Quem é você?

Duas, talvez umas três vezes, Poornima sentiu um estalo, uma pontada de algo que não sabia nomear. Algo parecido com um caco de frio cortante, ou um calor capaz de cegar. O que era? O que podia ser?

Ela achou que talvez estivesse doente, que havia contraído alguma coisa. Malária, quem sabe. Mas logo se aquietou: entranhou-se no seu peito, do lado esquerdo, acima do coração. No princípio era algo pequeno, como uns poucos grãos de arroz caídos num chão de pedra. E tudo o que ela precisava fazer era se abaixar para catá-los, um a um. Mas logo os poucos grãos de arroz cresceram a ponto de virarem um peso. Uma massa densa. Uma *montanha* de arroz. Poornima experimentou apertar a palma da mão contra o peito, numa tentativa de apaziguar a sensação. Mas não cedia, não amainava; estava simplesmente parada lá, dura como um punho fechado. Ela pensou no peso da mão da mãe pousada nos seus cabelos e no modo como, agora, em seu peito, formava-se um novo peso. Um peso que a devastava sem conjurar nenhuma lembrança ou saudade, nenhuma infância perdida ou voz adocicada ou mão erguida para lhe dar comida na boca, um peso que não trazia nada, nada além de três palavras: *ela se foi.*

2

Mais tias, tios e primos começaram a chegar na semana que antecedeu o casamento. O casebre fervilhava de gente. Uma tenda foi erguida, azul e vermelha, verde e dourada. Folhas de mangueira foram trazidas e trançadas em guirlandas que enfeitavam o vão da porta e os beirais do casebre. Artigos variados para a cerimônia – cúrcuma, *kumkum*, cocos, arroz e grãos, pacotes de cânfora, incenso e óleos – chegavam a todo momento. Tudo precisava ser organizado e guardado. E havia também a preparação da comida. Todos aqueles parentes, mais de trinta, pelo que Poornima contara da última vez. Eles precisavam ser alimentados, e comiam em folhas verde-escuras de bananeiras estendidas à sua frente como se fossem pratos para, depois de terminada a refeição, serem recolhidas e jogadas aos porcos. As tias e primas a ajudavam, mas o tempo todo havia alguém abordando Poornima – em geral, uma das primas mais novas – para dizer: "Onde você guarda o sal?", ou "Imagine só, você casada com um homem refinado!", ou "O que foi, por que está me olhando desse jeito?". Ao que, qualquer que fosse a abordagem, Poornima levava a mão até o ponto acima do coração e pensava na dureza instalada ali, na dor.

Os dias se passaram.

102 SHOBHA RAO

Quando a manhã do dia do casamento veio, ela chegou como uma invasão. O sol se levantou num alarido de pinceladas coloridas – cor-de-rosa e violeta e laranja e verde – e logo se postou irritado contra o horizonte, à espera de que a terra, as mulheres, os povoados ardessem em chamas. Já bem cedo, naquele dia, todas as parentes mulheres se aglomeraram ao redor de Poornima, junto com as cunhadas e algumas vizinhas, para os ritos nupciais. Elas ungiram seu cabelo com óleo e esfregaram cúrcuma na sua pele. Depois, uma de cada vez, lhe deram suas bênçãos com punhados de arroz embebidos em cúrcuma, *kumkum* e sândalo. No caso das mulheres mais velhas, Poornima se levantava e dobrava o corpo para tocar-lhes os pés. Aruna, a irmã que havia comparado Poornima a um macaco, manteve-se um pouco afastada, observando tudo como se estivesse entediada. Quando chegou a vez de Aruna lançar as bênçãos sobre Poornima e aspergir sua cabeça curvada com arroz embebido em cúrcuma, ela sentiu os grãos a atingirem com uma força cortante, como se fosse uma chuva de granizo. Mas eles também serviram para despertá-la, e, como se estivesse emergindo de um sonho comprido e complexo – um sonho tão convincente, tão completamente irrefutável que fazia o mundo desperto, no qual ela estava cercada por vinte mulheres com sorrisos de dentes amarelados, parecer, ele sim, fraudulento –, Poornima piscou com força e baixou ainda mais a cabeça, e olhou para o arroz aspergido e pensou: *Arroz. Será que existe alguma coisa no mundo que não seja arroz?*

O *muhurthum* – a hora exata do início da cerimônia de casamento, calculada a partir dos horóscopos do noivo e da noiva – havia sido marcado para o início daquela noite, às 20h16. Passava um pouco das sete da noite quando Poornima sentou-se na varanda com o sacerdote – ainda sem seu noivo – para que ele conduzisse a *Gauri puja*, oração que deseja vida longa ao marido. Só *depois* disso ela seria levada ao *mandapam*, o palanque do casamento, para sentar-se ao lado de Kishore e passar por novas *pujas* antes que ele amarrasse o colar matrimonial, o *mangalsutra*, no seu pescoço. Poornima sentou-se, ouvindo as palavras do sacerdote, seguindo suas instruções, mas tudo continuava parecendo uma miragem, algo passado num lugar distante e inalcançável. Ela ouvia o murmurar da voz do sacerdote de olhos pregados no próprio colo – com a cabeça baixa, como convém a uma noiva – e as mãos postas em oração.

Poornima estava vestindo um sári verde e vermelho, feito de seda pesada. As poucas joias que usava eram em sua maioria falsas ou emprestadas, as filas de pulseiras em cada pulso cintilando à chama da cânfora. Padrões desenhados com henna subiam por seus braços e pés como limo, opressores e sufocantes.

Tudo, todas as coisas, desde os ritos nupciais até o ato de se vestir na penumbra do casebre com a ajuda das tias, as *pujas*, os bocejos do jovem sacerdote enquanto os entoava, a torrente incessante de cor e barulho e pessoas, tudo isso era impossível de ser sentido de qualquer forma por Poornima, que só via as cenas como se estivesse espiando por uma janela.

Foi através dela que o sacerdote a encarou enquanto Poornima se retorcia um pouco, sufocada pela fumaça espessa do incenso, e disse:

– Preste atenção. – E depois: – Levante-se.

Era o momento de ir até o *mandapam*, onde o noivo estava à sua espera.

O pai aguardava ao seu lado, para conduzi-la até o palanque. Poornima olhou para ele, o rosto de feições duras numa reação à sua presença, ou talvez ao aumento do dote imposto pelos sogros, ou quem sabe à sua própria fragilidade – embora aos olhos de Poornima nada disso fosse visível, pois tudo o que ela enxergava era loucura, a sua própria loucura – e o ouviu dizer:

– Vamos.

Ao que respondeu:

– Para onde?

O sol começava a se pôr a essa altura, o céu do poente rajado em tons gritantes de verde, laranja e vermelho. Ao leste, a linha do horizonte mais uma vez estava branca de calor. *Para onde estou indo?*, Poornima se perguntava. Para onde quer que fosse, isso não importava para ela. Não de verdade. A menina reparou no sol poente, maravilhada, e pensou: *Está uma noite tão bonita, e o sári que estou usando também é lindo*. Era encantador. A tal janela por onde estava espiando: havia tanta beleza por trás dela. E, mesmo assim, do fundo de sua mente, veio um pensamento: *Não, eu não quero este sári. Não quero este dia. Não quero este pai. O que eu quero? O que é que eu quero?*. Por não ser capaz de achar essa resposta, todas as outras interrogações permaneceram em Poornima enquanto ela seguia caminhando, fingindo-se encantada.

Ela ia de cabeça baixa, é claro. Sem erguer os olhos, Poornima soube que estava se aproximando da tenda quando o calor, o ar à sua volta, se tornaram mais pesados. O pai não pareceu ter reparado; ele estava inteiramente concentrado no palanque, na tarefa de conduzir a filha até lá. Mas o ar agora parecia sufocante, não mais adorável, e Poornima sentiu uma onda crescente de pânico. Ela tentou deter os passos dele, tentou derrubá-lo, mas a mão dele continuou agarrada firmemente ao seu cotovelo, puxando-a na direção do palanque.

– Eu quero parar – disse ela ao pai.

O pai apertou mais os dedos no cotovelo de Poornima. Ele disse:

– Não seja idiota.

Não seja idiota, pensou Poornima, e essas lhe pareceram palavras bastante decentes. Então, foi isso que ela entoou para si mesma: Não seja idiota. Não seja idiota. Não seja idiota. Não seja idiota. Não seja idiota. Não seja idiota. Não seja idiota. E continuou entoando, sem parar, até chegar diante do palanque, subir os dois degraus e sentar-se ao lado do noivo.

Não seja idiota, disse para si mesma.

O pai entregou a mão dela para o noivo. Poornima não olhou. Por que haveria de olhar? Quem era esse homem desconhecido? Ele mal tocou-lhe os dedos, de qualquer forma. Mais *pujas*. O sacerdote lhe entregou duas bananas e uma maçã. Duas bananas e uma maçã.

O BRILHO DO SOL QUE INVADIU A NOSSA CASA   105

Poornima olhou para as frutas. Elas lhe pareceram tão familiares. Tão atraentes. Como se ela tivesse esperado a vida toda para que lhe entregassem esse número e esse tipo exato de frutas.

Por quê?

Poornima teve vontade de perguntar ao homem que estava sentado ao seu lado. Talvez ele soubesse. E estava prestes a se virar e fazer exatamente isso quando o sacerdote, impacientemente, como se já tivesse repetido aquilo muitas vezes, falou:

– *Ammai*, não está ouvindo? Eu disse para entregar as frutas a ele.

E, sendo assim, Poornima decidiu que deixaria a pergunta para mais tarde, para depois que entregasse as frutas. A mão do noivo foi chegando mais perto, mais perto, e, dessa vez, Poornima ergueu os olhos. Só um pouco. O ar lhe faltou. A mão direita dele não estava completa. Faltavam dois dedos. O médio e a maior parte do indicador. O cotoco do indicador se parecia com um naco de carne-seca rasgada, ainda cor-de-rosa, e a pele do lugar onde o dedo médio deveria estar havia se fechado para dentro, como a boca de um velho banguela. Ela afastou a própria mão.

Então era isso, pensou com repulsa, era a isso que haviam chamado de idiossincrasia. Poornima recordou-se que, certa vez, conhecera alguém com as mãos assim, grotescas (era o pai de alguém, mas de quem?). E, então, pensou: *Mas quem é este homem? E por que tenho que lhe entregar estas bananas e maçã? Elas são minhas. Minhas frutas. Não quero deixá-las nessa mão; não quero entregá-las a uma mão tão deformada.*

Não foi por causa das frutas. Ou talvez tenha sido. De todo modo, depois que Kishore havia amarrado o *mangalsutra* em seu pescoço e eles deram os sete passos ao redor do fogo – os cinco dedos da sua mão enlaçados nos três (e meio) dele –, Poornima compreendeu. E quanto à janela? Ela agora entendia que não havia janela. Que nunca tinha existido uma. Ou que, se tivesse existido, ela havia se quebrado. Uma pedra quebrara o vidro e ali estava ela agora, olhando para a pedra, para os cacos, sentindo o vento entrar. Ela entendeu, nesse momento, que estava casada.

3

O lar do seu marido, em Namburu, não era de jeito nenhum um casebre. Era uma *casa* de verdade, feita com cimento, de dois andares. Havia quatro cômodos no andar de baixo e um amplo no andar de cima, com o restante do telhado plano servindo como um terraço. Nele, costumava-se pendurar a roupa lavada para secar, e nas noites mais quentes de verão todos estendiam os seus tapetes para dormirem à luz das estrelas. Agora não mais. Era ali no quarto de cima que Kishore e Poornima iriam morar, e fora para onde ela havia sido escoltada na sua primeira noite juntos. Uma prima mais nova fora junto, servindo de acompanhante, e sua nova sogra e as novas cunhadas estavam reunidas à porta com as velas já acesas para o ritual do *aarti*. Poornima ficou encarando os próprios pés.

Eles participaram de um jogo, ela e o novo marido, enquanto todos os parentes ficavam na torcida. O jogo era jogado desde tempos antigos: sempre o mesmo, sempre da mesma maneira. Um jarro de latão era enchido de água. O jarro tinha a boca estreita. Alguém deixava cair um anel lá dentro. Plop. Dentro da água. Os noivos tinham então que usar a mão direita, somente a direita, para tatear a água dentro do jarro, e aquele que conseguisse tirar o anel de lá seria o vencedor. A boca estreita do jarro era o xis da questão: as mãos teriam que se tocar para entrar nele. Os dedos teriam que se entrelaçar. E esse tipo de preliminar – entre duas pessoas que não se conheciam – deveria levar ao sexo. À primeira relação sexual do casal. Poornima pôs a mão no jarro e sentiu uma onda imediata de repulsa. Em vez de cinco, ela tateou três dedos. O polegar e o mindinho mal podiam ser chamados propriamente de dedos, o que fazia com que restasse apenas um. E esse único dedo se esfregou contra os dela, que sentiu também o toco do outro – o indicador, que estava decepado – como se fosse um pedaço de carne úmida e malpassada. E, depois, nada. O dedo médio, nada mais que uma ausência. Uma omissão. Poornima abriu um sorriso tímido, tentando esconder o asco. *Esse é o seu novo marido*, ela disse para si mesma. *Essa é sua nova vida.* E então ela ergueu os olhos. O novo marido olhava diretamente para seu rosto. Para seu rosto? Talvez fosse através dele. Mas havia algo de peculiar em seus olhos. Poornima reconheceu aquele olhar; o que era aquilo? Ela repassou todas as suas recordações da adolescência, da meninice, da vida toda, enfim, e ficou com a sensação de que não era de maneira nenhuma um olhar peculiar, ou desconhecido. Era, para falar a verdade, o olhar mais familiar de todos. Era um olhar de homem: despindo-a, arrancando suas roupas, sua inocência, rasgando tudo com os dentes, cravando-os no coração tenro dela para depois, com uma risada cruel, saborear a conclusão do ataque em todo o seu terror e desejo enquanto ali jazia ela, já meio deflorada, meio aviltada, meio despida.

Ali jazia ela: já meio engolida.

E foi então que vieram as lágrimas – antes que ela fosse capaz de contê-las, enquanto seus dedos ainda tateavam em busca do anel sem muita vontade, pois Poornima sabia que o vencedor seria ele; ou melhor, que ela seria a perdedora. As lágrimas, contudo, não tiveram importância, porque quase ninguém reparou nelas – e quem reparou as confundiu com lágrimas de alegria.

❦ ❧

À noite, depois que terminaram os jogos e provocações suaves feitas com o noivo e a noiva, Poornima foi banhada e vestida com um sári branco, seus cabelos enfeitados com botões de jasmim. Entregaram-lhe um copo de leite morno para que desse ao novo marido, aromatizado com açafrão, e ela subiu a escada que levava ao quarto de cima. Devagar. Tão devagar que a prima mais jovem, que a acompanhou na subida junto com algumas mulheres da família de Kishore, fitou Poornima e achou que ela fosse chorar outra vez. Essa prima, que se chamava Malli, não sabia de nada do que acontecera em Indravalli – nada além de um silêncio estranho durante a cerimônia, que ela intuiu ter relação com a mulher de ar insano que fora encontrada encolhida na cabana dos teares semanas antes, aninhada nos braços de Poornima – uma mulher que ela só conseguira ver de relance, embora um primo mais novo, que tinha podido ver melhor, tivesse lhe dito se tratar de uma *rakshasi* querendo devorar bebês recém-nascidos.

– Mas por que bebês recém-nascidos? – perguntara Malli a esse primo.

– Porque eles têm a carne tenra, sua boba.

A resposta pareceu fazer sentido.

– Então nossa carne é dura?

O primo soltara um suspiro impaciente.

– A *minha* é. A sua, já não sei. Deixe ver. – E, dando um beliscão no seu braço, completara: – Acho que você está fora de perigo.

Mesmo assim, Malli ficou satisfeita por ter que acompanhar Poornima na sua jornada até Namburu. Era o que mandavam os costumes – que uma parente mais nova fosse com a noiva até sua nova casa, como uma maneira de amenizar a jornada para um lugar desconhecido e pouco familiar –, e Malli agarrara a oportunidade. Mas agora que estava ali, subindo as escadas ao lado de Poornima, uma prima que mal conhecia mas que lhe parecia estar mergulhada num estado terrível de sofrimento, Malli flagrou-se pensando se não teria sido melhor ter ficado em Indravalli e arriscado ser atacada pela *rakshasi*.

Quando o grupo chegou à porta do quarto, Malli e as parentes do noivo deixaram Poornima sozinha, soltando risadinhas enquanto se afastavam apressadas.

Poornima ficou olhando elas irem embora.

Então seus olhos fitaram a porta. Uma guirlanda feita com folhas novas e verdes de mangueira estava pendurada no alizar. A porta havia recebido uma nova demão de tinta também verde e sido benzida com pó vermelho de *kumkum* e cúrcuma. Parada diante dela, Poornima apurou os ouvidos. Não para tentar ouvir seu novo marido, que sabia estar à espera do outro lado, mas alguma outra coisa, algo que ela não saberia nomear. Quem sabe uma voz a chamando para longe, quem sabe atraindo-a para a borda do telhado, bem na pontinha. Mas não havia nada. O copo de leite em sua mão estava esfriando. Quando baixou os olhos, Poornima notou a camada de nata que se formara na superfície. Ela havia aparecido do nada, fina, encrespada e flutuante. Que engenhoso. Como o leite fazia isso, como ele *sabia* fazer isso?, ela se perguntou. Seria uma forma de proteção? Como, pensou, ele conseguia ser assim tão forte?

Poornima pousou o copo perto da porta e caminhou até o meio do terraço. O chão de concreto queimou seus pés descalços, mas ela mal reparou nisso. Tinha avistado algo brilhante perto do meio do telhado plano, mas, ao chegar mais perto, viu que era só um papel de caramelo. O que tinha achado que seria? Uma moeda? Uma joia? Ela não saberia dizer, mas sentiu-se tão desapontada com a constatação que se sentou no chão e ficou olhando para o papel.

– Você podia ser um diamante – disse Poornima em voz alta. – Podia ser qualquer coisa.

O papel do caramelo a encarou de volta. Já estava quase escuro a essa altura. Havia refrescado um pouco, mas as tardes continuavam bem quentes, com temperaturas passando dos 35 graus, e o concreto onde ela se sentara continuava quente. Para Poornima, isso não importava. O que ela estava pensando era que, quando tinha uns três ou quatro anos de idade, numa de suas lembranças mais antigas, um dia

O BRILHO DO SOL QUE INVADIU A NOSSA CASA 111

fora com a mãe ao mercado comprar legumes. Na volta para casa, a mãe decidira passar na mercearia atrás de um pouco de cravos. Poornima ficara olhando para todas as latas que havia no balcão, cheias de bombons, biscoitos e caramelos, e pedira que a mãe lhe comprasse um doce. A mãe mal olhou para ela. A sua resposta foi:

– Não. Nós não temos dinheiro.

Poornima esperou, ainda olhando para as latas.

Outra cliente – uma mulher gorda, acompanhada do filho igualmente gordo – entrou na mercearia. O menino, mesmo aos olhos infantis de Poornima, tinha todo o ar de uma criança mimada. Ele era mais velho do que ela, mas parecia ser mais lerdo, como se tivesse passado a vida inteira sendo alimentado só com manteiga e elogios. Ele nem precisou *pedir* um doce. Simplesmente apontou para o caramelo que queria e deu um puxão no *pallu* da mãe. O dono da mercearia fez sua vontade, abrindo a lata, e, em seguida, com um sorriso obsequioso, disse:

– Pegue quantos quiser, Sr. Ramana-garu.

O garoto agarrou um punhado de caramelos e saiu andando. O dono da mercearia, que estava ocupado ajudando a mãe dele, afastou-se da lata também. A mãe de Poornima estava debruçada sobre os temperos, escolhendo seu punhado de cravos. Poornima voltou-se para a lata.

A tampa continuava aberta.

Ela não o pôs na boca até chegar em casa. Tinha apertado o caramelo na sua mãozinha fechada durante todo o caminho e depois esperado até ficar sozinha – enquanto sua mãe preparava o jantar e os irmãos brincavam –, para só então desembrulhá-lo devagarinho. O caramelo vermelho na palma da sua mão era quase tão *grande* quanto a própria palma; ele brilhava feito uma pedra preciosa, como se fosse uma joia macia e açucarada. Ela deu uma lambida, duas, até que não se aguentou mais e o jogou dentro da boca. Poornima já tinha experimentado caramelos, mas nunca tivera um inteiro só para si: a mãe sempre os partia em pedaços, para que fossem divididos entre ela e os irmãos. A pior parte era ter que despedaçá-lo, pensava Poornima, pegar aquela joia perfeita e apetitosa e quebrá-la de propósito. Era indecente. O ressentimento que sentia pela mãe era até maior do que o que sentia por ter sempre que dividir caramelos com os irmãos. Mas *esse*, esse caramelo estava inteiro. Ela chupou e chupou até que sua doçura invadisse toda a boca, indo fazer cócegas na garganta. Ele já tinha se reduzido a nada, não mais do que uma lasquinha fina, quando Poornima ouviu a voz da mãe chamando seu nome. Ela terminou de engolir o caramelo, e, quando foi até o fundo do casebre, onde a mãe estava cozinhando, começou a tossir por causa da fumaça produzida pela lenha.

– O que é isso? – falou a mãe.

Poornima apenas a olhou.

– Venha cá.

A menina deu um passinho na direção da mãe. Ela agarrou as bochechas da filha e apertou. Poornima franziu os lábios, fazendo como se fosse uma boca de peixe.

– Abra – mandou a mãe. – Não pense que não estou de olho em você.

Poornima, por fim, abriu, só um pouco, e, em seguida, com um aperto mais forte da mãe, sua boca se abriu inteira, vermelha, brilhante e escorregadia como o miolo de uma romã.

– Você roubou? – indagou a mãe.

Poornima não disse nada por um tempo; então, assentiu.

A mãe soltou um suspiro.

– Roubar é errado. Você sabe disso, não sabe, Poornima? Não devia ter feito uma coisa dessas.

Poornima assentiu outra vez.

– E você já comeu o caramelo, então vamos ter que voltar lá amanhã e pagar o homem. Eu não vou contar nada ao seu pai, entendeu? Mas o caramelo não era seu. Lembre-se disso, Poornima: nunca pegue aquilo que não é seu. Nunca se esqueça disso.

O BRILHO DO SOL QUE INVADIU A NOSSA CASA   113

Poornima não tinha esquecido, mas já não concordava mais com aquelas palavras. Sentada no meio do terraço, na noite do seu casamento, ela ficou olhando para o papel e pensando na mãe. E pensando no caramelo vermelho; ainda podia sentir o gosto, a doçura descendo pela garganta. Só que não concordava mais.

– *Amma* – disse ela para o papel. – Ah, se ao menos eu *tivesse* pegado aquilo que não era meu. Se ao menos tivesse tirado um instante para insistir, para exigir um encontro com ele antes do casamento! Eu poderia ter contado os dedos dele, como sua família contou os meus. Se eu tivesse me recusado, se tivesse me recusado a tudo: a deixar que você morresse, que a cabra morresse, que o relógio azul parasse de bater as horas. Se ao menos tivesse dito: *Você* é a melodia da flauta. – Poornima pegou o papel de caramelo. – Você entende, *amma*? Ah, se ao menos eu tivesse pegado as coisas que não deveria pegar. Se eu tivesse tido essa coragem!

Ela largou o papel e ficou olhando ele ser soprado para longe.

Então, caminhou até a porta atrás da qual seu novo marido estava esperando, provavelmente já adormecido a essa altura, e pegou do chão o copo de leite já frio. Na superfície do leite, pôde ver grãozinhos de poeira que tinham sido soprados para lá, navegando na camada enrugada de nata. Ela olhou para eles, os grãos de poeira, e decidiu que deixaria que eles a convencessem: Aprume-se depressa, eles diziam, permaneça na superfície, e estas águas, estas águas cremosas e suntuosamente brancas, deixe que elas a carreguem. Para onde as águas a conduziriam? Poornima não fazia ideia, mas atrás da porta à sua frente havia um homem que não era o seu pai. E que era a quem ela pertencia agora. Isso lhe pareceu um avanço; aquele, por si só, já era um lugar melhor.

Dentro do quarto havia uma cama, um armário de madeira com um espelho comprido emoldurado por um padrão entalhado de trepadeira, cheio de ramos curvados com frutinhas nas pontas, uma escrivaninha e um aparelho de televisão. Uma televisão! Ninguém em Indravalli tinha televisão. Kishore, notando o olhar dela para o aparelho, disse:

— Não se anime muito. Ela não funciona.

Os olhos dela deixaram a televisão e voltaram-se para o copo de leite na sua mão. Ele o pegou e pousou na mesinha redonda que ficava ao lado da cama. A colcha amarela e fina da cama estava coberta de pétalas de rosas arrumadas para formar um coração, e Poornima se perguntou quem teria feito aquilo: arrumado as pétalas em forma de coração. Foi um gesto tão adorável e inesperado que ela quis sentar na beirada da cama – com cuidado, para não desfazer o desenho – só para olhar para ele. Só ficar olhando. Mas Kishore não pareceu nem um pouco interessado no coração, porque, sem qualquer preâmbulo, tratou de puxá-la para a cama, agarrar-lhe as dobras do sári e enterrar a cabeça – e os lábios úmidos – no decote da sua blusa, os dedos espetando seus seios como se fossem as extremidades de uma batata. Na confusão que se seguiu, Poornima não chegou a ver o que se precipitou para dentro do seu corpo. Ela deixou escapar uma lamúria, assustada demais para gritar, mas, a essa altura, Kishore já estava com o peso todo por cima do seu corpo, grunhindo. Olhando assim para o rosto dele, o tremor, as caretas, ficava difícil saber o que doía mais: se era quando a coisa entrava ou quando saía dela. Mas, então, tudo terminou. Assim de repente. Depois de uma estocada final, Kishore procurou seu rosto com o olhar e sorriu. Sorriu de verdade. E Poornima pensou: Sim, afinal de contas, sim, é a você que eu pertenço agora. Depois, ele rolou para o lado, e, no escuro, enquanto Poornima sentia pela primeira vez o aveludado das pétalas de rosa contra as suas costas, frescas e clementes como se fossem gotas de chuva, ele disse com uma voz sonolenta:

— Eu gosto de duas xícaras de café. Uma logo que acordo, a outra junto com o *tiffin*. Entendeu?

Ela assentiu para o escuro. E se esforçou como podia para entender.

4

Ao final do primeiro mês de casamento, num domingo, Kishore levou Poornima e sua irmã, Aruna, que tinha dezessete anos e era seis mais nova do que ele, até Vijayawada. A outra irmã, Divya, que Poornima vira pela primeira vez na cerimônia do casamento, era dez anos mais nova e muito estudiosa. Ela era bastante calada, bem diferente de Aruna, e não quisera ir junto a Vijayawada porque estava em época de provas. Sendo assim, Poornima, Kishore e Aruna saíram depois do café da manhã. Poornima estava usando seu melhor sári, um cor de laranja com a barra rosa que ganhara de presente de casamento. Eles comeram *dosas* de masala num restaurante perto da estação rodoviária. Aruna e Kishore não gostaram muito da refeição – Aruna disse que o curry estava sem gosto e que o garçom tinha sido insolente; Kishore comentou que os restaurantes perto da empresa onde ele trabalhava, na Annie Besant Road, eram muito melhores –, mas Poornima não tinha como comparar o seu *dosa* a nenhuma outra coisa; ela nunca havia pisado num restaurante antes. Depois, Kishore levou as duas ao cinema.

O que também foi uma novidade para Poornima.

Lágrimas quentes brotaram em seus olhos enquanto esperava com Aruna Kishore comprar os ingressos, desejando que quem estivesse ali fosse Savitha, como as duas haviam combinado. Mas, assim que as portas duplas do balcão se abriram, Poornima arfou de admiração e esqueceu-se de todo o resto. Ela nunca havia entrado em um lugar tão amplo. Era como estar numa imensa caverna, mas com as paredes cinzeladas e uma iluminação glamorosa. Fascinada, Poornima ficou olhando para as poltronas de veludo vermelho, algumas delas puídas, mas mesmo assim luxuosas, e para os pontos dourados de luz criados pelas luminárias penduradas ao longo das paredes, e para o movimento das pessoas apressadas para se acomodarem em seus lugares. Kishore e Aruna já deviam ter estado ali antes, porque abriram caminho para chegarem a uma fileira de assentos no meio do balcão.

Então, as cortinas se abriram, a tela se encheu de luz, e Poornima, mais uma vez, ficou maravilhada. As pessoas eram imensas! Elas pareciam precipitar-se para cima dela, prontas para cair da tela. Ela arregalou os olhos, um pouco temerosa, mas quando lançou um olhar ansioso na direção de Kishore e Aruna, os dois já estavam envolvidos pela trama do filme: a triste história de um casal de amantes separado pela reprovação dos pais. Os da moça, em especial, censuravam o enlace por se tratar de um rapaz pobre e desempregado (até onde Poornima pôde perceber), embora fosse dono de uma beleza estonteante e também de uma motocicleta belíssima, mesmo sem dinheiro. Em seu esforço para impedir que o casal se encontrasse, eles chegaram a trancar a filha numa cabana isolada nas montanhas. Era tudo muito triste, mas havia também canções e cenas de dança do casal enamorado na Caxemira, em Shimla e Rishikesh, bailando e brincando na neve. A atriz vestia apenas um sári muito diáfano, em um tom de azul que cintilava contra o branco da neve. Poornima se inclinou na direção de Kishore para perguntar:

– Ela não sente frio? Não é verdade que faz frio na neve?

Ele ignorou a pergunta, ou talvez só não tenha escutado.

Ao final do filme, o mocinho conquistou os pais da sua amada por ter salvado o negócio da família de um parente ganancioso que tinha planos de assumir a empresa e expulsá-los da sua mansão. Se não fosse pelo mocinho, que o desmascarou e chegou a ameaçá-lo com um revólver, a família da mocinha teria perdido tudo – dinheiro, joias, carros – e acabado no olho da rua. Os pais dela, nesse momento, reconheceram a esperteza e a presença de espírito do rapaz, e a cena final do filme mostrava os dois levando a mão da filha até a dele.

Poornima sentiu-se tão comovida com os rostos radiantes do herói e da heroína do filme, e com a saga que eles tinham enfrentado para ficarem juntos, que começou a chorar. Kishore e Aruna, quando notaram, soltaram uma gargalhada.

– Não foi nem tão bom assim – falou Aruna.

Poornima discordou da cunhada. No caminho para casa, enquanto o ônibus serpenteava em meio aos campos de arroz e às plantações de algodão e amendoim quase indistintas que margeavam a estrada entre Vijayawada e Namburu, ela se deu conta de que tinha chorado não por causa do filme, mas porque *não havia* esquecido. Nem por um instante. Savitha estivera no cinema, de algum jeito, sentada ao seu lado. De alguma maneira ainda mais visceral do que a presença física de Kishore e Aruna. Ela podia ver a cena: Savitha teria segurado sua mão na hora em que o herói puxou a arma; e ela teria gostado dele, por ser pobre como as duas eram e por amar a mocinha daquele jeito tão doce e tão cheio de esperança. Imagine só, Poori, teria dito ela, balançando a cabeça, imagine o frio que a coitada da garota deve ter sentido com aquele sári. E aquela neve toda, diria ela, não era igualzinha a um monte de arroz com iogurte?

Nos dias e nas semanas que se seguiram à ida ao cinema, Poornima não parou de pensar. Não no filme em si. Não exatamente. Ela ficava pensando nos rostos das outras pessoas na plateia, especialmente nos de Kishore e Aruna. Ela jamais vira coisa igual: luzes piscando, mudando de cor, iluminando as expressões embevecidas do público. Poornima nunca vira sequer as cores da televisão piscando e mudando, que dirá as de uma tela de cinema. A impressão que foi tendo, à medida que os meses passavam, era que a qualidade daquela luz distante e ao mesmo tempo penetrante, o seu jeito de parecer ameaçadora e ao mesmo inofensiva, era exatamente igual à sensação provocada pelos acontecimentos da sua própria vida.

Como, por exemplo, na noite em que estava preparando o jantar da família e a sogra entrou na cozinha (que de fato era um cômodo separado do resto da casa, para o espanto de Poornima) exigindo saber o paradeiro dos seus brincos de granada. "Aqueles que têm a forma de duas flores", disse ela, porque queria usá-los para ir ao templo. Poornima, que sequer sabia que a sogra tinha um par de brincos de granada, respondeu que não fazia ideia, e voltou a prestar atenção no curry de batata e berinjelas que estava no fogão. A sogra, sem tirar os olhos dos movimentos que a menina fazia para ajustar o sal do curry, suspirou em voz alta e murmurou:

– Com gente pobre em casa, nunca se sabe.

Poornima pousou a colher do curry, ficou olhando a sogra sair da cozinha e se perguntou: *Nunca se sabe o quê?*

Mas então as luzes do cinema chegaram mais perto, tornando-se mais ameaçadoras.

Dessa vez, foi enquanto a família tomava o chá com *pakoras* numa tarde de domingo. Poornima havia acabado de se sentar quando Aruna lançou um olhar incisivo na sua direção, virou-se para a mãe e disse:

– *Alguém* manchou o meu *shalwar* de seda. *Amma*, a senhora sabe quem pode ter sido?

O vestido, que originalmente era de um tom rosa pálido, agora estava cheio de manchas azuis e roxas. As duas se viraram para Poornima, seus olhares se inflamando com uma espécie de ódio, repentino e fumegante.

– Você deixou de molho junto com alguma coisa azul, não foi? Talvez com aquela toalha azul? Eu aposto que foi isso. *Amma*, a senhora acredita nisso? Foi por inveja, não foi? Não se pode mesmo ter coisas bonitas perto de certas pessoas. Eu sei que você pôs meu *shalwar* de molho junto com a toalha azul. Como pôde ser tão idiota?

Poornima chegou a abrir a boca para protestar, mas o fato era que não conseguia lembrar. Ela lavava a roupa da família inteira, então talvez tivesse mesmo deixado o *shalwar* de molho com a toalha azul. Mas não fora de propósito, e certamente não porque sentisse inveja de Aruna. Ela lançou um olhar para Kishore, mas ele parecia muito ocupado mastigando seu *pakora* de cebola. O seu olhar em seguida foi para o sogro, que raramente dizia qualquer coisa na presença da esposa e tinha o hábito de esgueirar-se para fora do ambiente sempre que qualquer discussão se tornava mais acalorada ou ameaçava envolvê-lo. Nesse dia, ele simplesmente ficou sentado, com as mãos dobradas no colo e os olhos postos nelas como se fitassem um poço profundo. Somente Divya poderia ser sua aliada – uma menina séria a quem Poornima havia se afeiçoado, mas que nunca tinha voz ativa na família, por ser a mais nova, e frequentemente ficava calada devido aos gritos dos outros.

Mas, antes mesmo que Poornima pudesse se voltar para Divya, a sogra já estava ao seu lado, puxando-a pela trança.

– Peça perdão! – rugiu ela. – Peça!

Poornima foi pega de surpresa de tal modo por aquilo que não conseguiu articular qualquer palavra, nem mesmo soltar um grito. A sogra finalmente afrouxou a mão em seu cabelo, e Poornima se desculpou. Mas então, à noite, quando já estava quase pegando no sono, ela pensou: *Que situação absurda. E que covardia. Eu não devia ter pedido perdão por algo que nem sei se fui a culpada. Eu nem me lembro de ter visto o tal* shalwar *de seda.* Que sentido poderia ter um pedido de perdão, ela se perguntou, quando não se conhecia a falta cometida, ou mesmo quem a havia cometido. Não significara nada, Poornima concluiu. Nada mesmo. E, portanto, nesse momento ela decidiu – isso mesmo, decidiu, espantada consigo mesma por sequer ser capaz de *tomar* uma decisão – que nunca mais voltaria a pedir perdão por algo que não tivesse feito, ou por crimes que não se recordasse de ter cometido. Depois disso, adormeceu com um sorriso e começou a sonhar.

Após seis meses de casamento, a rotina se tornou ainda mais sombria. O pai de Poornima conseguira pagar as primeiras cinco mil rupias no dia da cerimônia. Ele pedira um empréstimo ao coletivo de tecelagem a uma taxa de juros exorbitante, mas não precisara vender nenhum dos teares e até havia contratado um menino – um bem jovem, que mal conseguia alcançar a premedeira – para trabalhar no segundo. Mas ainda não tinha podido comprar a scooter para Kishore, e também não fizera qualquer menção de entregar a segunda parcela de cinco mil rupias do dote. Poornima nem teria como saber dessas coisas, já que quase não mantinha contato com o pai, se não fosse pelo fato de que a família do marido começou a mencionar o assunto com cada vez mais frequência. *Mencionar*? Esse não era o melhor termo. Estaria mais para *perseguir*. Eles começaram a perseguir Poornima com esse assunto.

No princípio, ela nem se deu conta de que estavam falando das cinco mil rupias. Os rostos tinham expressões circunspectas, e eles diziam coisas como: "Certas pessoas são preguiçosas demais para pagar o que devem", ou: "Não se pode confiar em ninguém, principalmente nos pobres, e muito menos nos que têm filhas. Por que a má sorte deles tem que gerar prejuízo para *nós*?", ou ainda: "Gente mentirosa – se tem uma coisa que eu não consigo suportar é gente mentirosa". Mas, passadas algumas semanas, os resmungos foram ficando mais objetivos. Uma noite, enquanto Poornima comia o seu jantar, depois que todos os outros haviam terminado – primeiro eram servidos os pratos de Kishore e do sogro, em seguida os da sogra, de Aruna e Divya –, a sogra entrou na cozinha e falou:

– Tem comida suficiente para você, querida?

Poornima ergueu os olhos, espantada. *Querida?*

– Melhor assim – prosseguiu a sogra. – Coma à vontade. *Você* pode viver às nossas custas. Mas às custas de quem nós vamos viver?

Poornima tentou conversar com Kishore a respeito. Ela tocou no assunto uma noite, depois que os dois haviam subido para o quarto

O BRILHO DO SOL QUE INVADIU A NOSSA CASA   121

no terraço. As noites estavam mais frescas a essa altura. Era janeiro, e eles já haviam trocado os lençóis mais finos por cobertores de lã. O céu estava com um tom profundo e distante de azul, salpicado aqui e ali por estrelas invernais de uma gélida indiferença. Poornima deixou-se ficar no terraço por um instante, olhando para as outras casas de Namburu, a maioria delas simples casebres cobertos de palha como aquele em que ela própria havia crescido. A luz dourada das lamparinas se derramava sobre as vielas sujas entre os casebres, e o ar estava carregado pelo cheiro da fumaça de lenha, do fogo que fazia ferver as panelas de arroz, dos *pulkas* de trigo redondos postos para tostar diretamente em cima das chamas. Poornima olhou na direção de Indravalli sabendo que aquele mesmo ar frio pairava por lá também, talvez exatamente o mesmo ar, e ainda assim não sentiu identificação nenhuma. Nenhum traço de afeto. Era como se o inverno tivesse feito mudar as estações também dentro do seu coração, deixando-o preenchido somente por fumaça e estrelas gélidas distantes.

Assim que ela entrou, Kishore pediu que viesse para a cama. Ele estava deitado sobre as cobertas.

– Tire a blusa – disse.

Poornima tirou a blusa e enrolou o *pallu* ao redor dos ombros, embora a curva dos seios e os braços finos pudessem ser vislumbrados através do tecido.

– Não – falou ele –, tire isso também.

Ela obedeceu com um gesto relutante, tímido, um gesto de quem – apesar de ter Kishore por cima de si quase todas as noites – não tinha consciência do próprio corpo adolescente, da brutalidade crua que ele era capaz de inspirar.

– Massageie os meus pés – disse Kishore.

Ela se aproximou da beirada da cama. Os seus dedos, embora já fossem ásperos em Indravalli por causa da *charkha* e das tarefas domésticas, agora estavam calejados e rachados pelo trabalho incessante, as mãos sendo a única porção sua que parecia absorver a dose diária de infortúnios, as acusações, a banalidade das crueldades cotidianas. Quando ergueu o olhar, Poornima viu que Kishore tinha os olhos fechados, e, embora estivesse sentindo frio no peito nu, ela não teve coragem de voltar a cobri-lo. Passou-lhe pela cabeça que talvez ele tivesse caído no sono, mas assim que reduziu um pouco o ritmo da massagem o ouviu reclamar:

– Continue. Quem lhe disse para parar?

Ela depois o ouviu roncar de leve, ou talvez soltar um grunhido, e então, passado um tempo, dizer-lhe:

– Venha aqui.

Ele a possuiu primeiro deitada de frente, depois a fez virar de bruços e tomou-a mais uma vez. Quando enfim ejaculou, deixou o corpo inerte cair sobre o dela, e passou tanto tempo nessa posição que Poornima viu três mosquitos diferentes picarem sua pele e voarem para longe, grogues, pesados e inchados com o sangue.

Ela ainda esperou por um instante, depois que ele enfim rolou para o lado, então respirou bem fundo e lhe disse:

– Eu não posso fazer nada. Não posso fazer nada se meu pai não tem o dinheiro.

Silêncio. Poornima espantou mais um mosquito com um tapa, o quarto agora cheio deles, atraídos pelo calor do corpo dos dois.

– Você pode, sim – afirmou Kishore.

Poornima arregalou os olhos. Ela encarou o marido na escuridão do quarto.

– Eu posso?

A voz dele saiu fria. O quarto todo repentinamente ficou frio. Todos os mosquitos se dispersaram.

– Você pode dizer a ele que as coisas vão ficar ainda piores – disse Kishore. – A menos que ele faça o pagamento.

– Piores? Piores como?

Mas o marido não falou mais nada, e, um instante depois, já estava roncando. Dormindo profundamente. Poornima ficou acordada,

O BRILHO DO SOL QUE INVADIU A NOSSA CASA **123**

a volta dos mosquitos lhe parecendo uma distração bem-vinda, o seu sangue levado por eles como se fosse uma oferenda.

Não foi por causa daquela conversa. Ou talvez tenha sido. De qualquer forma, algumas semanas depois da tal noite, Poornima começou a esgueirar-se escada acima entre uma tarefa e outra, ou a apressar o ritmo para terminar tudo logo, ou a encontrar desculpas para ausentar-se da parte principal da casa e ir até o segundo andar, fechar a porta do quarto do casal e sentar-se na beirada da cama. Ela nunca se deitava. Ficar deitada a fazia lembrar de Kishore, e ela não queria ter que se lembrar dele. Ela também não queria ter que se lembrar de Savitha, e por isso não fechava os olhos.

Em vez disso, observava atentamente o quarto. As paredes eram pintadas de verde-claro. Havia marcas de umidade em duas delas, mas nenhuma mancha na terceira e na quarta parede. Em ambos os lados da porta, havia duas janelas dando para o terraço, protegidas por grades e persianas para afastar os ladrões. Muita coisa ali poderia ser roubada, pensava Poornima: o armário de madeira era bonito; nada no casebre de Indravalli jamais fora tão bonito como aquele armário. Dentro dele ficavam quase todas as roupas de trabalho de Kishore, junto com seu sári do casamento, alguns papéis, joias e dinheiro – que ele guardava numa caixa de metal com tranca –, e uma boneca numa embalagem de plástico que uma parente distante havia trazido dos Estados Unidos. Também havia, dentro do armário, uma estatueta de bronze que Kishore ganhara por ter sido o melhor aluno da faculdade em cada um dos quatro anos que estudara lá, e essa estatueta era guardada com um cuidado especial, aninhada num espaço aberto no meio das roupas. Havia também naftalina enfiada em todas as frestas. Encostadas na parede oposta, ficavam a televisão e a escrivaninha. O aparelho continuava sem funcionar – Poornima se perguntava se ele havia de fato funcionado em algum momento –, mas dava um ar de riqueza ao quarto tê-lo ali, com um pedaço de musselina estendido em cima para protegê-lo da poeira.

Ao lado da televisão ficava a escrivaninha, e, em cima dela, os papéis de Kishore. Esses papéis eram diferentes dos que ficavam no armário, ele explicara a ela. Esses eram só papéis do trabalho, enquanto os que ficavam no armário eram documentos do governo e cadernetas contábeis. Poornima olhou na direção da escrivaninha e, vendo a pilha de papéis desorganizada, levantou-se da cama e foi até lá ajeitá-la. Ao fazer isso, viu que cada folha possuía colunas, seis delas, e muitas e muitas linhas preenchidas até embaixo com números e coisas escritas que não haveria meio de entender, e por isso tratou de pousá-las outra vez onde estavam. Mas uma coisa chamou sua atenção: o que Poornima viu na primeira linha da folha que estava no topo da pilha ela *conseguiu* entender. Tratava-se, simplesmente, da soma dos números que estavam na segunda, terceira, quarta e quinta colunas e havia sido anotada na sexta. A primeira coluna continha apenas uma data. Aquilo era fácil: ela havia aprendido adição antes do quinto ano, que havia sido seu último ano na escola. Poornima resolveu então conferir as outras linhas, e viu que elas também eram a mesma coisa: somas simples, nada mais do que isso.

Era *isso* que Kishore passava o dia inteiro fazendo, no trabalho? Um riso alto quase escapou da sua boca. O marido que vivia pedindo massagens nos pés, exigindo que ela passasse suas camisas todas as manhãs, gritando pelo seu copo d'água assim que punha os pés em casa à noite: como se tivesse acabado de cruzar um deserto, como se a dureza do trabalho o tivesse exaurido, quando tudo o que fazia na verdade era ficar somando números! Mas, então, Poornima olhou para as outras folhas de papel, e viu que isso não era verdade. As colunas das outras folhas não continham somas, havia alguma coisa diferente acontecendo ali.

Poornima soltou um suspiro e voltou a descer as escadas. Os pratos do almoço estavam esperando para ser lavados, e era preciso preparar o jantar. A sogra e Aruna gostavam de tomar o chá às quatro da tarde, então ela estava dez minutos atrasada. Poornima correu para a cozinha. Mas, enquanto fervia a água e o leite, enquanto se apressava para acrescentar as folhas do chá e pegar o açucareiro, as outras folhas não saíam da sua cabeça. *O que* acontecia naquelas colunas? *Talvez Savitha estivesse certa*, pensou. Vai ver que, no fundo, contabilidade não era nada mais complicado do que quando o pai lhe dava dinheiro para as compras, um pouquinho só de dinheiro, e ela precisava fazer com que ele fosse suficiente para comprar arroz e legumes para a família inteira e ainda voltar com o troco que ele sempre exigia, junto com uma lista completa do quanto havia gastado com o quê. Se Poornima tivesse comprado um quilo de batatas por cinco rupias, o pai dizia: "Você podia ter pago quatro", e, quando de fato ela conseguia comprar por quatro, o comentário era: "Pequenas assim, e tão machucadas, não é de espantar".

E com esse pensamento, enquanto punha o açúcar nas xícaras, Poornima de repente pousou a colher. Ela ergueu os olhos. Estava impressionada. Havia acabado de se lembrar de Savitha e não sentira nem uma pontinha da dor, confusão ou saudade que sempre a atingia em cheio, e nem o sentimento de ódio flamejante e agudo pelo pai. Nada disso. Ela simplesmente, sem qualquer sofrimento, havia pensado em Savitha. Era a primeira vez que isso acontecia, e a sensação era como se tivessem lhe entregado o carretel de uma pipa voando num dia de vento forte. Poornima sorriu. Mas seu sorriso imediatamente se desfez. Porque, um segundo depois, tudo voltou outra vez: a dor dilacerante, o tumulto interno, o mistério persistente do paradeiro da amiga que a levava, em algumas noites, a encolher-se num canto do terraço para chorar debaixo da lua crescente ou minguante, sob o olhar das estrelas.

Apesar disso ela havia experimentado um lapso de liberdade, e, além do mais, aquelas colunas não podiam ser assim tão difíceis de decifrar: essas duas coisas, Poornima sabia. Dessas duas coisas, ela tinha completa certeza.

5

A primeira vez que Poornima respondeu à sogra foi na manhã de uma visita matrimonial para Aruna. A cunhada, mesmo sendo seis meses mais velha do que Poornima, ainda não havia se casado. O problema, segundo a própria Aruna e sua mãe, eram os rapazes. Não havia nenhum que servisse. Um deles tinha um bom emprego e um bom salário em Hyderabad, mas estava ficando careca. Outro, alto e bonito, tinha um pai que sustentava uma amante mesmo com a esposa ainda viva – quem poderia garantir que a inclinação para a bigamia não era algo genético? Um terceiro seria perfeito em todos os aspectos – emprego, abundância capilar, reputação da família – não fosse o fato de ter exatamente a mesma altura de Aruna, e de ela gostar de usar saltos altos quando saía para ir ao cinema ou jantar fora. "O que vou fazer?", reclamava a cunhada, fazendo beicinho. "Sair calçando chinelos para toda parte? Como se fosse uma camponesa?"

O pretendente da vez era de Guntur; ele trabalhava para a Tata Consultoria, já estivera nos Estados Unidos em viagem de negócios e tinha chances de conseguir ir outra vez. Sendo filho único, ele receberia sozinho toda a herança da família, *e* tinha a aparência de um ator de cinema. Pelo menos, era isso que uma das vizinhas havia contado ao encarregado da negociação sobre o enlace, quando ele andara por lá para colher informações.

– Qual ator? – indagara Poornima. – Será que é aquele do filme que nós vimos?

Aruna ralhara com ela, balançando a cabeça.

– Não. Não *esse* ator, sua *pakshi*. Com um ator de filmes melhores.

O tipo de filme não parecia ter tanta importância. A casa em Namburu estava em polvorosa desde as quatro da manhã. Os assoalhos de pedra de todos os cômodos foram lavados e lustrados. Todos os móveis foram espanados, e todas as almofadas dos sofás e cadeiras foram batidas e arejadas. Uma pequena *puja* foi celebrada – assim que Aruna terminou de lavar os cabelos e se vestir, ela fez uma oferenda para a deusa Lakshmi e acendeu um incenso. A família do pretendente tinha combinado de chegar às três da tarde, mas ninguém falara nada sobre ficarem para jantar – o que significou que Poornima teve que preparar *sambar* e curry extras para o caso de eles ficarem, e também mais arroz *pulao* e *bhajis*. Ela estava cortando as tiras de berinjela para os *bhajis*, já com a panela de óleo quente no fogão, quando a sogra entrou aos gritos mandando que se apressasse, que o leiteiro já havia chegado e ainda faltava ferver o leite para o iogurte. Poornima baixou o fogo do óleo e havia se levantado para ir buscar a leiteira quando a sogra, medindo-a de cima a baixo com o olhar, falou:

– Quando eles chegarem, trate de não mostrar essa sua cara. Fique lá em cima. Nós vamos inventar alguma desculpa. Diremos que precisou viajar para Indravalli. Algo assim. Só trate de não fazer barulho.

Poornima deu as costas para o fogão e olhou para a sogra.

– Por quê? Por que tenho que ficar lá em cima?

A sogra suspirou alto.

– Porque você não... Bem, nós não queremos baixar o status de Aruna, queremos? E, além do mais, já se passaram seis ou sete meses e você nem está grávida ainda? Não quero que isso afete Aruna. Que estrague as chances *dela*. Uma mulher infértil dá azar, e eu não quero você por perto.

Houve um silêncio. Poornima apurou os ouvidos. Ela escutou com atenção e percebeu que ouvia só o barulho suave do óleo começando a ferver, embora ele também estivesse amplificando o silêncio maior.

– Como é que a senhora sabe? – questionou ela. – Como pode saber se não é o *seu* filho que é infértil?

A resposta foi um tapa tão forte que fez Poornima cambalear para trás, zonza, batendo com as costas no fogão. O leite ainda não estava sobre a chama, mas o óleo, sim. Ele respingou na parede, escorreu pelo granito do balcão e começou a pingar em gotas densas e quentes no chão. Algumas gotas bateram no braço de Poornima, que sentiu o chiado da queimadura como se fossem cobras se alastrando na pele.

A sogra a encarou com o mais genuíno ódio e disse:

– Experimente falar assim comigo de novo. Vamos! O castigo vai ser ainda pior.

Pior? As coisas iam ficar piores? Kishore havia lhe dito a mesma coisa. Teria sido só uma coincidência? Ou, na verdade, não?

À tarde, quando a família do rapaz chegou, Poornima foi mandada para o andar de cima e instruída a não descer até que a chamassem. E não se importou com isso. Ela ficou sentada no terraço por alguns minutos, afastada o suficiente da borda para que ninguém a visse ali. Já passava das quatro quando as visitas finalmente chegaram, o horário em que os floristas andavam pelas ruas entoando seus pregões com as ofertas do dia. Poornima podia ouvir a cantilena do velho que vendia guirlandas de jasmim, com botões começando a se abrir e de um perfume tão inebriante que ela estava certa de poder sentir um pouco dele ali de cima do terraço onde estava, a duas ou três ruas de distância.

A sogra às vezes comprava pedaços compridos dessas guirlandas, que dividia em porções da extensão do seu antebraço para serem usadas por Aruna e Divya (que não gostavam de enfeitar os cabelos

O BRILHO DO SOL QUE INVADIU A NOSSA CASA **129**

com jasmins e tratavam de se livrar das flores assim que a mãe virava as costas), separava um pedaço pequeno para usar no próprio coque e dava o resto a Poornima. Poornima, a quem o pai, depois da morte de sua mãe, jamais dera dinheiro para comprar flores, tratava logo de ungir os cabelos com óleo e trançá-los, de lavar bem o rosto antes de voltar a cobrir a face e o colo com talco, delinear os olhos com kajal e pintar um *bottu* novo em folha entre eles. E então, somente depois de ter se arrumado para ficar digna da beleza e doçura daquelas flores, ela as prendia em seus cabelos. Nessas noites, depois que Kishore a possuía – sem nem uma vez comentar qualquer coisa a respeito dos jasmins em seus cabelos; será que ele sequer reparava que estavam lá? –, ela se recostava no travesseiro e o perfume subia até ela como uma névoa, uma garoa, como a tristeza insuportável daquele quarto no andar de cima, o marido de costas para ela e as persianas fechadas por causa dos ladrões, pelas quais uma brisa suave se esgueirava, fazendo tremular a borda do lençol, passando por Poornima, ali deitada no escuro de olhos abertos, quente, inundada pela fragrância das flores.

A voz do velho vendedor de guirlandas de jasmim se desvaneceu, e Poornima se levantou e cruzou a extensão do terraço. Ela foi para o quarto do andar de cima e fechou a porta. Os papéis continuavam na escrivaninha. Era a mesma pilha de folhas, pousada no mesmo lugar, a mesma que já estava ali havia duas semanas. Poornima afastou para o lado a folha do topo, que tinha as somas simples, e olhou para a página seguinte. Essa continha mais números, mas também trazia um cabeçalho. O cabeçalho estava escrito em inglês e era indecifrável para ela, mas havia algumas outras coisas escritas em télugo. Na primeira coluna, por exemplo, via-se uma lista de máquinas variadas, como carros (6), caminhões (3), tratores (2), colheitadeiras (2), e assim por diante. Cada tipo de máquina tinha um número anotado ao lado. A julgar pelo fato de serem números bem altos, e pela maneira como todos os números em cada grupo – como o dos carros, por exemplo – eram mais ou menos iguais, Poornima concluiu que eles deviam expressar o valor de cada máquina listada. Ao lado de um dos carros, ela viu a inscrição "amassado" e notou que o valor desse era inferior ao dos outros. Os caminhões, por outro lado, tinham valores bem mais altos que os dos carros. Poornima passou para a página seguinte. Estava fazendo isso por puro tédio, se deu conta, mas até que era divertido. Ela não saberia explicar por que exatamente, mas sentiu que ter decifrado o que queriam dizer aqueles números, e o que cada coluna representava, lhe deu uma sensação de conquista, de propósito. Esse sentimento não era nada familiar, e isso a deixou pensativa: por que nunca havia se sentido do mesmo jeito enquanto trabalhava na *charkha*, ou quando preparava um ensopado *sambar* especialmente bem temperado, ou mesmo nas vezes em que comprava as duas bananas, a maçã e o punhado de castanhas para dar à mãe? Bem, um dos motivos era bastante óbvio: sua mãe havia morrido, o *sambar* acabava sendo comido e a *charkha*, bem, a *charkha* só fiava e fiava e fiava o tempo todo sem parar. Mas *isso*? A pilha de papéis? Aquelas folhas a levariam a alguma coisa a mais, isso Poornima podia sentir. Ela largou a página das máquinas e passou para a seguinte.

A sogra e Kishore começaram a importuná-la cada vez mais. O casamento de Aruna com o rapaz de Guntur já estava quase marcado; agora faltava só chegar a um acordo nas negociações quanto ao dote e à quantidade de joias (medida em gramas de ouro) que cada lado daria à noiva. A família de Aruna tinha o dinheiro do dote, embora tenham precisado vender uma pequena fazenda nos arredores de Kaza para resolver a questão das joias. O problema foi que a venda da fazenda não rendera dinheiro suficiente, e então, toda vez que Poornima entrava num cômodo, ou saía de um, a sogra gritava: "Aquele inútil do seu pai prometeu que pagaria as cinco mil rupias em um ano! Bem, o ano já chegou e passou, e aqui estamos nós, alimentando você três vezes ao dia e sem sequer um neto que nos sirva de compensação. E o coitado do meu filho, um príncipe, tem que continuar atrelado a você. Nós nunca deveríamos ter negociado um casamento com uma família dessas".

Poornima, olhando de soslaio para os dedos deformados de Kishore, pensava: *Quem tem que ficar atrelado a quem?*

O tormento impingido por Kishore era mais sutil, embora fosse mais doloroso: ele passou a ser mais bruto durante o sexo. Violento. Passou a puxá-la pelos cabelos para que trocasse de posição na cama e a arremeter-se sobre ela com tanta força que fazia sua cabeça bater na parede atrás da cama. No dia seguinte, brotavam hematomas pelo corpo todo, esverdeados e azulados, cinzentos e pretos, multiplicando-se como ninhos, como se pássaros minúsculos estivessem vindo à noite para construí-los, uma pena, um graveto e um galho de cada vez. Passadas duas semanas, Poornima já não conseguia ver a cor verdadeira da pele das pernas e dos braços, e passou a se perguntar – enquanto esperava apreensiva a hora de Kishore chegar do trabalho à noite, servia o jantar com o maior cuidado e lentidão que fossem possíveis sem que alguém a mandasse se apressar, enquanto lavava ainda mais deliberadamente cada peça de louça e subia os degraus da escada um por um, sabendo que ele estaria lá à sua espera, sabendo o que a noite lhe reservava e mesmo assim, uma ou duas vezes, ainda fechando os olhos ao chegar ao último degrau para fazer uma prece na esperança de, quando voltasse a abri-los, dar de cara com Savitha bem ali, esperando no terraço, rindo e dizendo: "Vamos!" – uma vez e mais outra, sem conseguir parar de repetir mentalmente a pergunta, se era a *isso* que eles estavam se referindo quando diziam que as coisas iam piorar.

Os papéis do trabalho de Kishore transformaram-se numa espécie de poesia para Poornima. Ela seria capaz de passar horas olhando para as folhas, dias inteiros, não fossem as tarefas que precisava cumprir e o detalhe simples de que não fazia ideia do que de fato elas *significavam*. Individualmente, conseguia decifrar as páginas, mas não o conjunto:

a primeira folha trazia simplesmente os pagamentos variados feitos à empresa nos últimos três meses, e a soma deles. A segunda – a que mencionava todos os carros e caminhões – era uma listagem dos bens da firma. A terceira folha, ela concluiu sem grande esforço – depois de observar as colunas com nomes de outras empresas e um valor anotado ao lado de cada nome, alguns números mais baixos e outros mais altos –, era uma relação das dívidas da firma. Mas qual era o *significado* de todas aquelas folhas de papel juntas? Por que Kishore estava sempre agarrado a elas, martelando números numa maquininha e resmungando sobre esse ou aquele pagamento atrasado? Empréstimos. Dívidas. Nada disso fazia qualquer sentido. Durante uma semana inteira, Poornima cumpriu mecanicamente suas tarefas, atordoada por esses pensamentos, até que certa tarde, enquanto estendia a roupa lavada no varal, a blusa de um dos conjuntos de *shalwar* de Aruna foi parar no chão derrubada pelo vento e sua dona surgiu correndo, agarrou Poornima pelo braço e deu um puxão para encará-la de frente.

– Você sabe de quem é essa roupa? Sabe qual é o valor dela?

Poornima olhou para a cunhada e não conseguiu conter um sorriso. Era tão simples. Claro! Só podia ser isso. Todas aquelas folhas de papel, empilhadas na escrivaninha, eram parcelas de uma soma maior. A soma do valor total da empresa.

E assim, à medida que as folhas de papel foram sendo trocadas – à medida que Kishore levava algumas delas para o trabalho e trazia outras, sem desconfiar em nenhum momento que Poornima estudava aqueles papéis, que estava *aprendendo* com eles –, ela começou a enxergar o mundo de uma maneira diferente; começou a ver as coisas com mais clareza: havia aquilo que você devia e as coisas que podia vender para pagar a quantia devida, e o que restava, depois disso (se é que restava alguma coisa), era o que você podia chamar de verdadeiramente seu, era só o que podia amar de verdade.

6

Na metade do segundo ano de casamento, as implicâncias deram lugar à hostilidade descarada. Ela não se lembrava de ter passado um dia sem que lhe dessem um tapa, gritassem ou a obrigassem a pedir perdão (pelas coisas mais corriqueiras, como ter derrubado umas poucas gotas de chá no piso de pedra). O pagamento das cinco mil rupias continuava pendente, e a sogra e Kishore faziam questão de lembrá-la disso a cada porção de comida que Poornima comia ou gole de água que levava à boca. "Está achando que isso sai de graça?", vociferava a sogra. "Acha que a água é de graça? A bomba que mandamos instalar custou três mil rupias. Tudo para que *você* não precisasse caminhar até o poço. E de onde acha que vieram essas três mil rupias? De onde? Do seu pai é que não foi. Não mesmo, com toda certeza. Não daquele ladrão. É o que vocês dois são. Uns ladrões."

A tal bomba foi instalada um ano *antes* de eu vir para Namburu, Poornima tinha vontade de dizer, mas não abria a boca. Não porque sentisse medo; o medo começou a deixar de fazer sentido na sua vida – o medo era um sentimento que estivera no seu peito durante tanto tempo, primeiro por causa do pai e, depois, da sogra, de Aruna e de Kishore, que acabou ganhando uma camada de monotonia, de cotidianidade, que evocava um tédio parecido com o de coisas como lavar a louça ou passar a roupa. Por que sentir medo? Poornima havia deixado a casa do pai e nada na sua vida mudara. Talvez as coisas jamais mudassem. Agora, ela compreendia que Savitha tinha feito a coisa certa quando resolvera fugir. Estava certa ao ir embora. O medo não era uma coisa boa, mas a camada de monotonia instalada por cima dele também não tornava nada melhor.

Mas então, de repente, tudo mudou. O conflito simplesmente parou de acontecer.

Não havia mais gritos, nem exigências, nem violência. Poornima tratava de cumprir suas tarefas e todos simplesmente ignoravam sua presença. Às vezes, ela flagrava o olhar de um ou de outro. À espera, lhe parecia. Mas à espera do quê? Poornima não sabia. Ela só sabia de uma coisa: era preciso que engravidasse, e logo. Havia histórias de mulheres inférteis que tinham sido trocadas por segundas esposas. Não que isso fosse ser tão ruim – talvez até preferisse assim –, mas ela achava que poderiam mandá-la de volta para Indravalli assim que a segunda esposa chegasse. Às vezes, Poornima sonhava que isso tinha acontecido, e que, ao entrar de volta na cabana de tecer, via Savitha sentada diante do tear, à sua espera. Mas isso não era verdade. Só quem estaria lá era seu pai, e Poornima se recusava a voltar a vê-lo. Até mesmo na época dos feriados festivos, quando se esperava que as filhas voltassem para visitar suas famílias, ela não fazia isso. Por que voltaria?

– Não – dizia num tom definitivo. – Eu não vou.

E a sogra a amaldiçoava a meia-voz, resmungando:

– Não, é claro que não vai. Isso nos faria economizar comida por uma semana inteira, então, por que você iria?

O casamento de Aruna com o rapaz de Guntur finalmente tinha sido acertado para o final de agosto. A família estava exultante. O mês de julho já havia chegado e, com ele, a faina dos preparativos. Era preciso fazer compras, enviar convites, fechar a reserva do salão. Aruna mal cabia em si de felicidade. Ela agarrava Divya pelos braços e girava com ela em círculos, rindo.

– Ele é tão lindo, Divi! E rico! E nós vamos ter que morar nos Estados Unidos. Foi isso que o pai dele disse ao *nanna*, que logo ele precisaria voltar lá para trabalhar em outro projeto. Ah, Divi! Você consegue imaginar? Eu, na América! Eu preciso de roupas novas, *amma*. Não desses *shalwars* feios, mas de roupas modernas. *Amma*, a senhora está ouvindo?

A cantilena seguia assim, sem parar, e Poornima ficava feliz porque logo Aruna não estaria mais na casa.

Os preparativos se intensificaram em meados de julho, mas, num dia sem vento, no final da tarde, enquanto a família tomava o chá, o encarregado das negociações matrimoniais, que se chamava Balaji, chegou à casa. Ele foi convidado a entrar com todas as honras, mas bastou a sogra de Poornima bater os olhos no rosto dele para deixar de lado sua xícara de chá.

– O que foi? – indagou. – Qual é o problema?

O casamenteiro olhou para as xícaras quase vazias e, em seguida, para Poornima.

– Não fique aí parada. Chá. Traga chá para nós.

Quando ela voltou com o chá, Aruna estava chorando.

– *Cancelado?* Mas por quê? – gemia a sogra.

Balaji não respondeu. Falou apenas que a família havia mudado de ideia.

– Mudou de ideia? Mas por quê? Por quê? Nós demos tudo o que eles pediram!

Ele bebericou o seu chá e olhou para Aruna com tristeza.

– Ela é uma boa menina. Nós vamos achar outro pretendente.

– Outro pretendente? Seu imbecil! O que aconteceu com este? E o que as pessoas vão dizer? Aruna estava praticamente no altar, e *agora* a família resolve voltar atrás? Por quê?

A sogra não conseguiu arrancar mais nada dele, só o conselho de que era melhor deixar aquela história de lado. Vamos em frente, ele disse. É para a frente que se anda.

Mas as fofocas acabaram chegando à casa.

A principal delas era que haviam dito para a família de Guntur que a mão deformada de Kishore teria origem genética, e que os filhos que Aruna tivesse também poderiam nascer deformados.

– Isso é ridículo! – atacou Kishore, furioso. – Eles são uns idiotas. *Dongalu*!

Poornima estava servindo o jantar. Ela terminou de derramar a colher de arroz no prato, e em seguida falou:

– Mas tem?

– Mas tem o quê?

– Origem genética.

Kishore ficou lívido. Ele se levantou da mesa e saiu da sala sem dizer uma palavra.

– Fora! – gritou a sogra. – Suma desta casa! Foi você! Foi por sua causa que eles cancelaram o casamento. Você é uma maldição para esta família! É tudo culpa sua.

Eu *sou uma maldição?*, Poornima pensou vagamente consigo mesma, enquanto subia as escadas. Ela não entrou no quarto do andar de cima, onde sabia que Kishore estava. Em vez disso, ficou de pé no terraço olhando para o menear distante das palmeiras, para o amontoado de telhados de palha ao redor delas, e em seguida voltou-se para oeste e ficou contemplando os últimos raios de sol sumirem do céu como se não tivessem mais qualquer utilidade para ele. Poornima teve vontade de ir embora também. De seguir o sol. E pensou: *Qual é o balanço geral da minha vida? O que foi subtraído, o que sobrou? Qual é o valor dela?* Então, ouviu passos. Pensando se tratar de Kishore, tratou de ficar preparada para o que viria a seguir. Mas era Divya, estendendo um prato de arroz.

– Você não chegou a comer – disse ela.

A onda de gratidão que Poornima sentiu quase a fez dar um grito. Divya lhe deu as costas e voltou a descer as escadas.

O BRILHO DO SOL QUE INVADIU A NOSSA CASA   137

Poornima ficou pelo terraço até bem tarde da noite, e depois esgueirou-se sem fazer barulho para dentro do quarto. Kishore estava voltado para a parede e, achou ela, talvez dormindo. Mas não. Sua respiração soava áspera, irregular. Além de desperto, estava com raiva. Poornima podia sentir sua fúria. Ela subiu pelo lado oposto da cama e aguardou, esperando pelo pior, mas ele pareceu pegar no sono. Ou talvez tenha sido ela própria a fazer isso.

A manhã seguinte, também, foi de um marasmo estranho. Divya foi para a escola; Aruna, como andava acontecendo ultimamente, não saiu do quarto que dividia com a irmã. Kishore não foi trabalhar. Ele alegou que estava passando mal, mas, em vez de descansar, passou horas trancado com a mãe no quarto do andar de cima. Pelo meio da tarde, a sogra de Poornima desceu as escadas. Ela lançou um olhar doce na sua direção e disse:

— Minha querida, que tal uns *bhajis* fritos para acompanhar o chá de hoje? Eu ando com vontade de comer *bhajis*. Você se incomoda?

Poornima encarou a sogra. Ela nunca havia escutado aquele tom de voz antes.

Só havia uma batata em casa e um punhado de cebolas. Poornima picou tudo e pôs o óleo para esquentar. A sogra ficou pela cozinha e chegou até a oferecer ajuda com os legumes, embora Poornima tenha dito que não precisava, que ela cuidaria de tudo. O óleo começou a chiar, e depois a soltar uma leve fumaça. Poornima mergulhou uma das cebolas na massa de empanar. Nesse exato instante, Kishore entrou na cozinha. Ela reagiu, assustada – nunca, em nenhum momento, ele havia estado na cozinha de casa.

Dos lábios dele, também, veio um sorriso doce.

Não, ela pensou no mesmo instante. *Não.*

Nada daquilo fazia sentido – e, por outro lado, até que fazia.

Poornima largou a cebola na massa e se afastou dos dois, e do fogão. No mesmo momento, sua sogra e seu marido moveram-se sorrateiramente, um na direção dela e o outro na direção do fogão.

A visão de Poornima ficou borrada. Ela não distinguiu qual dos dois a agarrou, mas empurrou a pessoa para longe com tanta força que caiu para trás. Do chão, ela viu os dois agora juntos perto do fogão.

Por que estavam ali? Ela mal teve tempo de pensar "Por que eles estão perto do fogão?" quando um braço empurrou algo que estava em cima da chama e Kishore e sua sogra pularam para longe e correram para o extremo oposto da cozinha.

Poornima virou a cabeça para seguir o movimento dos dois, e foi por isso que, quando a atingiu, o óleo esparramou-se pelo lado esquerdo do seu rosto, descendo pelo pescoço e respingando na parte de cima do braço e no ombro. Poornima sentiu um fogo, e, logo depois, o fogo, e tudo o que havia junto, se apagou.

7

Kishore e a sogra recusaram-se a pagar a conta do hospital, e, por isso, Poornima teve alta no segundo dia. Somente o sogro e Divya foram buscá-la. Quando se acomodou no auto-riquixá, ainda coberta de ataduras no rosto, pescoço, braço e ombro, ela sentiu-se tão pequena, tão placentária, que começou a tremer em pleno calor do meio-dia. O sogro falou:

– Você poderá ficar por um ou dois dias, mas depois terá que ir embora. Não é bom para você aqui em Namburu. Nada bom. Hoje à noite, vou comprar uma passagem para Indravalli.

Poornima assentiu imperceptivelmente, e esse movimento ínfimo fez subir uma onda de dor lancinante pelo lado esquerdo do corpo.

Quando chegaram à casa, a sogra e Kishore estavam na sala de estar e a observaram com ar de desdém. Divya ajudou-a a subir as escadas, e, chegando ao andar de cima, Poornima a fez entrar no quarto primeiro e cobrir o espelho que havia no armário. Só depois disso ela entrou, deitando-se na cama. Divya saiu, e à noite retornou com um prato de comida. Poornima olhou para o prato e começou a chorar. Divya saiu novamente e voltou trazendo um copo de leite, obrigando Poornima a bebê-lo.

No dia seguinte, foi a mesma coisa. Só Divya entrava e saía do quarto. Mas, dessa vez, ela levou consigo livros, um dos quais abriu e começou a estudar. Poornima emitiu um som, um grunhido. Divya ergueu os olhos do seu estudo.

– É minha cartilha de télugo – falou.

A cartilha era do período britânico, Divya explicou a Poornima; a pequena escola rural de Namburu nunca tivera dinheiro para comprar material novo. Poornima abriu ligeiramente a boca, só um pouquinho, numa tentativa de falar, mas a dor a atravessou como se fosse uma bala de canhão.

– Você quer que eu leia em voz alta?

Poornima apenas piscou.

O texto que Divya leu era uma história contada do ponto de vista de um homem embarcado num navio no princípio do século XIX. O homem se chamava Kirby. Divya fez uma pausa na leitura e disse:

– Não diz aqui se esse era o sobrenome ou só o nome mesmo.

E, depois, continuou.

Na história, Kirby estava viajando a bordo de um navio de Pondicherry para a África. Nessa viagem, ele conheceu outro homem, que também estava no navio, um coronel do exército português. O coronel, dizia Kirby no texto, estava viajando para a propriedade da sua família em Moçambique. Eles plantavam sisal, o coronel contou a Kirby, e passou um longo tempo descrevendo o aspecto do sisal (é como o agave mexicano, escreveu Kirby, embora nem Poornima nem Divya, mesmo depois de terem lido a nota de rodapé, fizessem ideia do que pudesse ser isso), como ele era plantado e colhido. Ele dizia que as hastes das folhas do sisal eram mais afiadas que a lâmina de uma espada. Kirby, num dado momento, pergunta ao coronel: "Mas como vocês fazem para manuseá-las?".

"Ah, nós não manuseamos", fora a resposta do coronel. "São os negros que fazem isso."

Na última noite a bordo, prestes a desembarcar na manhã seguinte em Lourenço Marques, o velho coronel contou a Kirby a seguinte história:

O BRILHO DO SOL QUE INVADIU A NOSSA CASA   141

"Aconteceu num inverno, quando eu estava servindo em Wellington, perto de Madras. Isso já faz muitos anos. O nosso alojamento, de uma hora para outra, ficou infestado de ratos. Centenas deles. Eles se metiam no meio da comida, nas camas, no depósito da artilharia. E não eram ratinhos à toa", falou ele, moldando com ambas as mãos em concha um gesto para mostrar que cada rato tinha o tamanho de um prato. "Eram bichos enormes. Bem, ninguém sabia como se livrar dos ratos. Nós tentamos veneno, armadilhas e chamamos até um curandeiro que vivia nas montanhas, um tipo de especialista em pragas de roedores, escorpiões, esse tipo de coisa. E nada disso adiantou coisa nenhuma, veja você. Os ratos continuavam comendo e cagando por toda parte." (Nesse ponto havia uma segunda nota de rodapé para explicar que o coronel tinha querido dizer *defecando.*)

"Depois de mais ou menos um mês disso", o coronel continuou a contar a Kirby, "um dos soldados mais jovens reparou que, quando cuspiu no chão, um rato apareceu, cheirou seu cuspe e o encarou com o olhar mais bondoso e preocupado que o homem já vira na vida. Esse soldado contou isso a nós na hora do jantar quase como se fosse uma piada, veja você. Mas percebi que ele tinha ficado um pouco mexido. O médico da base militar a ouviu e, naquela mesma noite, diagnosticou um princípio de tuberculose no jovem soldado."

Kirby reparou que, nesse ponto, o coronel tomou um gole do seu champanhe (mais uma vez, Poornima e Divya deram de ombros, sem saber o que isso queria dizer). "Os ratos, veja você", disse ele, sorvendo a bebida, "já eram capazes de detectar a tuberculose bem antes de a medicina moderna fazer isso. Aquele rato desgraçado acabou salvando a base inteira de uma epidemia. Impressionante, não acha?"

Kirby, então, perguntou ao coronel: "Mas e os ratos? O que aconteceu com eles?".

"Aí é que está. Um dia, todos eles foram embora. Simplesmente desapareceram. Como se o único propósito do seu surgimento tivesse sido nos dar o alerta. Salvar justamente as pessoas que estavam tentando dar cabo deles."

Nesse ponto, Kirby, em seu relato, contava que desatou a rir, mas que o coronel apenas fechou os olhos. No final do texto na cartilha de télugo, Kirby escreve que, bem cedo na manhã seguinte, depois que o navio já havia atracado em Lourenço Marques, eles foram acordar o coronel e o encontraram morto. Kirby conta ainda que, deitado na sua cama estreita no navio, o coronel estava pálido, a pele quase translúcida, e que ele quase pôde ver o sangue escoando do seu coração.

Esse foi o final do texto, e quando Divya parou de ler, Poornima a encarou. Uma menina jovem, com a mesma idade que Savitha e ela tinham quando se conheceram. Poornima então baixou os olhos para o pescoço de Divya – marrom como a casca de uma árvore, com uma veia pulsando firmemente, como um farol logo abaixo da pele – e pensou no coitado do coronel, nos ratos, em Moçambique, onde quer que esse lugar ficasse, e percebeu que havia uma parte do texto que ela não precisaria de sua imaginação para tentar visualizar: a do sangue escoando para fora de um coração.

O dia seguinte era um domingo. Todos estavam em casa. Poornima ouvia a movimentação no andar de baixo, as falas, os risos, e também os mascates, a maior parte deles vendedores de legumes, parando de porta em porta, gritando seus pregões, anunciando berinjelas e feijões e pimentas colhidas naquela manhã. Com o orvalho ainda cobrindo suas cascas. As águas do rio Krishna não passavam em Namburu, mas Poornima achou que conseguia sentir o cheiro delas no vento, quase ao ponto de enxergar as redes dos pescadores sendo lançadas, rodopiando como se fossem saias *langa*. Era só fechar os olhos e lá estavam os sáris estendidos para secar na margem oposta. Cada cor tremulando ao sabor da brisa do rio, como campos de flores silvestres.

O BRILHO DO SOL QUE INVADIU A NOSSA CASA   143

Os seus olhos, agora, ficavam muito tempo fechados. Ela passava o dia inteiro no quarto, só descendo para usar a privada. Não havia se banhado desde o dia do óleo quente, e seu cheiro almiscarado e animalesco, misturado ao do suor, das ataduras sujas, a um cheiro de cobre (sua menstruação havia descido? Talvez. Poornima não se deu ao trabalho de olhar) e de carne queimada, o cheiro permanente de carne queimada, invadia seus sentidos sempre que estava para dormir. Não que fosse sua intenção dormir. Poornima queria ficar acordada, a noite toda se fosse preciso. O sogro havia subido as escadas na véspera e lhe entregara uma passagem de trem para Indravalli. De segunda classe, em vez de terceira, para que pudesse viajar com relativo conforto. O homem não olhara Poornima nos olhos, mas ela soube que sentia muito por tudo aquilo. Não havia muita coisa que soubesse a respeito do sogro, mas, naquele instante, percebeu que ele levara uma vida inteira de remorsos. Antes de sair, ele se deixou ficar na soleira da porta por um instante, e Poornima, deitada na cama, pensou que os dois deviam estar parecidos com dois animais feridos, rondando um ao outro dentro de uma caverna escura.

Depois que o sogro foi embora, Poornima ficou olhando para a passagem de trem por um tempo antes de colocá-la debaixo do travesseiro. Era um bilhete para o trem de passageiros que fazia aquele trajeto duas vezes ao dia, saindo de Namburu às 14h30 para chegar a Indravalli às 14h55. Vinte e cinco minutos. Era tudo o que havia, desde sempre.

Poornima pensou que talvez Kishore fosse subir as escadas, nem que apenas para ter certeza de que ela iria embora, mas só quem apareceu no início da noite foi Divya, levando um prato de arroz e *pappu* para seu jantar, com o arroz cozido até estar tão macio que mal seria preciso que ela mastigasse. Depois que a menina saiu, Poornima voltou a fechar os olhos. Estava escuro quando os abriu novamente. Havia uma lua crescente no céu, e, por isso, ao observar a penumbra do quarto, ela distinguiu as silhuetas dos móveis, o brilho do piso de pedra, a estampa florida do lençol que cobria seu corpo. Seus olhos pousaram na escrivaninha; eles viram, mesmo que somente sob a luz da lua, a pilha de papéis sobre o tampo, os registros contábeis que haviam lhe dado tanto prazer de decifrar, a enchido de um sentimento tão forte de conquista e de propósito. A troco de coisa nenhuma, ela se deu conta, sentindo o coração trincar. Tudo aquilo não significara nada. Não era nada perto de algo tão simples quanto óleo quente, tão simples quanto um pequeno ato de maldade.

Ela então ergueu pesadamente o corpo contra o luar prateado e avançou para o terraço. Esse terraço lhe faria falta, Poornima se deu conta. Ele era a única coisa, além de Divya, de que ela *de fato* sentiria falta depois daqueles dois anos em Namburu. Caminhando até a borda, ela olhou as primeiras estrelas no céu e pensou nos muitos anos que ainda tinha para viver. Ou talvez nem houvesse ano nenhum. Era impossível saber. Mas, se ela não morresse ainda naquela mesma noite, e se não morresse num período de tempo que a mente humana conseguia antever prontamente (um dia? Uma semana?), o que, Poornima pensava consigo mesma, haveria de fazer com todos aqueles anos que viriam? Com todos aqueles muitos anos? Olhar para a frente, ela notou, era também olhar para trás. E, sendo assim, enxergou mentalmente sua mãe da forma como ela fora um dia: jovem e viva. Sentada diante do tear à luz da lamparina, ou debruçada sobre uma panela fumegante, ou cuidando de um dos seus irmãos ou da irmã, limpando seus rostos, dando banho neles ou afastando a franja de cima dos seus olhos. Todas as recordações que tinha da mãe eram assim: dela fazendo alguma coisa para alguma outra pessoa. Até mesmo as lembranças que guardava com mais carinho – de ser alimentada pela mão da mãe na viagem de ônibus até a casa dos avós, ou do peso em sua cabeça enquanto a mãe a penteava – eram imagens de uma mãe cuidando de uma filha, e nunca de si mesma. Era desse jeito mesmo que ela deveria ter passado a sua vida? Era assim que vidas deveriam ser passadas?

Então, Poornima voltou-se para o futuro. Ela se viu voltando para Indravalli. Às 14h55 do dia seguinte, ela desceria do trem de passageiros, caminharia até a casa do pai e entraria nela. Ela podia vê-lo nitidamente, sentado na varanda, na sua cama de cordas de cânhamo, tragando seu fumo e a encarando. Da mesma forma que ela o encarava. Talvez os irmãos estivessem lá, ou talvez não. Mas o que o futuro claramente lhe reservava, mais claramente até do que a imagem do seu pai na varanda, era a imagem de um campo de batalha. E não havia nenhum outro campo de batalha, em nenhuma das histórias da humanidade, que pudesse se comparar com esse que Poornima estava vendo mentalmente agora: encharcado de sangue, forrado... Forrado com o quê? Ela chegou mais perto, ajoelhou-se no chão para ver melhor, e os seus olhos se arregalaram: aquilo era ela mesma. O chão estava forrado pelos seus membros, seus órgãos, os pés, as mãos, o escalpo ainda com os cabelos, e até mesmo sua pele, retalhada, como se tivesse sido despedaçada por cães.

Poornima piscou, mas não eram lágrimas que suas pálpebras estavam fazendo esforço para estancar. O que seria? Ela não sabia nomear, mas estava enxergando: flutuando no ar à sua volta, sufocante, rodopiando feito um monte de cinzas.

Ela voltou para o quarto do andar de cima, tirou a passagem de trem de baixo do travesseiro e a rasgou ao meio, depois em quatro partes, depois em oito, e deixou os pedacinhos caírem no chão como se fossem confetes. Ela ficou assistindo à sua queda com certo deleite, antes de voltar-se para o armário, o abrir e tirar lá de dentro a caixa com tranca. Não havia chave em nenhum lugar à vista; provavelmente, a sogra a guardava junto com o molho de outras chaves que estavam sempre presas à cintura do seu sári. Calmamente, Poornima agarrou a estatueta – a que tinham dado a Kishore por ter sido o melhor aluno da sua turma de faculdade – e a bateu contra a tranca. Ela se partiu, mas o mesmo aconteceu com a estatueta, deixando a imagem retratada nela (de um pássaro no momento em que levantava voo de um galho) esmagada contra a base. Poornima atirou os dois pedaços da estatueta de volta para dentro do armário. Os papéis dentro da caixa não a interessavam, mas as joias – apenas um cordão fino de ouro e duas pulseiras, pois Kishore guardava o resto num cofre no banco – ela amarrou em uma trouxinha feita com a ponta do seu *pallu* e escondeu na cintura do sári; o dinheiro (um pouco mais de quinhentas rupias) foi para dentro da blusa, perto do seio esquerdo. Em seguida, ela também jogou a caixa de volta para dentro do armário, fechou a porta e postou-se à sua frente.

O espelho continuava tapado por um lençol, e foi esse lençol que Poornima ficou encarando, como se ele guardasse alguma resposta. Um sinal. Mas não guardava nada; era só um lençol. Ela o arrancou com tanta força que o gesto fez mudar a direção do vento dentro do quarto; os seus cabelos se ergueram e voaram em volta do seu rosto como se ela estivesse na beira do mar. Mas Poornima não sentiu nada, nem vento, nem mar. Ela se manteve perfeitamente imóvel diante do espelho – aquele era o maior reflexo de si mesma que já vira. Em Indravalli, havia apenas o espelhinho de mão, e, embora já estivesse morando em Namburu havia dois anos, ela nunca tinha parado propriamente diante desse espelho do quarto. Ou de qualquer outro. Mas, agora, ali estava. Poornima viu que não era mais uma menina. E que, se um dia tinha sido bonita, certamente agora já não era mais. Dando um passo mais para perto do espelho, ela levou as mãos ao rosto e removeu as ataduras, uma a uma. O lado esquerdo do seu rosto e do pescoço estava exatamente como imaginara, ou pior: de um vermelho flamejante, cheio de bolhas, as bordas da queimadura acinzentadas e pretas, a bochecha oca, cor-de-rosa, cintilante e úmida, como se estivesse virada do avesso. O braço e o ombro esquerdos, no entanto, não estavam tão mal quanto ela havia imaginado. Tinham sido atingidos somente por respingos do óleo, não pelo grosso dele, e as queimaduras já pareciam estar cicatrizando. O rosto e o pescoço, ela ainda precisaria ter cuidado para que não infeccionassem, o que significava que seria preciso arranjar ataduras limpas e iodo. Sem os curativos, sua aparência era ainda mais grotesca. Poornima recordou--se do que ouvira o médico dizer, enquanto estava com os sentidos embotados pela morfina:

– Sorte sua não ter pego em nada abaixo do pescoço.

Ela havia movido seu olhar entorpecido para fitá-lo.

– O seu marido não vai deixar você. Enquanto seios continuam decentes, o homem não vai embora.

Não fosse pelo torpor do opiáceo, não fosse o seu maior contentamento naquele instante ser simplesmente fechar os olhos, Poornima teria dito: "Nesse caso, eu preferiria que tivesse atingido os seios também".

Deitou-se na cama e esperou. Ela esperou até a parte mais escura da noite, então trocou o sári que estava usando por um limpo, bebeu o copo d'água que Divya havia lhe deixado, esgueirou-se até o andar de baixo, para fora da casa e de Namburu, tudo isso com movimentos inacreditavelmente precisos, frios e silenciosos, porque obviamente ela sabia exatamente para onde estava indo, não importava quanto tempo fosse levar para chegar, nem as dificuldades que fosse encontrar na jornada, porque ela sabia exatamente para onde tudo isso a estava conduzindo, desde sempre.

Poornima ia encontrar Savitha.

8

Poornima fez um cálculo por alto e concluiu que Savitha partira por volta das quatro da manhã. Essa estimativa veio da sua lembrança de ter dormido com o braço enlaçado em Savitha naquela última noite, e porque quando despertara, ao nascer do sol, ela já havia desaparecido. A que horas o sol teria se levantado? Às 6h30 ou sete horas, talvez? Nesse caso, Savitha teria que ter saído bem antes disso a fim de evitar que a vissem, e então provavelmente o fizera às quatro ou cinco da manhã. Mais perto das quatro, intuiu Poornima. Mas por que não antes, às duas ou três horas? Era uma possibilidade, pensou, mas para onde poderia ir, nesse caso? Nenhum ônibus ou trem funcionava a essa hora, e tentar pegar carona num dos caminhões passando na estrada teria sido muito arriscado. Além do mais, se tivesse feito isso, se Savitha tivesse entrado num caminhão qualquer na estrada de Tenali, então àquela altura ela poderia estar em qualquer lugar. Talvez estivesse em Assam ou Kerala, no Rajastão ou na Caxemira. Ou em qualquer lugar entre um desses pontos e o outro. Ou em lugar nenhum. Mas *essa* possibilidade era algo que Poornima se recusava sequer a considerar.

Ela também não queria pensar que quase dois anos haviam se passado desde que Savitha fora embora, e que todo esse tempo, também, poderia tê-la levado para qualquer lugar. Essa parte, Poornima havia decidido ignorar. Afinal, ponderava consigo mesma, o tempo era uma coisa simples. O tempo não tinha nenhum mistério. Era desnudo e indiferente; o tempo era como um búfalo arando os campos. Tudo o que ele fazia era seguir adiante, sem nunca vacilar e sem qualquer pensamento em sua cabeça. O tempo eram todos os dias que ela passara em Namburu, e todos os dias que tivera antes disso. Mas, a geografia? A geografia, Poornima considerava um mistério. As suas montanhas, seus rios, suas planícies vastas e intermináveis, os seus mares que ela nunca tivera a chance de ver. A geografia era o desconhecido.

Sendo assim, estava decidido: se Savitha tivesse saído às quatro da manhã, ou por volta dessa hora, só havia dois ônibus que poderia ter tomado. Somente dois ônibus circulavam a essa hora da madrugada. Um ia para o sul, para Tirupati, e o outro para o norte, para Vijayawada. Bem, pois aí estava mais um mistério geográfico: em qual dos dois ela havia embarcado?

Poornima ficou refletindo sobre essa questão, e então algo voltou à sua mente. Algo tão tênue, tão parecido com uma gaze, que quase não podia ser considerado um pensamento, ou mesmo um fragmento de pensamento. Mas que ainda assim estava lá, ela tinha certeza de que estava, e Poornima o espanou com a mão como se fosse uma teia de aranha pendurada nos cantos mais profundos da sua mente. Ela agora estava nos arredores de Namburu. Estava caminhando até a estação rodoviária que ficava na autoestrada, não na direção da rodoviária instalada dentro do lugarejo, para que não fosse vista por ninguém. Já perto de lá, reparou num cartaz com o anúncio de óleo de amla. O anúncio mostrava os frutos verdes da amla e o óleo reluzente, iluminado por um raio de sol, vertendo diretamente dos frutos para uma garrafa verde-clara. Ao lado da garrafa, via-se a fotografia de uma mulher com o cabelo cheio e lustroso, uma foto tirada no momento em que ela virava a cabeça, uma onda de cabelos sendo lançada na direção da lente. Supostamente, era o óleo de amla que havia deixado suas madeixas tão lustrosas. Poornima encarou o cartaz – ela examinou os frutos perfeitos da amla, as gotas de óleo, a mulher na fotografia – e, depois, voltou a olhar para a amla. *A fruta perfeita.* Ela terminou de espanar a fina teia para um canto da mente, e então soube. Ela soube para onde Savitha tinha ido: Savitha fora para Majuli. Só podia ter ido.

Poornima sorriu; o seu rosto inteiro irrompeu num lampejo de dor, mas, mesmo assim, ela sorriu. E onde ficava Majuli? Ela se lembrava de Savitha dizer que era no Brahmaputra, e havia uma coisa a respeito da geografia que Poornima sabia: Brahmaputra ficava ao norte. Assim, vinte minutos mais tarde, ela fez sinal para o ônibus com destino a Vijayawada, no norte, e nem reparou na maneira estranha como o motorista, o cobrador e a senhora que estava no assento ao lado do seu olharam, cheios de repulsa, seu rosto e as queimaduras que não estavam mais cobertas e sim expostas, em carne viva e rosadas como se fossem um sol nascente.

Quando chegou a Vijayawada, a primeira coisa que fez foi ir a uma loja de artigos médicos para comprar ataduras e iodo. A maneira certa de aplicar o iodo e enrolar as ataduras, Poornima aprendeu com o homem que trabalhava na loja – um senhor mais velho que não fez perguntas sobre os ferimentos dela, como se visse mulheres feridas exatamente daquele jeito todos os dias, o que ela acabou concluindo que devia ser mesmo verdade. A única dúvida na cabeça do homem, provavelmente, era se havia sido com óleo quente ou ácido. Mas nem mesmo isso ele perguntou, até porque, pensou ela, ele saberia a resposta só de olhar para as queimaduras. De todo modo, Poornima gostou dele; gostou do jeito gentil com que lhe mostrou como enrolar as ataduras no pescoço e em volta da bochecha, amarrando bem para que ficassem firmes, mas não apertadas demais.

O BRILHO DO SOL QUE INVADIU A NOSSA CASA   151

– Tem que deixar respirar – disse ele, referindo-se às queimaduras. E depois: – Do que mais você precisa?

Poornima respondeu que tinha que saber como chegar à estação de trem, e o homem assentiu. Isso, também, parecia que ele já estava esperando ouvir.

Caminhando, explicou, ficaria longe demais. Seria melhor ela tomar o ônibus. Mas Poornima decidiu andar assim mesmo, e, no trajeto, comprou um pacote de *idlis*. O bolinho de arroz era só o que dava conta de mastigar. Depois, ela tomou um copo de chá, de pé ao lado da barraca, sob os olhares indiscretos ou disfarçados de todos os homens que estavam ao redor, todos cheios de repulsa – sabendo bem o que havia por baixo das ataduras – e talvez alguns, um ou dois, de vergonha.

Quando chegou à estação de trem, depois de uma hora de caminhada, o céu já começava a clarear. O piso de mármore da estação, forrado de corpos adormecidos, ainda se revelava brilhante por baixo da vastidão de braços e pernas que procuravam enlaçar os muito velhos ou muito jovens. Poornima foi passando cambaleante por cima de todos até chegar ao saguão, onde leu a lista dos próximos trens. Obviamente, Majuli não estaria entre os destinos, considerando que era uma ilha, e, portanto, a intenção de Poornima era descobrir todos os trens que estivessem partindo para o norte. Não havia nenhum. Nenhum, pelo menos, que partisse de Vijayawada.

Poornima leu e releu a lista, achando que devia ter se enganado, mas não havia nenhum trem que fosse para além de Eluru. Girando o corpo, dirigiu-se para o guichê feminino. O balcão ainda não estava aberto, e não estaria pelas próximas duas horas. Vendo isso, ela pensou em esperar ali mesmo no saguão, mas em seguida pensou que talvez conseguisse mais informações na plataforma.

O bilhete de acesso às plataformas custou cinco rupias, e, quando Poornima chegou à número um, ela estava tomada de gente em toda a sua extensão. O trem noturno de Chennai havia acabado de chegar. As barracas de café e de chá estavam lotadas, o vendedor de *puri* anunciava sua mercadoria aos gritos pelas janelas do trem, andando de um vagão para o outro, as pilhas de pacotes de *vadas* e *idlis* chegavam quase até os caibros do teto, e até mesmo as lojas de revistas, cigarros e biscoitos estavam abertas, assim como a de caldo de cana que ficava logo em frente, e já estava lotada de clientes. Quando Poornima passou pelo bebedouro, ele também estava tomado, com todo mundo se empurrando para conseguir chegar a uma das seis torneiras.

Ela nunca tinha visto tantas pessoas. Ficou parada por um instante, desorientada, mas logo lembrou que devia ir atrás de alguém a quem pudesse perguntar sobre os trens para o norte. Havia centenas de carregadores de bagagens, para onde quer que olhasse Poornima podia ver suas camisas cor de tijolo, mas eles não lhe deram atenção – um ou dois chegaram até a empurrá-la para que abrisse caminho. Ela se esgueirou para perto de uma parede e ficou esperando. Por fim, depois de vinte minutos, o trem foi embora, e, de repente, tudo parou. Agora, os carregadores que não haviam sido contratados perambulavam à toa, bebendo chá ou café, à espera do próximo trem. Poornima puxou o *pallu* do sári por cima da cabeça e se aproximou de um grupo de três deles, reunidos perto de uma das largas pilastras. Nenhum falava com os outros, mas, mesmo assim, com certeza passavam a impressão de estar juntos.

– Vocês sabem algo sobre os trens para o norte? – indagou Poornima.

O mais franzino dos três, não muito passado da adolescência, a mediu de alto a baixo com o olhar e parou logo antes de encarar seu rosto. Ele disse:

– Eu tenho cara de guichê de informações?

– O guichê está fechado.

– Então espere abrir – outro dos carregadores falou.

– Mas não há nenhum trem para o norte na lista de partidas. Nenhum para depois de Eluru. Vocês sabem me informar algo sobre isso? – insistiu ela, virando-se para o terceiro homem, que era mais velho, com um bigode já meio grisalho e uma cabeleira espessa de fios grisalhos.

Ele também olhou para Poornima, principalmente para o rosto com as ataduras, que ela tentara inutilmente disfarçar, e falou:

– Foram os naxalitas. Eles explodiram os trilhos de Eluru para cima.

– Então não há *nenhum* trem?

– Foi o que eu disse.

– Nenhum trem? Mesmo? Como pode ser isso?

O homem mais jovem riu.

– Pergunte à Indian Railways. Com certeza eles vão adorar explicar.

Poornima se afastou dos carregadores e voltou ao seu lugar junto à parede. Ela deslizou o corpo por ela até sentar-se no chão.

Quanto tempo durariam as quinhentas rupias? Certamente não muito. E ainda era cedo para vender as joias. Ela decidiu ficar na estação, dormindo junto com os outros no saguão, ou em alguma das plataformas, talvez a mais distante do posto de sinalização, até que os trilhos do norte fossem consertados. Ou que alguém a expulsasse dali. Era possível se lavar nos bebedouros, comprar comida nas bancas e, quanto ao banheiro, bem, os trilhos sempre serviam de latrina, de qualquer maneira. *Por que não trouxe um cobertor?*, pensou, irritada consigo mesma.

De todo modo, depois de ter decidido que ia ficar ela comprou logo uma jarrinha para a água, para poder se lavar, e em seguida foi se sentar perto da banca da livraria Higginbotham's, tentando encaixar-se naturalmente ao cenário, como se estivesse à espera de um trem, ou de alguém – de alguém querido, alguém *a bordo* de um dos trens – que estivesse prestes a chegar. Havia um nicho nessa banca, por trás da seção de revistas e quadrinhos, onde Poornima descobriu que seu corpo caberia perfeitamente sem ser visto, desde que mantivesse as pernas encolhidas junto do peito. Encaixada nesse esconderijo estratégico, vendo o mundo acima de si, ela ficou surpresa ao constatar que tão poucas pessoas atinassem de olhar para baixo. Nenhuma fez isso durante as primeiras horas que Poornima passou ali.

Depois de um tempo, ela se levantou para esticar as pernas e caminhou de um extremo a outro da passarela que passava por cima das plataformas, e que tinha escadas descendo na direção de cada uma. Lá do alto, Poornima avistou as fileiras compridas de vagões dos trens que chegavam e partiam, os telhados que cobriam cada uma das plataformas e os trilhos – quantos deles devia haver? Umas vinte linhas, quem sabe, ou talvez mais; ela nunca vira nada parecido, nunca sequer desconfiara que era possível existir tanto comércio, tanta gente e tanta viagem no mundo – com caminhos apontando para todas as direções, como se fossem as linhas na palma da mão de alguém.

Sua rotina ficou assim: dormir nas plataformas, ou no saguão, conferir a lista de próximas partidas assim que acordava, buscando qualquer trem que fosse para depois de Eluru, e, caso não houvesse nenhum, comprar um pacote de *idlis* e um copo de café ou chá, dependendo de seu humor, e então perambular pela estação ou se aninhar no nicho da banca da Higginbotham's.

Foi só no começo da sua segunda semana por lá que ela conheceu Rishi. Ele era um garoto esguio mais ou menos da sua idade, ou talvez fosse um pouco mais jovem. Poornima já havia reparado nele antes, perambulando pelas plataformas, caminhando bem na beirada delas, e observando cada pessoa com quem cruzava. Ele olhava os rostos com tanta atenção que ela se pegou pensando se queria desenhá-las, ou roubá-las. Mas ele nunca fez isso, pelo menos não que ela tenha visto. Assim como ela, o garoto estava na estação todos os dias. E a havia observado também, uma ou duas vezes, embora ela tenha simplesmente ignorado o olhar dele e continuado caminhando. Mesmo assim, ele devia ter percebido que Poornima estava basicamente vivendo na Higginbotham's, porque, certa tarde, foi até a banca e começou a examinar a seção de revistas e quadrinhos. Pegou uma das edições de *Panchatantra* e folheou um pouco. Depois, pegou uma revista de cinema que tinha uma mulher vestida de vermelho na capa. Quando pôs essa de volta no lugar, uma voz, que Poornima não pôde ver de quem era, gritou:

– Ei! Ei, você! Vai comprar ou não vai? Não estrague as revistas com o sebo do cabelo da sua mãe.

O garoto se afastou da banca – ela chegou a ver os pés dele, metidos em sandálias, darem um passo para trás –, mas, então, virou a cabeça e olhou diretamente na sua direção.

Poornima tomou um susto. Seu coração parou. Será que era um policial?

– O que houve com seu rosto? – perguntou ele.

Poornima puxou o *pallu* por cima da testa, até quase cobrir os olhos, e não respondeu.

– Você é surda?

Ela deu de ombros.

– Deixe-me ver.

Ele foi na sua direção; Poornima se encolheu contra a parede. Ele se ajoelhou um pouco, mas de um jeito suave, quase gracioso. Não se tratava de um policial, disso Poornima já sabia, embora tenha mantido a cabeça baixa e erguido só os olhos. Ele olhou bem nos seus olhos, e então disse:

– No pescoço também? Foi seu pai ou seu marido?

Poornima ficou em silêncio por um instante, como se tentasse decidir qual dos dois, e então falou:

– Ninguém. Foi um acidente.

O garoto assentiu e disse:

– Sempre é. O meu nome é Rishi. Qual é o seu?

Por que ele estava falando com ela? O que queria? Estava claro que Poornima não tinha dinheiro, mas, ao mesmo tempo, ele também não lhe pareceu assustador. Parecia mais com um irmão do que qualquer outra coisa. Mesmo assim, ela não respondeu, e, depois de continuar parado onde estava por alguns instantes, o garoto deu de ombros e foi embora. Ela ficou observando: Rishi se afastou um pouco, ainda dentro do seu campo de visão, e então falou com alguém que descarregava sacos de aniagem de um trem de carga, e, em seguida, comprou um copo de chá. Ele olhou na direção de Poornima uma ou duas vezes, como que para se certificar de que ela ainda estaria lá, e então, depois que terminou o chá, acenou como se os dois se conhecessem a vida toda, como se ela fosse uma amiga de quem ele tinha ido se despedir na estação, e então passou direto pela livraria, atravessou o saguão e caiu no mundo.

Mas, no dia seguinte, ele estava de volta outra vez. E no outro. E, em todas as vezes, ele acenava para Poornima ao chegar de manhã e depois acenava novamente ao ir embora, à noite. E ela começou, surpreendentemente, a aguardar com expectativa o momento de vê-lo. Se acontecia de os dois se cruzarem pelo meio do dia, o que era bem frequente, visto que ambos perambulavam pelas mesmas dez plataformas, ele nunca acenava, e nem mesmo olhava na sua direção. Os dois quase chegaram a se esbarrar uma vez, na passarela logo acima de uma das plataformas, e nem assim Rishi demonstrou tomar conhecimento da presença de Poornima. *Que coisa estranha*, pensou ela. Nessa mesma noite – depois do quase esbarrão na passarela – ela pôs-se de pé com um salto quando o viu passar em direção à saída, a caminho de qualquer que fosse o seu destino de todas as noites, e disse:

– Poornima.

Ele a olhou e sorriu, e ela foi tomada por uma onda de alívio e gratidão.

Depois disso, os dois passaram a caminhar juntos e conversar quase todos os dias. Poornima lhe contou sobre Kishore, sobre a sogra, e até sobre Indravalli, além de ter falado um pouco sobre seu pai. Depois, perguntou:

– Para onde você vai todas as noites?

Ele endireitou as costas, e sua voz ganhou um tom sério.

— Eu tenho um trabalho muito importante.

— Mesmo? Mas você passa o dia inteiro aqui. É um emprego noturno?

Rishi pareceu ponderar sobre essa questão um instante, até que, por fim, disse:

— Eu trabalho aqui. Estou trabalhando, neste exato momento. À noite saio para prestar contas ao meu chefe.

— Você está *trabalhando*? Mas só o que faz é andar de um lado para o outro.

— É só o que parece. Você não sabe de nada.

Talvez não soubesse mesmo, Poornima pensou consigo mesma, mas ela sabia distinguir quando uma pessoa estava trabalhando, e Rishi com certeza não estava.

— O que é que você faz?

— Eu encontro pessoas.

— Que pessoas? Pessoas perdidas?

Ele deu de ombros.

— Por quanto tempo você vai ficar aqui? Na banca da Higginbotham's?

— Até os trens para o norte voltarem a passar.

— Os naxalitas explodiram os trilhos.

— Por que você acha que eu ainda estou aqui?

— Você vai encontrar alguém lá no norte? Tem alguém esperando por você? – perguntou ele, a voz ganhando um toque peculiar de curiosidade.

— Tenho. De certa forma.

— Pode levar semanas, talvez meses, para consertarem os trilhos. Por que você não dá a volta?

Isso nunca ocorrera a Poornima. *Por que não tive essa ideia? É tão simples!*

— E você está mentindo.

— Eu não minto — retrucou Poornima.

— Não tem ninguém esperando por você. Dá para ver. Dá para ver que está sozinha na vida.

Poornima coçou os curativos. A fase da coceira havia começado, e no momento ela mal conseguia dormir ou comer ou fazer qualquer coisa, por causa da aflição de não poder se coçar.

— Como assim, dá para ver?

— Eu ajudo garotas iguais a você — explicou ele. — Garotas sozinhas. Ajudo a fazer com que elas possam ficar em segurança e ganhem dinheiro. Só até estarem prontas para partir. Como, por exemplo, assim que os trilhos forem consertados. Embora a maioria delas acabe nunca indo embora, porque acabam gostando demais. — Ele então perguntou se Poornima queria um copo de chá, e ela disse que sim.

— O que elas fazem?

— Serviços de escritório. Tipo de secretária. Ou trabalham em alguma loja de luxo. Às vezes, em lojas de sáris. Alguma coisa assim. Trabalho fácil.

— E você já ajudou muitas garotas?

Rishi assentiu.

— Claro. Centenas. Provavelmente até mais. Eu me lembro de cada garota que passa por esta estação. Tenho esse tipo de memória, sabe? Conheço todas elas. E eu sei dizer quais estão precisando de emprego.

Poornima ficou em silêncio, e depois disse:

— Todas mesmo?

— Não tem uma garota que salte ou embarque num trem nesta estação sem que eu fique sabendo. Eu me lembro dos rostos. Nunca esqueço um rosto. Às vezes, eu falo com elas, do mesmo jeito que estou fazendo com você agora, e então elas aceitam as vagas de emprego e sempre se dão ao trabalho de voltar aqui para me encontrarem outra vez e agradecer.

— Eu nunca vi nenhuma garota agradecendo a você.

Ele suspirou alto. E depois falou:

– Como você poderia ver? Entocada como se fosse uma toupeira, na banca da Higginbotham's. Bom, mas eu preciso trabalhar. Não posso ficar aqui batendo papo com você o dia todo. Leve de volta o copo depois que terminar – concluiu ele, falando do chá que continuava na mão dela. E lhe deu as costas, não de um jeito muito convincente, para logo começar a afastar-se pela plataforma.

– Espere! – gritou Poornima.

Ele estacou a um ou dois metros de distância e a fez pensar que talvez estivesse sorrindo, mas não havia como ter certeza. Foi só uma sensação que ela teve. Apesar de que... Por que ele estaria sorrindo?

Quando se virou para encará-la, Rishi tinha uma expressão séria no rosto. Ele disse:

– O que é? Eu tenho coisas para fazer.

– Todas as garotas?

– Isso. Foi isso que eu disse.

– Há quanto tempo você tem vindo aqui? À estação de trem?

– Por quê?

– Curiosidade.

Ele refletiu por um momento.

– Faz três anos. Ou quatro.

Poornima sentiu um calafrio percorrer seu corpo e pensou: *E se ele a viu?*

– Será que por acaso você viu uma garota em especial, há coisa de dois anos? Uma um pouco mais alta do que eu. Vestindo um sári azul com estampa de pavões. Um sorriso lindo. Ela estava vindo de Indravalli, sabe?

Rishi pensou durante um bom tempo. Seus olhos começaram a faiscar.

– Fale mais.

– Ela era magra, mas não tanto quanto eu. Com cabelo liso, mas que formava cachos na franja. E provavelmente queria ir para o norte também.

— Era uma com os lábios bonitos? Usando um sári azul, você disse? Os olhos de Poornima também se acenderam.

— Isso! O nome dela era Savitha. Você a viu?

— Savitha? Você disse Savitha?

Rishi sorriu, um sorriso amplo, que inflou o seu rosto magro como se as suas bochechas tivessem acabado de desabrochar, só para sorrirem daquele jeito.

— Por que não falou o nome antes? É claro que eu conheço a Savitha.

— Você *conhece*?

— Isso, deve ter sido há uns dois anos mesmo. Agora eu lembro. E ela era mesmo de Indravalli. Você veio de lá também?

— O que foi que ela lhe disse? Para onde estava indo?

— Para o norte é que não. De onde você tirou que ela iria para o norte? Ela está aqui mesmo, em Vijayawada. Eu lhe arranjei um emprego.

— Aqui? Em Vijayawada?

— Isso. Bem aqui. Venha, eu levo você até ela.

Rishi sorriu novamente, e, dessa vez, Poornima reparou que um dos seus dentes era descorado: um dos inferiores, bem na frente. Olhando para o tal dente, ela ficou pensando se o garoto estava mentindo.

9

Eles saíram da estação pelo mesmo lugar por onde Poornima tinha entrado, quase duas semanas antes. E caminharam pelo que pareceram horas, atravessando Green Park Colony e Chittinagar, para então chegarem a um bairro de casas depredadas e barracos. As bancas de chá ali pareciam mais sujas, e os olhos injetados dos homens acompanhavam os passos dos dois. Ao se depararem com as ataduras de Poornima, os olhares se desviavam depressa.

– Você precisa mesmo ficar com elas? – falou Rishi.

– Com elas? Do que está falando?

– As ataduras.

Poornima sentiu um impulso de voltar a se coçar assim que pensou nas ataduras.

– É claro que preciso.

– Talvez Savitha se incomode.

– Por que ela se incomodaria?

Eles seguiram caminhando. Agora, já não havia nem casas, só lotes vazios. Poornima sentia que eles estavam se afastando cada vez mais do Krishna. Os terrenos baldios eram habitados somente por porcos, cachorros de rua e montes de lixo. No canto de um desses lotes cheios de lixo havia uma casa imensa, bem maior do que qualquer outra construção ali, e muito mais bem conservada também. Eles seguiram na direção dela.

— Savitha está *aqui*? Ela trabalha aqui?

— Mais ou menos — foi a resposta enigmática dele.

Rishi não tocou a campainha; ele simplesmente abriu a porta. Assim que os dois entraram na casa, Poornima notou uma movimentação no andar de cima. Olhando para a balaustrada da escada, que dava para o térreo, viu cinco ou seis garotas da sua idade ou até mais novas, que continuaram ali por um instante antes de darem as costas e desaparecerem. Nenhuma delas era Savitha. Rishi chamou-a com um "Venha!", e foi abrindo caminho pelo corredor do primeiro andar. Ao final dele havia uma porta, e, depois que os dois passaram por ela — tendo batido antes, dessa vez —, depararam-se com um sujeito magro usando óculos enormes sentado atrás de uma escrivaninha. A pele dele tinha a textura de uma jaca. *Talvez o resquício de alguma doença sofrida na infância*, pensou Poornima. Ele ergueu olhos perscrutadores na direção dela, e a sua expressão de tédio logo se transformou em aversão. Mas naquele olhar havia algo além da aversão, e Poornima quase cedeu ao impulso de recuar e fugir diante da desumanidade tão nítida e escancarada.

— O que é isso? — perguntou o homem, sem olhar na direção de Rishi, mas claramente dirigindo-se a ele.

— Encontrei na estação de trem, Guru.

— Você é idiota?

— O senhor disse que estávamos precisando de mais garotas, Guru, então pensei que talvez...

— Ah, é mesmo? Você pensou mesmo?

Rishi baixou a cabeça e assentiu.

— Bem, pois trate de levá-la de volta! — rugiu o homem. — Ela é feia. E cheia de ataduras assim... Quem é que pagaria por isso? Você já ouviu falar em bom senso? Ninguém tem senso nenhum aqui, esse é o problema. Adivinhe só o que o Samuel fez? Sumiu, sem dizer uma palavra. Levando uma das garotas junto, ainda por cima. O que vou fazer agora? Não tem mais quem faça a contabilidade, e ainda estamos com uma garota a menos. E agora ainda vem você. Trazendo *isso* para cá. Leve já embora.

Poornima desviou o olhar de Rishi para o homem atrás da escrivaninha. Ela pensou no seu dinheiro, nas joias, e pensou que talvez jamais fosse ter outra chance.

– O senhor conhece a minha amiga? Do mesmo povoado que eu. Rishi falou que… – arriscou.

O homem estava escrevendo num caderno, uma espécie de livro de registros ou coisa parecida, e quando Poornima falou ele a encarou com espanto, perplexo com o fato de ela ter uma voz. Os seus dedos lentamente formaram um punho fechado.

– Leve ela embora daqui, já falei.

– Ele disse que o senhor a conhecia.

O homem pousou a caneta, e Poornima pôde ver a raiva dentro dele vertendo. Contraindo os lábios, o nariz, até chegar aos olhos, que ficaram transformados em dois pontinhos de pura ira.

– Quer saber, eu já vi macacos mais atraentes do que você.

Rishi agarrou-a pelo braço, como se fosse tirá-la dali. Poornima se desvencilhou. Ela pensou na cabana dos teares, na manhã depois de Savitha ter ido embora, e pensou em como ela devia ter saído de lá, sozinha, para embrenhar-se na noite escura. Será que havia se virado para trás, na porta, tentando buscar algum motivo para ficar e não conseguindo pensar em nenhum? Nada nunca pareceria mais vazio para Poornima do que esse pensamento.

– Eu sei fazer contas – falou ela.

O homem a encarou.

– Contas. Contabilidade. Eu aprendi.

Ele riu.

– Desde quando garotas do interior sabem contabilidade? De onde mesmo você disse que veio?

– Eu sei fazer. Posso provar.

O homem olhou para Rishi, e Rishi devolveu seu olhar. Então, os dois olharam para Poornima. O homem virou o livro de registros de frente para ela e falou:

– Mostre.

Poornima observou o livro. Pareceu só um amontoado de números no início, com letras encabeçando a maior parte das colunas e anotações que só podiam ser datas ocupando a que ficava mais à esquerda. Mas, quanto mais olhava para a página, mais ela percebia que existia um padrão ali: os números anotados abaixo de algumas das letras eram sempre maiores. E as datas, ela viu, correspondiam a dias do mês anterior. Então, Poornima decifrou o que eram as letras: eram iniciais. Três delas eram a letra "S", cada uma seguida por um número. Um calafrio percorreu a sua espinha.

– Não seria melhor se o senhor tivesse mais informações? Como, por exemplo, se quem as procurou foi o mesmo homem, repetidas vezes. E em quais dias ele veio. E se determinado cliente quis sempre a mesma garota. Se conseguisse monitorar essas coisas, poderia cobrar mais.

Houve um silêncio. Um cachorro latiu.

– Então você sabe mesmo. – O homem a olhou, como que pela primeira vez. – O que mais você sabe fazer?

– Cozinhar, limpar e usar a *charkha*.

Guru fez um gesto com a mão, mandando Rishi sair da sala. Assim que o garoto saiu, ele a encarou com um olhar subitamente cheio de interesse – só que um interesse carregado de crueldade, calculista.

– Guru – falou. – É o meu nome. Nós temos mais livros como este. Seis outros. Você vai ter que cuidar de todos eles. Onde está morando?

– Na estação de trem.

– Aqui tem um quarto nos fundos. Você pode ficar nele. Nada dentro do quarto será seu, mas podemos fazer essa experiência por alguns dias. Você aceita?

O tom da voz dele soou ferino, apontado na direção dela como uma adaga, e Poornima se deu conta de que o homem não estava mais falando dos livros, ou da contabilidade. Ela assentiu.

Então, ele disse:

– O que houve com o seu rosto?

– Nada – falou Poornima. – Foi um acidente.

Guru sorriu de um jeito horrendo. Depois, recostou-se na cadeira e insistiu:

– Óleo quente? Ou ácido?

Ela ficou com um quarto de fundos sem janela, no primeiro andar. Havia um catre no chão, um pôster emoldurado do deus Ganesha pendurado acima da porta e uma geladeira pequena num canto. Anexo ao quarto, um banheiro com privada, pia com água corrente e uma janela alta e estreita que Poornima não conseguia alcançar. Parada no meio do banheiro, ela encarou o retângulo inalcançável de luz. Depois, observou tudo o que havia à sua volta. Ela nunca tinha visto um quarto que possuísse banheiro anexado, nem água corrente. Depois de esconder seu dinheiro e todas as joias embaixo do catre, foi tomar um banho de balde.

Ao terminar, quando tentou abrir a porta do quarto, viu que estava trancada. Poornima empurrou, bateu nela e gritou, mas não se ouvia som nenhum do outro lado. Dando um passo para trás, encarou a porta. A tranca podia ter se fechado acidentalmente? Na verdade, não haveria meio de isso acontecer; Poornima tinha visto a barra de metal do ferrolho e a maneira como precisava ser encaixada numa série de nichos para ficar presa. O que isso queria dizer? Eles a manteriam presa? Era *isso*? Essa ideia fez um grito tão alto emergir da sua garganta que o pôster de Ganesha caiu da parede. Poornima arremessou o corpo contra a porta. Ficou rouca de tanto gritar e chorar; as mãos, doloridas de tanto baterem na madeira. E nada. Nem um ruído do lado de fora. Ela se deixou sentar no chão, as costas apoiadas na porta, e fechou os olhos. Ao voltar a abri-los, reparou na geladeira encostada na parede oposta. Levantou-se, um pouco cambaleante, e foi olhar dentro dela. Havia duas garrafas de água e uma travessa com frutas reluzentes: goiabas, maçãs, sapotis e uvas. Poornima fechou a geladeira e voltou a esmurrar a porta do quarto. Nada ainda. Depois que ficou exausta, deitou-se no catre e se obrigou a adormecer.

Poornima não fazia ideia de quanto tempo havia se passado, quando voltou a acordar. Por um instante, sentiu medo. Medo do quê?, indagou a si mesma. De estar trancada no quarto? De que a porta nunca mais voltasse a se abrir? De que ela se abrisse? De repente, nada disso lhe pareceu muito diferente dos anos passados em Namburu, e, com essa constatação, ela caminhou até a geladeira outra vez e tomou um golinho hesitante de uma das garrafas. E em seguida outro gole, agora mais longo. Faminta, decidiu comer uma das frutas, mas, como que por vontade própria, sua mão parou no meio do caminho. Imóvel. Quando já estava quase se fechando sobre uma maçã. Poornima a deixou ali, paralisada, perguntando-se o porquê daquilo, e então voltaram à sua mente as palavras de Guru: "Nada dentro do quarto será seu". Por que ele havia falado assim? A frase lhe pareceu – enquanto sua mão continuava pairando acima da travessa de frutas – algo bem estranho para alguém dizer. Mas será que era mesmo tão estranho? "Talvez seja um teste", pensou Poornima, num lampejo de clareza. Vai ver que ele quer testar se eu vou pegar alguma das frutas. Seria um teste perfeitamente razoável para alguém que tinha se candidatado a fazer a contabilidade: saber se essa pessoa seria capaz de roubar o patrão. De pegar algo que haviam lhe dito claramente que não era seu. Mesmo assim, ela estava com fome e pensou por um instante em pegar a fruta de qualquer maneira, mas, então, uma coisa lhe ocorreu: "Se Savitha *está* aqui, comer essa maçã – uma maçã só – talvez estrague a única chance que eu tenho de encontrá-la".

O BRILHO DO SOL QUE INVADIU A NOSSA CASA 167

Poornima fechou a porta da geladeira.

Ela ficou trancada por três dias sem comer nada. No começo, sentiu uma onda lenta e crescente de fome, que acabou por começar a mastigar por dentro o seu estômago, fazendo-a dobrar o corpo de dor. Depois, veio a fraqueza. A fome era como uma fera que ela lutava para manter tranquila, obrigando-se a permanecer no catre como se estivesse acorrentada a ele, sorvendo a água em grandes goles. Depois de um sono agitado, Poornima continuou na cama até tarde. Pela metade do segundo dia, sua pele estava vermelha e febril. A água não foi capaz de aplacar isso. Ela se perguntou se estaria doente. Pensou seriamente em comer as frutas – podia ser, afinal, que eles nunca mais abrissem a porta –, mas, então, lembrou-se de Savitha. Ela estava naquela casa. Poornima só precisava passar no teste; ela estava naquela casa. Voltando a se deitar no catre, ficou pensando em comida. O que não a ajudou em nada. Então, passou a pensar na fome. Em Indravalli, muitas vezes ela ficara com fome por ter cedido a sua parte das refeições para os irmãos. Mas sempre lhe sobrava algo, nem que fosse um punhado de arroz e picles. *Esta* fome de agora, entretanto, esta fome era uma terra devastada.

A fraqueza se alastrou. Ela se cansava do esforço de ter que caminhar até o banheiro, ou erguer a garrafa de água. No terceiro dia, sua pele deixou de funcionar. Uma gota de água respingou em seu braço, e seu corpo inteiro convulsionou com o impacto. Era como se não existisse mais pele, como se a água tivesse batido na sua carne exposta. Poornima não tomou o banho de balde no terceiro dia. Ela mal conseguia se manter de pé. Seu corpo começou a emanar um odor. Talvez as queimaduras tivessem infeccionado, ou as ataduras estivessem apodrecendo, mas não era nem uma coisa nem outra: o cheiro vinha dos seus poros. Não era o suor de sempre; o cheiro do seu suor, ela conhecia. Era um odor mais almiscarado, intenso, absíntico. O lençol do catre ficou impregnado dele, e, ainda assim, esse cheiro peculiar do seu corpo faminto, de cada um dos seus membros afogueados, deu a Poornima a impressão de que a fome era seu estado mais natural, o mais genuíno. Ela quase nem desejava alimento; a comida tornou-se algo abstrato, uma lembrança que na maior parte das vezes lhe despertava apatia ou então, ocasionalmente, raiva.

Na manhã do quarto dia, a porta se abriu.

Ainda deitada no catre, Poornima abriu os olhos e não se deu ao trabalho de erguer o corpo. Era Guru. Ele a olhou sem disfarçar a aversão que sentia e disse:

– Que *cheiro* é esse?

Ela continuou a encará-lo, até que fechou os olhos.

– Eu não comi nenhuma.

Ele foi até a geladeira e olhou lá para dentro.

– Não comeu mesmo – concordou ele, voltando-se para Poornima. – Eu não teria me importado se você comesse.

Ela abriu os olhos outra vez.

– Foi isso que você pensou que eu queria? Ver se você comeria as frutas? – Ele riu. – Vocês, garotas do interior, chegam a ser engraçadas de tão burras. As frutas não teriam durado muito mais do que um dia, de qualquer maneira. Não, não – insistiu ele. – O que queria lhe mostrar, o que queria que você *considerasse*, é a dimensão daquilo que eu possuo.

Poornima começou a erguer o corpo no catre, confusa, mas Guru falou:

– Não precisa se levantar por minha causa. Aliás, pode deitar de novo, e vire-se de bruços.

Ela voltou a se deitar, mas permaneceu de costas, observando-o.

– Se vai mesmo trabalhar para mim, preciso que entenda do que eu sou dono. Eu *possuo* você. Sou dono da comida que você ingere, do seu suor, do mau cheiro que exala. Sou dono da sua fraqueza. Mas, acima de tudo, sou dono da sua fome. – Ele estava de pé acima dela, olhando-a do alto. – Você está entendendo? Sou o dono da sua fome.

O BRILHO DO SOL QUE INVADIU A NOSSA CASA   169

Agora – continuou Guru, desafivelando o cinto –, trate de se virar. Não gosto de rostos. E muito menos do seu.

Poornima começou a trabalhar para Guru no dia seguinte. Sua mesa ficava ao lado da dele, mas era mais baixa, de modo que ele podia vigiar o seu trabalho. Porém, era raro que parasse muito tempo ali. Em geral, Poornima ficava sozinha; e ela costumava deixar a porta aberta, erguendo os olhos para observar as garotas que passavam por ali.

Nenhuma delas era Savitha. Pelo menos, nenhuma naquele corredor. Poornima não tinha permissão para falar com elas – Guru ficava atento a cada movimento seu, e, sempre que ele não estava, o seu cozinheiro, que se chamava Raju, fazia isso em seu lugar –, mas, a cada vez que uma garota passava pelo andar de baixo da casa, Poornima as cumprimentava com a cabeça ou abria um sorriso. Quase sempre, elas a ignoravam. Algumas das mais jovens, ou que haviam chegado mais recentemente, olhavam de volta na sua direção com tristeza ou com despeito e então voltavam a subir as escadas. Eram treze garotas ao todo. Mas será que elas eram *mesmo* garotas, Poornima se perguntava. Claro que eram. Nenhuma devia ter mais do que dezesseis anos. No entanto, faltava-lhes alguma coisa; um traço essencial de meninice que já não se via mais. Que traço seria esse? Poornima ficou pensando nisso todos os dias das primeiras semanas que passou no bordel. Faltava inocência, certamente. Isso era óbvio. E elas tinham sido violadas. Óbvio, também. Mas havia mais alguma coisa. Algo mais sutil.

E então, ela soube. A constatação lhe ocorreu enquanto olhava uma das garotas passar arrastando os pés a caminho das privadas, no meio da tarde, logo depois de acordar. Ela estava esfregando os olhos e tinha o rosto inchado de sono, ou talvez de puro cansaço. Seu olhar pareceu vazio, indiferente, quando ela parou no vão da porta dos fundos, olhando para fora. E foi quando percebeu esse olhar, essa indiferença, que Poornima compreendeu: aquela garota tinha perdido a sensibilidade para a luz. Para ela, para todas elas, era tudo a mesma coisa: claro e escuro, manhã ou noite. E não era só a luz externa que ela havia perdido a capacidade de distinguir, percebeu Poornima. Isso valia para a luz interior também. E *esse* era o traço da meninice que já não se via naquelas garotas: a percepção da sua própria luz.

Poornima ficou pensando nessa luz, e então pensou em Savitha. Os livros de registros eram seis, e ela precisava aferi-los, fechar os cálculos e contabilizar toda a receita do bordel. Eles chegaram até mesmo a lhe dar uma maquininha para fazer as contas, igual à que Kishore usava. A máquina deixava tudo muito mais rápido. Mesmo assim, ela trabalhava com afinco, o tempo todo tentando arranjar uma maneira de ir aos outros bordéis, de ver as outras garotas. A essa altura, ela já sabia que Rishi havia mentido quando lhe disse que conhecera Savitha; mas Guru dirigia quase todos os bordéis em Vijayawada, e Poornima decidiu que não poderia viajar para o norte antes de tirar aquilo a limpo. E, sendo assim, ali ficou, esperando.

No nono mês em que estava trabalhando no bordel, Poornima só tinha conseguido conhecer dois dos outros estabelecimentos, pedindo para acompanhar Guru quando ele ia recolher o dinheiro.

– Eu não sou uma das garotas – disse ela. – Quero passear um pouco.

Ele concordara com relutância, embora Poornima percebesse que conquistara sua confiança. Ela jamais roubava nem uma moeda, jamais pedia dinheiro, e jamais cometia erros nas contas. Guru passou a tomá-la como confidente às vezes, e começou até mesmo a lhe pagar um pequeno salário. Poornima entendeu que a confiança dele, por menor que fosse, se devia à sua cicatriz. Por mais estranho que pudesse parecer, a verdade era essa. Ela já não estava mais usando os curativos, mas a queimadura lhe deixara uma cicatriz larga e brilhante, num tom chamativo de rosa. E isso lhe dava um ar de uma pessoa aleijada, inofensiva, e, principalmente, digna de pena.

Um dia, Guru chegou reclamando do quanto gastava por ter que comprar comida, roupas e badulaques para quase cem mulheres e garotas nos seus bordéis.

– Milhares de rupias vão para isso, todos os meses. Milhares. Elas só sabem comer.

Poornima não falou nada. Ela sabia em primeira mão que ele lucrava mais de 100 mil rupias por mês às custas delas. Em alguns meses, chegava a ganhar 200 mil.

– Por exemplo, outro dia uma garota veio me dizer que era seu aniversário, e perguntou se eu lhe compraria um doce. De aniversário! E o que eu disse para ela foi: "Você vai ganhar um doce quando atender dez homens na mesma noite. Aí sim, vai ganhar".

Poornima apenas assentiu.

– Todos os dias. Todos os dias, elas comem o tempo todo.

Ela voltou ao seu trabalho. Era comum que Guru reclamasse, ela já havia se acostumado com isso.

– E a *audácia* delas. Uma vez, teve uma que me disse que queria banana. Eu falei para ela que já comprava arroz, ela que comesse o arroz. E sabe o que ela disse?

– Não. O quê? – Poornima mal levantou os olhos dos seus cálculos.

– Ela disse que gostava de comer banana com arroz. Misturada ao arroz com iogurte. Você acredita numa coisa dessas? Banana! Mas que petulância.

A cabeça de Poornima se ergueu na hora. Ela refreou os pensamentos, tratou de aplainar a voz.

– Nossa – comentou. – O que aconteceu com essa aí? A garota que pediu a banana?

Guru deu de ombros.

– Nós a vendemos.

– Venderam? Para quem?

Guru a encarou. Seus olhos se estreitaram. Ele disse:

– Você acha que tudo o que nós temos são estes bordéis de merda? Acha que tem acesso a *todas* as contas? A nossa maior receita vem da venda de garotas. Para homens ricos. Na Arábia Saudita. Em Dubai.

Poornima respirou fundo. Ela disse para si mesma: "Não o deixe perceber. Ele não vai lhe dizer nada se notar".

– Mas essa aí – falou casualmente –, a da banana. Para onde ela foi?

– Acho que ela acabou como parte de uma encomenda grande que tivemos. Há coisa de um ano, talvez? Para um cara rico nos Estados Unidos. Escute só essa: ele queria garotas para limpar apartamentos. Pelo que dizem, custa muito dinheiro por lá contratar gente para fazer limpeza. *Limpeza.* Como reles *dalits*. Para o homem, saiu mais barato *comprar* essa gente. Porque ele era dono de centenas. De apartamentos, eu quero dizer. Numa tal de Seetle, Sattle, não sei bem. Mas ele pagou bem.

Poornima podia sentir o ar à sua volta esfriando. Ela sentiu como se uma grande porta de madeira abrisse com um rangido.

– Como se chega lá?

Guru começou a rir. Gargalhou tanto que chegou a uivar.

– Isso fica longe. Longe à beça. Você jamais conseguiria chegar.

Poornima riu junto com ele, mas ela sabia que ia chegar, sim.

Savitha

1

Savitha sabia que não ia conseguir a banana, pelo menos não na primeira tentativa. Mas o que será que teria que fazer para arranjar algo tão simples, tão pequeno como uma banana?

Ela precisava descobrir.

Savitha também sabia que seria preciso tratar com o chefão da rede, o tal Guru. E com ninguém mais. Ele aparecia de tempos em tempos para inspecionar a "mercadoria", que era como chamava as garotas. A primeira dessas inspeções havia sido poucas semanas depois da sua chegada. Savitha partira de Indravalli no princípio da madrugada, no dia em que deveria casar-se com o pai de Poornima. Seu corpo estava dolorido. Ela havia passado três dias encolhida num canto da cabana dos teares. Sem chorar, sem piscar (pelo menos não que tivesse percebido), sem esperar por nada nem rezar nem sentir dor, e também sem pensar em coisa nenhuma. Nem um pensamento. Bem, ou talvez um só. O seu único pensamento fora: "O que deve ser melhor? Isto ou estar morta? Ou será que são a mesma coisa?". Antes de deixar para trás a cabana dos teares, e Poornima, que dormia, ela desfez todos os pequenos nós que prendiam o sári que começara a tecer para a amiga, e ainda não tinha chegado nem à metade, estendeu-o por cima do tear como se fosse uma mortalha, dobrou-o em oito partes e enfiou o tecido por dentro da blusa, contra o peito.

E então fora embora de Indravalli sabendo que nunca mais voltaria.

Quando chegou à parada de ônibus – ao terminal que ficava na autoestrada, não à rodoviária do vilarejo –, o primeiro ônibus que encostou foi o que ia para Vijayawada. Estava vazio, exceto pelo cobrador. Não havia nem os lavradores a caminho da feira ainda. Savitha não tinha dinheiro, nem um único *paisa*, então, quando a porta do ônibus se abriu, ela encarou o motorista, não com ar de súplica, mas com um olhar sério, e disse:

– É impossível qualquer pessoa descobrir que o senhor me deu uma carona.

O motorista a olhou de alto a baixo, depois riu, fechou a porta e foi embora. Um caminhão seria sua única chance. Ela esperou por mais alguns minutos, até que um surgiu na estrada. O veículo passou por ela à toda, sem nem reduzir a velocidade, da mesma forma que fizeram os quatro seguintes, até passar o sexto caminhão. O sexto tinha uma pintura intrincada, com um Ganesha por cima do para-brisa, bem no meio, a cena de um plácido lago margeado por um casebre e vacas de um dos lados e um buquê de rosas do outro. No para-choque da frente, dois limões frescos pendurados para atrair boa sorte. Na parte interna, o topo do para-brisa ganhara uma franja de serpentinas vermelhas que cintilavam, mesmo o sol ainda não tendo nascido. Savitha fez sinal para o motorista avançando para a beira da pista, e, quando ele reduziu a velocidade, ela percebeu se tratar de um jovem quase da sua idade. Ao examiná-lo mais de perto, depois que subiu para entrar na boleia, reparou que seus dentes eram os mais brilhantes que já tinha visto, mais brancos até do que o templo na encosta da Indravalli Konda, embora os olhos estivessem turvos, avermelhados, talvez por causa da falta de sono, ou da poeira, ou da bebida.

– Para onde está indo?

– Depende – respondeu ela. – Até onde você vai?

– Pune.

– Então é para lá que eu estou indo.

Ele abriu um sorriso, e, dessa vez, Savitha não teve mais tanta certeza quanto ao brilho dos dentes. Eram brancos, sim, mas talvez não brilhassem tanto.

Levou menos de dez minutos de sacolejos pela Trunk Road, passando pelas portas fechadas das casas de chá de beira de estrada, por casebres escurecidos e campos de arroz salpicados de orvalho e cães adormecidos, para que uma das mãos do motorista abandonasse o volante. Ela não se esgueirou pelo assento, como Savitha talvez estivesse esperando, mas simplesmente decolou e foi pousar na sua coxa.

– Eu não estou com pressa – disse ele. – E você?

Savitha arregalou os olhos.

Ela compreendeu, nesse exato instante, que uma porta havia sido aberta. Não ali, mas três dias antes. Savitha começou a se perguntar que porta seria essa e por que jamais soubera que estava lá. Não tinha essa resposta. Ou talvez não quisesse saber a resposta. Mesmo assim, a porta agora estava aberta, e Savitha havia passado por ela. O pai de Poornima, é claro, fora o responsável por abri-la, por empurrá-la para o outro lado, e ela sentiu raiva, uma raiva intensa e terrível, porque em nenhum momento ele havia perguntado o que *ela* queria. Não dissera: "Há uma porta ali, está vendo? Você quer que eu abra? Você quer ver o que tem do outro lado?". Mas aquilo já estava feito. E, agora, ela percebeu, a sua presença aos olhos dos homens estaria reduzida só a isso: uma coisa na qual entrar, habitar por um tempo e ir embora.

Os dois continuaram pela estrada. A mão do motorista foi subindo pela sua coxa. O caminhão atravessou a ponte sobre o rio Krishna e pegou uma das saídas para a autoestrada.

Bem, se essa história da porta era mesmo verdadeira, então outra coisa também tinha que ser verdade. Savitha não precisou pensar muito tempo para saber o que era essa verdade; foi como se a resposta tivesse estado ali o tempo todo, na beira da estrada: havia outra porta. Uma porta menor e mais formidável. Escondida. E, para além dessa porta, ela sabia que estavam todos os verdadeiros tesouros: o seu amor por Poornima, o amor que sentia por suas irmãs e pelos pais. *Esses* tesouros cintilavam; a sensação do pano em sua pele – não só aquele que levava dobrado sobre o peito, mas a sensação de todos os tecidos – era como uma mão (não a mão do caminhoneiro, mas uma mais suave, menos sedenta) pousada sobre a sua, protegendo-a, a maciez da trama aumentando com o passar do tempo. Eles brilhavam no escuro da noite, estes tesouros: a lembrança (agora já só uma lembrança) das mãos do pai, da forma como elas se estendiam tão cheias de medo, de anseio; o gosto do arroz com iogurte e banana, cremoso e doce ao mesmo tempo; a plenitude do seu coração, que inchava cada vez mais, sem nunca se partir.

– Pare aqui – mandou Savitha.

A mão do motorista estacou, já quase na sua virilha.

– Aqui?

– É, aqui.

– Mas nós mal passamos de Vijayawada. Você falou Pune.

Savitha olhou para ele, para seus lábios escuros, para a maneira como o lábio superior era quase totalmente ocultado pelo bigode. O motorista sorriu, nessa hora, como se houvesse chance de ela sorrir de volta. Mas Savitha só continuou olhando, encarando a vermelhidão dos seus olhos e o branco dos seus dentes. O caminhão reduziu a velocidade, mas não parou. Ela olhou pela janela. Um cachorro sarnento estava deitado perto de um monte de lixo; mais adiante, uma galinha ciscava o chão. *Ele daria uma guinada para se desviar* deles, pensou. Qualquer um faria isso. E, depois: *Eu tenho a chave.*

Ela agarrou a mão que ainda estava pousada na sua coxa e a torceu, com força, na altura do pulso. O motorista arfou e pisou forte nos freios. O caminhão parou com um guinchar de pneus.

– Vagabunda. *Pakshi.* Suma daqui!

O BRILHO DO SOL QUE INVADIU A NOSSA CASA   179

Depois que ela saltou, o caminhão arrancou com mais uma guinchada alta e uma nuvem de poeira. Savitha, parada na autoestrada, olhou para o leste e depois para o oeste. Para o leste ficava a periferia de Vijayawada. Eles não tinham chegado a entrar na cidade, mas seria fácil voltar para lá. Voltar. Não parecia uma decisão muito astuta. Para o oeste, havia Hyderabad e depois Karnataka, Maharashtra e então o mar da Arábia. Não que Savitha tivesse ciência de qualquer uma dessas coisas; ela só sabia que Pune ficava para o oeste, e que depois de Pune havia um mar. Ela se sentou ali mesmo, na beira da estrada, e ficou pensando no que deveria fazer. Agora já havia mais veículos, em sua maioria caminhões. Ela poderia fazer sinal para outro e torcer para que fosse um homem melhor. Era quase certo que qualquer um dos caminhões fosse deixá-la em Pune, se era para lá mesmo que ela queria ir. Que língua falavam lá? Marata, é claro. Um idioma que ela não fazia ideia de *como* falar. E se pedisse para que a deixassem em Bangalore? Lá, falava-se canarim. Que soava parecido com o télugo, mas não era a mesma coisa. Savitha olhou mais uma vez na direção de Vijayawada. Voltar seria a decisão mais sábia, concluiu. O melhor era primeiro tratar de ganhar algum dinheiro, e, para ganhar dinheiro, ela precisaria estar num lugar onde soubesse falar a língua. E a verdade era que, se alguém de Indravalli decidisse ir em seu encalço, o que Savitha duvidava que fosse acontecer, um lugar óbvio como Vijayawada seria o último que pensariam em vasculhar. Ou assim supunha. De uma coisa, no entanto, teve certeza: era melhor ser sábia do que astuta.

Todos o chamavam de Chefe, ou Guru, mas seu nome verdadeiro provavelmente devia ser outro. Era um sujeito magro, com um par de óculos imensos, movimentos rijos e ar de fragilidade, mas essa aparência era apenas um disfarce. Isso, Savitha pôde ver claramente nos olhos dele. Os olhos: perfurando e atravessando para além do seu corpo como fariam como uma rocha, uma montanha, o Himalaia, sempre atrás não de metais ou pedras preciosas, mas de *garotas*, garotas pobres porém bonitas, o que ela com o tempo entendeu que era só outro jeito de dizer "lucro".

Na primeira vez em que ele apareceu, Savitha ainda estava drogada. Ela fora uma presa tão fácil que chegava a ter sido quase ridículo. Tinha caminhado até Vijayawada. Por três semanas, passara por várias alfaiatarias e lojas de costura em busca de trabalho, e, à noite, havia dormido perto de uma vala no distrito dos ourives, sentindo o cheiro dos braseiros de carvão que eram usados para filigranar o metal brilhante e amarelo durante o dia e, à noite, sendo incomodada por porcos e ratos. Certa vez, um dos ratos havia tentado mordiscar sua orelha enquanto Savitha dormia. Ela comia o que conseguisse achar: a parte interna das cascas de banana que alguém jogasse fora, um pão roti meio mordido, uma fatia de coco do templo de Kanaka Durga. Perto do final do primeiro mês, ela foi até uma banca de chá num beco estreito que dava para a Annie Besant Road e ficou parada ao lado de um grupo de homens, olhando para as paredes manchadas de fuligem dos prédios próximos, para a tira estreita de céu iluminada pelo sol nascente e para as roupas nos varais que ziguezagueavam entre os prédios, cortando o céu. Pensava no que fazer. Um homem se aproximou dela – um que nem havia notado no grupo compacto de outros homens – e lhe ofereceu um copo de chá. Savitha passou o olhar do chá fumegante e doce para o rosto dele. Era um sujeito de meia-idade, vestindo calças limpas e uma boa camisa, com o cabelo penteado e oleado.

– Tudo bem. Pode pegar.

Ela hesitou.

– Você está esperando por alguém?

– Estou. Pelo meu marido.

– E onde está o seu *mangalsutra*?

O BRILHO DO SOL QUE INVADIU A NOSSA CASA 181

Ela deu de ombros, e o homem riu. E foi nesse instante que Savitha se deu conta do seu erro: deveria ter levado a mão instintivamente ao pescoço, em busca do colar matrimonial. Mas o homem não fez nada além de soltar outro riso benevolente, e depois falou:

– Pegue. Esta banca serve o melhor chá da cidade.

Ela tomou um gole, depois outro, e mais outro. Esvaziou todo o copo. Primeiro, sentiu um pouco de tontura. Savitha imaginou que fosse por fazer tanto tempo que não comia direito, mas, quando abriu os olhos, viu que estava amarrada a uma cama de cordas de cânhamo dentro de um cômodo cheirando a umidade, com paredes de concreto e sem janelas. Havia cordas prendendo seus pulsos e tornozelos. E, por mais que se contorcesse e gritasse, ninguém apareceu; e as cordas também não cederam. Depois do que lhe pareceram dias inteiros, alguém entrou na cela. *Um garoto*, pensou ela, mas não pôde ter certeza, porque estava escuro do lado de dentro e também escuro fora do cômodo. Ele correu a mão pela cama, depois pelo rosto de Savitha. Quando encontrou seu nariz, apertou-lhe as narinas até fazê-la abrir a boca, e então derramou mais do líquido amargo em sua língua, dessa vez sem o disfarce do chá.

Savitha mergulhou outra vez num sono profundo.

Três ou quatro dias mais tarde, ou talvez um mês, a porta se abriu pela segunda vez. Agora, uma linha tênue de luz amarela invadiu o cômodo, e Savitha viu que era uma garotinha. Ela arrastava pela alça um balde pesado demais para o seu tamanho, fazendo a água respingar no chão e na parte da frente do vestido esfarrapado. Savitha ainda estava grogue, o corpo fraco, mas disse a si mesma: *Fale com ela. Fale com essa menina. Diga a ela que você fará qualquer coisa, qualquer coisa.* A boca se abriu, ou ela supôs que havia se aberto, mas não saiu nenhum som. Savitha se concentrou mais, fechou os olhos, toda a atenção focada na névoa, no peso que havia em sua mente, e ordenou a si mesma: *Fale.*

– Por favor – finalmente conseguiu sussurrar. – Me desamarre.

182   SHOBHA RAO

A menina não pareceu ter ouvido. Continuou passando um pano úmido pelas pernas de Savitha, no meio delas, nas axilas, no peito. *Meu peito*, pensou Savitha. A tira do sári que começara a tecer para Poornima ainda estava lá? Será?

– O tecido – articulou, a voz rouca. – Está aí?

Mas agora a menina o encontrara. Ela o ergueu até a altura do rosto, pareceu cheirá-lo uma vez, depois o atirou para um canto. Savitha emitiu um lamento comprido, de bicho ferido. A menina não lhe deu atenção. Continuou fazendo seu trabalho, o pano úmido sendo esfregado no pescoço de Savitha, em seus braços. Quando ia passá-lo nas suas mãos, Savitha agarrou-a pelo antebraço. E a puxou para perto, de modo que conseguisse enxergar o rosto de menina à luz fraca que entrava pela fresta da porta. Encarou-a diretamente nos olhos. Os olhos da menina a encararam de volta, mas estavam inabaláveis; vazios, cinzentos, como se o pó das paredes de concreto tivesse se acumulado dentro deles. Um alarme soou na mente de Savitha, abrindo caminho em meio à confusão, à raiva, à incoerência, ao ardor, e ela disse:

– Você não está me ouvindo?

A menina soltou o próprio uivo, ainda mais animalesco, ainda mais ferido. E foi então, com *esse* som, que Savitha começou de fato a entender as cordas que a amarravam, seu aprisionamento, e que começou a enxergar o quadro completo, a totalidade da sua sina. Foi então que percebeu que não havia sido nem astuta, nem sábia: aquela menina era surda-muda, e o garoto de antes, cego.

Ela lutou. Puxou os pulsos e os tornozelos, mas isso só fez as cordas se apertarem mais. Bateu a cabeça contra o cânhamo da cama, gritou, chorou. Mordeu e abocanhou a corda entre os dentes. A boca estava distante demais para conseguir fazê-la se partir, mas Savitha segurou e mastigou as pontas que conseguiu agarrar até suas gengivas sangrarem. Ao sentir o gosto de cobre, pensou: *Ótimo*. E, em seguida: *Quanto*

tempo deve levar para alguém sangrar até a morte? Para sair todo o sangue?.
As drogas, ela cuspia, engasgava-se, forçava ânsia de vômito a cada vez que o garoto virava o copo na sua boca. Foi a essa altura que ele começou a usar uma seringa – quase sempre espetando a agulha na sua barriga, mas, caso ela se contorcesse demais, fincando-a direto nas nádegas. Mas, mesmo em meio à névoa, mesmo desorientada, Savitha conseguia enxergar claramente as extremidades da cama, os cantos escuros do cômodo, e, na umidade daquelas paredes sem janelas, toda a beleza que havia perdido: a luz do sol, o vento, a água.

Entre rompantes de sono, suor, despertar e vômito, havia outras lembranças que iam e vinham por cima de tudo isso, como um sopro de ar puro. Havia o cintilar do templo na Indravalli Konda, o aroma do arroz recém-cozido, os pregões dos vendedores de flores, derramando pétalas pelas ruas, as palavras de uma coruja, a sensação do tear, do fio, a sensação de ver surgir, de dar forma, de *transformar-se* numa coisa palpável. Savitha era capaz de ter tecido um rio; de ter tecido um mar. Por que estava ali deitada? Por quê?

A porta se abriu, pouco depois de a menina tê-la limpado de novo. Dessa vez, era um homem que nunca vira antes. Embora, na verdade, remelenta, fraca, encharcada e drogada como ela estava, o vulto na sua frente pudesse até mesmo ser seu pai.

Só que não era.

Esse homem – que com o tempo ela descobriria se chamar Guru – deixou a luz invadir o cômodo. Savitha apertou os olhos. Ele se aproximou da cama com um sorriso discreto. Depois, pousou uma faca na beirada, quase ao alcance dos dedos dela. Apesar da debilidade do seu estado, uma farpa de algo selvagem, um caco de alguma lucidez, perfurou a margem da sua consciência. Savitha arremessou-se na direção da faca, quase fazendo a cama tombar. Ela sacudiu com força o corpo para um lado e para o outro, para um lado e para o outro, até a faca cair no chão com um estrépito. Guru a ignorou. Ele caminhou até o canto do cômodo, onde ainda jazia o sári que começara a fazer para Poornima, e o cutucou com a ponta do sapato. Inclinou de leve o corpo, para poder olhar mais de perto, mas mantendo o rosto afastado do tecido, como se ele fosse um pedaço de carne podre. E então, sorriu e disse:

– Eu conheço esse tipo de trama. É bem típico. Você é de Indravalli, não é?

Savitha não respondeu. Ele andou de volta até a cama. Seu sorriso ficou mais aberto. Ela ergueu os olhos para encará-lo, xingou-o, implorou, já pressentindo o que estava por vir.

– Você fede – disse ele, placidamente. – E não há nada pior do que uma mulher fedorenta. – Guru apanhou a faca e estudou a lâmina com toda atenção. Depois de uma longa pausa, disse: – Talvez exista uma coisa. Só uma. E essa coisa é uma mulher desobediente.

O homem baixou a lâmina e deslizou a ponta afiada pelo rosto de Savitha, pelo pescoço. Depois, puxou para cima as dobras do seu sári; a blusa caiu ao lado da cama, em farrapos. Ele acompanhou com a lâmina da faca o contorno dos seios, passou na parte de baixo, entre eles.

– Não tem grande coisa aqui, não é mesmo? – falou, baixando os olhos, e, em seguida: – Você vai obedecer, não vai? Não vai, querida?

Encarando-a nos olhos, quase com doçura, ele cuspiu no seu rosto. O cuspe, em meio ao torpor, ao medo que ela sentia, foi bater no canto da sua boca e na bochecha mesmo Savitha virando o rosto para evitá-lo. Guru o esfregou por seu rosto todo.

– Ficou uma mancha, está vendo?

Então foi embora.

A gosma espessa de cuspe secou, repuxando a pele da bochecha de Savitha. O homem havia mascado bétele; ela passou horas sentindo o cheiro no ar.

Eles desamarraram as cordas, mas a mantiveram presa no quarto. Cuidavam para que estivesse sempre entorpecida – se o garoto

O BRILHO DO SOL QUE INVADIU A NOSSA CASA   185

com a seringa se atrasasse, ainda que por alguns minutos, Savitha começava a esmurrar a porta, trêmula, implorando como louca, a pele em brasa – até que, depois de lhe aplicarem uma boa dose, eles a deixavam passar pela abstinência. Quando enfim permitiram que saísse de sua cela (um mês depois? Dois?), Savitha tinha perdido quase dez quilos e estava com o rosto cinzento e descarnado. Tufos grandes do seu cabelo haviam caído. Ela tinha hematomas na pele, os pulsos e os tornozelos estavam vermelhos e inflamados, as feridas das cordas não haviam cicatrizado ainda. A cafetina lhe lançou um único olhar de censura e estalou a língua, como se Savitha fosse uma criança malcomportada que estivesse chegando atrasada para o jantar.

E Savitha só baixou a cabeça, acreditando ser mesmo essa criança.

Seu primeiro cliente foi um homem de meia-idade, talvez com quarenta ou 45 anos. Ele trabalhava num escritório – Savitha soube disso só de olhar para a calça e camisa alinhadas, o relógio de ouro, os pés limpos. Restos de uma linha cinzenta podiam ser vistos na sua testa – ele mesmo havia conduzido a *puja* da manhã, ou fora sua esposa?

O homem agiu furtivamente no início, mas, depois, sentou-se ao lado dela, na beira da cama, e disse:

– Me dá um beijo?

Savitha o encarou.

– Eu não sei fazer isso – respondeu, com uma franqueza tal que o homem quase pareceu murchar ao ouvi-la.

– Venha cá – disse ele, por fim –, eu lhe mostro como é.

Depois, a mecânica da coisa se tornou rotineira: os cinco ou seis clientes diários, o estalar de língua e as recriminações constantes da cafetina, as conversas e os risos e as picuinhas e o silêncio das outras garotas, cujos nomes Savitha tentava lembrar sem nunca conseguir fazer isso, como se sua mente tivesse derretido, desabado, desistido. Como se tivesse renunciado a algo essencial – um reino, súditos, o próprio trono – já que até mesmo o sangue das suas veias sucumbia, sem disposição para carregar a enormidade de ter uma memória, a tristeza de aprender novos nomes.

Mas uma coisa permanecia, constante, reconfortante: a trama do tecido sobre o qual ela se deitava. Enquanto os homens a violavam, enquanto empurravam seu rosto contra o lençol – áspero, barato, comprado numa das bancas espalhafatosas de Governorpet –, Savitha fechava os olhos e afundava nele o rosto, as costas, os joelhos, as palmas das mãos, o máximo que podia. O cheiro da trama urdida, puída pelo uso, embebida de sêmen, enchia suas narinas. Ela era obrigada a conter as lágrimas. A conter os pensamentos sobre Poornima. Abafar no peito a sua meninice dilapidada nos lixões. Represar o pai, a mãe, as irmãs, os irmãos perdidos no mundo. O cheiro lamacento do rio Krishna, a risada das lavadeiras, o tremular do *deepa* no templo, a escuridão da cabana dos teares, o luto interminável. Mas se havia algo que ela libertava, que deixava alçar voo como um pássaro saído da gaiola, essa coisa era o movimento das suas mãos no tear.

Ela se permitia ter essa recordação.

Uma vez, ainda criança, Savitha estivera nas plantações de algodão que ficavam nos arredores de Indravalli, a caminho de Guntur. A mãe arranjara trabalho na lavoura durante o verão, e Savitha ia trotando atrás dela, pulando para pegar as bolas colhidas, querendo ajudar. Ela era muito pequena para isso, mas uma das bolas de algodão escapou da mão da mãe e Savitha soltou um gritinho de euforia ao agarrá-la, como se tivesse conseguido arrancar um pedacinho de nuvem. Quando puxou o *pallu* do sári da mãe e exibiu o algodão como se fosse um troféu, mal conseguiu captar a atenção dela. Sem olhar direito na sua direção, a mãe dissera: "Fique com ela para você. É disso que o seu vestido é feito". Ao ouvir essas palavras, Savitha postou-se imóvel no meio da plantação de algodão, o ar quente por causa do sol de verão. Ela baixou os olhos para a bola que tinha nas mãos, macia e cheia de sementes, e depois correu o olhar pelas fileiras intermináveis delas, como se fossem pequenas luas brancas e redondas contra o céu, tão

O BRILHO DO SOL QUE INVADIU A NOSSA CASA   187

especiais, tão fora de alcance. Depois, lançou um olhar para o próprio vestido cor-de-rosa desbotado, puído na barra, sujo, mas, ainda assim, um vestido. *Como?*, pensou. *Como este pedacinho de fofura cheio de sementes marrons pode se transformar no meu vestido?* Imaginou que isso devia ser um segredo, um segredo que só os adultos sabiam. Ou, mais provavelmente, algum tipo de mágica. De todo modo, era um mistério. E seguiria sempre sendo um mistério, até mesmo depois que ela cresceu e passou a se sentar diante da *charkha*, e depois ao tear, e depois ao lado de Poornima, dividindo uma refeição que seu trabalho de tecelã havia, pelo menos em parte, tornado possível comprar. Comprar *comida*. Transformando-se, portanto, num mistério ainda maior: de bola de algodão para tecido para alimento para amizade.

E, esse mistério, ela guardara consigo. Ao longo de todos aqueles anos. Desde aquele dia na plantação, até ali. Ela o manteria junto de si pelo tempo que passasse no bordel, escondido na fronha do seu travesseiro. Junto com o sári que começara a tecer para Poornima (e que ela havia exigido aos gritos que lhe devolvessem, no meio de um dos ataques de fúria provocados pelas drogas, até que alguém – não por bondade, mas para fazer com que se calasse – o encontrou jogado num canto do cômodo de concreto, pescou-o usando os dedos dos pés e o atirou na sua cara).

E ali estavam, portanto: o mistério do tecido, e o tecido em si. Ela podia sentir os dois, ardendo – como ardem os mistérios – por dentro da fronha do seu travesseiro.

2

A segunda vez que viu Guru foi alguns meses mais tarde. Uma das garotas ficara doente. Um cliente havia lhe passado uma infecção, e ela estava prostrada na cama ardendo em febre, cheia de bolhas vermelhas nas coxas e na virilha, sem conseguir engolir nem um gole de leitelho. As outras garotas se amontoaram ao seu redor.

– Temos que chamar o médico! – gritou uma delas.

O grupo se agitou. A cafetina abriu caminho até a cama.

– É domingo – falou ela. – Teremos que pagar uma taxa extra. Domingo.

Dias da semana ainda existem, Savitha se deu conta de repente. *O tempo ainda existe.*

Algo pinicou sua mente. Algo pequeno, por trás dos olhos, se enrijeceu.

Guru chegou no fim daquela mesma tarde. A cafetina havia telefonado. As garotas se amontoaram em volta da cama novamente. Dessa vez, Savitha reparou que os sapatos dele tinham saltos discretos, e que seus dentes eram alaranjados por causa do bétele.

– Você me chamou aqui por causa *disso*? – ralhou ele.

A cafetina torcia as mãos.

– É o pior caso que já vi.

O BRILHO DO SOL QUE INVADIU A NOSSA CASA   189

Ele estudou o rosto lívido da garota, os lábios rachados e sanguinolentos por causa da febre.

– Ela era uma das mais procuradas?

– Ela é – foi a resposta da cafetina.

Guru observou-a um pouco mais, então deu meia-volta, caminhou na direção da porta e disse:

– Deixe que morra.

Savitha ficou olhando enquanto ele saía do quarto. A garota gemeu dormindo, como se tivesse ouvido aquelas palavras, embora isso fosse impossível. Não em meio a tantas camadas de calor, abatimento e devastação. "Deixe que morra." As palavras pairaram no ar por um instante e depois iniciaram outra jornada, agora serpenteando por entre as camadas de calor, abatimento e devastação que Savitha carregava em si mesma. Seus olhos se arregalaram; eles doeram, sob aquele novo facho de luz. Havia outra porta, ela se recordou, uma porta escondida. Que guardava todos os seus tesouros. E essa porta havia permanecido fechada durante a banca de chá e o cômodo de concreto e as drogas, durante todos os homens, um após o outro. E foi essa porta que as palavras de Guru conseguiram atravessar.

Savitha observou o quarto.

A impressão que teve, olhando assim, foi de que todas elas não passavam de crianças, crianças esperando pela morte. Mas, no instante seguinte, pensou: *Não. Não, somos todas velhas. Mulheres velhíssimas, arruinadas pelo tempo, esperando pela morte.*

E foi esse pensamento que trouxe todos os outros. Uma verdadeira avalanche – não tanto pelo seu número, mas por causa da precisão com que a atingiram.

O primeiro deles foi: ela não podia ficar ali. Esse não era um pensamento muito óbvio, não no seu caso. Desde que havia sido estuprada pelo pai de Poornima, Savitha se vira vagando por algo que parecia a vida, mas não era realmente a vida. Um véu tinha caído junto com a mão dele pressionada contra sua boca. Um desvanecimento também, enquanto ele a forçava a abrir as pernas. Um galho se partira – o galho de onde brotavam todas as coisas, o galho de onde cada banana, cada esperança, cada riso nascia – no momento em que Savitha olhara para o rosto dele e, de alguma maneira, por mais tênue que fosse, vira o rosto da amiga. Depois disso, que diferença faria onde ela ia morar, ou comer, ou sorver o pouco de ar que ainda sorvia? Que diferença poderia fazer? Portanto, agora, quando lhe ocorreu o pensamento de que precisava ir embora, que *tinha que* ir, Savitha se deu conta, surpresa, de que estava começando a viver novamente. De que fazia, *sim*, diferença. De que tinha passado para o lado da vida outra vez.

O segundo pensamento foi: ela precisava driblar Guru. Savitha se lembrava de que, meses antes, um dos clientes quisera usar o braço de madeira de um pilão nela, e que quando saíra correndo do quarto, apavorada, a cafetina a empurrara de volta, dizendo:

– Seria uma lástima se alguém quebrasse os dedos do seu pai, não seria? Ou se suas irmãs acabassem vindo parar aqui também?

Aquela cafetina não havia conseguido essas informações sozinha. Elas vinham de Guru. Disso, Savitha tinha certeza. E, sim, por mais que tivesse passado a maior parte dos últimos meses dopada, Savitha se mantivera consciente o bastante para perceber que aquele negócio não envolvia uma única casa, uma só cafetina ou empreendimento. De jeito nenhum. Havia um líder – Guru –, havia os tenentes dele, como a cafetina, e os soldados rasos, como o homem que lhe oferecera chá na banca, o garoto que aplicava as injeções, a menina que a limpava, e também outra pessoa, que havia ido até Indravalli para fazer perguntas, certificando-se de que ninguém tentaria ir atrás dela – ou ao menos ninguém que tivesse dinheiro, poder ou forças (essas três coisas sendo, no fim, uma só) para encontrá-la.

O terceiro e último pensamento foi: ela precisava de uma vantagem. No mundo, existiam só algumas vantagens definitivas. Savitha obviamente não dispunha de nenhum dinheiro, sua única habilidade era saber tecer, e ela mal conseguia ler ou escrever. Isso a deixava com apenas um recurso possível: seu corpo. *Meu corpo, meu corpo*, pensou, baixando os olhos para a casca vazia e desgastada da garota que um dia havia sido, o peito ainda pequeno, as mãos ainda grandes, a pele ainda escura. Ela então foi até a frente do espelho – um espelho pequeno e redondo, emoldurado em plástico verde, que ficava pendurado num prego na parede em frente à cama. Savitha nunca havia olhado para ele, nem uma vez, mas agora pegou o espelho e examinou o próprio reflexo. Os olhos, os lábios, o nariz. A curva das bochechas, o movimento dos cílios. Ela aproximou o espelho, depois o afastou. Inclinou-o e voltou a endireitar. E olhou. E ali estava, bem ali. O que era?

– Pare – falou em voz alta, para o vazio do quarto. – Fique parada bem aí.

E ficou parada bem ali. E foi bem ali que viu. Será que estava lá desde sempre? A luz que trazia dentro de si. Como havia conseguido resistir àqueles últimos meses? Como havia se mantido acesa? Fosse como fosse, essa luz era maior do que o seu corpo, maior do que todo o resto. Savitha riu, talvez pela primeira vez desde a noite na cabana dos teares, ao notar a luz. Ao saber que era sua.

Nos dias que se seguiram, ela ficou observando as outras garotas do bordel; olhando atentamente para o rosto delas, para os olhos. Havia cinco que já estavam lá há mais tempo do que Savitha, e uma que chegara apenas no mês anterior. E não viu em nenhuma delas. Nem uma sequer. A luz daquelas garotas havia se apagado. Mas a sua... Ah, a sua brilhava forte.

Portanto, já eram duas as suas vantagens: Savitha podia contar com o seu corpo, e podia contar com a sua luz.

Agora, devia esperar por uma oportunidade. A cada lua cheia, Savitha erguia os olhos para o céu.

Levou quase o ano inteiro, mas, numa noite do inverno, quando Guru apareceu para conferir os livros de registros, ela ficou esperando do lado de fora da sala da cafetina. Ele estava dizendo a ela algo sobre ter contratado uma pessoa nova para fazer a contabilidade, alguém que parecia ser de confiança, então ele riu, e o resto da conversa ficou abafado. Quando Guru saiu, Savitha postou-se à sua frente. Ele foi pego de surpresa pelo gesto, ou ao menos foi isso que ela imaginou ao flagrar o tremor no canto da sua boca, embora não tenha havido nenhum outro movimento ou palavra denotando surpresa.

– Eu conheço você?

As garotas que o serviam eram mesmo muitas: um número maior do que ele era capaz de lembrar.

– Savitha.

– Savitha?

– Aquela em que o senhor cuspiu.

Guru pareceu ponderar sobre essa declaração, sobre as palavras em si, e o fato de terem sido ditas. *A ele.*

– Eu gostaria de uma banana – disse Savitha.

A essa altura, a cafetina já havia se aproximado com os olhos em brasa. Ela soltou um riso nervoso.

– É uma piadista. É bom ter garotas com senso de humor.

Savitha firmou os pés no chão. E retesou todos os músculos. Seus olhos incandesceram de volta. Guru pareceu achar a cena divertida. Ele balançou o corpo sobre os saltos dos sapatos, baixando os olhos à altura dos de Savitha, e falou:

– Você já ganha bastante arroz.

– Sim. Mas eu gostaria de uma banana para comer *junto* com o arroz. No arroz com iogurte.

Guru soltou um riso alto, que durou um bom tempo. E, depois que o riso terminou, sua voz saiu baixa. Pesada feito pedra.

– Venha comigo – disse ele. – Eu vou lhe mostrar como conseguir sua banana.

Savitha o seguiu para dentro da sala. Guru despachou a cafetina e fechou a porta. Depois, caminhou até a escrivaninha que ficava no meio do cômodo e abriu um dos livros grandes que estavam empilhados num dos cantos. Savitha nunca vira um livro daquele tamanho, as páginas repletas de linhas e colunas e números e todo tipo de anotação.

– Está vendo aqui? – falou Guru, apontando para uma fileira no meio de uma das páginas.

Savitha se debruçou sobre o papel. Não, ela não estava vendo. Pareciam marcas aleatórias.

– Isto aqui é quanto você fatura num mês. E, está vendo isso? Esses números são quanto você custa para mim. A diferença entre um e outro é o meu lucro. Entendeu?

Ela assentiu.

– Muito bem. Então, vai entender também que, para cada banana que quiser, você terá que atender um cliente a mais. Uma banana, um cliente. Certo? – Guru olhou nos olhos dela.

Savitha o encarou de volta.

–. Certo. Eu também queria saber como faço para sair daqui – falou ela.

Guru se sentou na cadeira que havia atrás da escrivaninha. Ele pousou as mãos no colo. Seu olhar estava cheio de pesar, ou talvez fosse doçura.

– Esqueça o que eu lhe disse sobre as mulheres que não obedecem. A pior coisa que existe é uma mulher que sabe o que quer. – Ele em seguida se levantou devagar, e contornou a escrivaninha. Os saltos estalando contra o piso de pedra.

– Vamos começar aqui – disse, e a conduziu para a pequena cama que havia num canto.

Savitha deitou-se de costas nela, mas Guru a fez virar de bruços e a possuiu nessa posição.

– Eu não gosto de rostos – falou.

☙ ❧

Nos meses que se seguiram, Guru a procurava todas as vezes em que ia ao bordel. Isso não acontecia com tanta frequência; em geral, ele costumava mandar que alguém levasse os livros até a sede, onde a contabilidade era feita. Em algum ponto fora da cidade, Savitha ouvira dizer.

Ele mandava buscá-la pelo nome.

A cada vez, perguntava a ela quantas bananas havia ganhado naquele mês. "Seis", ela respondia, "ou cinco." "Você gosta tanto assim de bananas?", indagava ele. "Elas impedem que eu esqueça", respondia Savitha. "Esqueça o quê?" E ela apenas sorria e se deixava arder, brilhando com força.

Na primavera daquele mesmo ano, Guru chamou Savitha ao seu escritório. Já haviam se passado quase dois anos desde que ela partira de Indravalli. Dessa vez, quando correu os olhos pela sala, viu que os livros de registros não estavam lá; só havia ele, atrás da escrivaninha, esperando.

– Sente-se – falou Guru. E, depois que ela fez isso, continuou: – Há um príncipe saudita.

– Saudita?

– É, de Arábia Saudita. É um país.

– Isso é uma história?

– Mais ou menos. Sim, é uma história, sim. Esse príncipe quer comprar uma garota. Jovem, mas não *muito* jovem. Você talvez seja a escolha ideal.

Savitha continuou ouvindo.

– Ele está oferecendo 100 mil rupias. Vamos dividir o valor entre nós dois. Depois de passar um ano ou dois lá, você estará livre.

Os olhos de Savitha se arregalaram. Cinquenta mil rupias! Isso daria para casar todas as suas irmãs; daria para comprar uma casa para os pais, quem sabe um palácio! Mas, espere um segundo… Por que Guru ia dividir o dinheiro com ela? Por que lhe daria um *paisa*, sequer?

– A questão é que… – prosseguiu Guru, hesitante, embora Savitha nunca o tivesse visto hesitar antes. – A questão é que ele tem gostos peculiares.

– Como assim?

– Ele gosta de amputadas.

– O que é uma amputada?

– Alguém com um dos membros faltando.

Savitha balançou a cabeça, confusa.

– Mas eu não tenho nenhum membro faltando.

Guru olhou para ela. Com um olhar demorado, cruel.

– Não. – Ela riu, atravessada por um calafrio ao se dar conta do que ele estava querendo insinuar. – Nunca.

Mas ele continuou a olhar. Esperando. Savitha pôs-se de pé num salto, o ar lhe faltando por causa do esforço.

– O seu valor, para mim, é mais ou menos um quarto dessa quantia – falou Guru. – Umas 25 mil rupias, digamos. Você faz ideia de quanto tempo levaria para conseguir comprar a própria liberdade?

Savitha pensou no livro, nas anotações, nos números. Pensou no custo que cada banana tinha.

– Não importa. Eu não vou…

– A questão, portanto – disse Guru, interrompendo-a –, é se você quer valer o que já vale, ou se quer valer mais.

Parecia não haver questão maior no mundo todo.

Savitha baixou os olhos para suas mãos e foi como se o seu olhar tivesse algo de profético, porque, quando perguntou qual dos membros, a resposta dele foi:

– Qualquer um. Uma das mãos, digamos. Qualquer uma. Você pode escolher.

A operação foi agendada para dois dias mais tarde, mas depois ficou decidido que seria feita no dia seguinte. *É menos tempo para eu mudar de ideia*, pensou Savitha. Ainda assim, ela passou a noite anterior inteira deitada na cama, acalentando sua mão esquerda, deixando que ela passeasse pelos contornos do seu corpo. Como era possível que fossem lhe tirar uma mão? Como poderiam fazer isso?, pensava Savitha. A palma, os dedos, os pequenos crescentes nas pontas de cada um deles. A quentura do sangue por baixo da pele de alguma forma já abreviada, perdida. As extremidades de um corpo, tão plenas de beleza quanto o seu centro pulsante. E ela concluiu naquele momento exato, resoluta, ali deitada na cama: *Não, eu não vou fazer isso, não vou permitir que façam*. Mas então, fitando a escuridão do quarto, a escura espera das suas irmãs, os dotes delas, Savitha soube que faria, sim. Que precisava fazer. Ela deixaria que eles a comprassem – que comprassem sua mão; não havia mais nada que pudesse lhes vender.

3

O nome era anestesia geral, mas a sensação para Savitha foi como a de uma luz se apagando, foi a da noite se abatendo sobre ela como uma bigorna. Quando despertou, o cotoco no seu braço esquerdo estava envolto em ataduras. O médico, inchado de orgulho, informou:

– Foi a mais limpa de todas. Ficou quase bonito.

Quando as ataduras saíram, Savitha sentou-se em seu quarto e ficou olhando para a cicatriz. *O que devem ter feito com minha mão?*, pensou. Para onde a teriam levado? Se alguém havia pago pelo cotoco, será que outra pessoa pagara para ficar com a mão?

Fosse como fosse, ela se deu conta de que, no fim, o seu único recurso *era mesmo* o corpo.

Com um esforço, conteve as lágrimas. Nunca mais poderia manejar o tear ou a *charkha*, mas por que teria necessidade de fazer isso? Com 50 mil rupias, ela poderia comprar todos os tecidos do mundo. Sáris de seda, de chiffon, ou mesmo debruados em ouro. Sáris que ela jamais imaginaria antes, e que agora poderia dar de presente de casamento às suas irmãs. Com esse pensamento em mente, tateou por dentro da fronha do seu travesseiro e pegou o sári que começara a tecer para Poornima. Ela o apertou contra o peito, afundou o rosto nas dobras do pano. Que motivo havia para sentir-se triste? Era apenas uma mão. *Imagine só a surpresa de* nanna, pensou. *Imagine a alegria dele. Tanto dinheiro.* E, mesmo assim, aquele pedaço incompleto de sári que estava agora em sua mão era, ela sabia – com uma certeza entrincheirada no seu coração, escondida numa gruta, alcançável apenas pelas águas mais escuras e paradas –, o presente mais genuíno que poderia haver. O que importavam aqueles que estavam por vir? Que importância tinham para ela? O importante mesmo era aquele, de tanto tempo atrás, os fios cor de índigo encontrando os vermelhos para fazer brotar um pedaço de beleza. Um pedaço de coragem.

Ao erguer a cabeça, Savitha notou uma mancha de umidade no tecido. Estava chorando. E o algodão, como é da sua natureza fazer, havia absorvido suas lágrimas.

Savitha estava à espera de que chegasse a sua passagem para as terras sauditas. Ela tentou arranjar um mapa, mas não conseguiu. Quando perguntara à cafetina onde ficava aquilo, a resposta fora:

– No deserto.

Devia ser, portanto, perto do Rajastão. O que não era assim tão longe. Embora tivesse lhe ocorrido que talvez longe fosse o melhor lugar para estar. Fora um erro ter voltado, ter ficado em Vijayawada, onde ainda era possível, quando ventava de um certo jeito, sentir o cheiro das águas do rio Krishna. Um cheiro que a fazia mergulhar na apavorante e dilacerante constatação do quão pouco tinha avançado, do quão perverso havia sido o seu destino: Savitha fora parar a não mais do que vinte quilômetros de Indravalli. *O que teria acontecido se tivesse ido até Pune?*, pensava. Olhando para o vazio na extremidade do seu braço esquerdo, perguntava a si mesma: "Será que eu ainda teria minha mão?". Mas, agora, ela estava prestes a ir bem mais longe; e chegar até muito mais longe para então poder voltar, e voltar *com dinheiro*, concluiu Savitha, era o que o corvo havia lhe ensinado naquela história tanto tempo antes: "Deixe que devorem você, mas trate de devorá-los de volta".

Dinheiro. O dinheiro faz você devorá-los de volta.

Ela não era mais considerada uma prostituta comum, agora figurava entre as especiais. O que isso significava? Savitha não tinha certeza. Ela não precisava atender tantos clientes, isso era uma das vantagens, porque o fetiche por amputadas não era assim tão comum – a maioria dos homens continuava preferindo garotas que tivessem os membros intactos. Apesar de que os clientes que *de fato* ela atendia pagavam mais, e se mostravam bem mais falantes do que os de antes: como se a mão faltante fosse um dispendioso facilitador de conversas, como se lhe desse a capacidade de compreender os meandros mais profundos da alma desses homens, seus medos mais obscuros. Savitha escutava de bom grado. Na verdade, ela se tornara uma ouvinte tão atenta que era capaz de detectar a tristeza de um homem – a *origem* dessa tristeza – no instante em que ele entrava no quarto. Era fácil. Um homem importunado pela esposa mantinha a cabeça erguida de um jeito pouco natural ao passar pela porta. Um homem que não fora amado na infância esperava que ela falasse primeiro. Um homem falido – que talvez tivesse gastado os seus últimos tostões para estar ali, com ela – segurava a maçaneta da porta por mais tempo do que o necessário.

Certa vez, ela atendeu um cliente que lhe confessou que havia passado um tempo na cadeia.

– Por ter assassinado o meu irmão – disse ele, embora não tenha dado mais detalhes.

Também contou que depois de três anos preso havia escapado, e que vivera mais de vinte como fugitivo.

– Em Meghalaya – falou –, escondido na floresta.

Isso tudo depois de ter sido o filho mais velho e mimado de uma família rica de mercadores de trigo.

– Eu não fazia ideia nem de como cozinhar arroz, que dirá de como poderia sobreviver ao relento.

Mas disse que no final aprendera a se manter nas florestas, e que começara a se dar conta de algumas coisas.

– Que coisas? – perguntou Savitha.

Mas, nesse ponto da história, o homem parou de falar. Savitha ficou esperando. Observando-o. Ele não *se parecia* com um fugitivo, embora ela não fizesse ideia de qual deveria ser a aparência de um. Sua expectativa era que ao menos fosse haver um ar mais selvagem, um ar atormentado, de alguma maneira, mas o homem à sua frente parecia bastante sereno, satisfeito, até, como se tivesse acabado de sair de um banho revigorante e tomado um belo café da manhã.

Por fim, depois de ter passado quase dez minutos em silêncio, o homem, com seus cabelos já ficando grisalhos e os olhos sombrios, escancarou os meandros sombrios que havia dentro de si para dizer:

– No quinto ano vivendo na floresta, percebi que não era mais capaz de sentir. Não apenas dor, ou solidão, ou desejo. Não eram só essas coisas; eu tinha deixado de sentir meu próprio coração. Você compreende? Ele ainda batia, mas era como se pudesse ser só uma pedra batendo contra outra pedra.

Pelo décimo primeiro ou décimo segundo ano, contou o homem, ele já não era mais humano.

– Eu pegava os animais em armadilhas ou usando um arco e flecha tosco que tinha feito, e os matava sem pensar duas vezes. Estrangulava-os, quebrava o pescoço olhando nos olhos deles, sem sentir coisa alguma. Nem mesmo triunfo. Eu afundava o crânio com as mãos, e era como se estivesse partindo a casca de uma noz.

Quando estava perto do vigésimo ano, o homem relatou, ele já não tinha lembrança de qualquer outra vida que não fosse aquela de fugitivo. Havia traços de memória, explicou, dos tempos antes da fuga. Imagens vagas da vida na cadeia, e outras ainda mais vagas de ter sido filho, irmão.

– Era como se eu tivesse nascido para ser aquilo ali: um fugitivo. Mais do que isso. Como se eu tivesse *nascido* um fugitivo. Você está me entendendo?

Dessa vez, Savitha entendeu em parte.

– De tempos em tempos, eu conhecia outros fugitivos. Às vezes, até tribos deles. Mas em geral me deixavam em paz. Não faziam perguntas. Perguntas são para serem feitas aos vivos, e eles podiam enxergar claramente que eu estava morto. No começo do vigésimo quarto ano – prosseguiu o homem –, eu comecei a falar com o universo. Não apenas falar, mas a dar ordens. Eu era capaz de fazer as nuvens se abrirem. Eu conseguia fazer um peixe nadar até mim, para a minha mão, sem ter nada nela que não essa vontade. Ou de fazer o vento parar de soprar. E me lembro de uma noite, nas profundezas da floresta... Lembre-se de que eu não podia me aproximar nunca de um posto da guarda florestal, ou de um vilarejo, por menor que fosse... Eu estava dormindo e fui despertado por um ruído estranho. Quando me sentei e olhei em volta, me deparei com uma naja. Eu havia feito uma espécie de machadinha, e comecei a tatear ao redor atrás dela. Mas a naja foi mais veloz. Ela agarrou minha mão no instante em que toquei na machadinha e disse: "Você não pode me matar duas vezes", o que me fez perceber que essa naja era meu irmão. E, em seguida, ela falou: "Quero que descubra uma coisa para mim". Fiquei esperando. Achei que ele, ou ela, iria me pedir que descobrisse se nossos pais estavam bem, ou se o destino e o acaso eram forças opostas ou aliadas, ou se nosso ciclo de sofrimento na terra um dia teria mesmo fim, mas, em vez disso, a naja falou: "Descubra a profundidade do solo da floresta".

"Eu indaguei: 'A profundidade?'.

"'Sim. Eu tentei, entenda. Tentei ir serpenteando até o fundo; é isso o que fazemos, afinal, nós, as serpentes. Mas não consigo encontrá-lo. É como se pudesse ir cada vez mais fundo, sem parar nunca. Como se talvez não exista um fundo. Mas tem que haver um. Talvez a floresta vá até o centro da Terra, ou talvez até um lugar ainda mais obscuro. Ou mais quente. Você não acha?'

"'Não, eu não acho.'

"'Nem eu', retrucou a naja, e escapou floresta afora."

E nesse ponto, o homem – que claramente não era mais um fugitivo, sentado como estava, no quarto de Savitha – olhou para ela, talvez enxergando-a pela primeira vez, e falou:

– Foi então que decidi sair da floresta, logo ao amanhecer. Porque, perceba, a naja não queria uma resposta; ela não queria descobrir coisa alguma, e por certo não estava interessada em descobrir a profundidade do solo da floresta. O que ela queria era me mostrar que não existe um fim para a culpa, para o preço que pagamos, que, no fim, nós somos a floresta, e a nossa consciência, o nosso inferno, é o fundo dela.

O homem a encarou. Savitha pensou que talvez ele estivesse esperando que dissesse alguma coisa; mas não, ele só estava olhando.

– Eu fui até o posto da guarda florestal mais próximo naquela manhã. Logo que o dia clareou. Entrei em cheio pela porta e disse a eles quem era e o que havia feito. No primeiro momento, não acreditaram em mim. Um sujeito que aparecera para dizer que tinha vivido 25 anos embrenhado na floresta... Por que eles acreditariam? Nem sequer achavam que uma coisa dessas fosse possível. Mas, depois de terem discutido um pouco entre si, os guardas me levaram até a Delegacia de Polícia de Shillong. E, lá, era *necessário* dar parte do acontecido. Ligaram para a Polícia de Guntur, mas os policiais de lá disseram que o fórum antigo, onde eram guardados todos os arquivos da justiça criminal, tinha sido destruído por um incêndio havia muito tempo, anos, e que os seus próprios arquivos policiais da época, encaixotados numa embolorada salinha nos fundos, tinham sido roídos pelos ratos, e que, portanto, não havia registro a meu respeito. Em lugar nenhum. O policial desligou, olhou para mim e explicou tudo o que tinham lhe dito na Polícia de Guntur, quase que pedindo desculpas. E falou que eu estava liberado.

– E o que fez depois? – indagou Savitha.

– Eu fui para casa – respondeu o homem. – Mas, àquela altura, o meu pai e a minha mãe já tinham morrido. De desgosto, dizem por aí. Mas isso é o que as pessoas escolhem acreditar. Soa mais romântico. Se me pedissem para arriscar um palpite, eu diria que meu pai morreu de raiva e, minha mãe, de tédio. Eles passaram o fim da vida sem filhos, isso é verdade, mesmo depois de terem gerado dois meninos. Eu queria ter podido pedir perdão a eles. Eu queria ter podido muitas coisas. Mas eles, também, devem ter ficado procurando o fundo da floresta.

E, tendo dito isso, o ex-fugitivo que agora era um cliente, embora não houvesse tocado Savitha nem uma vez, com o rosto plácido como a superfície de um lago, falou:

– E você? Como foi que perdeu a mão?

4

A passagem para as terras sauditas não chegou nunca. Guru mandou chamar Savitha ao seu escritório três meses após a operação e lhe disse que o príncipe havia encontrado uma candidata mais adequada.

– Mais adequada? – perguntou Savitha. – O que quer dizer com "mais adequada"?

– Pelo que eu soube, ela não tem uma perna.

– Ele lhe falou isso?

– *Ele* não me falou coisa nenhuma. Os seus serventes disseram.

A sua mão esquerda – a mão fantasma que nas últimas semanas ela vinha sentindo como se ainda estivesse ali – se crispou. E verteu sangue.

– E quanto ao dinheiro?

– Esqueça as 100 mil rupias. Eu tenho um negócio melhor.

Savitha continuava sentada diante da escrivaninha dele, mas o desânimo permaneceu. Estava cansada. Cansada de negócios. Cada instante na vida de uma mulher era um negócio, eram transações envolvendo seu corpo: primeiro pelo desabrochar dele, depois para que murchasse; primeiro para que sangrasse, depois pela sua virgindade, depois pelas crias que parisse (desde que fossem meninos) e então para que enviuvasse.

– Mas esse é num lugar bem mais distante – falou Guru, girando uma caneta entre os dedos.

Savitha esperou que sua exaustão, seu desespero, passassem. Então disse:

– Mais distante é melhor.

– Primeiro, haverá um visto temporário. Depois eles encontrarão uma maneira para você ficar. Ou poderá voltar, se quiser.

– E para que me querem? – perguntou ela, com medo da resposta.

– Para fazer faxina. Em apartamentos. Parece que as faxineiras de lá cobram tão caro que sai mais barato comprar gente daqui.

– Mas como eu vou... – começou ela.

Guru, sem lhe dar a chance de terminar, cortou:

– Eu disse a eles que você trabalharia duas vezes mais depressa.

– Onde?

– Nos Estados Unidos. Um lugar chamado Sattle. E o dinheiro é bom, também.

Ao contrário da terra saudita, os *Estados Unidos* ela conhecia. Todo mundo conhecia. E era mesmo bem distante. Muito, muito longe. Do outro lado do mundo, Savitha ouvira alguém dizer uma vez.

– Quanto? – indagou.

– Vinte mil. Dez para você, dez para mim.

– Mas isso não é nada! O senhor mesmo já disse que eu valia mais do que isso.

Guru pousou a caneta. Ele recostou o corpo na cadeira e sorriu.

– Dólares, minha querida. Dólares.

Mas por que Guru dividiria o dinheiro comigo? Por que precisaria fazer isso? Essas foram as primeiras coisas que passaram pela cabeça de Savitha, sentada ali diante dele, vendo o brilho da avareza em seus olhos. E a segunda foi: *Ele não vai dividir, claro que não.* Mesmo assim, o que a incomodava não era o fato de Guru estar mentindo, o que no fim das contas não fazia diferença, ou o tanto que ela havia demorado para se dar conta disso, mas sim o fato de que ela, *ela*, havia tocado no assunto do *valor.*

O homem que a comprara era télugo, Savitha ficou sabendo. Na tal cidade dos Estados Unidos, lhe disseram, ele era dono de centenas de apartamentos, de alguns restaurantes e até de uma sala de cinema. *Quem sabe eu finalmente entre num cinema*, pensou ela, não com entusiasmo ou amargor, mas com uma espécie de vergonha. Agora ela precisaria sempre ficar sentada à esquerda de Poornima, se deu conta, para que as duas pudessem se dar as mãos nas partes assustadoras do filme. O homem que queria comprá-la tinha duas filhas e um filho. A filha era casada com um médico, um médico famoso, do tipo que sabia deixar os peitos das mulheres maiores ou seus narizes menores. Savitha nunca tinha ouvido falar de algo assim, nem sabia que existiam médicos que faziam essas coisas, mas ficou pensando se os pedaços a mais dos narizes das tais mulheres iriam para o mesmo lugar que a sua mão tinha ido, ou se os pedaços a mais dos seios vinham desse lugar também. Os filhos homens ajudavam o pai a gerir seus muitos negócios, e Savitha não ficou sabendo se eram ou não casados. O homem que vivia nos Estados Unidos tinha uma esposa que era de Vijayawada, e era por isso que eles tinham ficado sabendo a respeito de Guru. Essa esposa era uma mulher muitíssimo devota, envolvida em obras beneficentes por toda a cidade, que estava sempre dando dinheiro aos pobres e aos doentes, e que, todos os anos, doava 1 milhão de rupias para o Templo de Kanaka Durga, junto com um conjunto novo de enfeites de ouro para a divindade.

E, então, Savitha ficou sabendo sobre uma coisa chamada taxa cambial.

Guru, ao fechar esse negócio, lucraria mais de 1,3 milhão de rupias. Essa era uma soma de dinheiro que Savitha sequer conseguia imaginar, e ela sorriu junto com ele quando o ouviu dizer: "Nós dois poderíamos *comprar* Indravalli".

Depois de um instante, Savitha indagou por que ela, por que alguém com uma mão só e não uma das outras garotas, alguma que tivesse ambas as mãos; elas certamente aceitariam ir para os Estados Unidos, e era óbvio que seriam melhores faxineiras. Os olhos de Guru cintilaram.

– É aí que está a beleza da coisa – disse ele. – Só *você* pode ir.

Pelo jeito, essa parte tinha a ver com algo mencionado por ele mais cedo, algo que se chamava visto. Existiam vistos para finalidades diferentes, um para poder visitar os lugares, outro para trabalhar neles e um terceiro para poder estudar lá. E havia também um visto para receber tratamento médico.

– Que tipo de tratamento? – Savitha quis saber.

– O tipo que você vai receber – respondeu Guru. – Ou, pelo menos, é isso que vão dizer à autoridade que for. – Ele então acenou com a cabeça na direção do cotoco no seu braço esquerdo, que Savitha havia pousado no colo. – Vão dizer que você precisa ir aos Estados Unidos para fazer uma operação especial, que só pode ser realizada lá. Um médico daqui e um de lá... o genro do homem, acho... vão atestar a necessidade de um tratamento médico *americano*. E, depois que você estiver no país, o resto será fácil.

– Mas eu vou fazer a operação? Eles vão me conseguir uma mão nova?

Guru olhou para ela com algo que era como se fosse incompreensão, ou talvez mesmo um quê de desdém.

– É claro que não, sua burra. Não *existe* operação nenhuma. Você vai para fazer faxina.

Então, ela iria para fazer faxina. Isso era bom. Melhor do que deitar-se com homens. Mas uma coisa que Guru havia dito ficou ecoando na sua cabeça. Não, *ecoar* seria se ela estivesse ouvindo mentalmente a voz dele outra vez. E não era isso. Era a sua própria voz, repetindo e repetindo a frase sem parar: "Só você pode ir".

Só você pode ir. O que essas palavras significavam? Elas queriam dizer que, de todas as garotas em todas as casas mantidas por Guru, só ela podia ir. E por quê? Porque só ela tinha uma mão faltando – talvez houvesse outras garotas mais bonitas, ou mais fortes, ou mais meigas; talvez elas tivessem a pele mais clara, ou os seios maiores, ou os cabelos mais cheios e mais compridos, os quadris mais arredondados; mas só ela podia ir.

E qual era o significado disso?

Savitha sorriu.

Isso significava que ela tinha *poder*.

– Eu não vou – disse ela para Guru, uma semana mais tarde.

Os olhos dele se arregalaram, alarmados. Ele soltou um riso nervoso.

– Como assim, não vai? Pense no dinheiro.

– Estou pensando.

Ele era como um animal na escuridão, Savitha pensou. Com os olhos vasculhando a floresta atrás de qualquer movimento, qualquer ruído.

– Você está com medo de que eu não lhe dê o dinheiro? Como pode pensar isso? A questão é que só vou receber depois que você estiver lá. O pagamento é feito na entrega. Como uma mercadoria, entende?

Não era como uma mercadoria, ela pensou.

– Eu vou sob uma condição – disse.

Ele relaxou o corpo na cadeira. Ergueu o braço, num gesto magnânimo.

– As minhas irmãs mais novas. Eu quero que o senhor dê aos meus pais dinheiro suficiente para os dotes delas. Quero que lhes dê dinheiro para uma casa nova. Quero que lhes dê dinheiro para sustentá-los pelo resto da vida.

O riso dele foi como um rosnado. Ela permaneceu sentada, sem se mexer. Ele olhou para o rosto de Savitha, depois para a força da única mão pousada em seu colo, e parou de rir.

– Tudo bem.

– Faça isso antes de eu partir. E não quero que eles saibam que teve qualquer participação minha.

Guru assentiu.

– E mais uma coisa. Quero que você me empreste um carro.

– Por quê?

– Porque, depois que me disser que tudo está feito, quero conferir por mim mesma.

Ela foi no meio da noite. Pediu que o motorista pegasse a estrada velha de Tenali e parasse a algumas centenas de metros do casebre dos pais. *Como vou saber?*, pensou consigo mesma. *Como vou saber se ele lhes deu mesmo o dinheiro?* Então, concluiu: *Eu saberei só de olhar para a cesta de legumes pendurada na parede.* Ela então subiu o morro malcheiroso, mantendo-se longe da trilha principal, para que não a vissem, e foi margeando os fundos dos casebres vizinhos.

A Indravalli Konda assomava-se a distância. O templo, pairando bem no centro da encosta, era um coração solitário e palpitante. Com suas cores mudando ao luar, dependendo da forma como seu olhar batia nele: primeiro leitelho e pedra-pomes, depois madrepérola, depois a espuma do mar. O *deepa*, apagado como estava, fazia com que o resto da montanha, os seus contornos, permanecessem engolfados pelo céu ao redor. Quando Savitha passou por um dos casebres, um cão que estava dormindo acordou com os seus passos e latiu na escuridão da noite. Uma cabra emaciada, presa a uma árvore emaciada, se enrijeceu de medo.

A lua já ia alta, e quando enfim chegou ao casebre de seus pais – aquele onde havia crescido, e também todos os seus irmãos – Savitha esgueirou-se muito quieta colada à parede dos fundos, querendo espiar lá dentro. Não havia necessidade de tudo isso, entretanto: o casebre estava vazio. Havia apenas uma cabaça ressecada e um cobertor roído pelos ratos largado num canto.

E então seu corpo, também, se enrijeceu e correu. Ela fugiu em disparada morro abaixo, o ar descendo feito um soco pela garganta. Com todos os pensamentos, enquanto suas pernas corriam, todos eles, convergindo para um só: *Eles estão mortos, ele matou a todos para não ter que pagar.*

Savitha bateu contra a lateral do carro. O motorista acordou com um sobressalto.

– Pergunte, vamos! – vociferou Savitha. – Pergunte a eles o que aconteceu.

O homem amaldiçoou a si mesmo por estar de serviço naquela noite, depois retornou com o carro pelo mesmo trajeto até voltar para a autoestrada. Lá, uma das bancas de chá continuava aberta. Dentro dela, por trás de uma porta falsa, era possível conseguir uísque e aguardente ilegal.

– Maluca de merda – xingou o motorista entre dentes, depois bebeu uma dose, fez algumas perguntas, e voltou para o lado de fora.

Savitha havia se encolhido no banco de trás para não ser vista, mas o seu corpo pulou como se fosse uma mola ao ver o homem retornar.

– O que foi que disseram? *O quê?*

– Que eles se mudaram – disse o homem, o cheiro de uísque preenchendo toda a parte dianteira do carro e chegando até o banco de trás.

Ele ligou o motor. E eles partiram de novo, dessa vez para o lado oposto da estrada velha de Tenali, rumo ao extremo oposto do vilarejo. Que ficava a pouco mais de cinco minutos de distância dali, mas tinha casas mais ricas, a palha dos telhados substituída

O BRILHO DO SOL QUE INVADIU A NOSSA CASA 211

por concreto. O carro parou no final de uma rua que Savitha conhecia só de passar perto, sem nunca ter sequer conhecido alguém rico o suficiente para morar numa das casas *dhaba*, maiores e de alvenaria.

– É aquela – falou o motorista, apontando para a terceira residência do lado esquerdo, pintada de cor-de-rosa, verde e amarelo, com uma grinalda de folhas frescas de mangueira estendida por cima da porta de entrada.

Havia um portão, que estava trancado, e Savitha postou-se diante dele e viu uma silhueta adormecida na varanda da frente, deitada numa cama de armar de cordas de cânhamo com uma coberta fina por cima. Por uma porta aberta, era possível ver três outros vultos dormindo em camas. Em camas!

Quando voltou para o carro, ela disse:

– Não são eles. Só há quatro pessoas naquela casa.

– Uma das suas irmãs já está casada. Casou-se faz uma semana.

– *Casada?*

Ela lhe disse que esperasse mais um pouco, voltou até a casa e ficou outra vez perto do portão. Ela observou a varanda iluminada por uma luz suave, o piso de mármore ao luar, os corpos adormecidos – ainda sem conseguir acreditar. Uma brisa passou por Savitha e soprou até a casa, e, com um farfalhar, a silhueta na varanda jogou de lado a coberta. E foi nesse instante que Savitha viu os dedos, retorcidos, honrosos e adoráveis, mais belos do que aleijados. E foi aí que ela soube.

O motorista pegou o caminho para Vijayawada, mas ela lhe disse que não, que havia mais um lugar aonde precisava ir. Com um suspiro alto, ele retornou com o carro mais uma vez.

Poornima já estaria casada a essa altura, disso Savitha tinha certeza. Chegou a pensar vagamente em pedir que o motorista a levasse até Namburu; mas para *onde* em Namburu, e será que o casamento havia sido mesmo com aquele rapaz?

O casebre continuava igual. O mesmo telhado de palha, o mesmo chão de terra batida, as mesmas árvores empoeiradas e raquíticas. Quatro silhuetas miúdas estavam adormecidas no chão, nos mesmos tapetes, cobertas pelos mesmos lençóis, com os rostos desamparados de fora, marcados pela pobreza mesmo ao luar. Um quinto vulto, maior, dormia na cama de cordas de cânhamo; desse, Savitha desviou o olhar, permitindo que seus olhos pousassem por um instante na estrutura mais próxima que havia, a cabana dos teares. Ela fitou o lugar tomada por uma onda repentina de emoção, quem sabe até nostalgia pelo que havia deixado ali dentro, pelo que já havia sido um dia, então voltou-se para o motorista e disse:

– Vamos embora.

5

A partida para os Estados Unidos aconteceu dois meses mais tarde. Todos os documentos necessários haviam sido reconhecidos, autenticados, rubricados e um monte de outros termos que Savitha nunca ouvira antes. Guru a levou até Chennai de trem, e de lá em diante ela seguiria com uma mulher mais velha que fingiria ser sua mãe. A idade da mulher devia ser a mesma da sua mãe verdadeira, ou talvez um pouco mais velha. Savitha nunca chegou a entender bem quem era essa mulher, qual a sua relação com as pessoas que moravam nos Estados Unidos, por que ela havia concordado em acompanhá-la, mas, de todo modo, a escolha fora perfeita: uma senhora circunspecta, trajando um sári simples mas muito bem tecido, ostentando um ar modesto e um par de óculos de aros redondos que lhe emprestavam um ar de seriedade e, principalmente, de preocupação, que era exatamente o que ela deveria demonstrar estando prestes a embarcar levando a filha amada para fazer uma cirurgia do outro lado do mundo.

Em Chennai, Savitha ganhou um gesso, para que ninguém visse que o cotoco da mão já estava totalmente cicatrizado, e elas embarcaram em um avião. Guru tinha lhe explicado essa parte: a viagem para os Estados Unidos aconteceria em um ônibus comprido que era capaz de voar. A ideia lhe parecera confusa, e continuava parecendo até mesmo agora, já com o avião começando a taxiar na pista. Até que: ele levantou voo. A mulher mais velha – a que estava fingindo ser sua mãe – estava na poltrona ao lado. Ela mal trocara qualquer palavra com Savitha, limitando-se a um aceno de cabeça quando se conheceram, e agora a bordo do avião havia inserido o que pareciam ser minúsculas bolinhas de algodão nos ouvidos, com fios presos a elas, e estava absorta em si mesma, ou então dormindo, ou apenas não se sentia muito bem: seus olhos se fecharam no instante em que se sentou na poltrona. Savitha pensou que o problema talvez fosse dor de ouvido. Uma de suas irmãs mais novas, que desde bebê era dada a ter infecções nos ouvidos, precisava sempre que lhe enfiassem bolinhas de algodão embebidas em óleo de coco neles, para aplacar a dor e o choro. Mas agora que o avião havia se descolado da terra, Savitha agarrou a mão da mulher e começou a olhar freneticamente do rosto dela para a janela e de volta para ela, sem parar. O avião subia, cada vez mais alto; Savitha teve que engolir de volta para dentro do peito o seu coração disparado. A mulher abriu os olhos, baixou-os para fitar a mão que estava agarrada à sua, usou a que estava livre para tirar uma das bolinhas de algodão que tinha nos ouvidos e espanou Savitha como se ela fosse uma mosca. E então falou no idioma télugo com sotaque tâmil, sem sorrir:

– Esta é a melhor parte. Aproveite.

O que a mulher estava querendo lhe dizer com isso? Que aquela era a melhor parte da viagem de avião, ou a melhor parte de tudo que ainda estava por vir? Ou talvez que era a melhor parte, no geral: da viagem de avião, do que estava por vir e também de tudo o que se passara até ali.

Fosse como fosse, depois de mais ou menos uma hora, e depois de Savitha ter ficado encarando, sem piscar, cada uma das nuvens que passaram flutuando em frente a sua janelinha oval, ela se recostou em sua poltrona e mergulhou num sono profundo.

O BRILHO DO SOL QUE INVADIU A NOSSA CASA   215

Quando pousaram em Heathrow, a primeira coisa que Savitha notou foi que o ar não cheirava a nada, absolutamente nada – como se nem um animal houvesse passado por ali, nem uma flor houvesse desabrochado – e, logo depois, notou que sentia frio. Estava tão gelado que a friagem parecia minar das paredes, esgueirar-se de dentro do próprio chão. Ela perguntou à mulher se já estavam nos Estados Unidos.

– Não, estamos na Inglaterra – respondeu ela.

– Por que paramos aqui? – quis saber Savitha.

– Porque é o meio do caminho entre a Índia e os Estados Unidos.

Elas se sentaram na área de espera da conexão, que Savitha só registrou como sendo um ambiente comprido e lotado, com infindáveis fileiras de cadeiras cor de laranja. Havia também algumas lojas, iluminadas de um modo tão feérico que a deixaram assustada. Sentada numa das cadeiras cor de laranja, ela ficou olhando para as pessoas ao redor. Elas, também, a deixavam assustada. Savitha distinguiu alguns rostos indianos, mas a maior parte das pessoas – dormindo, ou comendo, ou lendo, ou falando – pareciam gigantes. Altos, desengonçados, sebentos. Alguns gigantes branquelos, outros gigantes tostados, mas todos assomando-se acima dela, e até mesmo da mulher que fingia ser sua mãe. De onde todos eles haviam saído? Para onde estavam indo? Ocorreu-lhe de repente que o mundo estava cheio deles, dos gigantes, e que ela e a mulher mais velha e Indravalli e Vijayawada não passavam de brinquedos desses gigantes, guardados numa caixa no canto mais quente do planeta.

Depois disso, depois que elas embarcaram em um outro avião e que horas e mais horas se passaram, horas durante as quais, a cada vez que Savitha despertou e piscou os olhos dentro do escuro do avião e para o escuro do mundo abaixo dele, ela pensou que talvez estivesse morta e aquilo fosse o Além: com todos eles embarcados num grande ônibus rumo ao que quer que viesse em seguida, cercados apenas por aquela calmaria e pelas estrelas, abaixo das quais, muito lá embaixo, distinguia-se uma massa gigantesca e movediça que se alternava entre o branco e o cinzento e o negror completo, que refletia as estrelas mas de um jeito mais sombrio e irascível que o do próprio céu noturno, uma massa que, quando ela havia apontado alarmada e perguntado à mulher mais velha: "O que é aquilo?", a mulher nem se dera ao trabalho de olhar, ou de tirar as bolinhas de algodão dos ouvidos, e já fechando os olhos outra vez, dissera: "Água".

Na manhã seguinte, ou no que Savitha presumiu que fosse de manhã, pois a mulher a mandou ir escovar os dentes, elas voltaram a pousar. Dessa vez, quando Savitha perguntou: "Agora chegamos aos Estados Unidos?", a resposta foi: "Sim".

Elas estavam no aeroporto JFK.

Tiveram que esperar numa fila comprida, e depois em outra. Então, sentaram-se em mais uma área de espera. Dessa vez, com as cadeiras azuis. Em todo o resto, era igual à outra: a mesma falta de cheiro no ar, o mesmo frio, os mesmos gigantes.

— Em que cidade nós estamos? — quis saber Savitha. — Aqui é Sattle?

— Não — falou a mulher. — Nova York.

Então lhe disse que ficasse sentada bem ali, sem se mexer, e afastou-se para dar um telefonema. Savitha podia vê-la a distância, em pé diante de um poste onde havia um telefone encaixado. A mulher enfiou alguma coisa no aparelho, apertou alguns botões e começou a falar.

Savitha estava se sentindo enjoada, ou talvez só solitária, por isso fechou os olhos e tentou pensar em Poornima, nas suas irmãs, no pai, em qualquer coisa que tivesse perfume. Sua mente rodopiava, mas ela estava tão cansada, tão esgotada de lembranças que não lhe ocorreu coisa alguma. Nada. Ela debruçou o corpo para a frente, abriu a mala que Guru lhe dera para levar os seus poucos pertences, tirou lá de dentro o sári que começara a tecer para Poornima e o ergueu até junto do nariz. E respirou. E ali, mesmo depois de todo o percurso atravessado, mesmo estando do outro lado do mundo, ali estava o aroma do tear. O aroma das suas hastes. O aroma da goma de arroz usada para umedecer os fios e da *charkha* e dos dedos que haviam fiado na *charkha*, perfumados de cúrcuma e sal e semente de mostarda, e ali, bem ali, estava o cheiro da Indravalli Konda, e do *deepa*, com seu óleo de queima lenta encharcando o pavio de algodão como se fosse chuva, ou um tufão; ela enterrou ainda mais o rosto e sentiu o cheiro do rio Krishna, serpenteando pelos vales e pelas montanhas até chegar ao mar.

Quando ergueu os olhos, a mulher sentada à sua frente a observava.

Savitha desviou o olhar, mas os olhos da mulher continuaram lá.

A mulher que se fingia de sua mãe parecia estar já nas despedidas. Savitha torceu para que ela voltasse depressa, mas então a conversa ao telefone pareceu rumar para outro lado e a senhora começou a falar animadamente outra vez. Savitha ficou olhando na direção dela e, quando fez isso, a mulher desconhecida à sua frente, uma giganta com cabelos cor de doce *jalebi* e o rosto sarapintado como se fosse a casca de uma banana madura, debruçou o corpo na direção de Savitha, lançou um olhar para o gesso no seu braço e depois, olhando nos seus olhos, falou numa língua que Savitha não conhecia:

– Está tudo bem? Você precisa de ajuda?

Sem fazer ideia do que ela estava dizendo, a garota só balançou negativamente a cabeça, depois assentiu, e então ficou esperando, torcendo para que a mulher dos cabelos de *jalebi* se desse por satisfeita e a deixasse em paz. Ela chegou a pensar em se levantar e ir até a mulher que fingia ser sua mãe, mas essa havia lhe dito especificamente que ficasse onde estava e vigiasse as bagagens.

– Você fala inglês?

Savitha sorriu e assentiu outra vez.

A mulher sorriu de volta. E foi então – no momento em que a mulher sorriu, revelando dentes bem pequenos, em nada parecidos com os dentes de uma giganta, mas sim com pérolas muito encantadoras

218   SHOBHA RAO

e reluzentes, como se as ostras que as tivessem produzido estivessem apaixonadas ao fazerem isso – que Savitha se deu conta de como a senhora dos cabelos de *jalebi* era gentil, e do quanto parecia solícita. Mais gentil e solícita do que qualquer pessoa que houvesse passado pela vida de Savitha desde muito, muito tempo. Talvez na vida toda. E ela pensou consigo mesma: *Talvez eu tenha me afastado o suficiente. Talvez esteja num país bom. Num lugar gentil.* E, nesse momento, um comunicado alto foi despejado dos alto-falantes, fazendo-a tomar um susto, embora a giganta não tenha se abalado; enfiando a mão na bolsa, ela tirou um retângulo pequeno de papel, que estendeu para Savitha. Savitha o pegou, sem que lhe ocorresse outra coisa a fazer, e então a mulher pegou a sua bolsa e a sua mala e foi se juntar à massa de gente que se formara após o comunicado. O olhar de Savitha seguiu a mulher, cheio de uma tristeza inexplicável ao ver a sua partida, e depois ela olhou para o cartão. Havia letras nele, talvez o nome da giganta, e depois mais letras. Ela ficou olhando e olhando, e, quando ergueu os olhos, a mulher que se fingia de sua mãe estava voltando. Sem fazer ideia do que as letras queriam dizer, Savitha soube que era melhor esconder o cartão por dentro do gesso em seu braço.

6

Quando pousaram em Seattle, um homem apareceu para buscá-las. No avião que saíra de Nova York, Savitha havia olhado pela janela e visto, no céu à sua frente, pinceladas em tons de alaranjado forte, cor-de-rosa e ferrugem, mas, quando virou a cabeça, o outro lado do céu estava igual. Apesar de que a vista à frente tinha cores mais vivas, tons de vermelho mais fortes. Oeste. Elas estavam rumando para o oeste.

Ao cruzar as portas automáticas para o ar livre (depois do que pareceu ter sido uma eternidade), Savitha notou que era meio-dia. O sol estava alto e quente. Fileiras de carros brilhantes e silenciosos deslizavam à sua frente; alguns estavam parados, com uma ou duas pessoas por perto arrumando bagagens, se abraçando ou esperando com um ar ansioso. Um casal chegou até a se beijar, o que fez Savitha desviar o olhar, constrangida. Umas poucas pessoas, de pé e mais afastadas, estavam fumando. Fora isso, tudo vazio. Sem ruídos, ou alarido de vozes, ou carregadores, ou buzinas. Não havia nenhum policial soprando o apito, gritando para que as pessoas continuassem circulando, nem qualquer pessoa barganhando com os taxistas, ou rindo, ou comendo amendoins e largando as cascas no chão, onde os passarinhos ciscariam atrás de comida e os cães farejariam emba-lagens sopradas pelo vento e as cascas esquecidas de alguma laranja ou manga, nem grupos de rapazes à toa observando as mulheres, tragando seus *bidis* e cuspindo bétele. À espera da vida. Ali não havia nada além do silêncio, nada além daquela lisura organizada.

Ela ergueu os olhos para o sol outra vez.

Ele, também, era quieto. Sem a raiva turbulenta e flamejante do sol de Indravalli; um sol abrandado, tolhido. Savitha não teve certeza se gostava desse sol. Ela chegou até mesmo a duvidar que pudesse ser o mesmo sol.

E foi nesse momento que um carro preto, com as janelas tão limpas que brilhavam feito espelhos, parou perto dela e da mulher que se fingia de sua mãe. O homem encarregado de ir buscá-las, Mohan, saltou. Ele era mais velho do que Savitha, talvez estivesse perto dos trinta anos, embora não pudesse ter certeza, já que Mohan também era um dos gigantes. O primeiro gigante indiano que ela via. Não que fosse exatamente gordo ou inchado, apesar de o rosto definitivamente guardar um ar rechonchudo de querubim. Mas seu corpo era musculoso como os mocinhos dos filmes que Savitha via nos cartazes quando passava em frente ao Apsara ou ao Alankar. E que agora estava vendo de novo, aqueles músculos heroicos, saltados e firmes, delineados nos braços de Mohan e no seu peito, mantendo a pele das mãos e do pescoço retesada com sua força, sua magnificência, deixando-a quase desconcertada simplesmente por vê-los se mover. "Desconcertante" era mesmo a palavra que ocorria a Savitha: toda aquela extravagância tão bem cuidada e alimentada, toda aquela saúde.

Ainda assim, o que mais lhe chamou a atenção em Mohan foi a sua melancolia. Os olhos e lábios de cantos caídos por conta de um pesar ou mau passo, a tristeza nos movimentos enquanto contornava o carro para pegar as poucas bagagens de Savitha. O olhar dele fez uma pausa no gesso dela, depois subiu pela barriga e o colo até chegar ao rosto.

– É só isso? – perguntou ele, em télugo.

A mulher mais velha assentiu, e as duas entraram no carro.

O interior cheirava a limão.

Por baixo do cheiro de limão havia um aroma de café. Ambos espessos e pungentes, pensou Savitha, e então vasculhou ao redor com o olhar e viu um copo branco com uma tampa branca. A mão de Mohan estava sempre pairando acima dele, mesmo enquanto dirigia – primeiro por uma estrada em curva saindo do aeroporto e depois por uma pista larga que era preta como Savitha nunca vira, e com uma quantidade de carros que nunca vira também. Os três seguiam em silêncio – a mulher mais velha ao lado de Mohan e Savitha no banco traseiro, atrás dela. Depois de alguns minutos, ele ligou o rádio. A música era de um tipo que Savitha nunca ouvira; não havia palavras nela. Em alguns momentos, a melodia se erguia num pico alto como o topo da Indravalli Konda, e em outros era suave, embora controlada, como o vaivém de um marulho. Savitha teve vontade de perguntar a respeito dela, mas o silêncio do carro também lhe pareceu controlado e inflexível.

Depois de uns vinte minutos, Mohan saiu da estrada muito larga para uma menor. Ao longo dessa, Savitha viu prédios baixos e retos; havia carros estacionados na beira da pista, e as fachadas das lojas (ou o que Savitha imaginou serem lojas, olhando para o conteúdo sofisticado das vitrines) não se pareciam em nada com as das lojas na Índia. Lá havia bandeirolas coloridas por todo lado, as vitrines abarrotadas até o teto de mercadorias e o espaço interno abarrotado de pessoas gritando e se empurrando. Aqui, as lojas mal pareciam estar ocupadas. Não fosse pela iluminação do interior revelar a presença de alguns clientes, um parco sinal de vida. Mais adiante, nessa mesma rua, Mohan parou o carro em frente a um edifício comprido e cheio de portas, e ele e a mulher mais velha desceram. Ela debruçou-se para dentro do carro, enquanto Mohan tirava suas malas, e disse:

– Fique aqui. – Então pareceu hesitar por um instante, ou oscilar tocada por uma espécie de desconforto ou culpa, antes de acrescentar: – Tome cuidado.

Tomar cuidado com o quê?, Savitha se perguntou.

E ficou olhando os dois. Que lugar será esse, matutou consigo mesma, com todas essas portas; embora a velha senhora e Mohan tenham ignorado todas elas e rumado para a única porta de vidro que havia, mais proeminente do que as outras. Eles passaram uns dez minutos lá dentro, e depois Mohan conduziu a velha senhora por uma das portas comuns, dizendo:

– Até amanhã.

Ao voltar para o carro, ele lançou um olhar tímido para Savitha e disse:

– Passe para a frente, se quiser.

Ela foi para o banco do carona, e então sentiu a verdadeira magnitude daquele novo país. Uma magnitude que só podia ser sentida do banco da frente, percebeu Savitha, somente diante do para-brisa, com a luz fluindo desimpedida por ele.

A música soou outra vez.

Eles passaram por uma ponte, embora de onde Savitha estivesse olhando ela tenha se parecido mais com uma tira de seda desdobrada por cima de uma camada de névoa. Acima da sua cabeça, pendurada num pequeno espelho que Mohan tinha usado mais cedo para lançar-lhe olhares furtivos, havia um enfeite em forma de uma árvore amarela achatada. Limão! Era dali que vinha o cheiro. Então o carro pegou uma curva na estrada, e Savitha viu surgir os edifícios mais altos e brilhantes que já vira, a mais azul das extensões de água e as montanhas mais verdes.

– É Sattle? – indagou.

– *See*-attle – corrigiu Mohan.

O carro aproximou-se de um prédio que brotava do chão feito um punhado de retângulos flamejantes, refletindo o sol, flanqueou-o pelo lado direito e desceu por mais uma estrada preta com muitas faixas, quilômetro de silêncio após quilômetro de silêncio, até que Mohan falou:

O BRILHO DO SOL QUE INVADIU A NOSSA CASA 223

– Você está com fome? Nós podemos parar.

– Estou.

– Tem que ser rápido. Tem um McDonald's. E o Taco Bell, logo ali.

Savitha olhou para onde ele estava apontando. Vendo a expressão no seu rosto, Mohan completou:

– Não é comida indiana, mas não é ruim.

Virando-se para ele, Savitha indagou:

– Tem bananas aqui?

A pergunta o espantou, pensou ela, porque Mohan reduziu a velocidade do carro e a encarou nos olhos. Ele não tinha o costume de olhar para mulheres. Talvez não para todas as mulheres, pensou Savitha depois de um momento, talvez só para aquelas que tivessem certa franqueza, um tipo de curiosidade, ou talvez aquelas com a exuberância que ela flagrara em si mesma muito tempo antes e que agora jazia entrincheirada por trás de seus olhos como uma fortaleza já ruindo, um exército sitiado. Eles pararam diante de um edifício imenso com muitos carros estacionados, Mohan entrou lá e, quando saiu, lhe entregou um saco.

Dentro dele havia bananas.

Elas eram seis. As maiores bananas que Savitha já tinha visto, próprias mesmo para gigantes. A garota pegou uma e tentou devolver as outras a Mohan.

– São todas suas – disse ele.

Em toda a sua vida, ela nunca tinha tido tantas bananas ao mesmo tempo.

A primeira Savitha comeu ainda no carro. Tendo só uma das mãos, ela havia aprendido a usar os dentes para abrir a ponta oposta à do talo, e ao fazer isso notou o olhar de Mohan sobre si. Ela lhe ofereceu uma das frutas, mas ele recusou. Já estava prestes a começar a comer a segunda, com uma sensação vaga de espanto, perplexidade, de saciedade antecipada pelo simples fato de que *podia* fazer isso, quando o carro parou. Mohan estacionara em frente a um prédio de quatro andares, cor de creme, com a pintura marrom dos parapeitos das janelas lascada e um telhado também marrom. Muitas das janelas estavam abertas, e cortinas de todas as cores voejavam para fora delas. Algumas se pareciam com lençóis, com rasgos, desbotadas, e outras eram bandeiras; algumas janelas tinham persianas quebradas. Um pequeno toldo esfarrapado sobre uma porta bamba no centro do prédio indicava a entrada. Perto da porta principal havia três fileiras de escaninhos, alguns cobertos por abas metálicas empenadas ou enferrujadas.

– Que coisas são essas? – Savitha quis saber.

Ele lhe lançou um olhar curioso.

– Caixas de correio – respondeu.

– Para que servem?

– Para receber cartas.

Ela observou os escaninhos, alguns abarrotados de envelopes amarronzados que pareciam ter ficado expostos à chuva e ao sol durante semanas, meses.

– Mas por que as pessoas não pegam as cartas? Não têm vontade de lê-las?

– Não. Não esse tipo de cartas.

De que tipo seriam?, indagou-se Savitha. Ela jamais havia recebido uma carta (quem lhe mandaria uma, e por quê? Ela mal sabia ler), mas pensou que, se recebesse alguma, não a deixaria no sol e na chuva, que rasgaria logo o envelope para olhar para ela, maravilhada com a inclinação das letras, com a maneira como elas formavam seu nome (*isso* ela sabia ler e escrever, desde que tinha três anos de idade), com a sensação do papel, que tinha certeza de que seria diferente da textura dos pedaços de papel que costumava catar nos lixões, a cor e a beleza da tinta. Mas, quando entraram no prédio, seu devaneio terminou. Eles subiram por uma escada mofada e caminharam por um corredor

O BRILHO DO SOL QUE INVADIU A NOSSA CASA   225

mofado. Mohan, carregando a sua única mala – embora ela estivesse praticamente vazia; o que possuía para levar nela? –, e Savitha, o saco com as bananas. No final do corredor, ele abriu uma porta com a segurança de quem faz isso sabendo que estaria destrancada, como se ele morasse ali, e dentro do cômodo pequeno havia outro homem, também indiano, só que mais velho. O homem estava vendo algo na televisão e segurava um copo – sendo que a cadeira em que estava sentado, o copo, uma mesinha para apoiá-lo e a televisão eram os únicos objetos que havia lá dentro. Ele ergueu os olhos ao vê-los entrar, fitando Savitha com um desprezo mal disfarçado, e então falou, em télugo (*todas* as pessoas naquele país eram de Telangana?):

– Uma aleijada para limpar casas. Não duvido se daqui a pouco ele comprar um perneta para andar de bicicleta.

Mohan gaguejou algo, constrangido, lançou de relance um olhar que pareceu a Savitha o de alguém que estivesse numa guerra, ou acabando de voltar de uma, e em seguida saiu. Ela só iria vê-lo outra vez dali a três meses.

7

O homem mais velho a conduziu por outro lance de escadas. Ele havia olhado rapidamente para sua mala e para o saco de bananas, e depois desviara os olhos sem dizer coisa alguma. Savitha levou a mala com a mão direita e apoiou as bananas na dobra do braço esquerdo. No andar de cima, o homem abriu a porta que dava para um cômodo menor do que o seu. No chão, estendidas sobre um carpete bege embolorado e cheirando a velho, havia três camas de armar. O homem apontou para a mais distante, encostada na parede oposta à entrada, e falou:

– Aquela é a sua cama. *É tudo* o que você tem aqui.

E fechou a porta atrás de Savitha.

Com dois passos, ela chegou ao centro do cômodo – ainda segurando a mala e o saco com as cinco bananas (além da casca daquela que havia comido) – e viu que havia uma quitinete minúscula em um dos cantos e a porta que dava para o banheiro no outro. Ela olhou para as camas. Elas haviam sido arrumadas formando um "U", com a do meio embaixo da única janela que havia no lugar, uma atrás de onde ela estava, encostada na mesma parede da porta de entrada, e a sua, que ficava perto do banheiro. A cama perto da entrada estava arrumada com esmero, com o travesseiro afofado e no lugar, e uma mala pequena e barata, parecida com a sua, ao lado. Os lençóis da

O BRILHO DO SOL QUE INVADIU A NOSSA CASA   227

cama do meio estavam bagunçados, o travesseiro largado de qualquer jeito, e não havia nenhuma mala à vista, só peças de roupa, itens de higiene e de cabelo jogados para todos os lados como se fossem os destroços de algum naufrágio, e o carpete bege, o mar.

A primeira coisa que Savitha fez foi tirar da mala o sári que começara a tecer para Poornima e olhar para ele. *Da bola de algodão para o fio para o tear e para cá*, pensou. E então: *Fui eu que fiz você.* Ela escondeu o tecido dentro da fronha do seu travesseiro. Depois, desvencilhou-se do gesso e guardou o pequeno retângulo de papel dentro dele. O gesso e o cartão ficaram apoiados na parede. Após um tempo – e de Savitha ter tentado sem sucesso tomar um banho de balde, porque não havia nenhum balde à vista, somente um buraco branco comprido e retangular (será que tudo naquele país era branco e retangular?) –, ela lavou o rosto, tomou um copo de água e comeu mais uma banana. Em seguida, deitou-se na sua cama, mas assim que fez isso ouviu um barulho na porta. Uma garota entrou no quarto e disse:

– Quem é você?

Ela se chamava Geeta, apelido para Geetanjali, e era bem tagarela.

– Meu nome é por causa do filme – falou, em télugo. – Você assistiu?

Savitha balançou a cabeça.

– A minha *amma* foi ver, meses antes de eu nascer. Era a primeira vez que ela ia ao cinema. Ela diz que não acompanhou muito bem a história, tinha só treze, catorze anos na época, mas, segundo me contou, quando o filme terminou e ela voltou para o mundo real, ele pareceu diferente. Melhor. Como se fosse um mundo novo, em que qualquer coisa poderia acontecer. Ela diz que foi praticamente saltitando para casa. De volta para o pequeno casebre onde vivia com meu *nanna*, junto de uma plantação de juta, sem que eles fossem donos nem do casebre nem da plantação. *Amma* diz que sentiu a mesma coisa quando eu nasci, como se o mundo tivesse ficado um pouco melhor. Que eu tinha tornado seu mundo novo. E que então me deu o nome de Geetanjali. Não é uma história bonita?

Savitha teve que concordar.

Geeta riu. Uma risada tilintante que atravessou o cansaço de Savitha, a névoa deixada pela longa viagem de avião.

– Mas também é engraçado, se você pensar bem. O mundo continua sendo o mesmo velho mundo de sempre. Eles continuam lá no mesmo casebre, arrendando a mesma fazenda. E eu estou aqui, uma simples faxineira e prostituta.

Savitha piscou com força. Ela se levantou da cama, com as pernas bambas.

Prostituta?

– Eles não falaram para você? Talvez não tenham falado. Enfim, aqui chove à beça. A chuva é o único barulho que há nesta terra. Se *você* fizer qualquer outro, se falar com quem quer que seja, se chegar até mesmo a abrir a boca para dizer algo, eles logo vêm atrás.

– Eles quem?

– Quem foi que trouxe você aqui?

– Mohan.

– Eu sabia! – falou Geeta com uma ponta de malícia, rindo outra vez. – Você deu sorte. Ele é bonzinho.

Geeta lhe contou que Mohan era o mais novo dos dois filhos. O mais velho se chamava Suresh e era mais parecido com o pai, cruel, inclinado a estapeá-las só para mostrar que mandava, como se elas já não soubessem; ele as fazia trabalharem muito, às vezes virando a noite se houvesse um prédio de apartamentos ou escritórios que precisasse estar limpo de manhã cedo, para assim não precisarem deixar de cobrar aluguel por eles nem um só dia – como se já não tivessem milhares, talvez até dezenas de milhares de dólares no banco, disse Geeta; e falou que Suresh aparecia quando queria, e que tinha as suas favoritas, é claro, mas que procurava todas elas ao menos uma vez, para experimentar cada uma. Ela lançou um olhar rápido para o gesso de Savitha, depois para o cotoco, e completou: "Bem, talvez você não".

E então lhe contou uma história. Uma história sobre Mohan e Padma.

– Quem é Padma? – quis saber Savitha.

Geeta acenou com a cabeça na direção da terceira cama, a que estava uma bagunça.

– Ela diz que é obrigada a limpar o banheiro dos outros, mas não podem obrigá-la a limpar o próprio. E é muito bonita. Podia até ser estrela do cinema.

E essa Padma, ao que parecia, estava apaixonada por Mohan.

– Burra. Idiota. Que chance ela vai ter com ele? Com o filho do homem que é nosso *dono*.

– Qual é o nome dele?

– De quem?

– Do pai.

– Gopalraju. Você vai me deixar terminar?

Tinha acontecido mais ou menos seis meses antes. Geeta havia acabado de chegar. "De onde?", Savitha teve vontade de perguntar, mas achou melhor esperar. Padma já estava lá fazia mais de um ano e já havia se apaixonado perdidamente por Mohan. O problema (além das questões óbvias de casta, classe, propriedade, escravidão e oportunidade) era o seguinte: Mohan recusava-se a dormir com ela. O pai e o filho mais velho já haviam tirado proveito dela, mas o mais novo sequer a olhava. Mas por quê? *Por quê?*, Padma vivia se lamuriando. Geeta disse que ela tentara de tudo: que tomara emprestadas as suas presilhas novas de cabelo, que a mãe lhe dera antes da partida para os Estados Unidos; que havia arrancado as mangas das blusas e costurado as cavas, para exibir os belos braços; que havia tentado usar os cabelos soltos, como as garotas americanas que via nas ruas quando estava sendo levada e trazida dos locais das faxinas, mas que, como não tinham xampu ali e eram proibidas de sair para ir à loja, ou a qualquer lugar, aliás, as suas madeixas tinham ficado parecidas com as cerdas ensebadas de um esfregão e ninguém reparava nas duas, muito menos Mohan, embora

Padma tenha continuado com o cabelo solto assim mesmo, esperançosa, até o dia em que Vasu (o homem do andar de baixo, encarregado de administrar o prédio, mas que administrava principalmente as garotas) dissera que se não fosse usá-lo para limpar o chão era melhor prendê-lo logo. E a coisa seguira assim, com Padma fazendo tentativas cada vez mais desesperadas de chamar a atenção de Mohan, como deixar cair coisas no chão só para se inclinar para apanhá-las bem devagar, ridiculamente devagar, metida nas suas blusas decotadas, ou usando um batom laranja horroroso que elas acharam num dos apartamentos.

– Ela fica parecendo um orangotango – disse Geeta, rindo. – E nada funcionava, até que, um dia, ele chegou bêbado ao prédio. Tinha vindo nos buscar para uma faxina. Geralmente ele ficava esperando no carro, mas, naquela noite, subiu até nosso quarto, olhou demoradamente para nós duas, de uma para a outra, então desabou na minha cama e começou a chorar.

– A chorar? – perguntou Savitha.

– A chorar. Chorar *de verdade* – falou Geeta.

Depois que os soluços terminaram – e quando Geeta e Padma já estavam entrando em pânico, perguntando a si mesmas o que poderiam ter feito de errado e se Gopalraju procuraria os pais delas para exigir de volta o dinheiro que havia pago e que ambas sabiam que já não existia havia tempos, usado para pagar dívidas ou os dotes das outras filhas –, ele se sentou e pediu um copo d'água. Padma correu para buscar. Ele bebeu tudo, depois perguntou: "Tem vodca aqui?". "O que é isso?", elas perguntaram. "Deixa pra lá."

Nesse ponto, Geeta hesitou.

– E o que aconteceu depois? – quis saber Savitha.

– Nada. Nada, até nós chegarmos ao prédio que íamos limpar. Era tarde da noite, entende? Ele me entregou a chave e me mandou subir. Eu fiz isso, mas fiquei atenta a Padma, pensando no que podia estar acontecendo, ao mesmo tempo que já sabia; e então, quando ela finalmente subiu, desgrenhada, uns vinte minutos mais tarde, eu

O BRILHO DO SOL QUE INVADIU A NOSSA CASA   231

perguntei: "O que houve?", e ela disse: "Ele me possuiu. No banco de trás do carro". Mas não pareceu nem um pouco feliz ao falar isso.

Geeta soltou um suspiro.

– Quer dizer, eu sabia que tinha sido à força, sabia que ele não tinha *feito amor* com ela, mas achei que Padma estaria mais feliz. E então eu disse: "Achei que era isso que você queria". Era, mas o espaço era muito apertado, ela explicou, e o hálito dele estava horrível. Mohan fedia. E, depois, Padma disse que tinha mais uma coisa: depois que terminou, ele a jogou para fora do carro. "Eu mal tive tempo de me vestir", contou Padma. "Ele me puxou, me empurrou para o chão e ficou de pé, me olhando. Eu achei que fosse me dar um chute, mas, em vez disso, ele se ajoelhou ao meu lado na grama, sem olhar para mim; os olhos dele ficaram pregados no chão, depois fitando a escuridão, e então ele estendeu a mão e foi abotoando a minha camisa, que estava aberta porque eu só tive tempo de erguer as calças, e ele fechou todos. Botão por botão. Com todo o cuidado, como se não estivesse pegando em botões, mas sim em gotas de chuva." Nem mesmo a sua mãe, disse Padma, teria tido tanto cuidado.

– E então o que aconteceu?

– Nada. Nós fomos terminar a faxina.

– E Padma? – perguntou Savitha. – Ela ainda está apaixonada?

Geeta riu, depois falou:

– Mais ainda do que antes.

Quando Padma chegou, bem tarde naquela mesma noite, levada para o apartamento depois de uma faxina em Redmond, ela lançou um olhar para Savitha e disse:

– Você é a garota nova?

Savitha assentiu. Ela era bonita mesmo. Mas sabia disso, e reagiu com um "Legal", antes de entrar no banheiro e fechar a porta.

Na manhã seguinte, como Geeta havia dito, estava mesmo chovendo. Savitha foi apanhada junto com as outras. Quando saiu do banheiro (Geeta havia lhe mostrado como usar o chuveiro, explicando que naquele país havia tanta água que ninguém tomava banho de balde) vestindo um dos dois sáris que havia levado, Padma riu e Geeta disse:

– Eles não querem que a gente se vista assim. Chama atenção demais.

Então lhe emprestaram calças pretas de poliéster e uma camisa xadrez rosa e cinza. A camisa, notou Savitha, era feita de algodão, e lhe deu uma sensação boa ao tocar sua pele. Ela examinou a trama, embora o tecido claramente fosse feito à máquina. Quando elas lhe deram um par de tênis velhos para usar, Savitha olhou para eles, e depois para Geeta e Padma. As duas a encararam de volta.

– Ela não tem como amarrar! – anunciou Padma num tom alegre, como se tivesse acabado de decifrar uma charada.

Geeta deu os laços nos cadarços e disse que arranjaria tênis com velcro.

– O que é isso? – quis saber Savitha.

– Você vai ver. Vai conseguir amarrar os sapatos até com os dentes – disse Geeta, rindo.

Com os dentes, pensou Savitha, perguntando-se como amarrar um sapato poderia ser igual a descascar uma banana.

Elas chegaram ao edifício, e cada uma foi limpar um apartamento diferente. Padma e Geeta, antes, mostraram a ela como usar os diversos esfregões, vassouras e escovas, os borrifadores e o aspirador de pó. Nenhum deles era difícil – o aspirador chegava até a ser divertido –, mas, com uma única mão, a coisa se complicava. E demorava. Quando Padma e Geeta foram buscá-la, uma hora mais tarde, a faxina de Savitha mal tinha começado. Mas, com uma semana, Savitha já estava quase tão rápida quanto as outras. E, ao final de duas semanas, lembrando-se do que Guru havia dito sobre ela ter que trabalhar duas vezes mais depressa, Savitha às vezes terminava a faxina antes delas.

O BRILHO DO SOL QUE INVADIU A NOSSA CASA   233

Os apartamentos sempre estavam vazios. Isso facilitava as coisas. O inquilino que estivesse de saída, em geral algum estudante universitário, havia desocupado o imóvel na véspera, às vezes poucas horas antes, e Savitha, todas as vezes, parava no vão da porta de entrada ao chegar ao apartamento. Ela ficava ali e sentia o cheiro do lugar. As casas em Indravalli nunca tinham cheiro, porque viviam com as janelas, portas e varandas abertas para o mundo e todos os cheiros do mundo eram também os cheiros delas, e os casebres menores sem janelas sempre tinham o mesmo cheiro: de pobreza. Mas, ali, os cheiros eram mais sutis. O morador teria sido um rapaz ou uma moça? Isso era bem fácil de saber. Mas, por baixo disso havia muita coisa. O que a pessoa comia, quanto tempo passava em casa, se tomava banho muitas vezes, se gostava de flores, ou de chuva. Savitha às vezes podia saber até o que a pessoa estudava. Ela achou que um dos rapazes devia estudar as estrelas, porque havia um desenho detalhado do céu na parede, na altura que devia ser a dos olhos dele. Ele gostava de leite, queijo, laticínios, concluiu ela, e não tomava banho com muita frequência. Outra moça provavelmente era estudante de artes, pelo cheiro de tinta e de óleos, e ela devia gostar de sol e de chuva, porque as janelas estavam todas abertas.

Tudo isso nos primeiros minutos em que entrava num apartamento.

Ao final do primeiro mês, ela estava limpando quase uma dúzia deles por dia, mas já não lhe dava mais tanto prazer deduzir coisas sobre os ex-inquilinos. Havia sempre mais um para limpar, para depois ir para casa para um prato de arroz com picles, talvez *pappu*, se uma delas tivesse disposição para preparar, sua única mão tremendo de cansaço, mal conseguindo levar os bocados de arroz até a boca, e depois dormir. Ao entrar nos apartamentos vazios, agora, ela os avaliava rapidamente, calculando logo quanto trabalho precisaria ser feito. Ela podia ver – nos carpetes e nas paredes, às vezes numa prateleira – os lugares em que os móveis ou os porta-retratos ou os vasos de plantas ou livros ficavam antes e, uma vez retirados, tinham deixado quadrados ou círculos ou retângulos de cor mais viva, intocada pelos passos, pela poeira e pelo desgaste, mais brilhosos do que o espaço ao seu redor. Savitha encarava um desses trechos de vivacidade no meio de um cômodo morto, cinzento, e desejava ser esse espaço, esse lugar protegido. Em vez disso, ao final de algumas semanas e de muitos apartamentos, ela percebeu que era a parte desgastada, sem cor. Ela era a parte que havia absorvido a sujeira e o desgaste. A que fora castigada pelo sol. A que tapava, como se fosse uma mão aberta, toda a vivacidade.

8

Ela estava em Seattle havia dois meses, mas nunca vira antes o homem que apareceu para buscá-la – num carro vermelho-vivo – num sábado à noite, em dezembro. Era sempre Vasu que ia levá-las e buscá-las. E, a cada dia que se passava, as paredes dos apartamentos pareciam mais apertadas e o ar, mais ralo. Ela corria para abrir as janelas, metendo a cabeça para fora, sedenta de frio, de sentir alguma coisa, da chuva caindo.

Ao contrário de Vasu, o homem do carro vermelho era alto, com cabelo ficando grisalho nas têmporas. Uma barriga saliente começava a se insinuar por cima do cinto, e, embora ele não tivesse nem de longe os mesmos músculos, estava claro que era irmão de Mohan.

– Entre – disse o homem, em télugo, e dirigiu com ela até um prédio baixo em uma rua lateral.

Sempre que saía, Savitha tentava aprender a decifrar as letras, estudando os nomes das ruas e os dizeres nas placas, mas não conseguiu ver nenhuma, porque ali estava escuro demais ou por ser um distrito industrial. Uma luz branca bruxuleante emanava de um poste a distância. A região estava deserta, e, depois que Suresh desligou os faróis do carro, os dois ficaram mergulhados numa escuridão profunda. Quando seus olhos se acostumaram, Savitha reparou que o prédio em frente ao qual haviam estacionado tinha uma lâmina estreita de luz no vão entre a porta e a calçada. Que cintilava no escuro como se fosse a lâmina de uma faca.

Dentro dele, passaram por uma área cheia de caixas até chegarem a uma porta na parte de trás, à esquerda. Suresh bateu e uma voz lhe disse que entrasse, e, mesmo antes de vê-lo, Savitha soube que aquele era o pai dele, Gopalraju, o homem que a comprara. Ele não era tão velho quanto ela havia imaginado, com os cabelos de um preto azulado artificial, claramente tingidos, mas o rosto largo e alerta, inundado pelo mesmo tipo peculiar de luz áspera e fria, fruto do sucesso e da riqueza, que ela tinha visto em Guru, mas que no caso do rosto de Gopalraju era ainda mais incisiva, mais calculista. Ele a olhou por um instante demorado, e depois, com uma ternura falsa na voz, disse:

– Está se adaptando bem?

Ela assentiu, mesmo sabendo que aquela não era uma pergunta de verdade. Não propriamente, não uma feita com interesse verdadeiro. Para ser mais exata, ela sabia se tratar de uma afirmação, que trazia embutida uma outra pergunta de cunho inteiramente *diferente*. A afirmação era: "Você *vai* se adaptar bem". E, por baixo dela, como Geeta dissera, havia o seguinte: "Porque se por acaso você não se adaptar, se por acaso quiser falar, denunciar, fugir, gritar, se por acaso se sentir tomada por qualquer traço de desespero, repulsa, se sentir a necessidade de ir atrás de um telefone, de parar alguém na rua, de correr os olhos pela calçada atrás de um policial, e se por acaso sentir o fôlego faltar, a loucura, um desejo de denúncia, então não estará mais se adaptando bem". Portanto essa era, de fato, a verdadeira pergunta: "Você está entendendo?", ele queria saber. "Está?"

E então Gopalraju viu o cotoco.

Seus lábios se crisparam muito de leve, no que Savitha sabia ser um esgar de asco, e ele fechou os olhos por um instante, ganhando um ar quase eclesiástico, quase beatífico, fazendo Savitha achar que eles simplesmente a deixariam ir embora, voltar para sua cama vazia, para a fronha recheada com o sári que começara a tecer, para o pequeno retângulo de papel, voltar para o apartamento onde Geeta e Padma dormiam e sonhavam.

– Tenha cuidado. Pode furar o seu olho – foi o que ele enfim disse, com os olhos ainda em Savitha, mas claramente dirigindo-se a Suresh.

Ela voltou-se para fitar Suresh e ele estava rindo, e foi então que se deu conta de que não seria mandada de volta, de que haveria ainda outra porta, atrás de Gopalraju, e foi por ela que Suresh a empurrou. Lá dentro estava escuro, e quando ele acendeu a luz havia apenas uma cama desarrumada, uma geladeira atarracada e algumas garrafas espalhadas em uma mesinha. Num dos cantos ficava um banheiro pequeno. Um cheiro de cerveja choca, que Savitha não reconheceu, pairava no ar do quarto sem janelas, embora ela tenha conseguido reconhecer outros cheiros: lençóis que não haviam sido lavados, bosta, sêmen, sal, suor, cigarros, um tipo de angústia, de apatia, de melancolia, tudo isso emanando cheiros, tudo isso com formas próprias, tudo isso acumulado pelos cantos daquele quartinho.

Ele mandou que ela fosse para a cama. E em seguida foi também. Quando ela se deitou de costas, ele disse que não, que era para ser de outro jeito. Ela então virou-se de bruços, mas ele falou que não, não era disso que estava falando. Savitha o encarou, confusa, e então ele lhe mostrou o que fazer. Pegou um frasco de uma coisa transparente e espalhou no cotoco em seu braço, e depois lhe mostrou. Assim, ele disse, e então subiu na cama. De quatro. Ele lhe disse para ir para dentro e para fora e, quando ela fez isso, disse: "Assim, isso, assim mesmo". Uma dor brotou em algum ponto por trás dos seus olhos, e Savitha virou o rosto. Mas a dor era um trovão, impossível de ignorar. E ele dizia: "Isso, assim mesmo, aí, assim". E ela começou a chorar, querendo que aquilo acabasse. Rezando para ser logo. Mas ele mandou: "Não pare". E ela não parou, e a dor ribombou.

Ela fechou a porta do pequeno banheiro. A luz a deixava tonta, e por isso preferiu apagá-la. Foi tateando até achar a pia e se lavou, esfregando-se sem parar com o sabonetinho que havia ali, a pele marrom ficando vermelha até a altura do ombro. Ela então desligou a água e já estava prestes a sair quando ouviu alguma coisa. O que era? Savitha apurou os ouvidos. O som vinha da privada; parecia uma voz cantarolando. Ela inclinou o corpo mais para perto e escutou, e era isso mesmo. A privada estava cantarolando! Só para ela. Cantarolando uma canção simples, uma cantiga infantil, mas estava cantarolando para ela. Savitha sorriu no escuro, depois ajoelhou-se ao lado da privada e lhe deu um abraço. E cantarolou junto. Uma cantiga tão simples, uma melodia simples, e mesmo assim tão especial. Ela ficou ajoelhada e cantarolou. O frescor da porcelana e a sua cantiga; o frescor de um rio e o seu gorgolejar.

Ele estava fumando deitado na cama. As pernas dela bambeavam e talvez ele tenha notado, porque lhe disse, em télugo:

– Venha cá. Sente-se.

Savitha caminhou até a beirada da cama e se sentou na borda. Ele olhou para ela por um bom tempo, e depois começou a falar em inglês, como se ela pudesse entender:

– Eu não cresci aqui, sabe? Fui criado em Ohio. Você sabe onde fica isso? Era da equipe de atletismo. Sabe como me chamavam? Corre Curry. Mohan era do time de luta, ele era o Bate Curry. Coisa de criança, nada de mais. E eu ria com eles. Havia muito motivo para rir, naquela época. Mas minha vontade era socar todo mundo. Sempre que alguém dizia, sempre que todos riam, eu ria junto e olhava para aquelas bocas escancaradas e me imaginava agarrando os lábios e rasgando a cara deles. Bem rasgadas.

Ele tomou um gole da garrafa que estava na mesinha. Afundou mais o corpo na cama com um suspiro satisfeito, e falou, mais uma vez em inglês:

– Como foi que você perdeu essa mão, afinal?

Os olhos dele se fecharam por um instante e, quando voltou a abri-los, endireitou o corpo de repente, sentando-se na cama. Os olhos se arregalaram, e então Suresh disse em télugo:

– Ei. Ei, olhe só pra isso.

Havia uma mosca na mesinha. Voejando para lá e para cá. Ele a observava, atento. Savitha olhou também. Ele tirou o cigarro da boca. Ficou com ele na mão, pairando acima da mesa, não perto da mosca, mas um pouco afastado, como se soubesse para que lado ela voaria. E ela voou. Foi em cheio na direção da mão dele, que estava parada como a de uma estátua. Savitha nunca conhecera um homem capaz de ficar tão quieto. De esperar tão pacientemente. Pelo quê? Ela não saberia dizer, mas a imobilidade lhe pareceu uma espécie de graça decaída. Uma forma de adoração sinistra. Então, num átimo, a mão mergulhou para baixo e ele a pegou: capturou a mosca com a brasa acesa do cigarro. Savitha piscou, surpresa. Não era possível. Ela olhou outra vez, e era aquilo mesmo: lá estava mosca, um chiado ligeiro, um ou outro membro se agitando, e depois nada. Tão parada quanto a mão de Suresh havia ficado.

Ele soltou um riso.

– Ninguém mais sabe fazer isso. Ninguém. Eu consigo fazer desde os cinco anos. – Olhou para ela. – O segredo é o seguinte: sua mão tem que se mexer antes que a mente lhe diga para fazer isso. É a única maneira de matar uma mosca.

Ele ergueu o cigarro, a mosca ainda presa na ponta, o corpo do inseto já não mais distinguível da guimba, e o jogou no cinzeiro. O sorriso também havia se apagado, e ele falou:

– Vamos.

Quando parou o carro em frente ao prédio de apartamentos, lhe disse:

– Eu volto daqui a uma semana ou duas.

Chegando ao apartamento, Savitha parou por um instante para fitar o rosto adormecido de Padma e Geeta.

Nós já fomos crianças, pensou. *Nós éramos menininhas. Nós já brincamos na terra, debaixo da sombra de uma árvore.*

E então virou o rosto, a náusea subindo pela garganta. Ela foi para o chuveiro. Estava sentindo cheiro de carne queimada. Será que havia o suficiente numa mosca para ser chamado de carne? Savitha não sabia dizer, e parou de pensar nisso. Depois que saiu do chuveiro, tomou um copo d'água, foi para a cama e pegou o sári que começara a tecer para Poornima. Ela olhou para ele, olhou bem, e pensou: *Em uma semana ou duas. Ele vai voltar daqui a uma semana ou duas.* E então: *Mas é claro que havia. Tinha que haver. Todos os seres têm carne. Até a menor das criaturas. A mais pobre. A mais solitária.* E mesmo assim… mesmo assim, ele voltaria em uma semana ou duas. Ela olhou para o pedaço de sári na sua mão e pensou: *Eu não sou aquela garota naquele quarto. Não sou. Eu sou isto; eu sou índigo e vermelho.* E ir para aquele quarto dentro de uma semana ou duas, e uma semana ou duas depois disso, e uma semana ou duas depois disso, era render-se ao que o corvo tanto havia alertado, ao que ele sempre estava alertando: era se deixar ser engolida pedaço por pedaço.

Savitha não dormiu naquela noite de tanto pensar. E passou o dia seguinte inteiro pensativa; enquanto limpava apartamentos e um andar de um prédio de escritórios e alguns quartos de uma pensão. Quando voltou para o seu quarto, bem tarde da noite, continuou pensando. Padma chegou um pouco depois. Ainda bonita depois de um dia de faxina. *Uma beleza*, Savitha pensou, *que de nada adiantava*. Era só uma garota maquiada com batom laranja e os olhos pesados de kajal limpando as casas de desconhecidos, à espera de um homem que não viria nunca.

Ela estava calada, e Padma deve ter reparado nisso, porque falou:

— O que deu em você?

Savitha a encarou como se nunca a tivesse visto antes.

— O que impede você de ir embora?

– Para onde eu iria?

– De volta para a Índia.

– De onde tiraria dinheiro? Além do mais, voltar para a Índia não vale a pena. Não tem nada lá pra mim. Meu pai usou o dinheiro que ganhou comigo para comprar uma motocicleta.

Savitha ficou calada.

– Por quê? Você está pensando em voltar?

– Eu, não, mas você... você é tão bonita.

Isso a fez sorrir, levando os dedos aos cabelos, e Savitha sorriu de volta, imaginando que Padma acreditara nas suas palavras.

Ela estava enganada.

Da próxima vez em que foi pegar o sári que começara a tecer para Poornima de dentro da fronha, dias mais tarde, ela perdeu o ar: um pedaço comprido dele tinha sido arrancado. Rasgado, a trama mutilada, puxada de qualquer maneira. Quem teria feito uma coisa dessas? Ela procurou dentro da fronha, depois embaixo da cama. Olhou para o que restara dele, com um terço faltando. Desaparecido. Ficou sentada por um instante, depois ergueu-se num salto e vasculhou todo o apartamento: os armários da cozinha, o banheiro, o guarda-roupa, as coisas de Geeta e de Padma. Padma! Ela devia ter contado a alguém que Savitha andara perguntando sobre a Índia, sobre ir embora. E eles... eles o quê? Ela largou o corpo outra vez sobre a cama. Eles tinham tirado um pedaço da única coisa que tinha importância na sua vida. E por que fariam algo assim? Por que não levaram logo todo o pano?

– Por quê? – questionou ela às paredes.

Mas as paredes nada tinham a dizer em resposta.

Preciso ser mais cuidadosa, Savitha decidiu. *Muito mais cuidadosa*. O céu pareceu concordar: a chuva caiu com mais força, o ar ficou mais carregado.

9

Ao longo das semanas seguintes, Savitha deitou-se todas as noites em sua cama e pensou na viagem da Índia para Seattle. Dissecou momento por momento, documento por documento. Quando ela e a mulher que se fingia de sua mãe haviam chegado ao primeiro aeroporto, em Chennai, a velha senhora sacara duas tiras de papel e dois livrinhos azuis para entregar à moça do balcão. As tiras deviam ser as passagens, porque a moça do balcão havia carimbado as duas e entregado de volta. Os livrinhos azuis, ela só olhou rapidamente antes de devolver. E depois, o quê? Depois mais nada, até elas chegarem a Nova York. Lá, a coisa toda havia acontecido ao contrário. Lá, Savitha se lembrava, elas haviam esperado em uma fila comprida, e dessa vez a mulher havia mostrado as passagens e os livrinhos azuis para um homem. Ele carimbou os livrinhos, mas não as passagens. O que eram aqueles livros? Savitha não fazia ideia, mas sabia que precisava do livro azul. Ela também sabia que precisava de uma passagem. E, para ter essas duas coisas? Sabia que precisaria de dinheiro.

Seu coração afundou.

Porque ela se deu conta de que, mesmo com dinheiro, uma passagem e o livro azul, obviamente ela ainda não poderia ir embora. De jeito nenhum. Eles conheciam a família dela, sabiam que era de

O brilho do sol que invadiu a nossa casa   243

Indravalli, e, se ela fosse embora, bem, então qualquer coisa poderia acontecer à sua família. Gopalraju havia pago muito dinheiro para comprá-la, mais do que Savitha teria sido capaz de imaginar – ela era um *investimento*, palavra que só conhecia associada a vacas, cabras e galinhas. E por que qualquer pessoa deixaria a sua vaca, cabra ou galinha simplesmente ir embora? Ninguém faria isso. Jamais. Eles podiam matar sua família. Ela sabia, tinha certeza disso como tinha certeza do seu amor por eles: uma certeza arraigada em suas entranhas. Portanto, teria que ficar.

No fim do seu terceiro mês em Seattle, bateram à porta. Savitha entrou em pânico. Vasu costumava entrar direto, usando a chave que tinha, e então não podia ser ele. Era uma noite de quarta-feira, e Padma e Geeta ainda não haviam voltado. E se fosse Suresh? Mas em geral ele ia buscá-la em um dos edifícios das faxinas, a levava para o quartinho e lhe entregava o frasco com o líquido transparente. Eram as noites em que ela voltava bem depois que Padma e Geeta já tinham ido dormir. Em algumas delas, depois de tudo acabado, Savitha vomitava na calçada depois que Suresh arrancava com o carro; uma vez, fora obrigada a pôr o cotoco sobre uma chama.

Outra batida. Quem poderia ser?

Ela foi para perto da porta e apurou os ouvidos. Nada. Depois, um remexer de pés. Não se afastando, ainda não. Ela esperou. Ali não havia olho mágico – em alguns apartamentos que limpava, tinha notado o buraquinho na porta. Naquele momento, Savitha quis que houvesse um ali também.

Depois da terceira batida, ela girou a maçaneta sem fazer barulho, o mais silenciosamente possível, e espiou pela fresta.

Era Mohan.

Savitha abriu toda a porta e ele ficou parado onde estava, encabulado, sem mover um músculo. Ela esperou com a porta aberta, pensando se ele também teria aparecido para levá-la para o quartinho.

Ele abriu um sorriso tímido, talvez até triste, e lhe entregou um saco de papel pardo. Quando Savitha o abriu, viu seis bananas. As bananas, a simples visão delas – com as cascas amarelas e lisas, sua firmeza desafiadora, a beleza sutil –, a fizeram soltar um riso de prazer. Savitha ficou olhando e olhando para elas, e, quando enfim ergueu os olhos, Mohan a encarava.

– Aqui nos Estados Unidos eles cortam as bananas ao meio e põem sorvete – disse ele.

Savitha tentou imaginar isso, sem conseguir.

– Eu gosto de comer junto com arroz e iogurte – falou.

Os dois ficaram em silêncio por um tempo, e ela o convidou para entrar (embora lhe parecesse estranho o convite; o prédio pertencia ao pai dele, afinal). Ele disse que não, que ficava para outra vez. Quem sabe na semana que vem, falou, e então foi embora.

Naquela noite, Savitha comeu dois pratos de arroz com iogurte com banana. O primeiro deles tão doce e cremoso e divino que lágrimas escorreram pelo seu rosto. Geeta riu e deixou que ela ficasse com um pouco do seu arroz. O segundo prato – uma gentileza de Geeta e de Mohan – a fez pensar em Poornima, e lágrimas escorreram outra vez, embora ela soubesse que essas tinham uma razão diferente.

– Vamos – disse Mohan.

Ele tinha ido até um dos apartamentos que ela estava limpando, e parara no vão da porta como se o carpete estivesse molhado, coisa que não estava, ou como se houvesse outras pessoas lá dentro, coisa que não havia.

– Mas não terminei ainda – foi a resposta de Savitha.

Ele percorreu o ambiente muito iluminado com o olhar uma única vez, os olhos examinando superficialmente de um lado a outro, e depois disse:

– Já está bom.

Ela entrou no mesmo carro que ele tinha usado para buscá-la no aeroporto com a mulher que se passara por sua mãe. O interior continuava cheirando a limão. Savitha não sabia para onde estava sendo levada, mas ele não pegou o caminho para o prédio onde morava. Mohan estava calado, quase taciturno, mas ela mal reparou. Seus olhos estavam pregados na janela, olhando o movimento noturno nas ruas. Os trajetos que fazia eram sempre do prédio para os locais das faxinas e de volta, só dez, vinte minutos de cada vez, mas agora a sensação era de estarem *à toa*, algo que ela nunca pensara em associar à própria vida, ou à *vida* em geral, que era só uma constante lista de afazeres; fazer coisas para que se pudesse comer, dormir, sobreviver. Mas agora, agora, nessa rua larga no meio da noite ampla e úmida de garoa, pairar por baixo dos sinais de trânsito e olhar as pessoas sentadas em salas iluminadas e imaginar o cheiro lá dentro, o calor, o alarido das vozes ou da televisão, ou alarido nenhum, só o silêncio, mas imaginar, ali sentada naquele carro elegante e perfumado de limão, sem ter nada pela frente e nada, propriamente, para trás, era o suficiente para fazer o coração de Savitha inchar, para fazê-lo doer com algo que se parecia com felicidade.

Por fim, eles saíram da rua principal mais larga e começaram a subir uma ladeira. O carro serpenteava por ruas escuras. O vento tinha aumentado, e ela perguntou se podia abrir a janela, e, quando Mohan não respondeu, ou talvez sequer a tenha ouvido, ela cutucou alguns botões da porta até que o vidro desceu suavemente e a brisa levantou seus cabelos soltos (com apenas uma das mãos, ela não conseguia mais manter o cabelo trançado), a garoa borrifando seu rosto, fazendo-a estremecer de prazer, e as folhas sombreadas meneavam acima e ao lado dela enquanto o carro passava, avançando como se desposasse a noite, como se estivesse dançando com o vento.

Não, ela não conseguia se lembrar de outra noite tão esplendorosa, ali ou em qualquer lugar, e, quando voltou-se para Mohan, quase rindo, ela viu que ele estava desatarraxando a tampa de uma garrafinha, erguendo-a até a boca, e foi nesse instante, quando viu o líquido dourado que saía da garrafa, quando viu o rosto dele se crispar ao primeiro gole, que ela percebeu que havia se enganado. Nada daquilo era verdade. De jeito nenhum. A noite, a garoa, a subida da ladeira. Nada daquilo lhe pertencia. Era tudo dele. Ele era seu *dono*, e essa era a única verdade que havia ali.

Ela fez o vidro subir outra vez; as paredes voltaram a se fechar; Savitha fechou os olhos.

Quando voltou a abri-los, as ruas estavam ainda mais escuras, e eles continuavam a subir. Por fim, ele encostou o carro diante de um pequeno barranco na beira da pista, e desligou o motor. Deu um gole comprido na garrafa e, quando notou que Savitha estava observando, ofereceu-a a ela. Savitha pensou no seu pai, depois pensou no pai de Poornima, e então pegou a garrafa. O líquido desceu como fogo – a sua primeira experiência com o uísque – e ela tossiu e cuspiu até Mohan começar a rir e pegar de volta a garrafa. O pensamento que lhe ocorreu foi que ele estava desacostumado ao riso, ou pelo menos a um riso que não tivesse traços de dor. O uísque chegou ao seu estômago, e os seus olhos flutuaram e começaram a boiar num mar morno. Quando voltou a focar a vista, notou que estavam no alto de uma escarpa, e que abaixo e à frente deles, até o horizonte escuro, havia um campo de luzes. Derramadas como contas sobre o veludo negro.

– Para que direção estamos voltados? – indagou ela.

– Para oeste.

Oeste.

Ela examinou as luzes, e pensou que em algum lugar por ali, bem ali embaixo, devia estar o seu apartamento. Para além das luzes, a distância, havia uma faixa de um preto sólido.

– O que é aquela faixa sem nenhuma luz?

Ele ergueu os olhos, claramente bêbado, pela maneira como sua cabeça oscilava.

– Onde? – perguntou.

Ela apontou. Ele seguiu a direção do seu braço e disse:

– Água. Ali é a água.

Ela se lembrou da ponte que haviam atravessado. Naqueles três meses que estava em Seattle, havia se esquecido de que estavam tão perto da água. Só o que via eram paredes. Mesmo nos dias ensolarados, a luz era cinzenta, escoando dolorosamente para dentro de apartamentos sujos. Os grãos de poeira giravam no mesmo lugar, sem terem para onde ir. Savitha encarou a massa preta à sua frente, aquela faixa de escuridão, e, embora agora conhecesse bem as máquinas de lavar, ficou se perguntando se a massa preta teria lavadeiras nas suas margens, e se os sáris esvoaçariam por lá como se fossem bandeiras.

– Sabe quando tomei minha primeira dose? – perguntou ele para a escuridão, em télugo.

Savitha tomou mais um gole da garrafa.

– Eu estava com onze anos, quase doze. Foi atrás do carrossel na festa da cidade. – Agora ele alternava télugo e inglês, e Savitha tinha que fazer um esforço para entender. – Eu tinha ido com meu amigo Robbie e o pai dele. O pai de Robbie achou que já estava na hora e nos comprou cervejas. – Após um longo silêncio, ele continuou: – Nós nos mudamos no ano seguinte. *Nanna* vendeu o hotel de beira de estrada e comprou outros dois. "Eu vou construir um império para nós", ele dizia. "Um império!" – Mohan olhou para Savitha. – Eu acho que é você. Você é o império.

O uísque chegara ao fim. Ele jogou a garrafa no banco traseiro e reclinou o assento. *Como ele tinha feito aquilo?*, indagou-se Savitha, empurrando o seu encosto para tentar fazer com que descesse também.

– Abra ali – disse ele, apontando para o porta-luvas.

Ela remexeu a tampa, e quando conseguiu abri-la havia outra garrafa lá dentro. Ela passou-a para ele e Mohan a segurou junto do corpo, sem abrir, como se ela fosse um talismã, um objeto de imensa beleza.

No silêncio do carro, ele disse:

– Eu parei de lutar aos dezesseis anos. Só parei. Suresh deve ter me perguntado um milhão de vezes. Pergunta até hoje. "Por quê?", diz ele. "Por que você parou? Você era bom, Mo, bom de verdade. Podia ter chegado às finais do campeonato estadual. Até ao nacional."

Ele parou de falar e olhou para Savitha. Então perguntou, em télugo:

– Você entende alguma coisa de inglês?

Savitha balançou a cabeça.

Mohan continuou, agora só em inglês.

– Meu irmão foi me buscar na escola uma vez. Só uma vez. Tinha uma garota no banco de trás do carro, mais ou menos da minha idade. Eu olhei para ela e perguntei: "Quem é essa?". Ele nem chegou a virar a cabeça, só disse: "É só você entrar, Mo. É só ir com ela, esperar até fazerem tudo, e sair. Não tem nada de mais". A essa altura, ele já tinha parado o carro na porta de uma clínica, e nós ficamos lá, parados no estacionamento. Nós três. Então eu entendi. Falei: "Por que você não pode ir?". Ele esperou. Eu não achei que fosse ter uma resposta, mas então Suresh falou: "Eles podem me reconhecer". E então eu acompanhei a garota e falei com a enfermeira. Eu sabia o que estava passando na cabeça da mulher, pela maneira como olhou para mim. Ela me entregou folhetos sobre métodos anticoncepcionais, abstinência e essas coisas. A minha cara deve ter ficado um pimentão.

Após uma pausa, ele continuou:

– Quando a garota saiu, ela estava carregando os mesmos folhetos. Não sabia uma palavra de inglês, mas estava agarrada a eles como se fossem a mão de alguém. Sem olhar nos meus olhos. Sem erguer a cabeça. Eu fiquei sem saber o que dizer. Era uma criança. Nós dois éramos. Por fim, eu gaguejei algo sobre lhe dar um copo d'água, e ela disse: "Não, senhor, obrigada". Você consegue imaginar uma coisa dessas? Dezesseis anos, e ela me chamou de senhor.

Ele riu.

– Depois que ela saltou do carro, falei: "Quem é ela? O que está fazendo no nosso prédio? O que você fez com ela?". Suresh olhou para mim, com um olhar longo e duro, e disse: "O que você *acha* que ela está fazendo no nosso prédio? Hein? O que você acha que a gente faz da vida, Mo? Como acha que nos viramos neste país? Que ganhamos muito dinheiro? Você acha que nosso pai nos trouxe até onde chegamos *sem* garotas como ela?".

A garoa se transformou em chuva.

– Garotas como ela – repetiu Mohan. Então, em télugo, indagou: – O que você entendeu?

Savitha respondeu, com sinceridade:

– Eu entendi a palavra "garotas".

Ele olhou para ela com o que pareceu ser desejo, ou quem sabe solidão, e deslizou devagar os dedos pelo seu rosto antes de dizer, em inglês:

– Você é o império. Você é mais que um império.

Savitha olhou para ele e nesse momento quis lhe dizer tudo, absolutamente tudo, mas em vez disso tomou a garrafa da sua mão, viu o líquido oscilar contra as gotas de chuva, as luzes distantes, bebeu como seu pai teria bebido, e então sorriu.

Foi na semana seguinte. Ele foi até outro apartamento, na Brooklyn Avenue, e sem dizer uma palavra a deitou no carpete. Mohan beijou seu braço, depois seu pescoço e então a boca, e, mesmo ela já tendo sido beijada muitas vezes antes, o seu pensamento foi: *Então é isso que é ser beijada*. A maciez do carpete amparava as suas costas, e ele afastou o cabelo do seu rosto, e depois desabotoou sua blusa. A blusa não se abriu totalmente, só de um dos lados, e ele tomou esse seio na boca. Ao aninhar a cabeça dele com a mão, Savitha viu, no pretume sedoso dos cabelos, um primeiro e grosso fio grisalho. A cortina oscilou acima da cabeça dos dois; uma nuvem espessa se moveu e a luz escoou para dentro do cômodo, indo bater no rosto dela. Ele tirou as suas calças, a calcinha, ambas largas demais porque as roupas eram compradas para as três e Geeta tinha o corpo maior que o seu, mas nada disso Mohan pareceu reparar, ou se importar, porque estava agora beijando-a na barriga. Ele apoiou a cabeça nela, como se quisesse ouvir vozes lá dentro, e ela aninhou de novo sua cabeça, ansiando por ele, querendo que continuasse, mas não, ele não faria isso. Ainda não, falou. A primeira sensação de Savitha foi de impaciência, depois desespero. "Por favor", quase chegou a dizer, em inglês, em télugo: *Por favor*. Mas ele esperou, ergueu-se sobre o corpo dela, fitando-a.

– Não – disse outra vez –, não, eu quero olhar para você primeiro. Olhar todo' esse castanho flamejante do seu corpo.

Ela jogou a cabeça para trás e ele a manteve desse jeito, pairando sobre seu corpo, perfeitamente equilibrado e impassível, e a luz que transbordava dela tremulou, nutrida e viva.

Eles se sentaram juntos, depois, à luz do fim do dia. Debaixo da janela, no chão, com as pernas estendidas e encostadas um no outro. Nenhum dos dois falou. Savitha quis segurar a mão dele, mas Mohan havia se sentado do seu lado esquerdo. Ela olhou para o coto do braço, pousado em seu colo, embora Mohan quase nem parecesse reparar nele. Em vez disso, ele pegou sua calça, tirou a carteira de dentro dela e lhe disse:

– Olhe, quero lhe mostrar uma coisa.

Era uma fotografia pequena, e, embora o papel estivesse vincado e amarelado, Savitha viu na mesma hora que era uma foto de Mohan e Suresh, ainda crianças.

– Quantos anos vocês tinham?

– Oito e catorze.

Ela observou os dois. Os cabelos compridos demais, os olhos redondos, a expressão de felicidade irrepreensível no rosto de Mohan, voltado meio para o irmão mais velho, meio para a câmera, com um sorriso desinibido e pleno, e Suresh sem sorriso nenhum, com uma seriedade adolescente, ou talvez uma teimosia adolescente, mas, ainda assim, com um braço enlaçando o irmão, segurando-o perto de si, embora não perto demais.

– Onde estava a sua irmã?

– Ela tirou a foto. Nós estávamos de férias. A única viagem de férias que fizemos na vida. Meu pai queria nos mostrar o monte Rushmore. Foi na época em que morávamos em Ohio. *"Isso* é ser grande, crianças", disse ele, "é quando o seu rosto é esculpido na encosta de uma montanha." Eu não me lembro muito de como era. O monte Rushmore, quer dizer. Mas eu me lembro bem desse lugar – completou ele, apontando para a foto.

Savitha olhou para ela com mais atenção, para trás de Mohan e Suresh, para as árvores que havia, e talvez um lago ou rio logo depois.

– Que lugar é?

– O cânion Spearfish. Nós só passamos de carro por ele, mas eu me lembro que era perfeito. O lugar mais perfeito onde eu já estive.

Ela olhou mais um pouco. Não parecia grande coisa. Não chegava nem perto da magnificência da Indravalli Konda.

– Perfeito como?

Ele ficou em silêncio. E, depois, mexeu o braço e enlaçou os dedos da mão direita ao seu cotoco, completa e naturalmente como se ela também tivesse uma mão ali.

– Isso é impossível – falou. – Não existe jeito de explicar a per-feição de alguma coisa.

Savitha ponderou sobre a fotografia.

– Era como a melodia de uma flauta?

– O quê?

– Esse lugar. Era como a melodia de uma flauta?

Um sorriso ligeiro surgiu nos lábios dele.

– Era. De uma certa maneira, era sim. – E, depois: – Eu nunca tinha pensado nisso dessa maneira. Mas sim, era como a melodia de uma flauta.

– Qual era mesmo o nome?

– Cânion Spearfish.

Ela partiu as palavras em pedaços e repetiu para si mesma. Câ. Nion. Spear. Fish. Depois, repetiu em voz alta.

– Como se soletra?

– Está do outro lado – falou ele.

E, quando Savitha virou a fotografia, no verso estava escrito em tinta azul: C-Â-N-I-O-N S-P-E-A-R-F-I-S-H. Depois que Savitha lhe devolveu o retrato, ele disse:

– Quem sabe nós dois podemos ir até lá um dia.

E ela quase riu. Por quê, não sabia, não seria capaz de dizer; a única certeza que tinha era de que não estava sentindo alegria nenhuma.

10

Já fazia mais de um ano que Savitha estava em Seattle. Às vezes, quando era levada de apartamento para apartamento por Vasu, ela passava em frente à universidade, e, da janela do carro bege caindo aos pedaços, ficava olhando para os estudantes que esperavam, ou caminhavam, ou riam, especialmente para as garotas. Elas tinham a sua idade, às vezes eram um pouco mais velhas, e Savitha olhava para a sua pele, para os cabelos, a curva dos ombros, para as duas mãos que todas possuíam, e pensava: *Qual é o seu nome? Onde você mora? Será que é inquilina de algum dos apartamentos que eu limpei?*

Se Mohan sabia a respeito de Suresh, do quartinho e do frasco com o líquido transparente, não demonstrava. Geralmente, ficava calado, ou lhe contava histórias em inglês, ou fazia amor com ela para depois passar um café. Mesmo se os dois estivessem em um apartamento desocupado, sem bule ou panela à vista, ele corria até a loja da esquina, comprava café instantâneo e fervia a água no micro-ondas para então acomodar-se ao lado dela, no chão, sorvendo o café fraco de um copo de isopor que havia trazido do carro.

Uma vez, não havia nem panela nem copos, mas o inquilino anterior deixara um pequeno vaso de plantas de plástico no parapeito de uma das janelas. Savitha viu o olhar que Mohan lançou na direção dele e falou que não, que aquilo era nojento. Mas ele limpou o vasinho na pia, ferveu a água, e eles se revezaram para tomar o café de dentro do vaso, o cheiro leve de terra misturando-se ao aroma forte de café.

Obviamente, Savitha não contou nem a Geeta nem a Padma sobre Mohan nem sobre Suresh. Nenhuma delas tinha o hábito de falar muito a respeito dos dois irmãos. Mas, certa noite, depois que encontraram um saco com pimentões meio murchos do lado de fora da porta da quitinete, provavelmente deixado por Vasu, Geeta limpou as partes ruins e preparou um curry de pimentões com batatas. Elas comeram o curry com arroz, e depois se serviram de arroz com iogurte. Enquanto Savitha descascava a banana para misturar nele, Padma indagou:

– Onde você arranjou isso?

Como não podia dizer a verdade, ela respondeu:

– Deixaram aí na porta, igual aos pimentões.

Elas comeram em silêncio, e, depois que já haviam tomado banho e estavam deitadas nas suas camas de armar, Savitha escutou sirenes distantes e perguntou:

– O que é isso?

– É por causa da neblina. Para alertar os navios.

– Neblina?

Era como uma névoa espessa, elas explicaram. Que podia fazer os navios se perderem. Savitha recordou-se da névoa que se formava de manhã bem cedo sobre o rio Krishna; ela poderia reparti-la com a mão, como se fosse uma porção da sopa *sambar*. Depois, ficou pensando nos navios. Devia haver um porto ali perto, deduziu, com marinheiros, capitães, passageiros e coisas esplendorosas chegando do mundo inteiro. Especiarias, talvez, ou ouro.

– Mohan esteve aqui mais cedo – disse Geeta para Savitha. – Ele falou que precisava levar você para um trabalho em Ravenna. Falei que eu estava livre e podia ir, mas ele disse que não, que então aquela faxina podia esperar.

Savitha ficou em silêncio, mas Padma soltou um suspiro no escuro.

– Você devia contar a ele – falou Geeta, soltando uma risadinha como se ainda estivesse na escola.

Padma se remexeu na cama, suspirando outra vez, sem achar graça.

A respiração das duas se aprofundou, e Geeta, agora num tom sério, falou:

– Do que você tem medo? O que pode ser pior do que já aconteceu?

Houve um silêncio. Savitha tateou a cama atrás do sári que começara a tecer para Poornima, pensando mais uma vez se não seria melhor deixá-lo sempre escondido antes de sair, todas as manhãs. Perguntando-se *por quê*.

Padma e Geeta enfim pareceram mergulhar cada uma num sono agitado, mas Savitha não dormiu. As palavras de Geeta perfuravam seus pensamentos; elas permaneceram pairando como um peso no quarto. A noite, também, era como um peso. Savitha indagou-se por um tempo se o que estava sentindo era ciúme; não de Padma, obviamente, mas do que estaria por vir. Suresh, até onde ela conseguira saber, era casado, mas Mohan, não. Ela sabia que ele logo deveria se casar com alguma garota adequada de uma família adequadamente abastada. Uma garota télugo e encantadora. Dessas coisas, Savitha sabia. Mas não sentia ciúmes. Estivera ciente, desde o início, das condições que envolviam o afeto entre os dois. Afeto? Não, não era bem isso. Talvez fosse… amor? Talvez aquilo fosse *mesmo* amor, e esse pensamento, ali deitada na cama de armar estendida no chão de um quarto decadente, a deixou entristecida. Savitha então tratou de dispensá-lo, de dispensar *fisicamente* o pensamento, virando o rosto para a parede.

Ela se lembrou de uma história que o pai havia lhe contado, muito tempo antes. Certa vez, quando ainda era bem pequena, Savitha passara o dia brincando no meio das árvores raquíticas que havia perto do casebre da família, olhando as lavadeiras passarem com trouxas de roupas equilibradas na cabeça. Depois que já havia anoitecido e as tarefas estavam todas concluídas, sua *amma* tinha saído de casa e se sentado no chão, ao pé da cama de cordas do marido, para passar óleo nos cabelos de Savitha (nessa época, as outras filhas ainda não haviam nascido). Na história que lhe contou nesse dia, *nanna* tinha a idade dela, talvez fosse até mais novo, e, por ser o caçula e pequeno demais para começar a lidar com o tear ou a *charkha*, sua tarefa era ir todas as manhãs até a casa do leiteiro. Essa casa, o pai explicou, ficava a quase quatro quilômetros de distância, e, como não havia dinheiro para tomar o riquixá ou o ônibus, ele ia a pé.

— Eu ia com sono, sempre com muito sono, e caminhando aos tropeços — disse ele —, mas a parte que eu mais gostava era de cumprimentar as vacas. Elas estavam sempre esperando, os focinhos úmidos para fora das cercas dos currais, e, nessa hora, somente nessa hora, o sol subia e os topos das suas orelhas peludas engraçadas se iluminavam como se fossem pequenas montanhas, com os raios do sol as iluminando por trás. Com o dia claro — prosseguiu —, a caminhada era agradável. Atravessando os campos, em direção ao rio. Mas de manhã bem cedo, muito cedo, enquanto ainda estava escuro, por volta das três ou quatro horas da manhã (horário em que era possível escolher os melhores coalhos, vendidos a ele com desconto porque o leiteiro sentia pena, porque se compadecia ao ver um menino tão pequeno tendo que andar uma distância tão grande), a travessia dos campos era horrível. Horrível e assustadora.

— Mas por quê? — quis saber Savitha, o aroma do óleo de coco em seus cabelos misturando-se ao ar noturno.

— Porque eu era só um menino, e por causa do escuro, e porque é desse jeito que os medos afloram quando se é um menino ou

O BRILHO DO SOL QUE INVADIU A NOSSA CASA **257**

uma menina – explicou o pai, dando tapinhas carinhosos na cabeça da filha – e está muito escuro. Mas, continuando: numa dessas manhãs, eu estava caminhando para a casa do leiteiro quando parei de repente. Parei, simplesmente, no meio da trilha. E você sabe por que eu parei?

Savitha balançou a cabeça.

– Porque vi um tigre. Ou um urso. Não havia como ter certeza, sabe? O dia não tinha clareado ainda, como eu estava dizendo, e, apesar de estar tão perto que eu poderia estender o braço e tocar no bicho, mesmo com meu bracinho curto de criança, eu não tive coragem de fazer isso. Quem é que teria? De todo modo, ele me prendeu onde eu estava. Me deixou preso no seu olhar. Os olhos eram amarelos. Eu conseguia vê-los: olhos que não piscavam, ou então que piscavam só quando eu piscava. Olhos que me paralisaram, em suma. De puro pavor. E durante todo o tempo em que eu fiquei lá, sem me mexer, o bicho ficou também, sem se mexer. Imóvel, com os olhos colados em mim. Esperando para me devorar.

Savitha arregalou os olhos de medo.

– O que aconteceu, *nanna*?

– Bem – disse o pai –, nós nos encaramos, só respirando, sem nos mexermos, os olhos amarelos do bicho lentamente se avermelhando. Primeiro ficando alaranjados, depois vermelhos. E, então, cada vez mais vermelhos. A essa altura, eu já tinha achado um buraco raso bem perto, a poucos passos da trilha em que estava, e fui me afastando do urso ou tigre sem fazer barulho até me meter no tal buraco. Ali eu ficaria esperando até o sol surgir, decidi, e então passaria correndo pelo lugar onde estava o bicho. Ou, mais provavelmente, se tudo desse certo, o próprio bicho resolveria voltar para o meio do mato, para a selva ou para de onde quer que tenha saído. Além do mais, eu pensei, depois que amanhecesse os lavradores começariam a chegar aos campos, e um deles certamente teria um cajado para espantar o tal bicho. Bem, todos esses pensamentos passaram pela minha cabeça, mas a coisa que estava ocupando mais espaço dentro dela nessa hora não era pensamento algum, e sim o medo.

E nesse ponto da história, numa reação que pegou Savitha de surpresa, seu pai soltou uma risada.

– Você quer saber o que aconteceu depois?

Ela ergueu os olhos para encará-lo.

– O sol nasceu. Foi isso o que aconteceu. E você quer saber o que aconteceu depois? Eu vi que o urso enorme, ou tigre, ou qualquer outro monstro que eu tivesse imaginado, não passava de uma árvore. Uma árvore! Era só uma árvore. Uma árvore morta. – Ele riu mais um pouco. – Estava muito escuro, sabe? Tudo tinha sido fruto da minha imaginação.

– Então não tinha urso? Nem tigre? – indagou Savitha, um pouco desapontada.

– Não, meu pedacinho de *ladoo* – disse o pai. – Era só uma árvore. Como acontece com a maior parte dos medos, não era nada. *Nada.*

Savitha, deitada na escuridão do quarto, pegou-se pensando nessa história. Havia muitos anos que não se lembrava dela, mas, pensando nesse momento, se deu conta: *Os meus medos de agora não são 'nada'. Os medos que sinto pela minha família, pelo bem-estar deles, são verdadeiros. Eles são um urso. Um tigre. E, se eu decidisse mesmo ir embora...* Ela sequer conseguia concluir esse pensamento. *Mas por que a história sobre o medo foi me ocorrer logo depois de eu ter pensado em amor?*, indagou-se Savitha. Seria uma associação tão óbvia? Era claro que sim. Ela nunca havia conhecido um sem estar acompanhado do outro: sempre havia temido pela saúde de seu pai, pelo vício dele por bebida, pelos dotes das irmãs, pelos dias de labuta interminável de sua mãe. E também era igual no caso de Mohan. Bem, com Mohan aquilo ficava ainda mais claro – não era possível, portanto, que o amor existisse *sem* o medo. Os dois sentimentos sempre haviam andado juntos na sua vida, Savitha percebeu, sempre medo e amor, mas, naquele ponto em que estava agora, flutuando no limiar entre o mundo desperto e o sono, outro pensamento emergiu, como se surgido do pedaço de tecido escondido dentro de sua fronha: o pensamento de que talvez tivesse, sim, existido uma exceção. Talvez uma vez, durante um período muito breve, na sua meninice, os dois tivessem tomado caminhos separados. Durante um breve período (Savitha já estava ressonando, já começando a sonhar) ela amara Poornima, e, imersa naquele amor, não sentira medo algum.

Suresh apareceu e a levou para o quartinho, e depois Mohan apareceu, e depois Suresh. Então Mohan apareceu de novo, e eles transaram num apartamento desocupado, e mais uma vez num edifício comercial. Essa era a rotina que Savitha seguia. Meses se passaram. Certa vez, quando estava sentada na beirada da cama olhando enquanto Suresh abria uma garrafa de cerveja, Savitha perguntou:

– Posso tomar uma?

Ele a encarou, impressionado – talvez pelo simples fato de ela ter dito algo, já que Savitha preferia ficar em silêncio, ainda abalada pelo estouro de trovão que eram a presença dele, o quartinho, o frasco de líquido transparente e o ato em si –, e lhe entregou uma das garrafas. E, assim, surgiu mais uma rotina: cerveja com Suresh, café ou uísque com Mohan. Certa noite, ela se viu sozinha na quitinete, tão inquieta que mal conseguia ficar sentada. Andava da janela para a cozinha e de lá para o banheiro e de volta à janela, até se dar conta de que o que queria mesmo era álcool. Esse pensamento a aterrorizou. Parada junto à janela, Savitha pensou em seu pai, na destruição que ele atravessara, e depois no menino cego e na maneira como ela ficava deitada na cama encarando a porta trancada, esperando que ele chegasse com a seringa, com a próxima dose. Então decidiu cortar essa história pela raiz, bem ali. Toda ela. E nunca mais voltou a tocar na cerveja ou no uísque que lhe ofereciam.

No final de julho, em uma tarde quente e nublada, Mohan apareceu para buscá-la e falou:

– Tenho uma surpresa.

Eles seguiram de carro por uma estrada larga mais uma vez, agora margeando a água, e então estacionaram numa rua movimentada, entre um carro azul e um vermelho. O restaurante em que ele a levou era o ambiente mais colorido que Savitha já vira na vida. Os assentos junto às mesas eram num tom de vermelho-vivo, havia cartazes de filmes nas paredes e o balcão era azul. *Azul e vermelho outra vez...*, foi o pensamento que lhe ocorreu. Quando se sentaram – Savitha ainda atônita, pois nunca antes ele entrara num lugar público com ela, e, mais do que isso, ela mesma nunca havia *estado* em um restaurante antes, com ou sem Mohan –, Savitha olhou para os outros clientes à sua volta, conversando e rindo, totalmente à vontade, e deslizou para o canto do assento que ficava mais perto da parede. Disfarçadamente, tratou de ajeitar a blusa para dentro da calça para que ninguém notasse como era larga e escondeu o cotoco sob o tampo da mesa. Depois, ficou observando o movimento no restaurante, o tilintar dos talheres e o ruído das conversas, os pratos fumegantes de comida que passavam junto da mesa deles, olhando para tudo com uma espécie de reverência, um maravilhamento que lhe arregalava os olhos.

Quando a garçonete se aproximou para anotar os pedidos, ela olhou para Savitha com o que lhe pareceu um ar de deboche, ou talvez de pena, antes de voltar-se para Mohan. Ele pediu uma coisa que ela não compreendeu o que era, e, quando o pedido chegou, a garçonete depositou a travessa oval e rasa no centro da mesa, entre os dois.

Savitha olhou para o prato.

– O que é isso?

– Você não lembra? Eu comentei com você. Os americanos chamam isso de banana split.

Ela olhou novamente e... lá estava! Uma banana!

– Mas o que é essa coisa?

O BRILHO DO SOL QUE INVADIU A NOSSA CASA   261

– Sorvete.

– Não, por cima.

– Chocolate. E aquilo ali é chantili.

– E ali?

– Calda de morango.

– Isso parece amendoim triturado.

– Exatamente.

– E essa coisa no topo?

– É uma cereja. Você já comeu cereja?

Savitha negou com a cabeça. Mohan insistiu para que fizesse isso antes de qualquer coisa, e, quando a pôs na boca, ela achou que era a coisa mais esquisita que já tinha experimentado. A textura se parecia com a de uma lichia, mas o gosto era de algo doce, viscoso e alcoólico. Depois, pegou um pedaço da banana com um pouco de sorvete e chocolate e mergulhou a ponta da colher na calda de morango, para poder sentir o gosto de tudo junto. Pegou também um pouco da coisa branca e fofa, e tudo isso levou apenas um instante para acontecer, mas logo em seguida Savitha fechou os olhos. Era a melhor coisa que havia provado na vida. Melhor até do que a banana no arroz com iogurte? Não, mas era muito mais extravagante. Parecia até difícil comparar uma com a outra. A banana no arroz com iogurte era como a vida: simples, direta, com um começo e um fim, ao passo que aquela outra – a banana split – era como a morte: complexa, imbuída de um mistério que estava além da sua compreensão, e que, a cada colherada, como a cada morte, a deixava atordoada.

Mohan só comeu uma ou duas colheradas, sem tirar os olhos de Savitha nem por um instante, e então disse:

– É difícil sair de perto de você, em momentos assim.

– Assim como?

Ele não respondeu. Em vez disso, limpou com a mão um pouco do chocolate que ficara no rosto dela e depois falou:

– Eu preciso ir ao aeroporto daqui a pouco.

– Ah... – disse Savitha, mal escutando as palavras dele, concentrada na banana split.

– Vou buscar outra garota.

Savitha ergueu os olhos. Agora estava prestando atenção.

– Uma com lábio leporino, parece.

Outro visto para tratamento médico, portanto.

– De onde ela é?

– Como eu vou saber?

– Ela é de Telangana?

– Provavelmente. Mas nós fazemos questão de não saber.

Savitha sentiu um golpe de ar frio. A colher estacou, parada no ar.

– Não entendi. Vocês fazem questão de *não* saber?

Ele baixou a voz, embora Savitha já tivesse reparado que não havia ninguém ocupando as mesas próximas à deles. Além disso, estavam conversando em télugo. Quem poderia entender qualquer coisa?

– Porque, caso contrário – começou ele –, bem, caso haja algum problema... – Mohan interrompeu a frase no meio, e falou: – Aqui não.

Ela tratou de terminar a banana split, e ele pagou a conta, e, depois que os dois estavam de volta no carro, Savitha disse:

– O que você quis dizer com aquilo?

– Simplesmente que, caso aconteça algum problema, ninguém conhece nenhuma das partes envolvidas. Ninguém pode delatar ninguém.

– Quer dizer que você não sabe de onde... de onde essa tal garota está vindo? De qual povoado ela é?

– Não.

– Nem conhece a família dela?

– Não.

– Como o seu pai chega até elas, então?

– Através de intermediários. O mundo está cheio de intermediários.

– E aquela senhora mais velha? A que fingiu que era minha mãe?

O BRILHO DO SOL QUE INVADIU A NOSSA CASA   263

– Nem ela sabe de nada – respondeu Mohan. – Muito menos ela.
Savitha recostou o corpo no assento.

Seus pensamentos estavam em turbilhão: *Preciso de dinheiro; onde consigo dinheiro; e como, como vou conseguir ir embora; o livrinho azul; vistos médicos; que burra, que burra, por que não prestei mais atenção às placas, às estradas, ao inglês; uma garota com lábio leporino; nanna, o senhor está seguro; nanna, o senhor tinha razão: não era urso, nem tigre, era tudo coisa da minha cabeça; será que devo contar para Padma e Geeta, não, não posso contar; lábio leporino; eu me lembro de alguém com lábio leporino, aquela menina, filha de uma das lavadeiras, uma que estava engatinhando e caiu no poço por acidente, não tenho certeza; aeroporto, será que eu devo ir ao aeroporto; banana split; vou morrer se ficar aqui, morrer; o livrinho azul; idiota, por que você não organizou melhor o seu plano; mas eu não sabia, nanna, eu não sabia que não era urso nem tigre, só agora que eu soube, só quando o sol nasceu, só bem nesse instante; eu não sabia.*

Os pensamentos de Savitha não paravam, giravam em rajadas enlouquecidas, e, bem no centro, precisa e perfeitamente no centro, havia o mais completo silêncio, e, no meio desse silêncio, um único pensamento: *Eu posso ir embora.*

11

Ela esperou. Tratou de aquietar a mente e esperou.

A próxima vez em que viu Mohan foi duas semanas mais tarde. Ele chegou a um apartamento que Savitha estava limpando, um pequeno como a sua quitinete só que muito mais bonito, com assoalho de madeira e armários que brilhavam de tão brancos. Ele preparou um café para ela. Savitha tomou um gole, esperou, tomou mais um gole, e então disse:

– Você foi buscá-la?

– Buscar quem?

Ele estava distraído, mexendo numa torneira da pia da cozinha que ficara frouxa. Savitha não estava vendo seu rosto, mas conseguia enxergar suas mãos – e se concentrou nelas.

– A garota com lábio leporino.

– Ainda não. Adiaram a vinda. Algum problema com o visto.

Savitha observou as mãos dele, depois correu os olhos pelo apartamento.

– Este é bem bonitinho, não é? Queria poder morar aqui.

Mohan virou-se para encará-la.

– Eu posso tentar trazer você para cá. Posso falar com *nanna*.

O BRILHO DO SOL QUE INVADIU A NOSSA CASA 265

Savitha quase disparou para junto dele. Quase soltou um grito. *É amor*, pensou. *Isto é amor.*

Uns poucos dias mais tarde, depois que ela havia chegado em casa e estava aquecendo o arroz, ouviu uma batida na porta. Savitha devolveu o arroz para a panela, lavou a mão e foi atender. Suresh. Um raio de dor partiu seu corpo ao meio. Quando chegaram ao armazém, Savitha voltou a olhar para a escrivaninha onde vira Gopalraju sentado, na primeira vez em que haviam estado ali. Dessa vez, a cadeira estava vazia, empurrada para junto do tampo, e todos os papéis organizados numa pilha ao lado de um grande computador. A escrivaninha, ela pôde ver, era do tipo que tinha uma fileira vertical de gavetas em um dos lados. Nenhuma das gavetas tinha tranca.

Quando entraram no quarto, ele lhe deu um beijo brusco e lhe entregou o frasco com o líquido transparente. Ela esfregou o líquido no cotoco e fechou os olhos. Já tinha feito aquilo tantas vezes que nem precisava mais olhar. Mas, por trás das pálpebras fechadas, formou-se uma imagem diferente. Nessa visão, ela viu um prédio em ruínas. Não era possível enxergar o que o tinha feito desabar, mas Savitha pôde ver que não apenas aquele prédio, mas todos ao seu redor, e todas as casas em volta deles, estavam no chão. E ainda havia mais: para além das casas, havia barracos, e os barracos também estavam destruídos. E as fábricas, e o lixão, e os campos mais além: tudo destruído. Savitha não sabia o que havia provocado aquela destruição toda, que chegava até o horizonte; e nem precisava saber. Ela só precisava ver a ruína, *conhecer* a ruína, saber que o rastro deixado por ela não terminaria nunca.

Quando Suresh entrou no banheiro, Savitha esgueirou-se para fora do quarto e remexeu na primeira gaveta da escrivaninha. E depois na segunda. E depois na terceira. Nada. Nada de livrinho azul. Onde eles poderiam estar? Em qualquer lugar. Em um milhão de outros lugares. Provavelmente, em algum lugar que nem mesmo ficava dentro daquele armazém. Savitha tratou de correr de volta para o quarto, e, quando chegou, Suresh estava saindo do banheiro. Ele olhou para ela, e depois para a porta aberta.

– Aonde você foi? – perguntou, sem alterar a voz.

– Eu escutei um barulho.

Ele passou apressado por ela, vasculhou o armazém e depois o lado de fora do prédio. Ao voltar, soltou um: "Não tem nada lá". E então encarou Savitha, desconfiado, com um olhar duro, se aproximou de onde ela estava, e, desferindo um tapa forte em seu rosto, completou:

– Da próxima vez em que ouvir algum barulho, sou *eu* quem vai olhar.

Quando voltou à quitinete, ela ficou sentada na sua cama de armar por muito tempo. Ouvindo os sons da noite: a respiração de Padma e de Geeta, os carros passando, o farfalhar das folhas, as estrelas ardendo. Depois, pegou a tira restante do sári que começara a tecer para Poornima e aproximou-a do rosto. E soltou um grito.

Geeta sentou-se na cama, sobressaltada.

– O quê? O que foi?

Savitha escondeu depressa o tecido atrás de si.

– Nada. Um pesadelo.

Padma não acordou. Savitha olhou dela para Geeta, que já tinha deitado de volta no travesseiro, e voltou a pegar o pedaço do sári. Mesmo no escuro, dava para ver perfeitamente: outro pedaço fora arrancado. Agora, ele mal chegava a ter o tamanho de uma toalha. *Agora* ela havia entendido. Agora sabia. Os pedaços de tecido arrancados eram um alerta. Um recado. Eles diziam: "Pare". Mas como? Como é que podiam saber? E quantos pedaços restavam? Quantos, até que chegassem ao último?

Savitha olhou para o tecido, como se buscasse nele as respostas.

– Da bola de algodão para o fio para o tear para isto aqui – sussurrou, a boca colada ao pano. E, em seguida: – Nós vamos embora, nós dois.

⚘ ⚘

O BRILHO DO SOL QUE INVADIU A NOSSA CASA 267

Ela esperou. E pensou a respeito do livrinho azul.

A pergunta saiu num sussurro para Geeta, depois que Padma já havia saído:

— Ele é necessário para ir aos lugares? Que lugares?

— Como eu vou saber?

— Lugares onde Vasu não possa ir me buscar, então. Se eu pegar um ônibus.

— *Não*, não é isso. Você precisa dele para entrar nos aviões. Para ir para outros países.

Savitha ficou abismada. Aliviada. Ela olhou para Geeta.

— Faz quanto tempo que você está aqui?

— Cinco anos.

— Quantos anos tinha na época?

— Dezessete — falou ela.

Savitha assentiu. *Mais ou menos a idade que eu tinha quando conheci Poornima*, pensou. E, em seguida: *Mas para onde eu vou?* De volta para a Índia certamente não seria; ela não tinha dinheiro para isso. Nem o livro azul. Mas tampouco conhecia alguém nos Estados Unidos. Ninguém. Exceto... Havia aquela senhora, a mulher dos cabelos de *jalebi*, a que tinha os dentes parecidos com pérolas. Isso pelo menos já era alguma coisa; era *alguém*. Quando Geeta foi tomar banho, Savitha pegou o retângulo de papel branco e olhou para ele. O nome dela era Katie, Katie alguma coisa. E, abaixo do nome, havia uma fileira de letras. Nenhum número de telefone, mas lia-se um endereço: "Nova York, Nova York". Duas vezes. Ficava no leste.

Alguns dias mais tarde, Savitha viu uma mulher jovem, com o rosto bondoso, saindo de um dos apartamentos, e apontou para a fileira de letras.

— O que isso? — falou.

A mulher olhou para ela, sem entender.

– Como é?

– O que isso? – repetiu Savitha.

Após olhar para o papel, ela respondeu:

– É um endereço de e-mail.

Então foi a vez de Savitha não entender.

– Você tem computador?

Ah. Savitha assentiu e agradeceu.

Um computador.

Bem, ela não tinha computador, e não podia ir para oeste; Mohan lhe dissera que a oeste só havia o mar. E para o norte, ou o sul? O que havia para o norte e para o sul? Savitha não tinha ideia. O leste. Teria que ser para o leste.

Ela começou a levar consigo o sári que havia começado a tecer para Poornima. Todos os dias. Mohan reparou nele certa vez, num dia claro e frio em meados de setembro.

– O que é isso? – indagou.

– Nada – respondeu Savitha, empurrando o tecido de volta para dentro do bolso. – Só uma coisa que alguém esqueceu em um dos apartamentos.

Ele a encarou, vestiu as roupas apressado e disse:

– Tenho que ir. Preciso buscá-las.

– Buscar quem?

– A garota do lábio leporino.

Savitha assentiu. Depois que ele partiu rumo ao aeroporto, ela pegou de volta o pano do sári que começara a tecer, dobrou-o ao meio e alisou o tecido com a única mão que tinha. Agora, tomava ainda mais cuidado com ele. Agarrava-o enquanto estava dormindo, e nunca deixava que saísse da sua vista, mesmo quando ia tomar banho. E, ainda assim: nada. Nada. Mas Savitha sabia que não haveria de demorar.

O BRILHO DO SOL QUE INVADIU A NOSSA CASA **269**

Em uma noite de quinta-feira, no final de setembro, Mohan foi vê-la novamente. Ele a levou de volta ao parque, aquele com vista para as luzes que mais pareciam contas e para a faixa de água mais adiante, e então perguntou quais apartamentos ela havia limpado naquele dia e a levou de volta para o que ficava na Phinney Ridge. A essa altura, Savitha já havia ensinado a si mesma os nomes de algumas das ruas e aprendido a decifrar algumas placas, como as de PARE, SAÍDA e DESVIO. Esta última tinha o som que a agradava mais. Também aprendera a contar e a escrever o próprio nome usando o alfabeto em inglês, e perguntara a Mohan como soletrá-lo, e também como se soletrava Seattle. Mas não haviam avançado muito além disso.

Agora, Savitha o observava. Na cozinha, preparando café. Lembrando-se da primeira vez em que o vira e da maneira como ele havia observado o gesso no seu braço, sabendo que era falso, mas mesmo assim encarando-o com uma preocupação e curiosidade genuínas. E de que fora ele quem lhe comprara suas primeiras bananas americanas. E da maneira como a havia cortejado, a seu modo, naquele lugar. Naqueles dois anos que passaram juntos, embora soubesse poucas coisas a seu respeito – porque a maior parte das histórias que Mohan lhe contava era em inglês –, Savitha notara certa aura de fragilidade ao redor dele, de que havia uma criatura ferida e solitária ali, batendo as asas contra um coração ferido e solitário. E, se tivesse que adivinhar, se arriscaria a dizer que ele também não fazia a menor ideia do que fazer com ela, com *aquilo*. Mas essa parte, também, era da forma que devia ser. Não havia resposta. Mohan fora criado para outras coisas. Para outros propósitos. Coisas que talvez nem ele próprio compreendesse direito. Mas ela? Ela sabia bem para o que havia sido criada, mesmo tendo uma única mão. Ela sabia: havia sido criada para tecer, para os tecidos e a magia dos fios, para a magnificência que era criar algo que acabaria por envolver, como os braços da pessoa amada, o corpo de alguém.

E, portanto, foi nesse momento que ela – quase sem hesitação – puxou a carteira dele de dentro do bolso da sua calça. Por que esperar mais? Na carteira havia pouco mais de cem dólares. Mais de seis mil rupias! Certamente isso bastaria para levá-la até Nova York. Teria que bastar.

Quando estava enfiando o maço de notas no bolso, Savitha reparou que alojada no meio delas estava a foto que Mohan lhe mostrara, a que fora tirada no cânion Spearfish. Depois de refletir por um instante, ela rasgou a foto ao meio e devolveu a parte que mostrava Suresh para o bolso da calça. A parte com Mohan, junto com o dinheiro, foi para seu bolso.

Ele a deixou em casa. Nem dessa vez, e nem em nenhuma outra antes disso, eles trocaram beijos de despedida.

Savitha precisava partir *naquela* noite, naquela mesma noite, antes que Mohan desse por falta do dinheiro, antes que o amor que sentia por ele a impedisse de ir embora.

E foi isso que fez. Ela saiu de mansinho da quitinete – depois que teve certeza de que Geeta e Padma já estavam dormindo – e desceu as escadas. Ao se aproximar do apartamento de Vasu, percebeu que a fresta por baixo da porta estava escura. Mesmo assim, estremeceu por inteiro quando foi passar por ela. O pé esquerdo tocou o chão. O direito. Um rangido.

As luzes se acenderam.

Savitha parou; ela prendeu a respiração. Sons de passos. *Vá embora... rápido!* Ela desceu o que restava das escadas em disparada. Abriu a porta do edifício com uma pancada.

Ela sabia para onde ficava o leste. O leste, ela sabia. E correu.

Poornima

1

Não havia sido fácil para Poornima conseguir pastorear a garota com lábio leporino até Seattle. Era esse o significado do termo em télugo que se usava: *pastorear*. Não, tinha sido incrivelmente difícil. E havia requerido um planejamento tão meticuloso, tanta persuasão e engenhosidade que ela chegava a rir de si mesma quando pensava no assunto, às vezes; aquele mesmo esforço teria sido suficiente para construir uma ferrovia em meio a um terreno montanhoso, ou para projetar pontes sobre um lugar onde houvesse muitos corpos d'água.

Durante a maior parte dos dois anos que Poornima levou para fazer tudo aquilo, a sensação era de que estava apenas perdendo seu tempo, um tempo que ela contava minuto a minuto, segundo a segundo, sabendo que era preciso se manter firme no lugar. Era a imobilidade, aprendera ela, que muitas vezes acabava se provando o melhor movimento. Poornima ia encontrar Savitha, disso sabia bem, mas também sabia que seria preciso ter uma paciência extra-ordinária para entender as coisas que ela *não* sabia. Por exemplo, a única informação que conseguira obter de fato era que a amiga havia sido vendida para um homem rico que morava nos Estados Unidos, em uma cidade chamada Seattle. Poornima não sabia onde exatamente ficava Seattle, ou como poderia chegar lá, ou mesmo o que seria necessário para alguém conseguir viajar até um lugar como os Estados Unidos.

O que, afinal, era preciso fazer para cruzar as fronteiras de um país?

Depois que conseguiu arrancar de Guru o paradeiro de Savitha, Poornima não fez nada. Ela esperou. Sabendo que, se despertasse qualquer suspeita na mente cruel do patrão – de que ela conhecia Savitha, ou de que queria encontrá-la –, ele sabotaria qualquer possibilidade de isso acontecer e a expulsaria imediatamente do bordel. Portanto, Poornima esperou por uns bons três meses – três compridos e frustrantes meses – até que, muito casualmente, em uma manhã quente, lânguida e amarela em que até mesmo o ventilador do teto parecia trôpego de tanta letargia, ela ergueu os olhos por um instante dos livros de registros e da calculadora e disse:

– Abriram um cinema novo em Alankar. Eu vi, ontem à noite. Havia uma multidão enorme na porta. Eu vi quando uma mulher foi empurrada e caiu no chão.

Guru mal assentiu. Ele mascava bétele enquanto lia o jornal.

– Outra mulher acabou tendo a blusa rasgada. Uns animais.

Guru ergueu os olhos. Ele crispou sutilmente os músculos, como fazia sempre que via seu rosto. Ninguém jamais se acostumava com ele, Poornima havia reparado, nem mesmo ela própria. A pele havia cicatrizado completamente, mas a parte queimada pelo óleo mantivera um tom rosado intenso, que, em contraste com a pele amarronzada, fazia seu rosto se assemelhar a uma flor apodrecendo. Todo o lado esquerdo ficara desfigurado, escavado como os túneis de uma mina, revelando algo que era brutal demais, exposto demais. Mas o problema não era só a parte rósea, margeada por uma porção esbranquiçada e com o miolo esburacado e escuro como se fosse habitado por bichos; havia outro elemento que era ainda mais desconcertante. Poornima chegara a achar que talvez fosse seu sorriso, a maneira como lhe retorcia o rosto grotescamente – a ponto de fazer as crianças na rua interromperem as brincadeiras para a encararem, assustadas, até que deixara de sorrir por completo –, mas não era isso.

Era algo totalmente diferente; algo que se situava para além do seu rosto. Ou melhor, era uma coisa que *ardia* por baixo dele. Uma luz, uma chama. E ela brilhava com força. Mesmo depois que o óleo quente na superfície da pele já havia esfriado, capitulado, esse fogo interior tornou-se ainda mais intenso. E era isso que parecia tão desconcertante, tão inesperado. O fato de ser uma vítima de queimadura era algo trágico – o óleo, o ácido, desavenças envolvendo o dote, a crueldade dos sogros, todas essas coisas –, mas o que as pessoas esperavam ver depois disso era uma retirada humilde, dolorida, bastante feminina na sua aflição, no seu senso de proporção. Em outras palavras, o que esperavam era a invisibilidade. Que a mulher desaparecesse. Mas Poornima havia se recusado a fazer isso, ou melhor, sequer considerara essa possibilidade. Ela caminhava pelas ruas com a cabeça erguida, sem um *mangalsutra* no pescoço, sem a companhia de um homem, portando apenas a sua vontade de ferro e uma postura de rainha. E, pior ainda, o mais desconcertante de tudo era que essas coisas todas, esse fogo interior, havia começado a arder *depois* de ela ter sofrido o ataque com o óleo fervente.

Obviamente, Guru não enxergava nada disso. Tudo o que ele via era a queimadura, o rosto deformado, e se encolhia de aflição.

– As cenas das canções foram filmadas na Suíça – prosseguiu Poornima. – Na Suíça! Na neve. E a coitada da mocinha, vestida com aquelas roupas fininhas, tendo que dançar e cantar no meio da neve e do frio.

– Como você disse que era o nome do filme? – quis saber ele.

– Ah, seria bom poder ir até lá algum dia... – Poornima suspirou. – O senhor não gostaria de ir?

– Para a Suíça? Por quê? Não nos faltam montanhas aqui. Eu ouvi dizer que basta viajar duas horas para o norte de Délhi e você já chega nelas.

– Eu sei, eu sei. Mas as montanhas da Suíça parecem diferentes, o senhor não acha?

– Não.

Ela fez uma pausa.

– Mas como será que eu poderia chegar lá?

Ele voltou a se concentrar no jornal.

– À Suíça? Você precisaria de um visto e de uma passagem de avião, igual a qualquer lugar.

– Visto?

– Um documento que dá permissão para sair do país.

– Como se consegue isso?

– Bem, primeiro é preciso ter um passaporte.

– Passaporte? O que é isso?

Guru dobrou a folha do jornal para baixo, para que Poornima visse seus olhos, e falou:

– Até parece que algum país vai deixar você entrar nas terras deles depois de ver a sua cara.

– Seria só uma visita. Quero ver as montanhas.

Ele soltou um gemido alto, depois explicou o que era um passaporte, como o governo indiano fazia para emiti-lo, e depois sobre o visto, e sobre o consulado da Suíça ("Onde quer que fique isso", acrescentou ele. "Boa sorte em achar."), e depois sobre como todo o processo consumia quantias incalculáveis de tempo e montanhas de papéis e fotos que precisavam ser tiradas e digitais que precisavam ser colhidas e…

– Dinheiro! Sobretudo, dinheiro. E isso tudo *antes* mesmo de você comprar a passagem de avião, antes sequer de pôr os pés lá. E, pelo que eu ouvi dizer, a Suíça não é um país barato.

Tudo bem, Poornima pensou consigo mesma, *não é para a Suíça que eu vou.*

Mesmo assim, ela continuou inabalável. E, como Guru havia lhe explicado, a primeira coisa que fez foi tirar o passaporte.

O brilho do sol que invadiu a nossa casa   277

Os meses escoavam. Poornima não lhes dava atenção. Ela fazia o seu trabalho e, a essa altura, tinha alugado um quarto não muito próximo do bordel, mas que ficava no percurso da linha de ônibus. Às vezes, caminhava os cinco quilômetros que a separavam do trabalho, e, nos dias mais quentes, ou nos mais úmidos, dava-se ao luxo de tomar um auto-riquixá. As refeições eram simples, preparadas num pequeno fogareiro a gás com os legumes que comprava nas bancas noturnas a caminho de casa, junto com caixas de leite que guardava na geladeira da sua senhoria. Poornima usava apenas a quantidade necessária de óleo para fritar os legumes, nunca mais do que isso. Aos domingos, caminhava por Vijayawada, olhando as vitrines ou passeando até a beira da barragem Prakasam, ou então subindo até o Templo de Kanaka Durga. Ela nunca entrava no templo. Uma vez, havia feito a extravagância de pagar vinte rupias por um passeio de barco pelo rio Krishna. O contramestre era um jovem esguio, não devia ter nem vinte anos ainda, com uma pele de tons acobreados e a massa de cabelos mais espessos e negros que Poornima já vira na vida. Ele havia corrido na sua direção enquanto ela caminhava pela beira d'água, dizendo:

– Olhe para ele. Olhe só! Você não tem vontade de passear no rio? Ele não é tudo o que a vida deveria ser?

O dedo do rapaz apontava para o Krishna, que, com suas águas cintilantes, o brilho ainda mais acentuado por causa das nuvens que estavam deixando o céu encoberto rio abaixo, parecia mesmo reluzir como uma pedra preciosa, como se fosse uma promessa.

Poornima conseguiu convencê-lo a reduzir o preço de trinta para vinte rupias, e subiu a bordo da frágil embarcação.

– Foi você mesmo que o construiu? – perguntou ela ao rapaz.

Ele riu. Ela gostou do seu riso. Gostou que ele olhasse bem no seu rosto sem estremecer nem uma vez.

O rapaz conduziu o barco para o meio do rio, e, ali, as águas de repente se tornaram mais turbulentas. Poornima agarrou-se às laterais da embarcação enquanto o rapaz os conduzia de volta para a margem com ajuda da vara comprida que usava como remo. As nuvens agora corriam para a parte alta do rio, e, com os olhos pregados nas massas inchadas e cinzentas acima das suas cabeças, chocando-se umas contra as outras e rugindo como se fossem leões, ela pediu:

– Depressa.

O que só fez o rapaz rir e dizer:

– Você está com medo?

Sim, pensou Poornima, *sim, estou com medo*.

As águas agora atiravam o barco para cima como se fosse uma moeda e ele batia de volta com baques surdos, até que a primeira gota de chuva caiu. Bem no braço de Poornima, grande como uma maçã. Não aconteceu mais nada por um momento, uma pausa brevíssima, e em seguida, como se os céus tivessem se cansado da brincadeira, do flerte, eles se abriram com uma força tão repentina e poderosa que ela foi atirada contra a amurada. Ela machucou as mãos tentando não cair do barco. O rapaz agora lutava contra a força das águas. A vara estava tão curvada contra a correnteza que Poornima achou que ia se partir ao meio. Ela viu os músculos dele, molhados e retesados. Viu os cabelos, encharcados como uma floresta ao redor do rosto. E as roupas dos dois, ensopadas. Ela pensou no seu pai nesse instante e quase começou a rir: *Quem sabe eu acabe mesmo afogada no Krishna*, nanna, disse mentalmente a ele. *Só que com vinte anos de atraso, pelas suas contas.*

O rapaz finalmente conseguiu tirá-los do meio do rio, e depois seguiu remando até a margem. A chuva tinha parecido amainar um pouco, embora não houvesse mais distinção entre coisa alguma: a pele de Poornima estava tão molhada quanto o rio, que estava tão molhado quanto a tempestade, que estava tão molhada quanto o céu. Quando o Krishna ficou raso o suficiente para deixar ver a areia do fundo, ela saltou do barco. Enquanto esperava até que o rapaz arrastasse a embarcação para um ponto mais alto do barranco, percebeu que o medo havia deixado atrás de si um rastro de euforia, uma leveza

O BRILHO DO SOL QUE INVADIU A NOSSA CASA   279

como jamais havia sentido tomar conta do seu corpo, e voltou o rosto para o céu. A chuva, os anos que lhe restavam.

Poornima pagou 25 rupias ao rapaz e viu o sorriso no rosto dele se abrir ainda mais, impossivelmente atraente; depois, caminhou de volta pelas ruas molhadas sentindo-se ainda radiante, embora nunca mais tenha ido passear de barco novamente.

Seu passaporte chegou. Poornima havia levado os formulários em branco para um escriba local, instalado perto dos tribunais, e ele os preenchera em seu nome. O homem lhe explicara também que seria preciso tirar fotos, e dissera onde ela deveria entregar os papéis e as fotos. Ela voltou até os arredores dos tribunais meses mais tarde, com o passaporte em mãos, e procurou no meio da multidão de escribas por aquele que a havia ajudado antes.

– E agora – perguntou ela –, como eu faço para ir para os Estados Unidos?

Um visto, portanto. Era disso que ela precisava. O escriba havia lhe explicado de uma maneira bem mais clara do que Guru fizera, e Poornima voltou ao seu quarto imersa em pensamentos. Ela cozinhou um punhado de arroz com *pappu* simples, e os comeu acompanhados por picles de tomates. Depois, comeu um pouco de arroz com iogurte, lavou a pouca louça que havia sujado e sentou-se junto da janela. Seu quarto, no segundo andar, dava para uma figueira-dos-pagodes, e um pouco mais afastado um homem havia montado uma banca de passar roupas. Ele estava nela quase todos os dias, magro, com um rosto cansado e o cabelo ficando grisalho, o ferro vermelho por causa dos carvões em brasa, as pontas dos dedos compridos mergulhando em uma bacia com água para respingar as rugas das camisas e calças antes de passá-las, para umedecer as barras dos sáris e deixá-las lisas.

Poornima já havia olhado o homem trabalhar algumas vezes, mas nesse dia foi a primeira vez em que *reparou* nele, absorto, completamente concentrado enquanto passava... o quê? O que era aquela peça de roupa? Um avental de criança. Era um avental de criança que estava prendendo completamente a atenção do homem. Poornima ficou olhando um pouco mais, viu quando ele dobrou a peça com todo cuidado e a depositou em uma pilha de roupas já passadas. O homem pegou então a seguinte. Uma camisa masculina. Poornima, em seguida, olhou para um lado e outro da rua. Numa das pontas havia uma vaca, e, na outra, um cão sem dono fuçando um pedaço engordurado de jornal descartado no chão; na calçada oposta, um condutor de riquixá tirava uma soneca. A brisa fresca do início da noite fazia farfalhar as folhas da figueira-dos-pagodes, e o aroma de algo sendo frito, talvez *pakoras*, vinha de alguma das casas próximas. O céu amarelo, espesso como manteiga *ghee*, começava a se refrescar enquanto ganhava o seu tom noturno de azul, e Poornima finalmente enxergou o inevitável: ela não tinha dinheiro para o visto. Todo o dinheiro e as joias que havia roubado da caixa metálica dentro do armário haviam sido usados para pagar pelo passaporte. Ela não tinha como pagar pelo visto de turista, e não conhecia ninguém nos Estados Unidos que pudesse se responsabilizar pela sua estada no país. Só lhe restava Guru. E, mesmo sentindo-se furiosa, ela não via outra opção: seu laço de dependência com o patrão era muito mais forte do que Poornima havia imaginado ou teria desejado que fosse, mas ela agora precisava dele mais do que em qualquer outra ocasião.

Obviamente, ela não poderia dizer a Guru que *precisava* da sua ajuda; porque, se o fizesse, ele jamais ajudaria. Seria preciso apelar para a única coisa que o patrão amava, e que era justamente o que faltava a Poornima: dinheiro. A oportunidade surgiu algumas semanas mais tarde. Ela estava conferindo uma lista de gastos do mês anterior – despesas

O BRILHO DO SOL QUE INVADIU A NOSSA CASA   281

de rotina, como um aquecedor de água novo para um dos bordéis, o conserto de um portão que havia enferrujado, e também pagamentos oficiais, como o feito para a compra de uma nova linha telefônica, e extraoficiais, como a propina paga ao funcionário da companhia telefônica para que o pedido de linha deles fosse priorizado – quando se deparou com a saída de uma soma volumosa, de 800 mil rupias, mais exatamente, sem qualquer explicação anotada ao lado da quantia no livro. Nenhum nome de pessoa ou empresa, ou mesmo iniciais que pudessem ser de algum nome de pessoa ou empresa. Poornima deduziu se tratar de suborno pago a algum político: só isso explicaria aquela quantia extraordinária e o fato de não terem anotado nada que tornasse possível rastreá-la. Na primeira vez em que se viu na companhia de Guru depois dessa ocasião, ela perguntou:

– Aquelas 800 mil rupias. Do mês passado. O senhor sabe a quem elas foram pagas?

Ele havia aparecido para avaliar uma garota nova, recém-chegada. Filha de um fazendeiro. O fazendeiro havia cometido suicídio, e a mãe vendera a garota para pagar as dívidas. Poornima a vira de relance, sentada sozinha num dos quartos, uma menina que não devia ter mais do que doze ou treze anos. O rosto era redondo, e ela usava uma argola cintilante no nariz. Poornima imaginou que a joia devia ter sido entregue pela mãe, com palavras como: "Lembre-se de mim quando olhar para ela, lembre-se do seu pai", embora a argola em si provavelmente não passasse de uma bijuteria barata, um enfeite espalhafatoso comprado numa feira de rua por um punhado de rupias. Seu brilho, no entanto, era genuíno, e fazia o rosto da menina cintilar no quarto escuro como se estivesse em brasa.

Guru estava indo vê-la quando Poornima o interrompeu. Ele parou à porta da sala dela, os dentes e lábios alaranjados por causa do bétele, e disse:

– Ah, *esse* dinheiro? Aqueles malditos kuwaitianos. Não aceitaram pagar nem um *paisa* pela acompanhante. Fizeram com que eu pagasse, riquinhos de merda.

– Acompanhante? Acompanhante para quem?

– Para a garota.

Poornima o encarou.

– Que garota?

– Olhe, não tenho tempo para ficar aqui de papo. Você não tem que saber dessas coisas.

– Mas preciso fechar a contabilidade. Discriminar as despesas.

Ele lançou um olhar de relance na direção do quarto onde estava a filha do fazendeiro e falou:

– Agora não, mais tarde.

Quando voltou ao escritório, vinte minutos depois, Guru tinha o semblante calmo, e abriu um sorriso ao dizer:

– Geralmente, os custos são divididos com o comprador, mas esses sujeitos não aceitaram dividir.

A essa altura, Poornima já tinha deduzido a maior parte da história: uma garota nova, do interior, ao ser comprada por um estrangeiro, certamente não poderia viajar sozinha. Ela precisava ser conduzida, ter alguém que a entregasse em seu destino. Mas quem fazia esse serviço?

– Os intermediários encontram pessoas para nós – falou Guru. – Alguém que saiba inglês, obviamente. E que entenda de aeroportos, essas coisas.

– Só isso? A pessoa fala inglês e recebe 800 mil rupias por dois dias de trabalho?

Guru balançou a cabeça, indignado.

– É um roubo, nada além disso. Mas você não está pagando só por dois dias de trabalho, ou pelo inglês, com os 800 mil. O que esse dinheiro compra é a discrição da pessoa. Ou, digamos, uma memória fraca.

Poornima balançou a cabeça, acompanhando o gesto dele. Mas os seus pensamentos estavam distantes. *Inglês*, pensava ela. *Inglês*.

Nessa mesma noite, no ônibus para Governorpet, ela começou a se informar. Havia uma boa escola de inglês na Eluru Road, os universitários lhe disseram, e, por causa disso, ela tomou outro ônibus que ia para Divine Nagar. E se matriculou num curso de conversação em inglês que começaria na semana seguinte.

Poornima pensou em todas as palavras que sabia em inglês, que eram as mesmas que todo mundo sabia: *hello, good-bye, serial* e *cinema*. Ela conhecia também *battery, blue, paste, auto, bus* e *train*. E também a palavra *radio*. Isso não ajudaria muito. Havia também as palavras *penal code*, que conhecia do cinema, dos filmes de tribunal. Essas certamente não ajudariam em nada. Poornima conhecia também *please* e *thank you*. Essas talvez ajudassem.

O curso tinha aulas três vezes por semana, das sete às nove da noite. Na primeira, foram apresentadas a maior parte das palavras que Poornima já sabia e algumas novas, e os alunos também aprenderam frases simples como "Eu me chamo..." e "Como vai?" e "Eu moro em Vijayawada". Estava tudo indo muito bem, mas, ao fim da primeira semana de aula, não haviam lhe ensinado nada que pudesse ajudar em viagens, num aeroporto, ou a se virar, mesmo que só por um ou dois dias, em um país desconhecido. Quando perguntou sobre isso, sobre quando aprenderiam a perguntar como chegar aos lugares, ou a ler placas nos aeroportos, ou a interagir com os agentes de controle de passaportes (como o escriba havia lhe contado que era preciso fazer), a professora – uma jovem recém-casada, Poornima sabia, porque aparecia todas as noites usando uma guirlanda de jasmins frescos e perfumados nos cabelos, ficava olhando para o relógio o tempo todo e, perto das nove horas, enrubescia tomada por algo que só podia ser expectativa, alegria, novidade – lançou um olhar curioso na sua direção, evitando fitar diretamente suas cicatrizes, e disse:

– Esta aula é de conversação em inglês. Você devia procurar uma de inglês para negócios.

– Para negócios? Por quê?

– Porque é gente de negócios que viaja – respondeu a professora.

Poornima, então, pediu transferência para o curso de inglês para negócios. Nele, havia cinco homens matriculados e ela. O professor era um homem agitado de meia-idade, talvez com uns quarenta anos, e nariz proeminente. Ele saltitava pela sala de aula como se fosse um gafanhoto, explicando diversas palavras e seus significados e interpelando os alunos para que praticassem a conversação. Ao fim da quarta semana, Poornima estava eufórica. Ela já era capaz de ter a seguinte conversa:

– Qual é o seu nome, senhora?

– Poornima.

– E trabalha com o quê?

– Eu *ser* contadora.

– Eu sou contadora – corrigiu o professor.

– Sim, sim – disse ela. – Eu sou contadora.

– Como foi o seu voo, senhora?

– Correu tudo muito bem, senhor.

– A senhora partiu de Délhi ou de Mumbai?

– Eu *partiu* de Délhi.

– Eu parti – disse o professor.

– Sim, sim. Eu *parti* de Délhi – corrigiu Poornima com um sorriso resplandecente, sem prestar atenção nos seus cinco colegas de classe, que olhavam horrorizados para o seu rosto.

O curso durou quatro meses. Ao final, Poornima sabia os nomes dos principais aeroportos (Heathrow, Frankfurt, JFK) e também as palavras para *portão*, *tráfego*, *negócio*, *prazer em conhecê-lo*, *não*, *nada a declarar*, além de formar diversas frases ligadas ao mundo dos negócios que jamais sequer imaginara que ia saber falar, como "Perdido por um, perdido por mil", "Vamos fechar negócio" e *"Bon voyage"* (que nem sequer era em inglês!). Ela caminhava para casa depois das aulas, ou tomava o ônibus, e ia falando em inglês com tudo o que via pela rua. Dizendo coisas como:

– Passarinho, olá. Eu estou aprendendo inglês.

Ou então:

– Árvore, você sabe falar inglês?

Uma vez, viu um gato num beco perto do quarto que alugava e disse:

– Gato, você está muito magro. Tome leite.

No último dia de aula, o professor deu a Poornima um dicionário de bolso télugo-inglês por ter sido a melhor aluna da sala. Ela o recebeu diante dos outros alunos – todos eles ainda não habituados às cicatrizes de queimadura no seu rosto – e, enlaçando as mãos em frente do corpo, disse:

– Obrigada, senhor. Vou levá-lo comigo para os Estados Unidos.

Terminado o curso, não havia nada mais a ser feito. Poornima pensou em matricular-se novamente em algum curso avançado de inglês para negócios, mas, como não tinha dinheiro para a matrícula, esperou, poupando a maior parte do seu salário de cada mês e carregando o dicionário télugo-inglês por toda parte como se fosse um amuleto, um encantamento capaz de levá-la mais depressa para junto de Savitha. Mas isso não aconteceu. Na verdade, ela precisou esperar mais seis meses até descobrir outro pagamento dos grandes registrado nos livros. Esse era de 500 mil rupias. Sem um nome ao lado, ou qualquer tipo de identificação. Poornima viu nele uma oportunidade. E disse a Guru:

– Mais um acompanhante?

Ele gemeu.

– Eles vão acabar comigo, com esses preços.

– Quanto o senhor lucra com essas garotas?

– Não é da sua conta – falou, encarando-a bem nos olhos como se quisesse alertá-la, como se fosse uma advertência. Essa parte do dinheiro então era mantida separada, Poornima percebeu, fora dos registros habituais.

– É que eu estava pensando – disse ela, ignorando o olhar severo de Guru – que poderia fazer isso. Acompanhar as garotas. E nesse caso o senhor só precisaria pagar a passagem.

– *Você* – falou ele, e começou a rir. – Com essa cara? E sem um pingo de inglês?

– Eu sei inglês.

– Como é?

– Eu aprendi. No curso de contabilidade, quando era estudante.

– De onde você disse que é mesmo?

– Pergunte. Pode perguntar qualquer coisa.

O inglês que Guru sabia não lhe permitia perguntar nada além de "Qual é o seu nome?" e "Qual a sua casta?", mas no dia seguinte ele apareceu com um jornal escrito na língua inglesa, o *The Times of India*, e mandou que ela o lesse em voz alta. Poornima fez isso, e lhe explicou que a notícia falava de dois homens de uma aldeia em Jharkhand que haviam sido espancados até a morte por serem cristãos. Guru a encarou, espantado. Pelo visto, ele já havia pedido a alguém, talvez algum conhecido ou o homem da banca de jornais, que lesse a notícia e lhe dissesse do que se tratava.

– Curso de contabilidade, você disse?

Ela assentiu.

Guru continuou cético até que Poornima passou a falar exclusivamente em inglês, de um jeito convincente o bastante para o conhecimento quase nulo que Guru tinha do idioma, e o fez, por fim, dizer:

– Tem uma garota. Ela vai para Dubai. Mas você vai precisar tirar o passaporte.

Poornima agarrou na mesma hora a chance, omitindo de Guru o fato de que já tinha um passaporte.

Ele fez um alerta a ela:

– Isto é pouco usual. – Em seguida, se corrigiu: – Na verdade, é algo que não se faz, mesmo. – Guru respirou fundo. – Nós temos que manter as coisas separadas. Para que ninguém, em nenhuma etapa do processo, tenha informações sobre tudo o que acontece. Mas você pode ir desta vez, e vamos ver o que acontece. – Ele mascou o seu bétele. – Não fale com ela. Não responda quaisquer indagações. Não tenha nenhuma *conversa* com a garota, está entendendo? Você não a conhece. E, principalmente, você não *me* conhece. Quem eu sou?

– Quem é quem?

– Exatamente. – E, em seguida, ele completou: – Eu sou um desconhecido. A garota é uma desconhecida.

– Tudo bem, mas quem é ela?

– A filha do fazendeiro – falou Guru.

2

Elas embarcaram no mês seguinte. A garota se chamava Kumari e estava vestindo um sári novo, elegante, amarelo com a barra verde. Poornima reparou que ela havia lavado o cabelo e passado óleo nas mechas naquela manhã, que tinha empoado o rosto com talco e continuava usando a argola no nariz, que ainda brilhava contra o castanho da sua pele. Ela estava parecendo uma das bonecas que Poornima via nas vitrines durante os seus passeios pela cidade.

O combinado foi elas dizerem que eram irmãs e que estavam indo visitar parentes, embora, por causa do rosto marcado, fosse impossível para quem a olhasse deduzir qual era a verdadeira idade de Poornima.

– Isso nunca tinha me ocorrido antes! – exclamou Guru, alegre diante da perspectiva de economizar as 500 ou 600 mil rupias que precisaria pagar a outro acompanhante. – Você é perfeita. Perfeita. E é tão feia que talvez eles nem consigam olhar na sua cara por tempo suficiente para fazerem todas aquelas perguntas.

Poornima torceu para que isso fosse mesmo verdade.

Em seguida, ele disse:

– Se tocar no meu nome, se articular a primeira sílaba dele que seja, eu mato você com minhas próprias mãos.

Ela assentiu.

Guru economizou até no custo das passagens de trem para Chennai, porque simplesmente mandou que seu motorista levasse Poornima e Kumari até a estação ferroviária de Vijayawada e as deixasse lá. Ela comprou uma barra de chocolate para a garota na banca da Higginbotham's, lançando um olhar de relance para o nicho atrás da estante das revistas, e as duas embarcaram no trem noturno para Hyderabad. De lá, tomaram um avião para Mumbai, um voo que não durava mais do que duas horas. Mesmo assim, essa era a primeira viagem de avião das duas, e, quando começou uma turbulência no meio do caminho, Kumari olhou para Poornima, aflita, o rosto verde como a barra verde do seu sári, e falou:

– Nós vamos cair do céu?

Poornima a encarou de volta, pensando na ordem de Guru para que não falasse nada, e concluiu: *Que mal pode haver?*. E, pensando ainda que ela própria também estava apavorada, falou:

– É claro que não. O avião é como os pássaros. Ele nunca cai do céu.

Em Mumbai, elas tomaram outro voo de duas horas para Dubai. Quando passaram pela alfândega e pela imigração, os passaportes carimbados sem que recebessem mais do que um olhar de relance, sem que lhes fizessem quase nenhuma pergunta, havia um homem aguardando por elas no desembarque – um indiano bem taciturno. Ele lhes disse que havia um carro à espera e conduziu Kumari para longe. Mas, no instante em que a garota girou o corpo, o sol iluminou seu rosto e cintilou na argola do nariz, acendendo-a feito brasa. E foi nesse momento, com a pequena joia brilhando como um sol em miniatura, que Kumari voltou-se para Poornima e disse:

– Acontece com os pássaros.

– O quê?

– Às vezes eles caem do céu.

Poornima ficou olhando a garota se afastar, os olhos esquentando por causa das lágrimas que se formavam neles. *Então é desse jeito que pode doer*, pensou.

Ela passou alguns dias em Dubai, numa hospedaria barata, para que o Departamento de Controle de Passaportes indiano não começasse a fazer perguntas. Que tipo de perguntas, Poornima não saberia dizer. Guru havia lhe entregado *dirhams* e dito:

– Fique lá. E não fale com ninguém.

Considerando que ninguém nem lhe dirigiu a palavra, essa parte foi fácil, e, três meses depois que havia regressado a Vijayawada, Poornima viajou para levar outra garota para Dubai. Dois meses depois, levou mais uma para Cingapura. Ela conseguiu, enfim, juntar dinheiro para fazer o curso avançado de inglês para negócios. O professor era outro, outro homem de meia-idade de quem ela não gostou logo de cara, mas Poornima sentiu-se feliz com o fato de dessa vez haver outra mulher na turma, uma moça estilosa que vestia saias e calças jeans e que já estivera em muitos lugares, como Inglaterra e Estados Unidos, em viagens de negócios.

– Negócios de que tipo? – Poornima indagou à colega.

– Com computadores – foi a resposta da moça.

Poornima nunca havia visto um computador e sequer conhecia essa palavra, mas ficou envergonhada demais para fazer qualquer outra pergunta.

Até que, já quase no meio do ano, finalmente aconteceu.

Quando Guru lhe contou, Poornima não respondeu nada. Ficou sentada diante dele sem piscar, encarando seu rosto, o corpo de repente sem peso algum, tomado pela euforia. Ela lembrou-se de repente da noite depois do passeio de barco.

– Está me escutando? Eu sei que não é a Suíça – disse ele, rindo. – Mas pode ser que você goste. Todo mundo gosta.

Estados Unidos. Seattle.

Eles estavam precisando de mais uma garota. A que haviam comprado da última vez, Guru lhe disse, era a mais trabalhadeira que já tinham visto.

– E, escute só isso: a mais trabalhadeira, mesmo tendo apenas uma das mãos! – exclamou ele.

Poornima assentiu, mal escutando qualquer coisa. Ela ia para os Estados Unidos. Para Seattle.

– Savitha – disse ela naquela noite, para seu quarto escuro. – Savitha, eu estou indo.

3

Os preparativos para essa viagem foram bem mais complicados do que para as outras. As regras eram bem mais severas, Guru lhe explicou. A garota que Poornima ia pastorear, Madhavi, tinha lábio leporino. Mais um visto médico, dissera ele. Para em seguida, rindo, comentar que as duas dariam uma boa foto em algum anúncio sobre vistos médicos. Mesmo assim, foram necessários meses para reunir toda a documentação, autenticá-la e apresentá-la, e depois para as idas e vindas até o consulado americano em Chennai. E, apesar de tudo isso, o pedido de visto de Poornima foi recusado e ela teve que dar entrada em tudo novamente para pedir um visto de turista, que mais uma vez demorou a sair, fazendo com que, na última hora, já com as passagens compradas, Guru tenha precisado pagar para trocar a data do voo e subornar um funcionário do consulado (o que o fez resmungar interminavelmente), mas Poornima sabia que o negócio estava sendo bem lucrativo, mesmo com todos aqueles gastos.

Enquanto esperava pelo visto, Poornima começou gradualmente a vender suas coisas. Não que houvesse muitas, eram só o catre e o fogareiro, alguma louça, e a pequena mala que havia comprado para guardar suas roupas. Depois de ter vendido o catre por cem rupias, ela passou a dormir no tapete que ficava embaixo dele. Por ora, manteve

O brilho do sol que invadiu a nossa casa   293

ainda o fogareiro, mas já havia prometido deixá-lo para a senhoria quando fosse embora. A mala, feita de um plástico frágil e amassado, que lhe custara sessenta rupias no Maidan Bazaar, foi jogada fora para dar lugar a uma nova.

– Feita para ir ao estrangeiro – disse o homem da loja, dando tapinhas na lateral da nova mala.

Poornima a carregou para casa, encheu-a com as poucas roupas que tinha, sacou todo o dinheiro que tinha no banco – tudo o que conseguira economizar depois de ter pago pelo passaporte –, somando pouco mais de mil dólares depois da conversão, e o guardou também em um bolso lateral secreto que havia na sua mala nova. E ficou esperando.

Na manhã do dia da viagem, houve ainda um último atraso: Madhavi. A garota se recusava a sair do quarto. A porta não podia ser trancada por dentro, mas ela havia prendido uma vassoura ou uma vareta à maçaneta e se recusava a atender aos pedidos para que saísse, ou a deixar que qualquer pessoa entrasse. Guru, do lado de fora, estava amaldiçoando o pai e a mãe dela e todos os seus ancestrais até a geração dos tataravós, e, quando Poornima pediu para falar com Madhavi, a resposta dele foi:

– Não. Não, nada de falar com ela. Seu trabalho é só fazer a entrega.

Mas ao ver, dez minutos mais tarde, que a garota continuava sem abrir a porta, ele finalmente cedeu.

– Tudo bem. Fale com ela. Diga que se não abrir a porta nos próximos cinco minutos nós vamos arrombar.

Até aquele momento, Madhavi não dissera uma palavra para explicar seu comportamento à cafetina ou às outras garotas, mas, quando Poornima encostou o seu corpo na porta, dizendo:

– Madhavi, abra a porta. Abra. Você não quer ir para os Estados Unidos? Todo mundo quer ir para lá.

Houve uma ligeira movimentação do lado de dentro, seguida de um gemido. E de uma voz fraca, que disse:

– Eu quero.

– Então qual é o problema? Saia daí.

– Estou com medo.

Poornima deu um passo para trás. Era óbvio que ela estava com medo. Madhavi não fazia a menor ideia do que poderia estar à sua espera nos Estados Unidos.

– Não tenha medo. Eu vou estar lá com você.

– Mas é disso que eu tenho medo – respondeu a garota.

– O quê?

– É de você.

– De mim?

– Do seu rosto. Ele me assusta. Eu tive um sonho, quando era pequena, e nele vi um rosto igualzinho ao seu.

Poornima soltou uma gargalhada. Depois, ficou em silêncio. Chegou a começar a dizer:

– Madhavi… – Depois parou. Sentindo alguma coisa erguer-se dentro de si, uma coisa amarga, raivosa, acabou por cuspir: – Como você é burra.

Deu para ouvir a garota se afastando da porta.

– Burra! – gritou Poornima outra vez, e ouviu Madhavi chora-mingar em resposta.

Como é burra, pensou ela, furiosa. *Todas nós somos. Nós, garotas. Com medo das coisas erradas, nas horas erradas. Com medo de um rosto queimado quando, lá fora, lá fora, à sua espera, há fogaréus que você nem consegue imaginar. Homens erguendo fósforos acesos até os seus olhos de gasolina. Chamas, labaredas ao seu redor, lambendo os seus seios de menina, o seu corpo recém-menstruado. E incêndios. Incêndios tão vastos quanto o mundo todo. Esperando para devastá-la, fazê-la virar cinzas, e até mesmo o vento. Até mesmo o vento, minha querida, ali vendo você queimar, insu-flando a chama, passando por cima e através de você. Espalhando-a inteira por ser uma garota, por não passar mesmo de um monte de cinzas. E é de mim que você está com medo?*

Poornima foi até o lugar onde Guru estava esperando e falou:

– Pode quebrar. – E, diante do olhar de incompreensão com que ele reagiu a essas palavras, completou: – A porta. Pode quebrá-la toda.

Elas partiram à tarde, em meados de setembro, de Chennai para Mumbai, depois Doha e Frankfurt. Em Frankfurt, aguardaram a conexão por cinco horas na movimentada área de embarque. Até aquele momento, Madhavi se mostrara totalmente arredia, encolhida no seu assento da janela e mal pronunciando qualquer palavra. Ela não havia comido a refeição servida no avião, só cutucado a comida. Quando Poornima mandou que comesse, a resposta fora:

– Eu não gostei.

Em Frankfurt, Poornima ficou olhando o movimento. Viajantes dos lugares mais variados, apressados para chegar em casa ou ir embora dali. Na área de embarque não havia janelas, mas ela voltou o rosto para o teto e pensou que dali era possível sentir o cheiro das montanhas suíças, de tão perto que estava. Depois, voltou o olhar para Madhavi e a flagrou encarando uma vitrine de doces da cafeteria próxima ao lugar em que as duas estavam sentadas. E disse "Espere aqui" antes de se levantar e ir até lá comprar um para dar à garota.

Poornima ficou olhando enquanto Madhavi comia.

Com uma satisfação tão profunda quanto se fosse sua mãe, observando o modo como seus olhos brilharam quando a garota estendeu a mão para pegar o doce e a maneira como partiu a massa açucarada em pedacinhos, querendo fazê-la durar mais, e depois começou a mordiscar com um deleite tão puro e cheio de avidez que quase a fizeram tomar a cabeça de Madhavi entre as mãos e apertá-la junto do seu peito.

Elas voaram para o JFK nas horas escuras do início da manhã, e, logo antes de o avião pousar, Poornima debruçou-se por cima de Madhavi, que agora estava dormindo, e olhou para baixo. Seus olhos se depararam com um campo coalhado de estrelas de brilho forte, fazendo-a pensar que o avião talvez pudesse estar de cabeça para baixo: de que outra forma seria possível avistar estrelas embaixo? Mas então Poornima percebeu que não eram estrelas e sim luzes, e o fôlego ficou preso na garganta e o seu peito doeu com o pensamento de que pudesse existir um país tão aceso, tão denso e feérico daquele jeito. Assim que pousaram, entretanto, elas foram conduzidas à fila comprida da imigração, e, quando Poornima chegou ao guichê do controle de passaportes, todo o inglês que aprendera se evaporou. Ela gaguejava ao dar as respostas, mal conseguindo entender o sotaque do homem. Chegou a pensar se o inglês que tinha aprendido era do tipo certo. Mas o sujeito nem se importou. Ele era careca, com os ombros mais corpulentos que Poornima já vira e um rosto severo, a pele tão branca que deixava visíveis os poros vermelhos do nariz e os capilares roxos e azulados riscando as bochechas. Os lábios tinham o tom rosado e meigo da boca de um bebê, e, apesar de Poornima ter tido a impressão de que a voz seria também suave, ela soou ríspida e grave quando o homem disse:

– Quanto tempo pretende ficar?

– Três semanas – respondeu ela.

– Qual o seu destino?

Destino?

– Pode repetir, senhor?

– Para qual cidade está indo?

– Seattle.

O homem ficou observando seu rosto e Poornima teve a ousadia de não desviar o olhar, mas foi tomada de repente pela consciência das suas cicatrizes de um modo como nunca acontecera na Índia. Depois de carimbar os passaportes, o homem as dispensou com um gesto da mão. O homem dos passaportes era o oposto do homem da imigração. Esse tinha a pele tão negra que chegava a brilhar. Poornima conseguiu ver o brilho das luzes fluorescentes do aeroporto refletido no rosto dele. Esse homem, no entanto, evitou encarar seu rosto quando falou:

O BRILHO DO SOL QUE INVADIU A NOSSA CASA   297

– Algo a declarar?

Essa frase, ela compreendeu.

– Não, nada a declarar – anunciou, triunfante.

Elas tomaram um trem em miniatura e depois, enquanto caminhavam rumo ao embarque seguinte, em meio às cotoveladas das pessoas que passavam sem cuidado por todos os lados, Poornima reduziu o passo para prestar atenção aos números dos portões. A multidão, a novidade de tudo aquilo, a imensidão de vidros e luzes e sons era atordoante, mas, quando estavam quase no portão certo, os pés dela estacaram de repente. Madhavi chocou-se contra as suas costas, e um homem de terno lhes lançou um olhar maldoso.

– O quê? – indagou Madhavi. – O que houve?

Poornima, no entanto, nem escutou. Seus olhos estavam presos a uma caixa envidraçada. Atravessados, atropelados pela tigela de frutas que havia dentro dela. Onde se via uma banana.

Ela encarou a fruta. Mal conseguindo acreditar na sua beleza. No seu amarelo perfeito e solar. A maior banana que já tinha visto, e, mesmo assim, posicionada impecavelmente na tigela. Curvada como um arco, o seu próprio olhar formando a flecha.

E Poornima falou.

Olhe só onde eu estou, disse ela para a banana. *Olhe aonde eu consegui chegar. Nós estávamos em Indravalli, outro dia. Você se lembra? Éramos jovenzinhas, nós duas. E as palavras de um corvo eram a nossa mãe e o nosso pai. Olhe só onde eu estou. Por você. Por você, eu vim até aqui. Eu não perdi a esperança. Estou aqui, conduzindo essa garota de massacre em massacre, por causa dessa esperança. Porque ela me tornou cruel. Mas eu não a perdi. Você se lembra? Éramos crianças, nós duas. E olhe só para você agora, insubordinável e forte. Com a forma exata de um machete, apontada para o meu coração.*

Ela teria ficado ali parada por dias a fio, mas Madhavi a cutucou para que andasse, e duas horas mais tarde as duas embarcaram no seu último voo, o que as levaria para Seattle.

A chegada a Seattle aconteceu no meio da tarde. Quando elas saíram do aeroporto, Poornima respirou fundo e sentiu como se fosse a primeira vez que fazia isso em muitos dias. E, embora não tivessem deixado o prédio do aeroporto em Nova York, o ar ali parecia mais frio e cristalino. Um carro estava à sua espera. Preto e elegante.

Dele, saiu um homem que lançou de relance olhares avaliativos para cada uma das duas e em seguida tratou de pegar suas malas e acomodá-las no bagageiro. Era um homem bonito, Poornima pensou consigo mesma, e, embora fosse claramente indiano, não se parecia com nenhum dos outros homens indianos que ela conhecera na vida. *Musculoso demais*, pensava. *Triste demais.* Apesar de que, diante da estatura dele, e do seu vigor, Poornima imaginou que ela com o seu rosto queimado e Madhavi com seu lábio leporino deviam se parecer mais com atrações de circo, excentricidades junto de seu tratador.

O carro entrou numa pista larga que a fez pensar na estrada que saía do aeroporto em Cingapura, e Poornima se deu conta com uma espécie de despertar, de liberdade, de que aquela era a última das estradas, a estrada que levaria até Savitha.

4

– Qual é o seu nome? – o homem perguntou a Poornima em télugo, interrompendo o silêncio.

Mas não, não era bem silêncio. Nesse momento ela percebeu que havia uma música tocando no rádio do carro, mas que era uma música sem palavras. Quase como se fosse só uma melodia cantarolada, soprada pelo vento.

– Poornima – respondeu ela. – E essa é Madhavi.

Ele assentiu, ou foi isso que pareceu fazer, embora talvez tivesse só deixado a cabeça pender sob o peso daquela tristeza horrível que parecia carregar nos olhos, ao redor do pescoço.

– E o seu?

A mão dele foi até os botões do rádio e, quando aumentou o volume da música, fez isso com uma força e uma inteireza tais que Poornima quase cedeu ao impulso de agarrá-la. De segurá-la dentro da sua. E o homem pareceu ter sentido isso, porque olhou para ela com delicadeza, com uma aura de decadência digna da mais grandiosa das ruínas, e disse:

– O meu nome é Mohan.

Imediatamente, Poornima deduziu duas coisas a respeito dele. A primeira foi que Mohan era alcoólatra. Os sinais estavam todos lá: os olhos debruados de vermelho, a angústia mal disfarçada logo abaixo da superfície, as mãos que pairavam no ar ou pendiam, frouxas, inúteis, sem entenderem qual poderia ser o seu propósito sem uma garrafa onde se agarrar, a tez acinzentada, o olhar acinzentado, o cinza celestial da espera – pela dose seguinte, pelo tilintar seguinte da garrafa contra um copo, pela sensação seguinte de ascensão etérea. A segunda coisa que ela deduziu foi que seu coração tinha se partido.

E essas duas coisas, percebeu Poornima, seriam as suas melhores armas.

Além do mais, ela compreendera que nesse país novo seria preciso ter alguém como confidente, e Guru havia lhe dado apenas os nomes de três pessoas, mesmo assim mencionados de forma vaga. A primeira era Gopalraju, o patriarca, mas Poornima duvidava que o homem que estava à frente dessa rede tão vasta de imóveis, dinheiro e garotas pudesse de alguma maneira levá-la até Savitha. Provavelmente, aliás, ele faria exatamente o oposto. Ela também ouvira, uma vez, a menção a um dos irmãos. Mas quem era ele? Como se chamava? Ele poderia ser uma ajuda? Era impossível saber.

E, portanto, ela escolheu Mohan. Eles não disseram mais nada no trajeto desde o aeroporto; ele a levara até um hotel barato, carregara sua mala até a porta do lado do passageiro, e dissera:

– Você vai ficar aqui até o dia do seu voo de volta.

Poornima permaneceu dentro do carro.

– Que cidade esquisita – disse, espiando para fora do para-brisa. – Do avião, achei que as ilhas se pareciam com folhas flutuantes de bananeira, à espera de que porções de arroz fossem servidas nelas.

Ele lançou um olhar impaciente na sua direção.

– Você vem?

Ela virou o rosto para encará-lo e balançou a cabeça.

– O seu voo de volta não é *hoje*, é?

– Não, é só daqui a três semanas.

– Três *semanas* – falou ele, correndo a mão pelos cabelos. – Quem faz o pastoreio normalmente vai embora depois de um ou dois dias.

Poornima observou as mãos dele, o pesar que Mohan carregava nelas, tão segura e concretamente quanto teria carregado um copo, o corpo de uma amante.

– Eles começaram a fazer mais perguntas. No controle de fronteiras – falou ela.

– No lado indiano?

– Nos dois – mentiu Poornima. – Mas tenho mil dólares. É suficiente para pagar este lugar?

Ele suspirou pesadamente, marchou de volta até a traseira do carro, atirou a mala dela para dentro do bagageiro outra vez e deixou o corpo afundar no assento do motorista. Seu olhar fitou Madhavi pelo espelho retrovisor – Poornima mal ouvira a garota respirar desde que haviam entrado no carro – e depois a encarou. Com uma expressão que lhe pareceu indecifrável. Um misto de curiosidade, talvez, mas que continha também um sentimento vago de proteção, Poornima pensou, talvez por causa do seu pescoço e do rosto marcados de cicatrizes. Com uma inclinação imperceptível da cabeça para a esquerda, ela procurou revelar melhor o centro da queimadura. Ele observou seu rosto por mais um tempo, mas não parecia nem um pouco imbuído da piedade que ela aprendera a esperar das pessoas. E não demonstrava a repulsa com que Poornima havia se habituado também.

– Mesmo assim, vou monitorar você. Por todos os dias dessas três semanas. Não pense que não – disse ele, e a levou até um pequeno apartamento de quarto e sala numa outra parte da cidade, mais residencial, de onde era possível ver relances da água azul-escura por entre alguns dos edifícios. Ele e Poornima seguiram no elevador até um apartamento inundado de luz, embora uma massa de nuvens já estivesse tomando conta do lado oeste do céu, para onde as janelas estavam voltadas. O assoalho era de madeira, e havia armários de um branco impecável. Ela olhou ao redor.

– Aqui? Nós podemos ficar aqui? – disse, sabendo que jamais permitiriam que Madhavi ficasse junto com ela.

– A garota vem comigo.

– Onde ela vai ficar?

– Esta é a primeira vez que você faz o pastoreio, não é?

Ela quis dar um sorriso, mas, ciente do modo grotesco como ele faria o seu rosto se contorcer, apenas assentiu.

– Vai precisar de comida – disse ele, correndo os olhos pelo apartamento vazio. – E vou trazer um cobertor, e alguns pratos também.

– Arroz e um pouco de picles já está ótimo.

– Há uma loja a poucas quadras daqui. Não vá mais longe do que isso. Lá, você vai achar o arroz. Mas não conservas. Seria preciso ir até a mercearia indiana para isso. – Ele pareceu ponderar sobre essa declaração, e Poornima teve vontade de lhe perguntar onde ficava a mercearia indiana, mesmo sabendo que ele não iria lhe dizer; o seu rosto queimado chamava atenção demais para frequentar uma loja pequena onde provavelmente toda a comunidade indiana local devia se reunir e trocar fofocas. "Quem é essa?", as pessoas indagariam, e depois sairiam atrás de respostas.

– Você sabe falar inglês? – perguntou Mohan, depois de um tempo.

– Sei – respondeu ela com orgulho, erguendo a cabeça. – Eu sei inglês.

Ele não pareceu se impressionar com a resposta, e acrescentou, falando em inglês:

– Vou trazer as coisas mais tarde.

O que surpreendeu Poornima foi que não havia neve. Era o meio de setembro e ela estava em Seattle, mas ainda assim não havia neve. Eram muitas as histórias que havia escutado por muitos anos sobre como

O BRILHO DO SOL QUE INVADIU A NOSSA CASA 303

fazia frio nos Estados Unidos, e como a neve chegava até a cintura das pessoas, e como os carros conseguiam circular de qualquer maneira, derrapando e escorregando por causa da neve e do gelo. Ela tinha que admitir que estava um pouco desapontada. Não apenas não se via neve, mas estava fazendo *calor*. Não tanto calor quanto em Indravalli ou Vijayawada, certamente, mas a temperatura parecia estar acima dos trinta graus, Poornima pensou enquanto abria as duas janelas do seu apartamento de quarto e sala, abanando-se e tratando de tirar o par grosso de meias masculinas marrons que comprara em Vijayawada especialmente para a viagem, como parte dos preparativos para chegar a um país frio.

Outra coisa que a surpreendeu, ao voltar da loja próxima com um pacote pequeno de arroz, alguns legumes, sal e pimenta-malagueta, além de um pote de iogurte e algumas frutas, um sabonete e um frasco pequeno de xampu, foi o país ser tão vazio. Na caminhada de duas quadras até a loja, ela vira alguns carros passarem na rua e um avião no céu, e ouvira o som distante de uma buzina, mas não havia nenhuma pessoa na rua. Ninguém. Onde estavam todos? Será que alguém de fato morava por ali?, indagou-se Poornima. Será que todos iam para alguma outra cidade para trabalhar, estudar ou fazer compras? E as crianças, onde estariam? Ela havia passado por um parque pequeno, mas ele também estava vazio. Isso a deixara um pouco assustada, a quietude, o vazio, a solidão das ruas e calçadas e casas, parecendo todas tão abandonadas, parecendo construídas para pessoas que nunca passavam ou nunca ficavam. Foi só à noite, enquanto esperava por Mohan, que ela viu luzes se acenderem em algumas das janelas vizinhas e alguma silhueta ocasional passar diante delas; e essas visões quase fizeram Poornima dar pulos de alegria.

Ao longo de toda essa primeira tarde, no entanto, tudo o que ela havia feito fora se conter. Cerrar os punhos a fim de deter o impulso de correr porta afora e sair pelas ruas atrás de Savitha. De gritar o nome dela.

O que isso teria trazido de bom? Nada. Ela tinha que agir de maneira sistemática, e, para isso, ia precisar de Mohan.

Ele voltou à noite trazendo um saco de dormir (que precisou mostrar a Poornima como usar), um travesseiro e uma sacola contendo uma panela, uma frigideira, alguns utensílios, pratos e copos de plástico. Poornima olhou para todos eles, empilhados no balcão da cozinha, e falou:

– Como está a garota? Madhavi?

Ele lhe lançou um olhar severo.

– Por quê?

– Eu viajei meio mundo junto com ela.

– Você e ela não têm mais nada a ver uma com a outra – disse Mohan. – Esqueça esse assunto.

Ele lhe deu as costas e caminhou até a porta do apartamento. Quando chegou à maçaneta, Poornima forçou a voz para que se adensasse, e para que soasse entrecortada, e falou:

– Essas meninas são amadas, sabe? Você pode achar que não, por serem pobres, ou por terem sido vendidas, ou terem o lábio leporino, mas alguém ama essas garotas. Há gente sentindo a falta delas. Você está me entendendo? Elas são amadas. Com um tipo de amor que você nem teria como imaginar.

Ele a fuzilou com um olhar que pareceu a Poornima ter impulsos assassinos e ela empalideceu, calando-se, mas então os olhos se amainaram de alguma maneira e ele falou, com um tom de inquietação na voz:

– Ela está bem.

– Então me mostre onde está vivendo. Que mal poderia haver nisso? Pode me levar agora, no escuro. Não deve ser muito longe daqui, não é mesmo? Eu só quero ver o lugar.

Poornima prendeu a respiração. Achou que fosse ouvir mais um "não", mas Mohan fixou nela um olhar demorado.

– Uma vez. Só desta vez. Depois, trate de não falar mais no assunto.

꽃

O BRILHO DO SOL QUE INVADIU A NOSSA CASA **305**

Poornima não achava que algo assim seria possível, mas as ruas estavam ainda mais quietas do que durante o dia. Ela baixou o vidro da janela para poder enxergar melhor os nomes nas placas, mas não conseguiu distinguir nenhum deles no escuro, ou talvez Mohan tenha acelerado de propósito ao passar por elas, não lhe dando a chance de ver o que estava escrito. As que conseguiu ver de relance – com seu conhecimento limitado de inglês – pareceram conter nada mais do que um amontoado de letras. Então, em vez disso Poornima decidiu se concentrar nas curvas do trajeto, no número de ruas que havia antes de cada curva, na inclinação das ladeiras e no aspecto das casas, das copas das árvores. Até mesmo os vasos de plantas que viu nas sacadas, ela foi memorizando.

Por fim, depois de cerca de dez minutos de trajeto, eles chegaram a uma rua estreita e comprida, margeada pelo que pareciam ser prédios residenciais baratos. Mohan dirigiu até a metade da rua e, depois de terem passado por onze prédios do lado esquerdo, apontou para uma janela no segundo andar do décimo segundo deles e disse:

– É ali. Está vendo? A luz está acesa. Ela está bem.

Poornima, nos poucos instantes antes de ele acelerar novamente o motor, reparou em todos os detalhes que conseguiu vislumbrar na fachada imersa em sombras: o toldo marrom esfarrapado acima da porta de entrada, as janelas iluminadas, seis em cada fileira, cada uma tapada por uma cortina barata, uma árvore com folhas planas, verde-escuras, junto a uma das extremidades do prédio, com um dos galhos inclinado na direção da janela para onde Mohan apontara, a janela de Savitha, talvez, o galho retorcido e tentando esgueirar-se para dentro. Será que a aparência seria a mesma de dia, ou aquilo era só o efeito da luz noturna? Poornima precisava de mais. Ela buscou por uma estrela, qualquer estrela, mas o céu estava totalmente manchado de nuvens naquele momento. O carro agora estava parado no final da mesma rua, esperando que um sinal de trânsito abrisse.

– As estrelas daqui são iguais às da Índia?

306　Shobha Rao

– Mais ou menos – foi a resposta dele.

– Então, a estrela Polar – começou ela numa voz tranquila, como se movida só por uma curiosidade leve, como se estivesse só puxando um assunto qualquer – está atrás de nós?

– Não, ela fica bem ali – disse Mohan, apontando para um ponto à frente do carro.

Poornima respondeu com o "Ah" mais casual que conseguiu proferir e sorriu.

Naquela noite, ela tentou pegar no sono. Tendo que dizer para si mesma que não podia sair no escuro, numa cidade estranha, num país que sequer era o seu e ao qual tinha chegado apenas dez horas antes, atrás de um edifício específico e de uma pessoa nesse edifício. E, sendo assim, que era melhor tentar dormir. Mas não conseguiu. Estava ainda sob o efeito do *jet lag*, e, como a diferença entre o horário da Índia e de Seattle era de doze horas e meia, isso queria dizer basicamente que para o seu corpo a noite era dia e o dia, noite, embora Poornima não soubesse de nada disso. Ela só ficou se remexendo dentro do saco de dormir, rolando o corpo contra a madeira lisa do assoalho. Por volta das três ou quatro da madrugada, começou a cochilar, mas despertou num solavanco. Um calafrio súbito percorreu seu corpo. E se Savitha já tivesse sido vendida para outra organização? Em outra cidade? E se a pista que conseguira não fosse dar em nada? E se tudo estivesse prestes a terminar ali mesmo, e ela tivesse perdido o rastro de Savitha para sempre?

A respiração de Poornima ficou entrecortada; ela se levantou para tomar um copo d'água. E foi até a janela. Estava chovendo; fios de água serpenteavam vidro abaixo. Olhando para o escuro, e para a chuva, ela se recordou de uma coisa acontecida muito tempo antes, quando ela e Savitha se conheciam havia poucos meses.

Era a época das monções. As duas tinham ido até o mercado. Era um domingo, a maior parte das lojas estava fechada, mas a tabacaria ficava aberta. O pai de Poornima terminara de enrolar suas últimas folhas de fumo na noite da véspera e então, antes de se deitar para a sesta, mandou que ela fosse até o mercado comprar duas rupias de tabaco. Savitha havia chegado quando Poornima se preparava para sair, embora as duas, obviamente, estivessem descalças – Savitha porque não tinha sapatos, e Poornima porque as sandálias de sola gasta (herdadas da mãe) seriam inúteis caso começasse a chover, e ficariam grudadas ou acabariam se rasgando no chão lamacento. Mesmo assim, elas não se apressaram na caminhada da ida – sob um céu carregado, mas sem chuva. Ainda.

Poornima se lembrou de que elas haviam parado para espiar a vitrine da loja de pulseiras, com suas fileiras e mais fileiras de pulseiras de contas de vidro coloridas, com cores para combinar com sáris de todas as tonalidades.

– Você consegue imaginar – dissera Poornima, sem fôlego – ter uma pulseira para combinar com *cada* sári?

E Savitha apenas rira em resposta, e a conduzira até a loja de *paan*, a mercearia e a moenda, todas fechadas.

As duas entraram então no pavilhão da feira livre, e os feirantes lhes lançaram olhares sonolentos. Eles trabalhavam acocorados no chão, com pedaços de lona plástica suja a postos para, em caso de chuva, protegerem as próprias cabeças e os pimentões, abóboras e maços de coentro. Tinham visto logo que Poornima e Savitha não tinham dinheiro para gastar – os feirantes sempre sabiam esse tipo de coisa. Numa curva, quando as duas estavam atrás de um carro de boi que levaria as mercadorias não vendidas de volta para a fazenda, uma pequena berinjela redonda caiu da traseira dele. Savitha, depois de ter soltado um gritinho de entusiasmo, correra para apanhá-la.

– Olha só, Poori! Que sorte!

Sim, pensou Poornima, *que sorte*.

Elas já estavam quase de volta em casa quando a chuva caiu. Poornima achou que era melhor correrem, mas Savitha havia apontado para uma árvore de sândalo próxima. Ela dissera:

– Vamos esperar ali embaixo.

E, assim, elas aconchegaram-se uma junto da outra, debaixo dos galhos, e ficaram olhando a enxurrada. Era só uma borrasca, e Poornima sabia que logo deveria passar, mas ela se pegara esperando – da mesma maneira que um dia tivera a esperança de que punhados de castanhas e algumas frutas fossem ser capazes de salvar a sua mãe do câncer, da morte – que aquela chuva pudesse durar até o fim dos seus dias. Por quê? Ela não saberia dizer. Não fazia sentido nenhum. Mas era a pura verdade: Mesmo que as duas estivessem tiritando de frio. Mesmo sentindo os seus cabelos e suas roupas já ensopados. Mesmo sabendo que estava deixando seu pai esperar, e que ele ia ficar furioso quando visse que o fumo estava úmido.

Um vento soprou nesse exato momento, balançando as folhas da árvore de sândalo, e gotas gordas de chuva fria caíram nas costas e na nuca das duas. Fazendo cócegas no couro cabeludo. E elas riram e riram, sem parar.

A chuva ficou mais forte. Caindo em cortinas densas. Savitha estendeu o braço e puxou Poornima mais para baixo da árvore. Para que ficasse protegida da chuva. Na ocasião, Poornima havia estremecido, sentindo a verdade que havia naquilo: ela *estava* se sentindo protegida, estava se sentindo segura.

Mas agora, junto da vidraça de um apartamento vazio em Seattle, segurando um copo vazio na mão, Poornima riu, meio que zombeteira, os lábios trêmulos, os olhos logo ficando quentes, e pensou: *Que bobas. Que bobas nós éramos, que boba você era por pensar que podia me proteger da chuva. De uma coisa feito a chuva. Como se ela fosse uma faca, como se fosse algo como uma batalha. E, você, o meu escudo. Que boba você era, que burra*, pensou Poornima, quase chorando de tanta raiva. Com raiva da ignorância de Savitha, da inocência irritante que a amiga tinha. Por encontrar-se agora nesse lugar, sendo passada como um cigarro *bidi* das mãos de um homem para outro. *Será que você não vê? Nós nunca estamos seguras. Nem contra a chuva, nem contra coisa nenhuma.*

E você, esbravejou Poornima, *tudo o que lhe ocorreu fazer foi encolher o corpo contra aquela árvore indiferente. Como se contra a chuva, contra o meu pai, contra o que ainda estava por acontecer, tudo o que precisássemos fazer fosse ficarmos mais próximas. Ficarmos juntas. Como se contra a chuva, contra o destino, contra a guerra, dois corpos – os corpos de duas meninas – pudessem se fazer maiores do que um só.*

– Sua boba! – gritou Poornima para a escuridão, e disparou porta afora do apartamento, mergulhando na noite.

5

Demorou mais de cinco horas para Poornima encontrar o edifício que Mohan havia lhe mostrado. Ela estava encharcada. Havia deixado o apartamento pouco antes de um amanhecer nublado, e agora eram quase onze horas da manhã. Havia parado de chover, mas ela e suas roupas continuavam úmidas, frias; ela se aninhou nas escadas da entrada do prédio e esperou. Obviamente, sabia que Mohan apareceria no apartamento de quarto e sala para interpelá-la, mas a única estratégia de que dispunha era piscar os olhos e alegar inocência. "Ah", planejava dizer, com um ar encabulado, "eu não sabia que *precisava* ficar aqui. É a minha primeira vez fazendo o pastoreio, afinal."

Na primeira hora, somente duas pessoas saíram do edifício, nenhuma delas indiana. Depois que a primeira pessoa saiu, Poornima esgueirou-se pela porta entreaberta e pensou em sair batendo em todos os apartamentos, mas quando subiu o primeiro lance de escadas e espiou pelo corredor viu um velho indiano sentado dentro de um cômodo sem graça, a cadeira inclinada na direção da porta entreaberta. Ele parecia absorto na tela acesa da televisão, mas Poornima sabia que não – na verdade, estava vigiando o movimento na escada. Ela então deixou de lado o seu plano, e voltou para o lado de fora. Na segunda hora, um homem parou uma caminhonete em frente ao edifício e foi até a porta levando uma caixa nas mãos. Ele apertou um dos botões ao lado da entrada e disse: "Encomenda", para a parede, e a porta do prédio emitiu um zumbido. O homem entrou.

Poornima tentou fazer a mesma coisa. Tomando o cuidado de evitar o botão onde se lia 1B, o mesmo número e letra que vira na porta do apartamento do homem indiano, ela foi apertando outros. A maioria não atendia, ou não estava em casa. Quando um deles atendeu, Poornima, no seu inglês cheio de sotaque, falou:

– Você é de origem indiana, por favor?

O outro lado fez silêncio por um instante, e depois uma voz de mulher disse:

– Sobre o que é? Eu acabei de receber uma encomenda.

Poornima voltou a se sentar nos degraus.

Ela esperou até as cinco da tarde, e então começou a caminhada de uma hora que levaria ao seu apartamento, tornada ainda mais longa porque se perdeu duas vezes. Ao chegar, ela tomou um banho e preparou arroz, e quando ouviu uma batida na porta sabia que era Mohan, vindo para vigiá-la. Ele não ficou nem cinco minutos; examinou o ambiente, depois o seu rosto, e então foi embora.

No dia seguinte, ela foi mais esperta: levou uma porção de arroz para almoçar e chegou ao prédio às sete horas da manhã. Após fazer a mesma coisa durante três dias, no quarto ela se deu conta de que devia estar indo nas horas erradas. Então, nesse dia, Poornima chegou no meio da tarde e ficou lá até bem tarde da noite. Dessa vez, ela teve certeza de que perderia a visita de Mohan, e, sabendo que alegar inocência talvez não fosse bastar, decidiu que compraria alguma coisa no caminho de volta, algo de que pudesse estar precisando desesperadamente, e que serviria como pretexto para sua ausência. E ficou torcendo para que isso bastasse.

Um carro reduziu a velocidade em frente ao edifício. Poornima encolheu o corpo nas sombras, desviando-se da luz dos postes e da que saía das janelas, e ficou esperando. Ela não conseguiu distinguir quem estava ao volante, mas uma pessoa saltou do carro e, quando chegou perto do edifício, ela viu que essa pessoa era Madhavi. Ela caminhava devagar, o corpo de alguma maneira mais curvado do que da última vez em que a vira. Poornima esperou até que o carro tivesse se afastado, e, quando revelou sua presença, fingindo alegria e preocupação, pôde perceber que a expressão no rosto da garota parecia mais cinzenta do que antes, mais cansada por causa da luz pálida emitida pela lâmpada na entrada do prédio, ou talvez por causa da longa jornada fazendo faxina. Assim que viram Poornima, os olhos de Madhavi se arregalaram.

— *Akka*! O que está fazendo aqui?

Akka, irmã mais velha. Ela nunca havia sido chamada desse jeito antes.

— Como você está? Estão tratando você bem? Estão lhe dando de comer?

Madhavi deu de ombros.

— Por que você está aqui?

— Venha — falou Poornima, esperando que houvesse uma outra porta nos fundos do edifício. — Vamos conversar lá dentro. Tomando um chá.

O rosto da garota escureceu. A voz ganhou um tom de pânico.

— Não. Não, você não pode. Ninguém pode entrar. Eles nos avisaram.

Poornima forçou um ar de bondade em seus olhos. E quase chegou a sorrir.

— Ora, sou só eu. Mohan me mostrou onde você estava morando, para que eu pudesse vir fazer uma visita.

— *Sério?*

— Ele não comentou nada com você? De todo modo, como estão as coisas? Está morando com outras garotas? Elas estão tratando você bem?

Madhavi deu de ombros outra vez.

— São normais.

O BRILHO DO SOL QUE INVADIU A NOSSA CASA 313

– São todas télugo? Como se chamam?

A garota correu os olhos em volta, e espiou atrás de si.

– Eu não posso falar.

– Você está agindo como se eu fosse uma desconhecida – comentou Poornima, num tom leve.

Um carro passou na rua, e elas ficaram vendo as luzes vermelhas na traseira dele desaparecerem a distância. O vermelho queimou os olhos de Poornima; ela sentiu o corpo de Madhavi trêmulo ao seu lado.

– Alguma delas se chama Savitha? – perguntou.

– Não.

Poornima examinou o rosto dela.

– Tem certeza?

– Eu estou sentindo frio, *Akka*. Muito frio. Quero ir para dentro.

Poornima agarrou o braço dela.

– Eu não sou uma desconhecida. Você sabe disso, não sabe? Talvez eu seja a *única* pessoa aqui que não é uma desconhecida.

Madhavi assentiu e entrou no edifício.

Quando Poornima chegou em casa, depois de ter passado pela loja da esquina, Mohan estava à sua espera. Preparando um café.

– Aonde você foi?

– Café? Tarde assim?

– Aonde você foi?

– Há quanto tempo você está aqui? – indagou Poornima.

– Aonde? A uma hora dessas!

– Eu precisava disto aqui – falou ela, mostrando um pacote de absorventes.

– Ninguém leva uma hora para caminhar duas quadras.

– Tive que parar para descansar no parque infantil. Cólicas. – Ela abriu um sorriso encabulado, dobrando um pouquinho a cabeça para o lado.

– Chega de saídas – falou ele, derramando o café em um copo metálico esquisito, com tampa. – De agora em diante, vou buscar tudo o que você precisar.

Mohan pediu que ela lhe entregasse as chaves – da entrada principal do prédio e da porta do apartamento – e as pôs no bolso. Depois, apontou para a panela no fogão.

– Sobrou um pouco. Se você quiser.

Havia café suficiente para quase uma xícara cheia, mas, depois que ele saiu, Poornima viu que também deixara para trás o casaco. Quando ela o ergueu, um livro pequeno caiu lá de dentro. Procurando nos outros bolsos, encontrou só dinheiro trocado, alguns recibos. Ela voltou a olhar para o livro. Um livrinho estranho – diferente de todos os outros que já vira. Perto dos livros de registros contábeis, grandes e achatados, esse pareceria minúsculo, não muito maior do que a sua própria mão. Quando o abriu, Poornima percebeu que nenhuma das linhas escritas ia até a borda da página; todas terminavam antes, cada uma a uma altura diferente. *Que estranho*, pensou. *Seria o* Gita? Não, esse tinha o nome de um autor, e também um título em inglês. Era um exemplar surrado, obviamente manuseado e lido muitas vezes, mas uma das páginas parecia especialmente gasta, com as pontas dobradas.

E foi nessa página que Poornima o abriu e começou a ler.

Na manhã seguinte, depois de uma longa noite de sono – mesmo com o café que havia tomado –, Poornima refletiu sobre as suas opções. Ela não havia conseguido apurar muitas informações desde a sua chegada a Seattle, mas uma coisa era certa: Savitha não estava morando no mesmo apartamento que Madhavi. A garota tinha ficado com medo, isso fora óbvio, mas ela não estava mentindo. Então, onde estaria Savitha? Poornima refletiu sobre essa questão: fazia anos que vinha refletindo sobre ela. A respeito de Mohan, também havia uma coisa certa: ela conseguira convencê-lo a mostrar onde Madhavi estava, claro, mas

Poornima sabia, com o mesmo tipo de certeza que lhe dizia que Savitha estava ali, *ali*, que não teria como – por mais que inventasse mentiras, por mais digna de pena que conseguisse se fazer parecer – convencê-lo a lhe mostrar onde qualquer uma das outras garotas vivia.

E havia ainda uma outra coisa que ela aprendera sobre Mohan: Poornima havia aprendido que ele gostava de poesia.

Ela estudou o poema da página com orelhas dobradas – que se chamava "A canção de amor de J. Alfred Prufrock" – lendo-o repetidas vezes até decidir que o odiara. Ou que, pelo menos, odiava o que havia entendido dele. Os primeiros versos nem mesmo pareciam estar escritos em inglês, embora o alfabeto fosse o mesmo. E, ainda que sem fazer ideia de quem fossem Michelangelo, ou Lázaro, ou Hamlet, a pessoa que escrevera o poema – supostamente, o homem com nome impronunciável citado no título – lhe parecera um fraco. Irremediavelmente frágil. Por que havia escrito o poema? Por que se dar ao trabalho? Por que em vez disso não fazer simplesmente a pergunta que tinha para fazer, qualquer que fosse ela? Assim, ninguém precisaria se afogar no final. Mesmo assim, Poornima estudou os versos com interesse, perguntando-se o que Mohan teria visto neles.

Quando ele apareceu para vê-la, à noite, ela lhe estendeu o livro junto com o casaco.

– Você esqueceu aqui ontem – falou.

Ele pegou os dois de volta, com um ar desconcertado, e voltou a enfiar o livro num dos bolsos do casaco. Poornima esperou que tivesse chegado perto da porta, e então disse:

– É sobre arrependimento, não é?

– O quê?

– O tal poema "A canção de amor". O que você gosta tanto.

Ele meio que virou o corpo de volta; Poornima viu a mão que já estava agarrada à maçaneta se afrouxar.

– Você leu?

– Por que não? Eu gosto de poesia.

– Gosta?

– Estou começando a gostar.

Ele se voltou para encará-la de frente; e deu um passo para dentro do apartamento.

– De certa forma, sim. Mas também fala de coragem – disse Mohan, depois de ter hesitado um pouco. – É sobre a luta para encontrar coragem.

– E se não encontrarmos? O que acontece? Nós nos afogamos? Ele sorriu.

– De certa forma.

– Você não acha que... que esse *Puffrock* é um fraco?

Nesse momento, os olhos de Mohan se inundaram com uma tristeza tão intensa, tão violenta, que Poornima pôde senti-las – a tristeza, a violência – flamejando contra os próprios olhos.

– Eu acho que ele é só alguém como você e eu – foi a resposta dele, por fim.

Poornima o encarou. *Não*, pensou, *você está errado. Está errado. Esse sujeito não se parece nem um pouco comigo.*

6

Madhavi talvez ainda pudesse ser útil.

Foi nisso o que Poornima pensou mais à noite, depois que Mohan fora embora. Não havia como saber ao certo, mas Madhavi, isolada da maneira como estava, da maneira como todas as garotas deviam ficar, podia ter sido instalada inicialmente num local diferente – uma espécie de cela provisória, talvez, até que houvesse uma vaga no apartamento que estava ocupando – ou quem sabe as garotas às vezes fossem levadas juntas para os locais das faxinas e na volta deles, e ela tivesse tido a chance de ver uma ou outra ser deixada em prédios diferentes. Ou então talvez elas conversassem entre si e alguma tivesse mencionado um nome de rua, um bairro, *qualquer coisa*.

Era a única chance que restava a Poornima.

Ela esperou até o dia seguinte. Como não tinha mais as chaves, ela inspecionou o edifício onde estava instalada até encontrar uma porta destrancada nos fundos, perto das lixeiras, e precisou deixar a porta do apartamento aberta. A experiência lhe dizia que Mohan chegava sempre entre as quatro da tarde e as oito da noite. O que devia fazer no resto do dia? Quantos outros acompanhantes tinha para vigiar? Quantas garotas a organização possuía? Será que *ele* conhecia

318 SHOBHA RAO

Savitha? Poornima não tinha resposta para nenhuma dessas questões; ela sabia apenas que seria preciso esperar até depois das oito, até depois que Mohan fosse embora, para sair atrás de Madhavi.

Ele se atrasou nessa noite. Chegou perto das nove horas sem dar explicação pela demora, embora, por outro lado, tenha parecido mais consciente da presença de Poornima, mais suave na maneira como inspecionou o apartamento, o rosto dela, o saco de dormir remexido, os seus poucos pertences espalhados pelo chão. Como se a conversa que haviam tido sobre o poema houvesse despertado nele a *possibilidade* de Poornima, a possibilidade de que ela existisse como algo além de uma fornecedora de garotas.

— Está precisando de alguma coisa? – quis saber ele.

— Legumes.

— Eu trago alguns quando vier amanhã.

— Fique para o jantar.

O olhar dele se tornou sombrio, talvez com uma repulsa em face do convite, talvez de surpresa, embora Poornima tenha sido tomada pela compreensão súbita e muito clara, como algo que se revela à vista depois de uma chuva purificadora, de que estava diante de um homem tremendamente solitário, um homem que conhecia muito pouco além dessa sua condição. Alguns minutos depois desse diálogo, ele saiu sem dizer uma palavra.

Passava da meia-noite quando Madhavi foi deixada em frente ao edifício. Poornima, mais uma vez, estava aguardando no meio das plantas, no intervalo entre o edifício onde a garota vivia e o prédio seguinte, mais ao norte. Dessa vez, ela não pareceu ter sido pega de surpresa pelo surgimento repentino de Poornima, na área mal iluminada debaixo do toldo marrom. Essa, por sua vez, precisou apenas de um olhar para saber que já não faria sentido perguntar como Madhavi estava se saindo; era óbvio que algo nela havia se endurecido. No período de apenas uma semana, a garota alcançara um estado lento e estoico de resignação. Uma semana. Como é breve o tempo necessário para ceifar o espírito de alguém, pensou Poornima, se esse espírito estiver suscetível a ser ceifado. Acima de suas cabeças, nuvens tapavam a lua, as estrelas; a luz de um poste próximo tremulava.

Madhavi suspirou.

– Veio para tentar saber sobre aquela outra garota novamente?

– Você esteve com ela? Sabe de alguma coisa?

– Por favor, *Akka*, pare de vir até aqui. Se alguém nos flagrar...

– Olhe, você só precisa me dizer se sabe onde moram as outras garotas. Qualquer uma delas.

– Eu *não sei*.

– O carro nunca parou para deixar alguém em algum outro edifício? Você nunca esteve junto com alguma outra garota num desses trajetos? Nunca *falou* com nenhuma? Nunca levaram você a nenhum outro alojamento?

Madhavi deu de ombros e ficou com o olhar distante.

– A resposta é "sim", não é? Quem era a garota? Onde ela mora? O que foi que disse?

– Não foi uma outra garota. Foi... – Madhavi deixou a frase morrer, e Poornima quase explodiu de expectativa; ela precisou cerrar os punhos para se impedir de tentar arrancar a informação da garota com um safanão.

– Foi o quê? – perguntou suavemente, forçando um tom calmo na voz.

– Bem, uma vez ele me levou para um quarto. Diferente dos que nós limpamos.

– Onde esse quarto ficava? Havia outras garotas nele? Outras pessoas?

– Não.

– Quem levou você?

– Suresh.

Quem era esse, indagou-se Poornima. *O irmão?* As duas passaram um tempo em silêncio, os olhos de Madhavi fugindo de encarar os seus.

– Onde é esse quarto?

– Eu não sei. Não sei.

– Ficava perto daqui?

– Não.

– Perto do aeroporto?

– Não.

Poornima vasculhou a própria mente atrás de outras referências, outros lugares que Madhavi talvez pudesse reconhecer.

– Era perto da torre? Aquela mais estreita? Perto da água? Ou foi no lugar onde ficam os prédios altos? Na universidade, talvez? Você reparou se havia uma universidade?

– *Akka, por favor.*

– Qualquer coisa! Tem qualquer coisa que você lembre?

Alguém passou numa bicicleta, sem ver as duas. O vento mexeu com as folhas de uma árvore próxima. Poornima ouviu um gemido distante e fraco, vindo da direção onde ficava o mar.

– Tinha uma coisa redonda perto – falou Madhavi lentamente, num tom de desamparo, para o escuro.

– Redonda?

– Como um estádio de críquete. Só que maior. Muito maior.

Como essa garota podia saber qualquer coisa sobre estádios de críquete?

– E o que mais?

– Não tinha muita gente. Ninguém. Estava vazio.

– Este país inteiro é vazio.

– E os prédios não tinham janelas.

Poornima assentiu. Ela teria sorrido, mas não quis assustar a garota. Em vez disso, correu o olhar pelas sombras silenciosas: as nuvens baixas, irredutíveis, a luz do poste, agora apagada, as ruas quietas, o rosto cansado, o corpo sem vida. Ela se recordou do deleite que vira nos olhos de Madhavi quando ela estava comendo o doce – naquele dia que ainda era parte de uma vida totalmente diferente –, a massa açucarada se esfarelando entre os seus dedos. Poornima respirou fundo, respirou bem fundo à moda americana, e pensou: *Um país tão quieto, e, mesmo assim, com tantas razões pelas quais chorar*. Não lhe ocorreu nada mais que pudesse dizer, então, antes de ir embora, antes de sair caminhando noite adentro, disse apenas:

– Tome cuidado.

Poornima disse isso sabendo que cuidado era algo que já havia sido dilapidado, que o cuidado – no caso dessa garota e de sua jornada – já havia sido dissipado e gasto muito tempo antes.

Poornima saiu cedo na manhã seguinte. Ela chegou à esquina da Third com a Seneca depois de ter perguntado a pelo menos umas dez pessoas como podia fazer para chegar ao estádio, e ficou esperando pelo ônibus da linha 21. Ela seguiu nele até chegar ao local de onde o estádio podia ser avistado, e depois, sem saber de onde mais poderia começar, começou a voltar caminhando na direção da Third Avenue. De um lado da pista havia armazéns, e, do outro, trilhos de trem. Ela olhou para os armazéns: nada de janelas, e nem uma pessoa à vista. Mas Madhavi não falara nada sobre trilhos, o que Poornima imaginava que provavelmente aconteceria caso ela tivesse reparado neles. Então, ela tratou de enveredar mais um pouco para o meio das fileiras de construções compridas e baixas, todas pintadas de cinza ou bege. Ela caminhava sem pressa, lendo lentamente os poucos letreiros nas fachadas de alguns dos prédios, espiando pelos vidros nas portas das garagens. Procurando se manter próxima às laterais dos armazéns, ela observou com atenção cada carro parado junto deles, e vasculhou esquina por esquina. Poornima sabia que sua presença chamava atenção, mesmo com as roupas ocidentais que estava usando e com o lenço que havia enrolado na cabeça para cobrir a cicatriz no rosto, mas o único que a conhecia pessoalmente era Mohan – e essa era a sua grande vantagem. Além do mais, ela procurava se esconder o melhor que podia a cada vez que um dos poucos carros passava ao seu lado, sabendo que seria capaz de reconhecer o carro dele a quilômetros de distância.

Foram horas caminhando. O labirinto de armazéns parecia não ter fim. Alguns dos becos entre eles não tinham nomes, e por isso Poornima acabava chegando aos mesmos prédios pelo lado oposto, depois de ter caminhado num amplo círculo. Ela se deu conta de que havia perdido o senso de direção, e, quando chegou a um espaço aberto, tratou de procurar o topo dos edifícios altos do centro da cidade para saber onde era o norte. Dois homens reduziram a velocidade – um dirigindo uma picape, e o outro um sedã azul – para perguntar se ela precisava de ajuda. Poornima puxou o lenço mais para cima do rosto e sacudiu a cabeça. Ela ouviu um trem de carga passando e pensou de repente no trem no qual tinha deixado de embarcar em Namburu. Ela se lembrou dos pedacinhos rasgados da passagem, flutuando até caírem no chão. *E se eu tivesse entrado naquele trem?*, perguntou a si mesma. *O que teria me tornado?* Poornima, sem estar habituada a esse tipo de pensamento – um que não levaria a uma resposta fechada –, tratou de calá-lo, abafá-lo, de bater a porta que dava para ele com tanta força quanto se fosse a porta de uma casa mal-assombrada.

Ela foi embora quando o sol começou a afundar a oeste. Estava faminta e cansada no trajeto de ônibus da volta. Era possível até que nem tivesse estado no lugar certo, chegou a pensar; era possível que Madhavi tivesse falado de um bairro totalmente diferente, mas agora já estava fazendo uma semana desde a sua chegada, e só lhe restavam mais duas. Poornima voltou até os armazéns no dia seguinte, e também nos outros quatro depois dele. E foi só na quinta tarde, depois de ter caminhado por horas debaixo de uma chuva cada vez mais forte, que ela dobrou uma esquina – margeando um prédio cinzento cujo letreiro anunciava pneus de carro e outras peças automotivas – e viu: ela viu o carro preto. Era o carro de Mohan, disso ela teve certeza, mas do lugar onde estava não conseguia ver bem a entrada do edifício. Poornima então fez o trajeto mais longo, contornando os fundos do enorme armazém em frente ao qual estava o carro de Mohan, e surgiu pelo outro lado, colando o corpo a uma das paredes para se esconder. Agora, ela estava mais perto da entrada do armazém e mais distante do carro preto. Havia um outro carro, vermelho, estacionado em frente ao sedã de Mohan, e esse, deduziu Poornima, devia pertencer ao irmão ou ao pai dele.

Ela esperou, tremendo debaixo da chuva fria, mas não viu nem uma garota entrando ou saindo do armazém. Às três horas, Poornima voltou ao ponto do ônibus, sabendo que levaria uma hora para chegar em casa. A chuva aumentou à noite, depois que Mohan havia ido embora, e por isso ela resolveu esperar até a manhã seguinte, quando comprou uma lanterna e meias mais grossas. Mas, ao chegar, não viu carro nenhum parado em frente ao armazém. Seguindo pé ante pé até a entrada, ela estreitou os olhos para tentar enxergar através do vidro escurecido da porta. Nada. Usando a lanterna, conseguiu distinguir alguns metros do que imaginou ser um espaço amplo, cheio de caixas e com os contornos do que parecia ser uma escrivaninha na extremidade mais distante. Não havia outras divisões que ela tivesse avistado. Poornima contornou o prédio em busca de alguma porta de fundos que pudesse estar destrancada, como tinha visto em tantos dos outros armazéns, mas esse só tinha o mesmo revestimento metálico cobrindo as paredes de todos os lados. Depois de apurar os ouvidos para tentar detectar qualquer ruído ou voz vindo lá de dentro, ela pensou que talvez pudesse conseguir arrombar a tranca da porta principal; mas, quando estava examinando o cadeado, um carro passou num beco próximo.

Se Savitha morasse *mesmo* ali, pensou Poornima, escondendo-se agachada contra a lateral do armazém, o que ficaria fazendo nesse lugar durante o dia? Durante o dia, obviamente, ela estaria limpando apartamentos.

Naquela mesma noite, quando Poornima voltou, o armazém estava ainda mais escuro e silencioso do que estivera durante o dia. Ela bateu na porta, esperando ver alguma luz se acender. Contornou o prédio, esmurrando as laterais metálicas com os punhos fechados. Tentou ou quebrar a fechadura pesada, depois o vidro da porta, mas ele era reforçado e nem o peso da lanterna nem do seu corpo conseguiu produzir qualquer resultado. Onde ela estava? Onde estava Savitha? Poornima encarou a porta, deu um último chute nela e disse para o vidro escuro, inquebrável:

– Aqui é que ela não está.

E foi embora.

No trajeto de ônibus para casa, já passando de meia-noite, ela examinou os hematomas nos braços, os cotovelos e joelhos esfolados, a lanterna quebrada, e se deu conta de algo que já sabia desde o começo: Mohan era sua única esperança.

Poornima comprou uma garrafa de uísque – a mais cara que conseguiu encontrar na loja da esquina – e então passou a tarde preparando arroz, *dal* e curry de berinjelas (com as berinjelas mais graúdas que já vira, e que cozinhavam de um jeito muito diferente das indianas) e batatas fritas, embora tenha ficado tão amedrontada com o óleo quente que preparou apenas uma porção suficiente para Mohan antes de tratar de desligar o fogão. Mas, mesmo com o aroma da comida e com a garrafa de uísque à mostra no balcão, ele se recusou a ficar para o jantar. E saiu sem dizer uma palavra, antes que ela conseguisse pensar em qualquer outro pretexto para convencê-lo a ficar.

Poornima se desesperou.

Ela zanzava pelo espaço reduzido do apartamento, olhando para fora da janela, para um lado e outro da rua, de minuto em minuto. Lembrando-se da sua rua em Vijayawada, com o homem do ferro de passar trabalhando no avental infantil, o condutor do riquixá cochilando, as vacas e os cães fuçando os montinhos de lixo e os mascates anunciando suas mercadorias ao passarem, até ser atravessada por uma onda repentina e violenta de saudades. Que doeu quase ao ponto de fazê-la dobrar o corpo para a frente, mas Poornima logo tratou de endireitar as costas. *Do quê?*, ralhou consigo mesma, irritada com aquele momento de fraqueza, mesmo tendo sido tão breve. Saudade dos bordéis e das *charkhas*, dos homens e das sogras? Era disso que estava sentindo falta? Ela alisou a blusa e os jeans, desacostumada a vestir esse tipo de roupa, as peças que tinha comprado em Vijayawada também especialmente para aquela ida aos Estados Unidos, e respirou fundo: de repente, ocorreu-lhe a lembrança da coisa que tinha feito os olhos dele cintilarem, a única coisa, naquelas duas semanas em que se conheciam, que fora capaz de deter Mohan.

Ela deixou o uísque sobre o balcão, e, quando ele chegou na noite seguinte, falou:

— Eu não vou beber. Pode levar com você.

Lançando um olhar para a garrafa, ele hesitou, e, ao vê-lo fazer isso, Poornima emendou:

— Quem é Lázaro?

— O quê?

— Lázaro. Daquele poema. O que você gosta. *Puffrock* diz algo sobre ser Lázaro.

A expressão no rosto dele se suavizou. Ou talvez tenham sido só os lábios que perderam parte da sua severidade, da sua densidade.

— Você se lembra do poema?

— Eu fiquei curiosa.

— É da Bíblia. Jesus traz Lázaro de volta à vida, depois que ele já tinha morrido. Depois de quatro dias, se não me engano.

— Ele estava sendo testado? Como Sita?

— Não, acho que era Jesus quem estava sendo testado. Ou talvez os seus seguidores. Mas não Lázaro.

Poornima encarou Mohan.

– Por que você gosta tanto do poema? É por achar que esse *Puffrock* é como você e eu?

– *Proof*rock. Por isso sim, e também por ser um poema muito solitário.

– Você devia abrir – disse Poornima, acenando com a cabeça na direção do uísque.

Dessa vez, não houve hesitação. Mohan serviu-se de meio copo de uísque, o líquido castanho-dourado exalando um forte aroma de florestas profundas, madeira queimada e mais alguma coisa de que Poornima se recordava sem conseguir ao certo nomear – talvez, pensou, aquela tempestade que atingira o barco no dia do passeio no rio Krishna. Ele se acomodou no chão embaixo da janela e pousou o copo à sua frente. Antes de pegá-lo de volta e beber um gole.

Poornima o observava. Ela pensou que talvez Mohan fosse ir embora depois do primeiro copo, mas ele se serviu mais uma dose. Ela disse a si mesma: *Espere até ele terminar essa. Espere até o final.*

Depois que Mohan terminou de beber, ela disse:

– Seus dias devem ser cansativos.

A cabeça de Mohan estava apoiada na parede atrás dele. Ele pareceu assentir, ou talvez Poornima só tenha imaginado isso.

– Há outras acompanhantes para ver? O que você faz depois que sai daqui?

– Dever de casa.

– *Dever de casa*?

Ele se esquivou do olhar dela.

– Eu estudo. Estou na faculdade. – Erguendo a garrafa mais uma vez, ficou estudando o rótulo. – Onde você arranjou isso? Eu não lhe disse para não sair do apartamento?

– Em que curso? O que você está estudando?

Ele riu, servindo-se de mais um copo.

– Aquele poema do *Puffrock*. E outros poemas, também.

– Mas...

Essa dose foi tomada de um gole só.

– Dá para dizer muito sobre um pai ou uma mãe a partir das coisas que fazem com que eles deem risada. Quando eu contei ao meu pai, na metade do ensino médio, que pretendia estudar literatura inglesa, ele passou três dias rindo, e depois falou: "Engenharia ou medicina, pode escolher". Essa é a melhor parte de ser um garoto indiano – continuou Mohan –, você sempre pode escolher.

Em seguida, ele lançou um olhar severo para ela.

– Ele não sabe dessas aulas. Ninguém sabe.

Os dois ficaram sentados em silêncio então, ele embaixo da janela, ela recostada na parede ao lado da cozinha. Nada se mexia, nem do lado de dentro, nem fora. Poornima fechou os olhos. Ela podia sentir os dele a observando.

– Esses – falou Mohan no escuro –, esses são os meus versos favoritos do poema: "Naturalmente haverá tempo / Para indagar: – Devo? ou: – Não devo? / Tempo para virar e descer as escadas".[1]

E ele continuou, explicando verso por verso, cada uma das *palavras* deles, em cada ínfimo detalhe, e a falar da época em que o poema havia sido escrito, e de como essa época estava ligada às forças do medo e do tédio e da modernidade, logo antes de ter irrompido a Primeira Guerra Mundial, e a contar para Poornima até sobre o próprio autor e de como ele, também, havia sido um imigrante, só que na Inglaterra. Ela sentiu vontade de fazer perguntas sobre Michelangelo e sobre Hamlet, mas, em vez disso, falou:

– E do que mais ele dava risada?

Houve um silêncio novamente, e ela chegou a pensar que ele se chateara com a pergunta, mas, quando abriu os olhos, viu que Mohan estava dormindo, ainda segurando o copo de uísque.

Ela ainda tinha mais uma semana.

---

1 Da tradução "A canção de amor", de J. Alfred Prufrock, de Alex Severino. (N. da T.)

Savitha

1

O ônibus estava nas montanhas quando Savitha abriu os olhos. Ela havia sonhado com Mohan. Com nenhum acontecimento em especial, nada que tenha conseguido nomear, nem mesmo na hora em que despertou, ficando só com a sensação de que ele havia pairado pelos seus sonhos sem tocar neles de fato – como se fosse um fantasma, ou o rastro de um perfume. Mas então o seu estado semidesperto se rompeu com um sobressalto e ela olhou freneticamente ao redor, distinguindo claramente a estrada, as montanhas, os rostos desconhecidos. As escadas. Haveria degraus na parte de trás também? Ela não tinha olhado. Correra loucamente de ponto em ponto de ônibus, fazendo sinal para que os motoristas parassem quando já estavam prestes a arrancar novamente; o terceiro ônibus que passou abriu as portas, e quando Savitha, sem fôlego, indagou: "Nova York?", o motorista riu antes de responder: "Não exatamente. Tem que pegar um ônibus interestadual para isso. Mas eu passo pela rodoviária. Pode subir!".

Na rodoviária central, ela postou-se em frente a um mapa dos Estados Unidos, estudando-o. Depois que encontrou Seattle, já sabendo que a oeste da cidade só havia água, ela começou a procurar por Nova York. Seu olhar foi se deslocando para o leste, cada vez mais para o leste. Onde poderia ser? Ela achou que o nome talvez pudesse

332 SHOBHA RAO

ter passado despercebido, e voltou ao começo para examinar tudo de novo. Dessa vez, percorreu o mapa todo sem parar até que, por fim, encontrou a cidade lá na extremidade oposta – tendo só água mais para leste. Savitha então falou para o homem do guichê:

– Nova York, quanto?

A resposta dele foi:

– Você primeiro precisa ir até Spokane, e de lá pegar um outro ônibus para Nova York. – E, depois, acrescentou: – Trinta dólares.

Savitha não havia entendido a primeira parte do que o homem falara, mas entendeu que a passagem para Nova York custava trinta dólares. Toda aquela distância, só trinta dólares!

Lançando um olhar de relance para as portas do terminal rodoviário, ela apertou a passagem na mão e foi se sentar o mais distante possível da entrada; sem deixar de vigiá-la em nenhum momento.

Quanto tempo será que levaria para chegar até lá? E o que ela ia fazer depois que chegasse? Como poderia sequer começar a procurar pela senhora com cabelos de *jalebi* e o sorriso de dentes de pérolas? Nenhuma dessas questões tinha resposta, não ainda, mas depois que estava a bordo do ônibus, afastando-se cada vez mais de Seattle, e que o medo e a adrenalina tinham desacelerado e o seu coração parara de martelar dentro do peito, ela se deu conta, olhando para as silhuetas dos pinheiros e para a escuridão das montanhas, a estrada como se fosse uma faixa de tecido estendida por cima delas, de que às vezes *ir embora* também era uma direção, às vezes a única que restava.

Eles passaram pelo Snoqualmie Pass, embora Savitha já tivesse voltado a fechar os olhos a essa altura. Logo antes de suas pálpebras se fecharem, os faróis do ônibus flagraram uma moita de flores roxas ao pé de um pinheiro solitário, como se ele fosse um guarda-chuva aberto sobre as florezinhas trêmulas. Da janela do seu lado, ela viu quando passaram por um curso d'água que durou tanto tempo que Savitha chegou a achar que havia sido um fruto da sua imaginação desorientada, do seu quase delírio. Quando enfim despertou por completo, pouco antes de o sol nascer, as montanhas estavam escuras, cobertas de árvores e mais distantes. O céu parecia feito de aço, cinzento, coberto por nuvens densas. No lusco-fusco da madrugada, Savitha pôde distinguir os pequenos pinheiros que cresciam ao longo da estrada, massas de um verde-cinzento próximas umas das outras e que pareciam girar como dervixes aos primeiros cantos dos pássaros matinais, ao sabor do vento e até mesmo sob o efeito da passagem do ônibus por eles, em alta velocidade.

Savitha remexeu o corpo no assento, sentindo os músculos enrijecidos, e percebeu com um sobressalto que havia uma mulher sentada ao seu lado. Onde teria embarcado? Ela não se recordava de ter sentido o ônibus parar, mas talvez a outra tivesse só trocado de lugar durante a noite. Savitha a observou. A mulher dormia um sono profundo, a cabeça oscilando na direção do seu ombro. Era uma moça, tão jovem quanto ela própria ou talvez até mesmo mais jovem, com anéis de prata enfeitando todos os seus dedos exceto um polegar e um mindinho. Havia uma tatuagem no espaço entre o dedo indicador direito e o polegar da moça, o desenho de um símbolo que Savitha não reconheceu e que já estava meio apagado, num tom desbotado de azul. E dava para perceber, olhando para o rosto da jovem adormecida, para as linhas de expressão finas que já começavam a se formar em volta dos olhos e dos lábios, que a sua intenção não fora essa, que o desejo dela havia sido ter uma tatuagem num tom rico de azul, denso e profundo como o oceano noturno, mas que no final o resultado da empreitada não saíra como o esperado. Que nada saíra.

O ônibus parou um pouco antes do nascer do sol, e todos os passageiros adormecidos tiveram que saltar. O primeiro pensamento de Savitha foi que talvez já tivessem chegado a Nova York. Ela havia embarcado à uma da manhã, e agora passava um pouco das seis. Seria possível? Mas, então, ela viu o letreiro acima da porta principal: S, P, O, K, A, N, E. Savitha foi até o mapa outra vez e viu que sequer tinha cruzado a fronteira do estado, que dirá chegado a Nova York.

Um cansaço profundo se abateu sobre ela. Nesse ritmo, levaria meses para chegar até lá! Ela esfregou os olhos sonolentos e quis perguntar a respeito dos ônibus para Nova York, mas o guichê das passagens só abriria às oito. No quadro de informações, havia apenas duas partidas listadas: uma para Seattle e outra para uma cidade chamada Missoula. Savitha olhou o mapa mais uma vez; Missoula, ela viu, ficava mais ao leste. Não muito ao leste, mas para o leste, e o ônibus partiria dali a duas horas. Talvez fosse preciso fazer mais uma baldeação, nesse caso? Ela não saberia dizer. Sua intenção era esperar dentro da rodoviária até que o guichê das passagens abrisse, mas a cafeteria de lá ainda não tinha aberto e Savitha estava com fome. Quando saiu do terminal, olhou para um lado e para o outro da rua, e depois examinou todos os carros que havia no estacionamento; seus olhos atentos a qualquer um que fosse vermelho, ou preto, ou bege. As ruas estavam secas e frias. Era um clima frio do tipo que faz nas montanhas, ao qual Savitha nunca havia se habituado, e ela puxou mais para junto do corpo o suéter que lhe cobria os ombros. Ela havia roubado esse suéter de Padma, junto com a mochilinha plástica onde carregava os 82 dólares restantes, a fotografia rasgada, uma muda de roupa, o retângulo de papel branco e a tira que havia sobrado do sári que começara a tecer para Poornima. Essa, ela embrulhara cuidadosamente num jornal velho e deixara bem no fundo da mochila. A rodoviária era um prédio de dois andares com a fachada vermelha de tijolos aparentes; do lado de fora, na calçada, havia uma fileira de árvores parecidas com as que forravam as montanhas que ela vira na estrada, e para além das árvores, viam-se alguns prédios, altos mas nem de longe tão altos quanto os que havia em Seattle. Não eram nem sete horas da manhã, mas mesmo assim Savitha viu algumas pessoas perambulando pela rua; não como se estivessem indo a qualquer lugar, mas simplesmente perambulando. A visão lhe pareceu um tanto estranha, naquele horário, mas as pessoas simplesmente continuaram seus caminhos sem prestar atenção a ela, como se Savitha fosse invisível.

No estacionamento da rodoviária, à direita da fileira de árvores, um homem fumava, recostado na lateral de um carro amarelo. Havia uma mulher dentro do carro, também fumando, com o braço apoiado na janela aberta, mas não se notava nenhuma conversa ou olhar trocado entre eles. Era como se fossem dois desconhecidos, embora Savitha tenha reparado que a coxa do homem estava tocando a ponta do cotovelo da mulher. Um outro homem estava encostado na parede leste do terminal rodoviário, apertando os olhos para ler um jornal. Parada de onde estava, Savitha observou a luz do sol emergir de trás da montanha distante e cobrir o homem com seu fulgor, a pele muito branca ganhando um brilho dourado. Ela atravessou a rua e foi caminhando na direção dos prédios até achar um restaurante. Savitha entrou no lugar e foi se sentar a uma das mesas de canto. Sobre a mesa havia um cardápio com muitas fotos, e, quando a garçonete apareceu, ela apontou para a imagem que parecia mostrar três pequenas panquecas *dosa* enfileiradas. E, depois de tomar um gole da sua água, ficou esperando. Quando o prato chegou e Savitha provou a comida (com a colher, num movimento desajeitado, sem saber como manejar direito nem o garfo nem a colher), ela percebeu que aquilo não eram *dosas*, de jeito nenhum. O sabor era doce! E, dentro de cada uma, em vez de curry de batatas, o que ela encontrou foi aquela mesma substância branca e fofa, sem peso, que havia provado na banana split. Que esquisito. *Este país é um mistério*, pensou Savitha, *tão pequeno, mesmo com um território tão vasto*. Mas o gosto era bom, e ela estava com fome.

Antes de sair do lugar, Savitha comprou um saco de batatas fritas, uma garrafa d'água e um pacote com o que pareciam ser bolos em miniatura.

Ela caminhou de volta até a rodoviária e sentou-se num banco do lado de fora, de frente para a fileira de árvores, mas que permitia que avistasse a rua e também o estacionamento. Faltavam quinze minutos para as oito, e ela fez um esforço para permanecer acordada até que o guichê das passagens abrisse. Seu olhar ficou acompanhando o flutuar das nuvens baixas, redondas, que emergiam da beirada mais distante da Terra junto com o sol. A oeste, as montanhas, agora acarinhadas pela luz matinal, iam ganhando tons de rosa e verde e carvão, as nuvens sobre elas também pairando baixas, dando a impressão de terem se reunido para contemplar as encostas como se elas fossem suas filhas. Com o olhar ainda nas montanhas e nas nuvens, Savitha pensou: *Isto é o máximo que já pude ver deste país. É a vista mais ampla que já tive.* E, depois, ela pensou mais uma vez em Mohan. Uma dor brotou no seu estômago e se alastrou, fina e azul como se fosse feita de tinta, até chegar ao peito. Savitha procurou se concentrar outra vez nas montanhas, nas nuvens, mas elas lhe pareceram distantes e absortas em si próprias. Seu foco, então, passou para a rua e o estacionamento. Num dado momento, um redemoinho em miniatura feito de mato seco ergueu-se no ar, girando como uma revoada de passarinhos. Era uma visão quase transparente, pairando na rajada de vento, empurrada pela própria leveza e pelo mais ínfimo sopro de ar. Savitha fechou os olhos – "só por um instante", disse a si mesma – e caiu num sono leve.

Ela foi despertada pela buzina de um carro, ou talvez a voz de alguém, e viu que passava um pouco das oito da manhã. Levantando-se com um salto, e amaldiçoando a si mesma por ter pegado no sono quando eles poderiam estar ali, *bem ali,* ela correu para dentro da rodoviária, apertando entre os dedos o canhoto da sua passagem. Ao chegar ao guichê, estendeu-o para a atendente e disse:

– Olá, senhora. Quando sai ônibus Nova York?

A moça do guichê, uma mulher de pele negra, batom cor de carmim e purpurina prateada nos cílios, piscou-os como se orbitassem um par de luas gêmeas e em seguida olhou para a passagem na mão de Savitha. Falando algo que ela não conseguiu compreender.

– Não entendi.

A moça lhe deu as costas e voltou trazendo um pedaço de papel. Nele, escreveu: *$109.*

– Mas tenho passagem – retrucou Savitha.

A atendente balançou a cabeça, falando:

– Essa era só até Spokane. Este valor é quanto custa a passagem até Nova York.

Ela empurrou o papel na direção de Savitha, que o pegou. Mais um retângulo pequeno de papel branco.

Savitha saiu do terminal rodoviário.

Na lateral do prédio havia uma pista em curva, e, para além dela, mais um estacionamento. E, depois dele, viam-se mais edifícios e mais outros estacionamentos. Savitha ficou olhando e olhando para aquele padrão que se repetia indefinidamente, e então se deu conta de que ainda estava segurando com força o papel entregue pela atendente, já umedecido pelo suor da palma de sua mão. Ela o atirou na lata do lixo. As nuvens, desde o raiar do dia, haviam engordado e se aglomerado preguiçosamente para o leste; Savitha as encarou com inveja. Ela arrastou os pés até a extremidade sul do prédio da rodoviária, depois até o lado norte. E sentou-se outra vez no banco do lado de fora, desanimada, pensando no que fazer. Em seguida, levantou-se e voltou a caminhar.

Depois de andar por alguns minutos, Savitha chegou à beira de um rio. Ali, sentou-se em outro banco e fez um esforço para não chorar. Estava segurando a mochila junto do peito como se fosse a única esperança que lhe restasse, até que se deu conta, com um sentimento próximo da angústia, de que era isso mesmo. Ela não tinha ideia do que fazer, de como conseguiria mais dinheiro. Havia obviamente entendido errado as palavras do homem que lhe vendera a passagem em Seattle, e agora pensava: *Mesmo se não tivesse comido aquelas dosas doces do restaurante, eu ainda não teria dinheiro suficiente. Eu já não tinha, desde o início.* Uma pontada surgiu na extremidade do seu cotoco, uma dor fantasma que fazia muitos meses ela não sentia. Sacudindo o braço, Savitha chegou a pensar em se levantar e caminhar um pouco mais, mas o cansaço havia voltado e, ainda mais ressequida e esgotada do que antes, ela simplesmente ficou sentada, olhando o rio.

Quase pelo meio da tarde, mais pessoas chegaram à margem do rio. Havia uma ou duas praticando corrida; um homem descascando uma laranja; um grupo de mães, de pé, olhando os filhos brincarem.

Savitha piscou, como se despertasse de um sono profundo. Estava sentindo fome, mas pensou que seria melhor poupar as batatas chips e os bolos. Ela não ousaria gastar o dinheiro que ainda lhe restava. Matou a sede num bebedouro público e voltou caminhando em direção ao sul, embora não tivesse a intenção de regressar à rodoviária: lá seria o primeiro lugar aonde eles iriam para tentar encontrá-la. Savitha dobrou uma esquina. E viu uma rua comprida, que levava a um aglomerado de edifícios. Carros estavam parados junto aos meios-fios, e, enquanto andava na direção dos prédios, ela passou os olhos pela placa de um deles. E estacou na mesma hora, paralisada. Depois de checar se não havia ninguém a observando rua acima ou rua abaixo, Savitha debruçou o corpo e leu novamente, devagar. Não tinha sido um engano: as letras da placa, juntas, formavam as palavras *Nova York*. Ela se sentou na sarjeta, junto do carro. O que estava fazendo? Esperando. E estava esperando pelo quê? *Por qualquer coisa*, pensou Savitha. *Eu estou esperando por qualquer coisa.*

Sua barriga roncou. Sucumbindo à fome, ela comeu as batatas fritas e os dois bolinhos miúdos.

Depois de mais ou menos uma hora, um casal mais velho se aproximou. A mulher usava calças cor-de-rosa com a barra logo abaixo dos joelhos e uma camiseta amarela com os dizeres: *Novo México, Terra do Encantamento*. Savitha só conseguiu ler a palavra "Novo" e considerou-a um bom sinal, já que lembrava "Nova York". Os cabelos grisalhos eram cacheados e estavam cortados bem rentes à cabeça. Ela estava com um batom rosa que havia tentado combinar com o tom da calça e claramente não conseguira, e Savitha, num pensamento ríspido, concluiu que mesmo quando era jovem aquela mulher devia ter sempre gravitado na fronteira da beleza, chegando perto de ser graciosa, mas sem nunca propriamente conseguir isso. O homem estava usando um boné, calça

O BRILHO DO SOL QUE INVADIU A NOSSA CASA   339

jeans e uma camisa quadriculada, e os dois obviamente eram casados. Já há muitos anos, inclusive, desde a juventude, Savitha pensou consigo mesma, ao reparar na familiaridade, na distância, na dor latente entre eles. Quando chegaram ao lugar onde ela estava, eles a olharam inquisitivamente pelo tempo que a boa educação permitia, e, quando os olhos bateram na mão ausente, os dois se viraram, hesitantes, num constrangimento repentino, para o seu carro. O que tinha a placa em que estava escrito Nova York. O homem sacou um chaveiro.

Savitha levantou-se com um salto.

– Com licença, senhor, senhora. Nova York? Estão indo Nova York?

Os dois voltaram a encará-la, aturdidos, e depois de um instante a mulher soltou um gritinho e disse:

– Ah, querida, o carro é alugado. Nós não vamos para Nova York. Estamos descendo para Salt Lake.

Savitha ficou parada, observando os dois.

– Mostre a ela, meu bem – falou a mulher. – Mostre no mapa.

O homem puxou algo do porta-luvas do carro, que desdobrou para revelar um pedaço grande de papel. Ele o pousou no capô, e os três se debruçaram para olhar.

– Aqui – disse ele. – É aqui que nós estamos.

Ele foi então arrastando o dedo para o sul e para leste, e continuou falando:

– E aqui é Salt Lake City, a cidade para onde estamos indo.

O homem olhou para Savitha, e ela o encarou de volta. Ela tirou o cotoco de vista, escondendo-o atrás das costas. Mas o homem não parecia mais estar vendo a mão ausente. Em vez disso, ele dava mostras de ter captado o atordoamento, o desamparo de Savitha, e, como se esse gesto fosse ser capaz de confortá-la, correu o dedo até a borda do mapa e mostrou:

– E aqui é onde fica Nova York.

Todos voltaram a olhar o mapa, e a essa altura Savitha já tinha compreendido que o casal estava a caminho do sul, não do leste.

Mesmo assim, ela não queria que eles fossem embora; havia se afeiçoado aos dois. Podia perceber que tinham filhos, que aqueles dois
conheciam o tipo de amor que consegue ser ao mesmo tempo infinito
e irremediável. Ela foi ficando desesperada; tinha pensado em, no
mínimo, pedir-lhes algum dinheiro, mas era tímida demais, sentia-se
constrangida demais, e não sabia como fazer o pedido. E foi então
que, novamente demonstrando um tipo raro de bondade, a mulher
fitou Savitha por um longo tempo e depois disse:

– Talvez ela possa ir de carona conosco, Jacob. Nós podemos
levá-la até Butte.

Ele balançou a cabeça.

– Não é uma boa ideia, Mill. Ela ficaria um pouco mais perto lá,
mas Spokane é melhor para se estar. – E então, fazendo uma pausa,
indagou: – Qual é o seu nome, aliás?

Savitha apenas assentiu e sorriu.

O homem apontou para si mesmo, dizendo: "Jacob", e, em seguida, mostrando a esposa, falou: "Millie". Depois, apontou para Savitha.

Ela abriu de novo um sorriso, mais largo que o primeiro, e falou:

– Savitha.

– Saveeta – repetiu o homem.

Savitha olhou para as montanhas ao longe, imponentes como
sentinelas, como guardas barrando o caminho para leste. O homem
seguiu a direção do seu olhar e falou:

– Um pouco mais perto é um pouco mais perto, eu suponho.
Pode vir conosco, se quiser.

Ela se voltou para o casal. Primeiro para o homem, querendo decifrar o que ele acabara de dizer, e em seguida para a mulher. Ela estava
sorrindo. Com um pouco do batom cor-de-rosa manchando os dentes.

– Venha – falou –, pode entrar!

E fez um gesto para a porta traseira do carro.

Savitha ficou parada por um instante, sem ter certeza do que
fazer. Ela já tinha entendido a essa altura que os dois não estavam

a caminho de Nova York, apesar da inscrição na placa. E também já compreendera a solidão em que estava mergulhada, a tristeza crescente da sua situação – sem ter dinheiro, comida ou uma estrada atrás de si.

Ela se acomodou no banco de trás.

O homem e a mulher foram conversando entre si por um tempo. Num dado momento, ela falou:

– De onde você é, querida?

Sem ter entendido, Savitha respondeu apenas "Sim".

A mulher abriu um saco de amendoins e ofereceu a Savitha. Ela teria sido capaz de devorar facilmente todos eles, mas pegou educadamente apenas um e disse:

– Obrigada, senhora.

– Pode me chamar de Millie – retrucou a mulher, antes de recostar a cabeça para trás e, poucos minutos depois, ter adormecido. Savitha ficou ouvindo o seu ressonar.

O homem dirigiu em silêncio por um bom tempo. Eles estavam cruzando o estado de Idaho, e as nuvens tinham se adensado e se agrupado na altura do horizonte recobrindo as montanhas que agora eles viam a leste e também a oeste. As encostas delas, Savitha reparou, riscadas por gavinhas azuis e avermelhadas. O vale formado na concavidade entre as montanhas, o que estavam percorrendo nesse momento, era verde e fértil e a fazia se lembrar dos campos nos arredores de Indravalli, banhados pelo rio Krishna.

O homem jogou um amendoim na boca. Ele ergueu os olhos para o espelho retrovisor.

– Eu passei boa parte dos meus dias aqui por estas bandas – falou, dirigindo-se claramente a Savitha, embora ela não fizesse ideia do que ele pudesse estar dizendo. – Pescando. No Bitterroot, no Salmon, em todos os riachos e cursos d'água. Entre os vinte e os trinta e tantos, eu quase sempre estava para os lados de Coeur d'Alene. – Ele apontou na direção da janela do banco do passageiro. – Ali, bem daquele lado fica o Pico Trapper's. Pontudo assim.

As mãos demonstraram com um gesto, deixando os cotovelos encarregados de segurar o volante.

– Mas você não pode ficar olhando para ele por muito tempo. Acaba com o sujeito. Tem montanhas que fazem isso. – Seus olhos, no espelho, encaravam os dela. – Mas qual é a sua história, menina? Como você foi parar naquela sarjeta? E o que foi, em nome de Deus, que aconteceu com essa sua mão?

Ela sustentou o olhar dele, depois baixou os olhos. Gostava da voz do homem. Gostava da forma como ela a convocava, como chamava até mesmo as suas partes mais incompreensíveis e errantes.

– Eu não consigo nem arriscar um palpite. Não mesmo. E qual a sua idade? Já fez vinte?

Savitha teve vontade de dizer alguma coisa, talvez algo sobre Poornima ou seu pai ou Indravalli, mas não conseguia achar palavras que pudessem fazer sentido para ele, e por isso ficou em silêncio, apenas ouvindo.

– Bem, sei que acidentes acontecem. Ah, como sei. Eu já tive os meus. Podia lhe contar cada história… Rapaz!

Ele parou de falar, balançando a cabeça. Os olhos de Savitha se iluminaram. Ela havia entendido uma palavra: *rapaz*. Tratou de prestar mais atenção ao homem.

– Já sei uma – disse ele, o tom de voz aumentando. – Tenho um caso para lhe contar. Sobre um rapazinho. Um menino. Por volta dos quatro anos de idade, eu diria. Ele morava com a mãe e o pai em Montana. Só eles. Só os três. O pai era vaqueiro num rancho. Num desses ranchos de gado, com centenas e centenas de cabeças. Um desses ranchos onde o sujeito poderia passar um ano inteiro só arrumando as cercas, que dirá partejando as vacas, vacinando, separando e desmamando bezerros. Um dos grandes mesmo. Você já me entendeu. Bem, pois um dia, quando o menino estava com seus quatro anos, a mãe dele foi embora de casa. Com um certo caixeiro-viajante que passou pelo lugar, ou talvez um negociante de máquinas pesadas.

O BRILHO DO SOL QUE INVADIU A NOSSA CASA   343

Não deu bem para saber, porque praticamente na mesma hora em que tudo aconteceu, antes que o menino pudesse piscar os olhos, ele foi mandado para morar com os avós para os lados do Arizona. Tucson. O pai o embarcou num ônibus, sozinho, e o mandou deserto adentro. E você sabe o que aconteceu? Eu vou lhe contar o que foi que aconteceu: o menino achou o seu lugar no mundo. Ele adorou aquilo, amou o deserto. Os avós moravam numa casinha rodeada de areia e de cactos, sem cercas, com um quintal que terminava bem longe, numa serra baixa de morros azulados, roxos e alaranjados. Ah, o menino se esbaldava ali. Brincando, sim, mas muitas vezes só olhando as montanhas. Olhando tanto para elas que era como se esperasse ver a mãe surgindo de uma encosta. Caminhando até ele, tomando-o pela mão e o levando dali. Não de volta para Montana, não senhora, mas para se embrenhar ainda mais no deserto.

"Um tempo depois da mudança do menino para o Arizona, seus avós contrataram outro rapazinho para trabalhar para eles. Mais velho. Um adolescente. Alguém para ir até a casa e ajudar no que precisasse. Para limpar o depósito que havia lá atrás, por exemplo. Nos fundos. Ou para ajudar a construir o alpendre na frente. As laterais tinham que ser de treliças de cardo para abrandarem o sol durante o dia, mas abertas para oeste, dando para as montanhas e o pôr do sol. Eles costumavam brincar com o neto. Viam o jeito como ele estava sempre encarando as montanhas, como ficava dentro de casa só nos horários de maior calor, quando o sol estava a pino, e riam, dizendo que, depois que o alpendre ficasse pronto, nunca mais o veriam do lado de dentro.

"Bem, mas então o adolescente, digamos que se chamasse Freddie, começou a trabalhar no alpendre. Ele deu cabo da tarefa em poucas semanas e foi cuidar do depósito dos fundos. Freddie já devia ter cruzado com o neto do casal muitas vezes, falado com ele, até respondido uma ou duas perguntas do menino, mas nunca havia demonstrado nenhum *interesse* nele. Era um adolescente, afinal de contas, embora os avós pensassem que ter um pouco de companhia pudesse fazer bem ao neto.

"E fazia. Fazia, sim. Mas, na terceira semana de serviço, Freddie chamou o menino. Era mais ou menos a hora do pôr do sol. Os avós já tinham jantado, e estavam sentados no seu alpendre novo com seus copos de chá gelado e seus cigarros. Quando o menino entrou no depósito, já quase sem luz nenhuma chegando do lado de fora, Freddie o conduziu para um canto, agarrou seu braço e fez 'shhhhhh'.

"Bem, você pode imaginar o que aconteceu depois. E que continuou acontecendo quase todos os dias do mês seguinte. E, por todo esse tempo, o menino seguiu a ordem de Freddie. Ele nunca deu um pio, nunca fez um som, mas, nas noites quietas do deserto, podia ouvir os avós logo ali ao lado, sentados no alpendre da casa. Os dois riam, discutiam, mas, principalmente, jogavam conversa fora. Sobre como estava o tempo, por exemplo. Ou falando de como o cacto ali em frente tinha florido no ano anterior, mas não naquele. Ou das dores que cada um sentia aqui e ali, aquelas que vão aparecendo com a idade. E o menino, no depósito, enquanto Freddie fazia o que queria, escutava com todas as suas forças. Ele escutava as vozes dos seus avós. Apesar de que, para falar a verdade, aqueles dois tinham deixado de ser seus avós. Eram só vozes, agora, vozes que ele escutava com tamanha atenção, com tanta *intensidade*, que pouco a pouco o menino foi perdendo a sua própria capacidade de falar. Ele começou a falar cada vez menos, até que, lá para o fim do mês, não dizia mais uma palavra. Os avós ficaram intrigados; eles nunca entenderam o motivo. Acharam que podia ser porque a mãe tinha ido embora, ou por causa da mudança para o deserto. Mas o menino sabia o porquê. Talvez não aos quatro anos, mas quando ficou mais velho. Ele foi entendendo o porquê, foi entendendo que as palavras mais mágicas, que as únicas palavras mágicas que importavam, eram aquelas que os seus avós falavam. Quando os dois estavam sentados no alpendre – agora já bem mais velhos, a conversa sobre a falta de flor do cacto, ou as nuvens, ou a dor nos joelhos enchendo o céu noturno. Enchendo-o, como as estrelas enchem. É que o garoto sabia, ele *sabia,* já aos quatro anos, que nunca em sua vida estaria sentado num alpendre do mesmo jeito que seus avós ficavam. Ele nunca ficaria sentado ao lado de outra pessoa conversando sobre banalidades. Ou sobre coisas fundamentais. Ou mesmo sobre qualquer coisa à toa. Porque era *isso* o que Freddie tinha tirado dele. O menino sabia disso; sabia disso do mesmo jeito que conhecia aquelas montanhas, do mesmo jeito que sabia que nunca veria sua mãe surgindo do meio delas."

Fez-se um silêncio. Um silêncio tão profundo que, quando Savitha fechou os olhos, sentiu um vento morno roçar seu rosto. *Por que há esse vento,* pensou, *dentro de um carro fechado?*

– E você sabe o que é mais interessante? – continuou o homem. – Não, não estou falando do que aconteceu com o menino de quatro anos. Ele simplesmente cresceu, como todo mundo. É um adulto agora. – Ele fez uma pausa; pareceu, aos olhos de Savitha, estar prestando atenção na estrada. – Morando em algum lugar, eu suponho. Quase o tempo todo infeliz, como todo mundo, mas tocando a vida. Mas, você quer saber o mais interessante? O mais interessante foi o que aconteceu com o Freddie. O garoto que construiu o alpendre. Ele acabou indo para a faculdade, usando o dinheiro que foi juntando dos serviços que fazia, e foi lá, numa das aulas, que conheceu uma moça bonita chamada Myra, e acabou se casando com ela. Depois de se formarem, os dois se mudaram para Albuquerque, depois para Houston. Freddie arrumou um emprego numa petroleira ganhando um bom salário, e ele e Myra tiveram três filhos. Dois meninos e uma menina. Quando deram por si, estavam com uma casa de cinco quartos no subúrbio, dois carros na garagem e até uma piscina.

A mulher roncou de leve, se remexeu no assento, e continuou adormecida. O homem olhou para a esposa, e, como se estivesse falando com ela, como se ela estivesse acordada, disse:

346 SHOBHA RAO

— Bem, como eu ia dizendo, Freddie teve três filhos. Primeiro dois meninos, e depois uma menininha. Freddie Jr., o mais velho, era idêntico ao pai. Tinha puxado a ele, e estava sempre ao seu lado: os dois iam caçar e pescar, e gostavam de jogar bola juntos. Aliás, Freddie Jr. ficou tão bom de bola que o time da Liga Infantil em que ele jogava chegou a ir para a final em Williamsport uma vez. Pois bem, mas houve um verão em que os dois meninos, os dois filhos de Freddie, foram passar férias com o avô paterno e com a nova esposa dele, em Tucson. O avô ficara viúvo uns anos antes, você sabe como é, e acabara se casando com uma mulher que havia conhecido nos campos de golfe em Palm Springs. Sua casa continuava sendo em Tucson, e, além do mais, seriam só duas semanas de férias. E, sendo assim, os dois meninos embarcaram num avião, só os dois, e foram para o meio do deserto. Você está reconhecendo essa parte?

Ele soltou uma risada.

— Como pode imaginar, no começo foi tudo um grande tédio. Eles ficavam dentro de casa, vendo tevê ou jogando videogame. O avô, veja você, tinha um bom pedaço de terra nos subúrbios da zona oeste da cidade, mas, ao contrário do menino lá do começo, esses dois não tinham interesse na tal terra. Achavam tudo chato. Mas, depois de alguns dias, um garoto da mesma idade, vizinho do avô, apareceu por lá, e os três ficaram amigos. O garoto lhes mostrou o que o deserto tinha de *divertido*: ensinou a caçar os lagartos peçonhentos, a escorregar nas dunas e a cavar a areia atrás dos ovos de calango. O vizinho só ia para a própria casa para dormir, e às vezes nem isso. E o que aconteceu foi que, mais para o final das duas semanas de férias, Freddie Jr. e o irmão nem estavam mais querendo voltar para Houston.

"Bem, no último dia que eles teriam no deserto, o garoto apareceu, como sempre fazia, e os três foram brincar no quintal. O avô e a esposa estavam dentro de casa preparando sanduíches para o almoço. E bem nessa hora, bem quando o avô estava passando mostarda nas fatias de pão, eles ouviram uma grande explosão. Enorme, mesmo.

O impacto sacudiu a casa; fez a faca que o avô estava usando cair no chão. Quadros pularam das paredes; as luminárias balançaram no teto. A primeira impressão deles foi que devia ser um terremoto, ou uma bomba. Mas não era isso. Não era nada parecido com isso. Quando o avô correu para fora, ele viu uma coluna grande de fumaça subindo dos limites da propriedade. Era bem no final do terreno, e ele viu chamas também. Saiu correndo o mais rápido que pôde, o que, considerando a sua idade, foi bastante depressa. Mas é isso que dizem, não é? Que num momento de dificuldade extrema, numa emergência, nesses momentos que pedem atos grandiosos de fato, o ser humano torna-se bizarramente capaz de protagonizar os tais atos grandiosos. Mas o avô dos meninos não foi rápido o suficiente. Os garotos tinham resolvido brincar com fósforos e fizeram isso perto de um tanque de propano. Eu não vou descrever a cena com muitos detalhes, acho que você me entende, mas os três garotos foram parar bem longe do tal tanque. O garoto vizinho teve queimaduras de segundo grau; o irmão mais novo de Freddie Jr. se queimou também, mas sem tanta gravidade. Já o próprio Freddie Jr., bem, ele sofreu queimaduras de terceiro grau. A explosão removeu todas as camadas da sua pele e chegou à corrente sanguínea, afetou órgãos internos. Ele passou mais de duas semanas no hospital, sofreu terrivelmente, e acabou falecendo de infecção generalizada. Tinha treze anos. E Freddie, o pai, ficou ao lado da cabeceira da sua cama de hospital ao longo de todos esses dias. Ele se recusava a sair de lá, e com isso quero dizer que se *recusava*, mesmo; até depois que o garoto tinha falecido, ele continuou sentado no mesmo lugar. Numa espécie de estado de choque, dizem. Seus cabelos ficaram totalmente grisalhos nessas duas semanas no hospital, e, no dia em que o soco desferido por ele abriu um buraco num dos espelhos do lugar, um dos estilhaços atingiu um nervo e o seu braço direito nunca mais voltou a se erguer completamente. O avô, é claro, ficou devastado também. Culpando a si mesmo pelo ocorrido. Ele veio a falecer alguns dias depois do neto, mas já estava morto por dentro bem antes disso. O irmão também não voltou a ser a pessoa que era. Após a morte de Freddie Jr., ele deixou de falar por meses – e *essa parte,* você está reconhecendo? – e, quando finalmente voltou a se comunicar, fazia isso quase que só para comprar drogas."

O homem ficou em silêncio outra vez, de uma maneira que Savitha nunca tinha visto: um silêncio que era uma substância, como se fosse água, o ar dentro do carro feito um lago de luz.

Ele sorriu para Savitha pelo espelho retrovisor, mas passou um tempo sem dizer coisa nenhuma. Até que falou:

– Como é mesmo o seu nome? *Saveeta?* Bem, *Saveeta,* eu não sou homem de ficar remoendo as coisas, mas você não concorda comigo que esse é o tipo de história que... eu não sei, que dá nos nervos? Claro, claro, você pode estar dizendo que os fatos aconteceram aleatoriamente, que não existiu nenhum tipo de ligação, que a vida real não é tão *poética* assim. Cacete, talvez a culpa tenha sido toda da mãe e pronto. Aquela, a que tinha fugido com o caixeiro-viajante lá atrás. Mas eu aposto todas as minhas fichas na poesia da vida. Na sua simetria, é claro, mas também na sua *inconveniência.* A sua falta de bondade. A sua gana de sacrificar os cordeiros junto com os leões. Todas as coisas de valor. Você não concorda?

Nesse ponto ele parou, depois sorriu outra vez.

– Você é bem bonita, sabia? É indiana, não? Essa pele castanha que vocês têm fica linda no sol. Eu já reparei nisso. Linda mesmo, pode acreditar. Não fica, Mill?

A esposa acordou com um sobressalto e disse:

– Ahn? O que foi que você disse?

O homem riu de leve e comeu mais um punhado de amendoins.

2

Eles deixaram Savitha na parte central de Butte, Montana. O homem falou:

– Fique na I-90, está me entendendo? Na I-90. Ela vai levar você até Nova York ou lá perto.

Depois, os dois a abraçaram um de cada vez, lhe desejaram sorte e lhe deram o resto do saco de amendoins. A mulher acenou enquanto o carro ia se afastando.

– Boa sorte! – falou, com a mão balançando para fora da janela como se fosse uma bandeira.

Para onde estavam indo? Que pressa toda era aquela? Deviam ter lhe dito, é claro, mas Savitha não entendera nada do que eles falavam. Ela tinha tido vontade de lhes dizer: *Será que não posso seguir com vocês, só mais um pouco?*, mas também não conhecia as palavras para dizer isso. O lugar onde eles a deixaram era o centro da cidade de Butte.

E ela pensou: *Não é possível que eles venham procurar tão longe assim, é?*

A cidade era cercada pelas montanhas. Savitha estava na esquina de uma rua em ladeira, que descia encaminhando-se para sudoeste e subia em direção ao norte. Para o leste, que foi o lado para onde o seu olhar apontou, havia uma imensa montanha. Só que essa, diferente das outras, não estava inteira. Sua encosta havia sido minada, despelada do topo para baixo, e só restavam as entranhas rosadas e expostas, latejando ao sol do fim da tarde. Deixando a montanha de lado, ela correu os olhos ladeira acima e ladeira abaixo e viu que a maior parte dos prédios com fachadas de tijolos ao seu redor estava apagada, com as janelas cerradas. Seu coração afundou no peito.

Comendo um amendoim de cada vez, para fazê-los durar mais, Savitha perambulou pelas ruas. Ela não teria como saber disso, mas muitas das ruas do centro de Butte tinham nomes de pedras preciosas, minerais, metais, de coisas brilhantes que haviam sido extraídas das profundezas dos corpos de alguma montanha ao redor do lugar. Ela caminhou da rua Porphyry até a Silver. Depois entrou na Mercury e postou-se em frente a mais um edifício com a fachada de tijolos, esse iluminado. Do lado de dentro, pessoas sentadas em bancos altos riam e conversavam, e a pontada que Savitha sentiu foi tão forte que fez seus olhos lacrimejarem. Ela viu travessas de comida, e copos altos atravessados por uma luz dourada, como se eles também tivessem sido extraídos das minas nas encostas. Mas ali do lado de fora, apesar das pilhas de nachos e asas de frango fritas e batatas fritas nas travessas, o único cheiro que ela conseguia sentir era de cerveja choca: um cheiro que vencia os tijolos e o vidro e a inclinação da rua, penetrava a presença e as medidas do seu corpo e ia cutucar bem dentro de Savitha, trans-passando-a. Suresh e o quarto e o frasco com o líquido transparente. A vontade que ela teve foi de gritar, de arrebentar o vidro do lugar com um soco, mas em vez disso fez movimentos de engolir, empurrando a bile de volta para dentro, e soltou um som mais acanhado – como o de um animal preso numa caverna distante, em algum buraco remoto – antes de fugir apressada rua abaixo.

Ao pé da ladeira, ela viu a placa. *Quartos, $10.*

Era um lugar bolorento, com lençóis gastos e enrugados, e não muito limpos. Mas havia um banheiro compartilhado no final do corredor, e o chuveiro tinha água quente. Ela usou a pia para lavar a roupa e pendurou as peças para secar junto da janela minúscula e suja do seu quarto. E viu, sob a luz fraca do fim de tarde, que as montanhas pareciam mais altas, mais próximas, mais sinistras. No topo de uma delas havia algo branco e brilhante, e Savitha ficou pensando se seria um *deepa*. Quando pegou no sono, não sonhou, a noite inteira agarrando a mochila junto ao peito.

Pela manhã, ela compreendeu.

Compreendeu que lhe restavam sessenta dólares. E compreendeu ainda que esses sessenta dólares lhe renderiam seis noites num quarto encardido em Butte, ou cerca de um terço da distância que ainda a separava de Nova York, ou então a volta para Seattle.

Savitha pagou o quarto por mais uma noite, e depois mais uma.

Em uma cafeteria, na terceira manhã, sentou-se em silêncio num banco redondo junto ao balcão. Na véspera, tinha comido apenas um sanduíche comprado pronto e uma maçã roubada, e estava se sentindo fraca de fome. A garçonete passou em frente a ela uma dezena de vezes sem sequer lhe dirigir o olhar, até que Savitha enfim fez um gesto para chamá-la, e apontou para o prato de uma garotinha que comia ovos com torrada e uma banana em fatias. Quando a moça voltou trazendo um copo d'água e os talheres, ela lhe disse:

– Café, por favor, senhora.

O homem que estava sentado ao seu lado riu.

– Eu aqui achando que você era muda – falou ele, rindo mais um pouco –, e do nada veio esse "café, por favor".

Depois de pagar a conta, ele foi embora. O lugar ao seu lado ficou vazio até Savitha quase ter terminado a torrada, guardando a banana para saborear por último, até que outro homem se sentou nele. *Esse tem um ar mais resignado*, pensou ela. Era um homem velho e negro, com o cabelo lanoso grisalho nas têmporas e rareando no alto da cabeça. Savitha nunca havia estado tão próxima de uma pessoa de pele negra, e, com os braços dos dois apoiados lado a lado no balcão, percebeu que eles tinham quase o mesmo tom de pele. A sua era um pouco mais amarelada, e a dele um pouco mais avermelhada. Esse pensamento lhe pareceu confortante, mas por que haveria de parecer? O homem reparou no olhar dela, embora não tenha dito nada.

O prato à frente dele continha uma pilha do que pareciam ser *uttapams*, só que feitos apenas com a massa, sem a cobertura de cebola, pimentas, tomates ou coentro. O homem derramou um tipo de xarope por cima da pilha, e, quando viu que Savitha continuava olhando, apontou para a banana fatiada no seu prato e disse:

– Às vezes eu gosto de umas assim por cima. Confeitos de chocolate, quando quero fazer uma graça. Mas hoje, não. Hoje quero algo mais simples.

O tom da sua voz era grave com um leve rosnado subjacente, e, embora carregasse um traço de dor, sua voz soava bondosa, acima de tudo. O homem pareceu perceber o prazer que o som dela provocou em Savitha. E falou:

– Nós dois somos peixes fora d'água por estas bandas, não somos? Eu, um homem negro, e você, o quê? Indiana? Para onde está indo?

A palavra "indiana" ela compreendeu. E, sorrindo, assentiu.

– Sabe falar inglês? Sabe o bastante para ter pedido o café da manhã, isso eu estou vendo. Senhorita, por favor! – falou ele para a garçonete, que estava passando nessa hora. – Pode nos servir mais café?

A garçonete serviu mais café, e Savitha ficou encantada, sem saber que podia ter pedido mais, agradecida por ele ter pedido que a moça enchesse a sua xícara também.

– Rapid City. É para lá que estou indo. Você conhece Rapid City? Tenho uma filha que mora lá. Assim, da sua idade. Uma perdida na vida. E põe perdida nisso! Como é que eu fui criar uma pessoa como aquela? É filha de mãe branca, sabe? Vai ver que o problema foi esse, eu não sei dizer. O que sei é que aquela lá já nasceu perdida.

Não, pensou Savitha, *nem um pouco resignado*.

O BRILHO DO SOL QUE INVADIU A NOSSA CASA   353

– Mas eu vou lhe contar uma coisa. A cidade não tem nada de mais, mas o tal do cânion Spearfish até que é bonito. Eu só visitei uma vez. Minha filha não esquenta lugar nas cidades por muito tempo. Mas, escute o que eu digo: o cânion Spearfish vale mesmo a pena. Está me entendendo? Eu vou pegar a I-90. E você?

A cabeça de Savitha se ergueu num estalo.

O homem pareceu se assustar.

– Você também? Mas está indo para onde? Para onde?

– Nova York – respondeu ela, mal escutando a pergunta. Ela conhecia aquelas palavras; ela conhecia as palavras *cânion Spearfish*.

– Nova York! – gracejou ele, com um riso. E, depois de pensar por um tempo, falou: – Pode ser melhor ir pela I-80. Mas a outra também vai servir para você, eu acho.

Savitha assentiu vagamente. "O lugar mais perfeito onde eu já estive", Mohan havia dito.

– Você tem carro? Está dirigindo? – O homem gesticulou como se estivesse com as mãos num volante.

Ela balançou a cabeça.

– Ônibus – falou, remexendo dentro da mochila.

– Ônibus! Meu bem, não tem ônibus de Butte para Nova York. Quem foi que lhe disse isso?

Savitha ergueu os olhos; ela sentiu que algo devia estar errado. E onde estava sua fotografia? Onde? Ela observou o rosto do homem, indagando-se se o seu também ganhava um tom mais escuro ao ficar afogueado daquele jeito. E então voltou a procurar na mochila.

– Talvez seja mais fácil em Rapid City. Pelo menos você avança na direção certa. E pode ser que consiga uma baldeação por Chicago. De algum jeito. Quem foi que lhe falou desse tal ônibus, menina?

Pronto! Ali estava.

Savitha voltou a olhar para o homem, e lhe ocorreu que não devia haver no mundo preocupação maior do que a dele, dirigida não apenas a ela mas a todas as garotas de certa idade, talvez, ou ao menos para aquelas que carregavam um certo tipo de dor. Ela estendeu a fotografia rasgada na direção dele, apontando para o verso.

Os olhos do homem se arregalaram. Ele virou a fotografia de frente, depois voltou a olhar o verso.

– Você também conhece o cânion Spearfish? – perguntou. – Tem gente sua morando por lá? Por que não me falou? Eu achei que tinha dito Nova York. Poxa, o cânion Spearfish fica bem no *caminho* para Rapid.

E então ele olhou pela primeira vez, ou assim pareceu a Savitha, para o cotoco no seu braço. O olhar não ficou fixado nele, tampouco se desviou depressa demais. Depois de entregar a fotografia de volta para ela, o homem negro tomou um gole do seu café, abriu um sorriso bem largo, entregou uma nota de vinte à garçonete, apontando para as contas dos dois, e falou:

– Você quer ir comigo?

Ir? Ela assentiu. *Sim*.

Na estrada que saía de Butte, espirais rochosas brotavam das encostas. Árvores cresciam na pedra nua. Mais à frente, as montanhas se alastravam, achatadas. As curvas da estrada cortavam imensas pastagens e fazendas, a paisagem salpicada de fardos de feno. Os raios de sol cintilavam nas hastes do trigo, fazendo as pontas se iluminarem como velas acesas.

– Não – ia dizendo o homem –, não. Eu não tenho como dizer coisa nenhuma a ela. Nenhuma, mesmo. Aquela lá sabe tudo, ou pensa que sabe. E é assim desde que tinha duas semanas de idade, mais ou menos. Metade da família dela é branca. Mas a outra metade é negra. E eu lhe digo: "Olhe só. Olhe só o que nós enfrentamos. Ao que sobrevivemos. Você faz parte dessa sobrevivência. Dessa resistência". Eu digo que os tataravós dela foram escravos. Eles colhiam algodão lá em...

– Algodão! – repetiu Savitha com um sorriso largo, de repente dando ouvidos ao que o homem dizia.

– Não sorria desse jeito – ralhou o homem. – Não ria. A coisa é séria. Quando ouvir qualquer pessoa, *qualquer* mesmo, dizendo as palavras *algodão* ou *latifúndio,* ou, que droga, a palavra *navio* que seja, trate de correr para o lado oposto. Está me ouvindo? Você acha que não é negra, mas, no final das contas, quando o assunto é o algodão, você é, sim. Qualquer um que não seja branco é negro. Você está me entendendo? Mas, como eu ia dizendo...

Savitha, olhando pela janela, observou os campos, as montanhas e o céu. Primeiro o terreno ficou menos escarpado, à medida que eles avançavam para o leste – os vales como se fossem tigelas cheias de luz dourada –, para um pouco mais adiante os picos voltarem a despontar, íngremes. "Não existe jeito de explicar a perfeição de alguma coisa", era o que ele havia dito.

Pelo meio da tarde, o homem parou numa das cidades do caminho, e dividiu com ela os sanduíches de queijo que tinha numa caixa térmica que estava no banco de trás. Ele lhe entregou também uma lata de refrigerante e um guardanapo de papel aberto, onde despejou uma porção de batatas chips. Savitha pegou o guardanapo e começou a comer as batatas uma a uma, mas o homem gesticulou para chamar a atenção dela e disse: "Assim". Ela então ficou observando enquanto ele desmontava o sanduíche para espalhar uma camada espessa de batatas por cima do queijo antes de recolocar a segunda fatia de pão no lugar e dar uma mordida ruidosa no conjunto da obra. Savitha fez a mesma coisa, e, depois de provar uma mordida, decidiu que nunca mais na vida comeria um sanduíche sem batatas chips enfiadas no recheio.

Eles chegaram ao cânion Spearfish no final do dia. O homem parou num posto de gasolina, com um ar tristonho. Ele disse:

– Você não tem o endereço? Um número de telefone? Alguém vem buscar você, não vem? Acho que este lugar aqui é tão bom quanto qualquer outro. Tem um telefone público ali. E pode ser que o seu pessoal conheça alguém que esteja indo para o leste. Talvez não para *Nova York*, mas para o leste. Você vai acabar chegando. E vai ficar bem, não vai?

Savitha olhou para ele.

O homem sacou a carteira e lhe entregou uma nota de dez dólares.

– Compre alguma coisa para comer – falou ele, e depois foi embora.

Ainda não havia escurecido. Ela ficou parada, indecisa, por alguns minutos no posto de gasolina. Nenhum carro entrou nem saiu do posto, e, então, Savitha foi até a esquina e olhou para os dois lados da rua. Em frente ao posto havia uma concessionária de carros. Ao lado dela, uma loja de bebidas. Ao longe, ela pôde avistar as encostas de morros baixos, salpicadas de montinhos de árvores e de capim ressecado. *Aquilo* era o tal cânion? No lado oposto, a sudoeste, estendia-se o resto da cidade, e foi para lá que ela se encaminhou. As ruas também eram margeadas por edifícios de tijolos aparentes, como em Butte, mas ali eles estavam todos abertos, sem janelas vedadas. E pareciam em melhor estado. Algumas fachadas tinham sido pintadas recentemente, ela reparou, e havia pessoas caminhando pelo meio dos prédios, famílias, alguns casais empurrando carrinhos de bebê e outros com crianças maiores correndo à sua frente. A cidade lhe pareceu simpática, uma dessas em que a noite cai lenta e confortavelmente. Savitha pensou em se hospedar em algum hotel e sair à procura do cânion na manhã seguinte, mas todos lhe pareceram caros demais. Em um, o letreiro piscante na fachada anunciava quartos a US$ 79,99.

Ela só tinha cinquenta dólares.

Savitha deu as costas às portas fechadas dos quartos aquecidos. Ainda não estava com fome, mas sabia que logo isso ia mudar. Com os dez dólares que o homem lhe dera, entrou numa pequena loja e comprou uma banana, uma maçã, um pacote de pão fatiado e um saco de batatas chips. Depois de guardar tudo na mochila, ela caminhou de volta para o posto de gasolina na esperança de conseguir voltar à rota da tal I-90 e chegar a uma cidade maior que tivesse um terminal rodoviário. No trajeto, passou em frente a um banco, um restaurante e uma loja de ferragens. Parada em frente à vitrine de uma galeria de arte, ela olhou para todos os quadros expostos. No centro do espaço havia uma escultura de um pássaro prestes a levantar voo; Savitha comparou a figura ao único outro modelo de pássaro esculpido que conhecia, os moldados em açúcar pelo pai, e concluiu que aqueles eram mais bonitos. No quarteirão seguinte havia outra galeria de arte, essa com uma seleção de colchas típicas Sioux na vitrine. Essa, ela observou ainda com mais atenção – observando os fios, as cores chamativas, a integridade da trama, o modelo e tipo de funcionamento dos teares usados. *Tão diferentes dos sáris que eu fazia em Indravalli*, pensou Savitha, *e, ainda assim, tecidos*. Ela se indagou quem teria produzido cada uma daquelas peças, e quanto elas teriam viajado para estarem ali naquela vitrine.

Em um parque próximo, Savitha se acomodou num dos bancos de madeira e montou com cuidado o seu sanduíche de batatas chips, arrumando-as para montar duas camadas regulares e apertando as beiradas do pão para que o recheio não escapasse. A banana, ela comeu de sobremesa, e guardou a maçã para mais tarde.

O posto de gasolina estava mais movimentado agora. Savitha não abordou nenhum dos carros; ela ficou esperando perto da porta, um pouco afastada, falando apenas com as pessoas que sorriam ou lançavam olhares bondosos na sua direção. Uma mulher que tinha o cabelo preto num corte curto e bem-arrumado remexeu por um instante na bolsa e em seguida olhou para Savitha com um sorriso. Ela sorriu de volta, dizendo:

– Vai cânion, senhora? Vai I-90?

Com uma reação de pânico, a mulher entrou depressa no posto sem dizer nada. Poucos minutos mais tarde, outra mulher emergiu lá de dentro, com duas crianças. As crianças seguravam barras de chocolate e riam junto com ela.

– Com licença, senhora – disse Savitha. – Cânion? Nova York?

O trio inteiro – a mulher e as duas crianças – parou e olhou para o rosto de Savitha, e então, ao mesmo tempo, os olhares baixaram para o cotoco. Por fim, a mulher falou:

– Desculpe, não tenho trocado.

E conduziu as crianças para longe.

Savitha achou que talvez com um homem pudesse ter mais sorte, e escolheu um senhor bem velho, com os cabelos brancos, o rosto enrugado e amigável. Quando a viu, ele segurou a porta aberta, achando que ela fosse entrar.

– Não, senhor. Não. Vai cânion? Eu junto?

A expressão do homem pareceu confusa por um instante, então se fechou de alguma forma – *Como uma porta batendo*, Savitha pensou – e ele disse:

– Vá tratar desse seu negócio em outro lugar, por Deus. Tem famílias aqui.

Não passou ninguém mais, por bastante tempo. Estava ficando cada vez mais escuro. Savitha entrou no posto e pediu para usar o banheiro. O homem corpulento do balcão, com os olhos cinzentos desconfiados, encarou Savitha por um instante antes de puxar um bloco grande de madeira com uma chave pendurada nele e dizer:

– Lá atrás. – E, depois: – Você é mexicana?

Savitha sorriu e pegou a chave. Quando voltou, o homem estava ocupado com um cliente, e, portanto, ela deixou a chave ao lado da caixa registradora e saiu.

Agora, além de mais escuro, o vento tinha ficado mais forte. Não que estivesse frio demais, mas ele bagunçava seus cabelos, inflando suas roupas largas a cada rajada. Savitha parou, indecisa, olhando para a estrada vazia e para as montanhas a noroeste, que já não pareciam tão baixas e sim escarpadas e severas. Um caminhão entrou no estacionamento do posto, mas ninguém saltou. Olhando para o alto, Savitha viu as primeiras estrelas; para além dos fachos das luzes do posto, havia apenas a noite fria e inquietante. Ela decidiu que seria melhor caminhar de volta em direção à cidade e buscar abrigo no parque onde havia se sentado para almoçar mais cedo. Depois de pegar a mochila, começou a passar pelas bombas de gasolina. A porta do caminhão se abriu. Dois homens desceram. Savitha não reparou muito neles, só registrou que eram duas pessoas quando os seus caminhos se cruzaram; ela havia começado de repente a sentir muito frio, o suéter de Padma já não dando conta de criar uma barreira eficaz contra a noite. Só depois que já havia passado pela última das bombas do posto de gasolina, Savitha ouviu o som de passos apressados atrás dela.

Ela se virou para olhar; já estava quase saindo do alcance do último dos fachos de luz, mas, mesmo assim, se virou para olhar.

3

O que tinha as feições joviais sorriu primeiro. Um sorriso tão verdadeiro e despreocupado, a aproximação dele tão desarmada que Savitha achou que talvez fosse abraçá-la, como se fossem amigos se reencontrando depois de muito tempo.

– Não vá embora! – gritou ele, na sua direção. – Ei, aonde está indo? Não vá embora!

– Deixe a garota, Charlie – disse uma voz entediada.

Savitha então viu o segundo homem caminhando atrás de Charlie e da sua cara de bebê. Esse outro era ossudo, com o rosto estreito e um cabelo comprido ensebado que chegava até a altura dos ombros, os olhos como um par de buracos escuros. Os dois foram se aproximando devagar, mas com uma carga elétrica emanando dos seus passos; ela sentiu um impulso repentino de sair correndo, e quase fez isso.

Mas então, no último instante, o do rosto jovial estava bem ao seu lado. Ela sentiu o cheiro do álcool mesmo antes de a mão agarrar seu braço.

– Não vá – disse ele, as palavras não mais soando como um pedido, mas sim como uma ordem.

Savitha tentou se desvencilhar, mas ele segurou o braço dela com mais força e sorriu outra vez.

O BRILHO DO SOL QUE INVADIU A NOSSA CASA   361

– Olhe para ela, Sal. Que coisinha mais linda. Você faz ponto aqui? Ei, calma aí. Nossa, que arisca. Parece até um hamster que ganhei do meu tio Buck. Quando tinha cinco anos, sabe? O coitado se matou com um tiro na cabeça. O tio Buck, digo, não o hamster.

E depois ele deu risada, e o homem que se chamava Sal se aproximou de onde eles estavam, debaixo do facho de luz, e foi só nessa hora que Savitha se deu conta de que não era só álcool que estava impulsionando aqueles dois, que havia alguma outra coisa, uma engrenagem desumana qualquer rodando dentro deles.

– Qual é o seu nome? – perguntou o do rosto jovial.

Savitha entendeu a pergunta, mas estava assustada demais para conseguir responder.

– De onde você é?

Savitha balançou a cabeça.

– Não inglês – falou.

E, na mesma hora, percebeu que essa não havia sido uma coisa boa de se dizer.

O sorriso de Charlie ficou mais largo, embora a expressão do seu rosto tenha ganhado também um quê de algo mais sombrio, mais sinistro.

– É mesmo? "Não inglês"? Ei, Sal, você ouviu isso? Não inglês.

Os três ficaram parados como estavam, olhando uns para os outros, e Savitha, por um átimo de um instante brevíssimo, achou que o que tinha o rosto jovial simplesmente ia soltar seu braço e ela continuaria caminhando na direção da cidade, de volta para o banco do parque. Mas isso não era verdade: nos olhos de Sal, alguma coisa cintilou.

Ele disse:

– Espere um instante. O que nós temos aqui? Levante mais esse braço, Charlie.

Era o braço esquerdo dela, o do cotoco, e, quando Charlie o torceu na direção do céu noturno, os dois explodiram em risadas.

– Quem foi? Quem mordeu sua mão fora? – perguntou Sal.

– Eu aposto que foi um tigre – falou Charlie, ainda rindo, ainda segurando seu braço de um jeito dolorido. – Não tem tigres lá na sua terra?

– Cala a boca, Charlie – disse Sal, a expressão ficando séria de repente. – Anda. Leva ela pro caminhão.

Charlie puxou o braço de Savitha. Ela tropeçou para a frente; os olhos relanceando na direção da estrada vazia, do interior do posto de gasolina, do balcão. O homem corpulento que havia lhe entregado a chave do banheiro estava de costas. Savitha chegou a pensar em gritar, mas Charlie foi mais rápido e tampou sua boca. A cabeça dela foi puxada contra o peito dele, e sua mão era tão grande que cobriu quase que totalmente os olhos de Savitha também, além da boca. Ele a empurrou para o caminhão, e, quando o homem de cabelos compridos abriu a porta, Savitha pensou que eles a obrigariam a subir na boleia. Mas, em vez disso, ele arrancou a mochila do seu ombro com um puxão, remexeu dentro dela até achar o dinheiro e a atirou no banco. Em seguida, pegou algo que Savitha não viu o que era, voltou a fechar a porta e disse:

– Vamos.

– Para onde?

– Você quer que Mel chame a polícia?

– Mas e o caminhão?

– A gente não vai demorar. Anda logo.

Os dois a arrastaram para os fundos do posto de gasolina. A essa altura, Savitha já não estava conseguindo respirar. Ela torceu a cabeça para um lado e para o outro, até que uma fresta entre os dedos do homem deixou o ar passar. Sua tentativa de mordida agarrou a polpa de um dedo, mas ele gritou um "Cacete!" e esmurrou a lateral da sua cabeça. Savitha sentiu os ouvidos zunirem. Sal gritou outro "Cala a boca!" antes de guiá-los para o meio de uns choupos que ficavam um pouco afastados do posto. Eles se embrenharam no mato, e com três ou quatro passos chegaram a uma pequena clareira. Latas de cerveja brilhavam ao luar; havia restos de uma fogueira – mesmo com a pouca luz, ficou claro para Savitha que os dois já tinham estado ali diversas outras vezes.

– Deixa eu ver – disse Sal.

– O que você vai fazer, Sal?

– Já falei para passar ela pra cá.

Agora, quem a agarrou pelo braço esquerdo foi Sal, usando o seu próprio braço também esquerdo, ossudo e frio comparado ao do homem com o rosto jovial. Ele não se deu ao trabalho de tapar-lhe a boca. Em vez disso, remexeu por baixo da própria camisa e o brilho da lua iluminou uma coisa preta e brilhante. O homem apontou a arma para o rosto de Savitha.

– Experimente dar um pio... Fazer um barulhinho que seja, está me entendendo?

Savitha o encarou, a mente vazia, os olhos arregalados. Estava virada de frente para ele, mas era dentro de si mesma – era dentro *dela mesma* que estava o túnel comprido e escuro.

– Eu perguntei se está me entendendo!

Não, ela não estava entendendo, mas o mal tem um vocabulário, um idioma que lhe é próprio. Savitha assentiu.

– E se tentar fugir. Se der a merda de um passo que seja.

Ela entendeu.

O homem largou o seu braço; ela cambaleou para trás e caiu no chão. Não tinha sequer percebido que era ele que estava sustentando seu corpo de pé.

– Levanta daí – falou Sal, e, depois que ela havia feito isso, acrescentou: – Agora põe tudo na boca.

Ela o encarou, sem entender, depois olhou para o homem que tinha o rosto jovial. Ele também parecia confuso.

– Eu mandei pôr na boca.

Vendo-a continuar como estava, imóvel, sem saber o que eles queriam, o homem agarrou seu braço outra vez e empurrou o cotoco contra sua boca. O movimento pressionou os dentes de Savitha contra seu lábio inferior abrindo um corte, mas ele não parou de empurrar. O que ele queria? O homem vociferou "Abre" junto do seu rosto, o hálito acre invadindo seu nariz.

– Abre logo e põe pra dentro. – Ele encostou o cano da arma no seu rosto, bem entre os olhos, e ela ouviu um clique. – Põe pra dentro.

Agora Savitha entendeu. A noite inteira se transformou na pura violência do entendimento. As estrelas reluziam feito as balas de um revólver.

Ele soltou-lhe o braço e deu um passo para trás. E esperou.

Ela abriu a boca. Seus lábios envolveram o cotoco.

O que tinha o rosto jovial uivou de prazer, mas o de cabelo comprido só ficou olhando. Ele assentiu. O rosto ossudo muito branco contra o preto da arma, ainda de prontidão, apontada para o seu rosto.

Depois de um tempinho, ele meneou o corpo com irritação.

– Assim, não – falou. – Não, sua puta. Você sabe como é. – E, estendendo o braço, agarrou Savitha pelos cabelos e empurrou seu rosto contra o cotoco. Ela se engasgou com o próprio braço. Os olhos se encheram de lágrimas. Ele puxou a sua cabeça de volta para trás, depois voltou a empurrar, depois voltou a puxar. – Assim.

E assim ela fez.

A essa altura, o homem com o rosto jovial tinha aberto o zíper da calça e gemia em algum ponto no limiar do campo de visão borrado de Savitha. Ela podia ver o movimento da mão dele.

Mas a arma. A arma continuava imóvel. Parada sob o luar, preta, lustrosa, inabalável, sem nenhum eriçado nas penas. Até que riu.

"Você está vivo", disse Savitha.

O corvo a observou, rindo ainda, no meio da noite estrelada e cor de prata. O bico se ergueu para o ar e lá ficou, sua imobilidade zombando dos movimentos de Savitha.

"Eles engoliram você, não foi?", disse o corvo. "Devoraram pedaço por pedaço. E este… *este* é o último pedaço. Aqui, nesta clareira, com esses desconhecidos. Eu avisei", falou. "Eu avisei, muitos anos atrás. Em Indravalli. Eu disse para tratar de ser engolida inteira. Mas você não me deu ouvidos. Você não ouviu. E olhe como está agora. Você é um nada. Você é uma garota. Uma garota numa clareira."

O que tinha o rosto jovial gemeu, e o de rosto ossudo riu e o corvo recuou, abriu as asas e voou para longe, e Savitha acompanhou o seu voo com o olhar, mas o resto do seu ser ficou caído de joelhos.

E assim foi: era a trama de algo que ela jamais compreendera, que jamais sequer havia tentado compreender, o que envolvia o seu coração, o que o sustentava entre as suas mãos macias, rugosas e algodoadas; e era *esse* tecido que agora havia se rasgado. Os homens a largaram lá, na clareira, e ela ouviu o ruído do caminhão ganhando vida e depois o motor roncando estrada acima até, por fim, transformar-se apenas na noite. Quieta e implacável.

Mas como eu haveria de saber?, pensou ela, caída no chão. *Como eu haveria de saber que era sempre desse jeito: sempre da bola de algodão para o fio para o tear para o tecido e depois, enfim e com uma fragilidade tamanha, para o coração.*

4

Relâmpagos clarearam o céu, a oeste. Ela ergueu a cabeça e sorriu, imaginando se tratar de um enxame de vaga-lumes num regozijo sincronizado. Mas, quando se sentou, avistou as nuvens carregadas correndo na sua direção. Na direção de Spearfish. Já não estava tão escuro quanto se recordava. Teria amanhecido? O trovão ribombou. Fez seu pronunciamento. Logo depois caiu uma gota, depois outra. Savitha tratou de se pôr de pé, olhou para as latas de cerveja no chão, para as marcas da fogueira apagada, e se perguntou para que lado seria o leste.

Ela ajeitou as roupas, mas, quando deu o primeiro passo, desabou de volta no chão como um monte de escombros. As pernas estavam dormentes. E, sua cabeça, terrivelmente vazia.

Será que havia adormecido?

A tempestade estava chegando depressa agora. As nuvens carregadas tomando conta da pradaria, cobrindo as Black Hills, avançando pelas Dakotas. O olhar com que Savitha as fitava tinha tanto interesse, tanto anseio, que fazia parecer possível que elas, as nuvens, fossem a qualquer momento se debruçar diante dela, baixas e impetuosas, para a carregarem para longe envolta no seu abraço. Mas, sem lhe dar atenção, elas se aglomeraram numa massa agourenta, cada vez mais escuras e prestes a desaguar em dilúvio. Os raios agora riscavam o céu a oeste e ao sul, e alguns caíam também ao norte. Savitha observava; os raios eram as mãos do seu pai, estendendo-se para ela.

– *Nanna* – disse ela. – Era mesmo eu quem tinha asas?

Nessa hora um trovão estourou, e ela cambaleou para fora da clareira e contornou os fundos do posto de gasolina – as rajadas de vento estalando ao seu redor, rodopiando com a força de um mar – apoiando-se nas paredes, cega como estava por causa da força do vento, da chuva, da tempestade repentina.

Não havia ninguém atrás do balcão. A chave ainda estava no lugar onde ela a havia deixado.

Savitha abriu a porta do banheiro, viu seu reflexo no espelho à luz que entrava pela porta aberta, e a bateu atrás de si antes de desmoronar no chão. E ali, então: uma nova clareira. O seu dinheiro tinha desaparecido. As roupas tinham desaparecido. A fotografia e o pequeno retângulo de papel branco tinham desaparecido. Até mesmo o que restava do pão, das batatas chips e das maçãs não estava mais lá. Mas, de todas as coisas desaparecidas, de tudo o que os homens tinham levado, era o sári que ela começara a tecer para Poornima que mantinha Savitha caída no chão.

A chuva começou. Ela podia ouvir os pingos, escalando como se tivessem pezinhos o metal do telhado, em pequenos passos apressados. A caminho de onde?

Do leste, pensou, *do leste*.

E o que havia no leste? Nada. Do mesmo jeito que já não houvera nada no oeste.

Savitha começou a chorar e o choro se transformou num lamento, e o lamento se transformou num cantarolar baixinho, suave. Ela ergueu os olhos. Mais uma privada. Essa, também, estava cantarolando. Rastejando para perto dela, Savitha envolveu a porcelana fria entre os braços. E sorriu. Mas então o fedor pungente de urina penetrou sua mente, cortou o devaneio como uma faca e a puxou de volta para a realidade – ou terá sido a sacudida da maçaneta da porta trancada que fez isso? Ela não saberia dizer, mas agora percebia que havia muito pouco a ser feito. A lâmpada nua acesa acima da sua cabeça doía à sua maneira, solitária e zumbindo. Sua pele, iluminada pela lâmpada, espasmava de angústia. Os pensamentos se dobravam e desdobravam de dor. Porque foi ali, sob aquela luz branca e envolta por aquele fedor horrível, que Savitha se deu conta do quanto estava perdida. Do quanto havia se extraviado de sua rota. De como nem todos os faróis do mundo, dispostos numa fileira, seriam capazes de salvá-la.

Poornima

1

A situação era simples: sua única chance de encontrar Savitha seria perguntando por ela. Falar de poesia não era ruim, mas agora o tempo de Poornima estava se esgotando, e, além do mais, qual poderia ser a pior reação de Mohan? Ignorá-la? Expulsá-la do apartamento? Negar que conhecia Savitha? Embarcá-la mais cedo de volta para a Índia? Mantê-la isolada até a data do voo?

Nenhuma dessas coisas seria pior do que abrir mão de recorrer à última e única arma que lhe restava.

Naquela noite, Poornima não se deu ao trabalho de preparar o jantar, e, assim que Mohan chegou, simplesmente entregou-lhe um copo. Então, depois que ele havia tomado o primeiro gole do uísque, ela disse:

— Eu me tornei acompanhante por um motivo. Só um. Foi para encontrar uma pessoa.

Mohan fitou Poornima, perplexo. Ele fez um gesto na direção do seu rosto.

— Está procurando o cara que fez isso com você?

Ela mal ouviu a pergunta. Estava falando para o espaço do apartamento, intrépida agora, alheia a todo o resto, como se estivesse sozinha ali.

– Ele nem existe para mim. Não, a pessoa que quero encontrar é uma amiga. Ela se chama Savitha. É ela que estou procurando, foi por ela que vim até aqui.

Mohan pareceu estremecer por algo que Poornima não soube o que era, e, embora a expressão do seu rosto estivesse perdida no meio do borrão cinzento da parede oposta do apartamento, ela pôde sentir o calafrio chegando por dentro do assoalho, suspenso no ar que havia entre os dois. No mesmo ar onde, em seguida, ele lançou suas palavras:

– Como você conhece ela?

Poornima ergueu os olhos.

– Ela é do mesmo povoado que eu. A última vez que nos vimos foi há quatro anos.

Mohan ergueu o rosto contra a luz, esquivando-se dela, como se os dois estivessem travando uma batalha.

– E *você*?

– Eu não conheço – respondeu ele, e Poornima teve certeza de que conhecia, sim.

– Eu tenho que encontrá-la – prosseguiu ela. – Preciso da sua ajuda.

Ele fez girar o uísque no copo. O corpo todo retesado. Seus olhos encaravam o chão.

– Ela foi embora.

– O quê?

– Faz dois dias.

– Dois dias?

Poornima sentiu o grito, a dor quente e pulsante subindo pela sua garganta. Dois dias!

– Para onde? Para onde ela foi?

Silêncio.

– Você tem que saber de *alguma coisa*.

– Ela pegou um ônibus. Imagino que tenha sido isso.

O BRILHO DO SOL QUE INVADIU A NOSSA CASA 373

– Um ônibus para *onde*? Para onde? Essas… essas garotas, elas não conhecem ninguém, não conhecem lugar nenhum. Elas nem mesmo falam inglês. Para onde ela *pode* ter ido? E sem dinheiro, ainda por cima.

Outro silêncio.

A mente de Poornima estava em polvorosa. Seu avião partiria do JFK dentro de uma semana. O que seria melhor, ficar ali ou ir para Nova York? E se Mohan não a deixasse ficar? E qual era o *sentido* de ficar, se Savitha havia ido embora? Ela sabia, ela já sabia: se ele a mandasse embora, sua atitude seria simplesmente sair andando do aeroporto assim que chegasse a Nova York. Andando sem parar. Alguém faria algo para detê-la? Alguém podia fazer isso? Mas, mesmo que não fizessem isso, como seria? Para onde ela poderia ir? Como poderia começar a busca? O país era tão grande! Quanto tempo durariam os seus mil dólares? Isso não importava: Poornima iria ao encontro de Savitha pelo outro lado. E em seguida pensou, furiosa: *Ela estava aqui. Estava aqui o tempo todo e eu não a encontrei. Fiquei procurando nos lugares errados, andando pelas ruas erradas. Durante* duas semanas.

– Dinheiro ela tinha.

Ela ergueu os olhos para encarar Mohan, como se estivesse acordando de um sono profundo e se surpreendesse com a sua presença ali. Do que ele estava falando?

– Que dinheiro?

– Ela pegou. Da minha carteira. Não era muito. Não vai dar para ir muito longe.

– Mas não muito longe, onde?

– E a metade de uma fotografia.

– Até onde o dinheiro dá para ela chegar? Fale.

– Eu não sei por que ela levou *isso* – disse Mohan.

– Uma fotografia? Do quê?

– De um lugar sobre o qual lhe contei. Um retrato meu quando era criança.

– Que lugar?

– O cânion Spearfish.

– Isso é uma cidade?

– Fica perto de uma cidade. Na Dakota do Sul.

– Onde é isso?

– Na parte central do país. Mais ou menos.

O olhar de Poornima ficou distante, depois voltou a encará-lo.

– O que foi que você falou com ela sobre esse lugar?

Mohan deu de ombros. Ele disse, tímido:

– Sei lá. Nada de mais. Só umas coisas que eu lembrava. Sobre lá ser um lugar perfeito. Foi assim que ficou guardado na minha memória. Um lugar perfeito. E foi o que eu contei para ela. Só que aí... ela me fez uma pergunta esquisita.

– Qual pergunta?

– Se o lugar era como a melodia de uma flauta.

– Melodia de uma flauta?

A voz de Poornima foi morrendo. Seu rosto enrijeceu numa espécie de determinação, de propósito, num resfriar lento como o da lava, um endurecimento, como o da areia do deserto depois de a chuva passar. E assim foi: seu rosto assumiu características de paisagem, das forças naturais, de placas tectônicas em plena pressão e reacomodação, de algo que se amolda a um destino. A lógica já não importava mais. O que importava era a certeza na boca do seu estômago, se alastrando como fogo pelo corpo inteiro: Savitha estava lá. Se não estivesse lá, não estaria em lugar nenhum. E, isso, Poornima se recusava a aceitar. Ela havia cruzado metade do planeta e viajado por todos aqueles anos. E tudo isso para quê? Para ter perdido Savitha por dois dias? Não. Não, *isso* ela não poderia aceitar. Imersa no escuro em que estava, falou para Mohan:

– Eu tenho mais uma semana aqui. Depois, embarco num avião para Nova York. E você nunca mais vai me ver. Mas vou lhe pagar. Eu lhe dou todas as minhas economias. Você pode me levar? Pode ir comigo até esse cânion Spearfish? Você não tem que fazer isso, eu sei. Mas pode fazer?

Mohan começou a rir de leve, mas seu rosto se conteve depressa. Em silêncio. O olhar que ele lançou na direção de Poornima foi de descrença, mas havia também uma ponta de admiração.

– Não posso. Preciso ficar aqui. Você sabe disso. Está falando em partir daqui a poucos dias. Eu não teria como ir.

– Poucos dias, não. Amanhã. Agora à noite, se possível.

Dessa vez ele riu de verdade, alto. Mas foi o riso de uma pessoa triste, um riso que não chegava muito fundo, fino e frágil como a camada de gelo que continua cobrindo um lago em plena primavera. Depois, veio o silêncio outra vez. Eles ficaram sentados no chão, de frente um para o outro, no meio daquele silêncio pesado, empoçado feito mercúrio.

– Você não está falando sério – disse ele, por fim.

Poornima havia se enganado: ainda lhe restava uma arma. Ela tinha o poema.

– Isto são as escadas, Mohan. Ela se foi há dois dias. Não haverá tempo. Não haverá tempo.

O cômodo girou. Girou como se fosse uma *charkha*. Ele levantou-se, desajeitado, pegou as chaves do carro de cima do balcão onde havia deixado. E falou:

– São umas vinte horas de carro. Arrume uma bolsa.

2

Eles partiram na manhã seguinte. Ele passou para buscá-la às sete horas e os dois rumaram para leste. Poornima não apenas arrumou uma bolsa, mas levou todas as suas poucas coisas, como se estivesse indo embora de vez. Eles pegaram a I-90 e Mohan explicou a ela o esquema de numeração das estradas interestaduais, embora depois os dois não tenham conseguido encontrar muitos outros assuntos sobre os quais pudessem conversar. Eles estavam a caminho de Mercer Island, e Poornima achou que talvez a direção estivesse errada, que estivessem indo para onde havia água, mas Mohan lhe disse que não, que aquele era mesmo o leste, e era o caminho para a Dakota do Sul. Eles então atravessaram a massa densa e verde das montanhas Cascades, e passaram por Cle Elum e George e Moses Lake até chegarem à extremidade leste do estado, onde avistavam as colinas estendidas à sua frente como se fossem imensas silhuetas femininas. Na altura de Coeur d'Alene havia outras montanhas, não tão escarpadas quanto as Cascades, mas com encostas suaves, a floresta cobrindo ambos os lados da rodovia. O céu agora, reparou Poornima, abria-se como uma cortina, infinitamente azul. Nuvens com reflexos prateados, esfiapadas nas bordas e densas e cinzentas no miolo, flutuavam para o leste. Apontando para elas, Poornima disse:

– Chuva, talvez. – E depois: – Lolo. Que nome engraçado.

Mohan parecia profundamente absorto nos próprios pensamentos, e a música sem palavras que preenchia incessantemente o carro, do mesmo tipo que Poornima tinha ouvido quando ele fora buscá-la no aeroporto, a deixou sonolenta.

Eles passaram por Missoula, Deer Lodge, Butte e Bozeman. Em Livingston, pararam para tomar café. Mesmo sem terem conversado a respeito, os dois entenderam que virariam a noite viajando. O céu ficou ainda mais nublado, mas, com os olhos no horizonte, Poornima pensou que conseguia avistar os confins da Terra, a curva que ela fazia sobre si mesma, feminina e latejante. Vacas pastavam muito ao longe, salpicadas no verde e dourado dos campos como se fossem sementes de mostarda espalhadas. Sedes de ranchos e trailers podiam ser vistos muito espaçadamente pelas encostas, incrustados profundamente na paisagem, e pareciam encarar desafiadoramente o olhar de Poornima empoleirados em seus enclaves solitários. Eles haviam comprado sanduíches num posto de gasolina em Garrison para almoçarem, mas Mohan disse que era bom pararem para o jantar e estacionou num restaurante de beira de estrada nos arredores de Crow Agency. Os cafés que pediram estavam bem quentes e tinham um sabor espesso e mineral. Depois de fazer perguntas sobre o que eram vários dos itens do cardápio, deparando-se pela primeira vez com palavras como *bife, bolo de carne* e *hambúrguer,* Poornima pediu um misto-quente com purê de batatas. A escolha de Mohan foi um cheesebúrguer com fritas. Eles comeram ao som das canções clássicas de caubóis que tocavam na jukebox do restaurante, e, embora tenha gostado de finalmente ouvir uma música com palavras, Poornima não conseguiu entender o que elas diziam. Eles pediram uma nova rodada de café depois do jantar e voltaram à estrada enquanto o céu atrás do carro ia ficando rosado, laranja e acinzentado. À frente, o azul ia ganhando um tom mais profundo, alargado como um corpo d'água.

Foi só nessa altura, quando já tinham saído da I-90 para pegar a US 212, que Mohan voltou a mencionar Savitha. Sem olhar para Poornima, ele pareceu estar falando com a estrada escura.

– E se ela não estiver lá? – indagou.

A pergunta era bem simples, mas, mesmo assim, Poornima não tinha a resposta. Dava para sentir a fúria escalando as paredes de sua garganta. Toda a frustração que havia lutado para empurrar de volta ao longo dos últimos dias. Todo aquele caminho andado, para quê? Por causa de dois dias. Dois dias. Poornima fez uma careta. E se Savitha não estivesse lá? O que eles iam fazer? Seu olhar seguia buscando por ela em cada metro do caminho, quando passavam por dentro das cidades, pelas encostas das montanhas e pelos ranchos enormes, como se a vida fosse permitir uma coisa dessas. Como se a vida permitisse algo tão adorável, fácil e milagroso quanto dar de cara com Savitha empoleirada num morro, ou perambulando por alguma rua daquelas cidadezinhas.

– Eu não sei – falou, e não sabia mesmo: no meio daquele mundo imenso, depois de tanto procurar, Poornima já não tinha mais um lugar por onde pudesse começar.

E, nessa hora, começou a chorar. Fazia muitos anos que não chorava, mas começou a chorar. Como se a voracidade de todos aqueles anos estivesse, naquele momento, se abatendo sobre seu corpo. Aos soluços, ela chegou a ficar sem fôlego.

– Eu não sei! – repetiu, sem conseguir estancar o choro, e escondeu o rosto entre as mãos. Poornima sentiu a mão de Mohan no seu braço, e ele a deixou pousada ali até que voltasse a erguer a cabeça, enxugando as lágrimas.

– Ela não pode ter ido muito mais longe – falou ele.

– Como você sabe?

Mohan fez uma pausa, os olhos ainda encarando fixamente a estrada.

– Porque minha carteira só tinha uns cem dólares.

Poornima olhou para ele. Ela terminou de enxugar o rosto. O vento que uivava ao redor do carro cessou.

– E ela só pode ter ido para o leste.

– Por quê?

– Ou o sul.

– E quanto às outras direções?

– A oeste fica o estuário de Puget. Ela até pode estar lá, mas não é provável. A água seria uma escolha incerta demais, e o Canadá, muito difícil sem um passaporte.

Poornima não descolou o olhar dele.

– Você andou pensando no assunto.

– Não – respondeu Mohan com um sorriso fraco. – Não pensei mesmo.

Depois das reservas indígenas de Crow e Northern Cheyenne, a estrada rumava para a direção sul-sudeste em direção a uma cidade chamada Broadus. Eles estavam quase chegando. Dali a cerca de mais duas horas, dissera Mohan.

– Então nós esperamos até amanhecer – acrescentou ele – e seguimos para o cânion.

Poornima se virou para olhá-lo.

– Amanhecer? Não, nós vamos assim que chegarmos lá.

– Para quê? Vai estar escuro.

– Escuro foram os últimos quatro anos – respondeu ela.

Mohan balançou a cabeça. As primeiras estrelas surgiram, embora Poornima só tenha conseguido avistá-las de relance pelo meio das nuvens que corriam para se aglomerar pesadamente a leste e mais para o sul. Um raio iluminou o céu bem ao sul. Passava da meia-noite quando eles se aproximaram de Spearfish.

– Estamos chegando? – quis saber Poornima, sentindo vontade de ir ao banheiro.

– Faltam poucos quilômetros.

Já nos arredores de Spearfish, ela avistou um posto de gasolina.

– Ali! – falou. – Pare ali.

As luzes da cidade brilhavam ao longe. E, para além delas, Poornima sabia, ficava o cânion.

O carro entrou no estacionamento do posto, e ela saltou. Uma tempestade se formava. Os raios caíam mais perto agora. Não se viam mais estrelas. Poornima sentia a densidade cinzenta das nuvens, aglomeradas no alto e mesmo assim tão próximas da terra. Segurando a chuva não se sabia mais por quanto tempo ainda, agachadas, de prontidão.

Lançando mais um olhar para o céu, ela correu para dentro do posto. O atendente estava com os antebraços grossos apoiados no balcão. No esquerdo, via-se a imagem tatuada de uma mulher de vestido curto, reclinada numa taça de martíni com as pernas longas estendidas para o alto. Poornima olhou para ela, e depois para o cordão de ouro do homem. Correu o olhar pelo recinto. Não encontrou o banheiro.

– Com licença, senhor.

– Nos fundos – falou o homem desviando o olhar, claramente repugnado pela visão do seu rosto. – Mas talvez tenha que esperar um pouco. Tem uma garota mexicana lá.

Poornima entendeu que o banheiro ficava do lado de fora do prédio e correu na direção da porta.

– E trate de trazer a chave! – gritou o homem para as suas costas.

Ao chegar lá fora e girar a maçaneta, percebeu que a porta estava trancada. Ela olhou em volta, esperando. Não conseguiu avistar Mohan, nem o carro, mas ouviu o barulho do motor ligado. Do outro lado da pista, havia uma oficina mecânica. O prédio ao lado do posto parecia ser uma espécie de depósito. As nuvens carregadas estavam agora bem em cima da sua cabeça. O vento remexeu seus cabelos, fazendo girar as mechas como se fossem pipas arremetendo, descontroladas. Uma gota de chuva caiu ao lado do seu pé, outra atingiu sua cabeça.

Ela tentou a maçaneta outra vez.

Houve o clarão de um relâmpago. O posto de gasolina ficou branco, brilhante como um pedaço de osso, e depois, como o virar de um interruptor, todo preto.

Um par de faróis oscilou seu facho como o balançar de um berço. Ela apertou os olhos ao ser atingida pela luz. Trêmula por estar tão exausta, tão viva. Um carro parou perto. Era Mohan. Ele baixou o vidro da janela e gritou:

– Eu olhei no mapa. Estamos perto!

– Quão perto?

– É logo ali, a sudoeste. – Ele sorriu. – Está esperando aí esse tempo todo?

As nuvens ribombaram. Os dois ergueram os olhos na direção do estrondo. Então, no mesmo instante, elas se abriram e a chuva desabou. Poornima ergueu o rosto para as gotas, refrescando todos os fogos.

– Todo esse tempo?

Ela assentiu e olhou para Mohan. Balançando a cabeça, ele riu. O mundo todo parecia liso como se tivesse sido recém-lavado para fora dela: o tempo, os órgãos pesados de fome, a lembrança de uma mão levando arroz de iogurte com banana até seus lábios esfomeados. Por fim, a maçaneta da porta do banheiro girou. Poornima sorriu num rompante de timidez, como se Mohan fosse um amante, como se os dois tivessem se encontrado num bosque, num jardim, debaixo de uma chuva de verão.

– Agora falta pouco – falou.

Agradecimentos

Toda minha gratidão a:

Amy Einhorn, Caroline Bleeke, Sandra Dijkstra, Elise Capron, Amelia Possanza, Conor Mintzer, Ursula Doyle, Rhiannon Smith, Rick Simonson, Charlie Jane Anders, Nancy Jo Hart, Theresa Schaefer, Nichole Hasbrouck, Sierra Golden, Mad V. Dog, Dena Afrasiabi, Jim Ambrose, Sharon Vinick, Arie Grossman, Elizabeth Colen, Hedgebrook, Fundação Helene Wurlitzer, Lakshmi e Ramarao Inguva, Sridevi, Venkat, Siriveena, Sami Nandam, Kamala e Singiresu S. Rao, e a todos os que ficaram ao meu lado na pradaria: Abraham Smith, Srinivas Inguva e Number 194.

Minha mais profunda gratidão a:
Barbara e Adam Bad Wound, pelas Badlands.

Em www.leyabrasil.com.br você tem acesso a novidades e conteúdo exclusivo. Visite o site e faça seu cadastro!

A LeYa Brasil também está presente em:

 facebook.com/leyabrasil

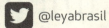 @leyabrasil

 instagram.com/editoraleyabrasil

 LeYa Brasil

ESTE LIVRO FOI COMPOSTO EM DANTE MT STD,
CORPO 12 PT, PARA A EDITORA LEYA BRASIL.